—————— 阅读之前 没有真相

午夜文库

陌生人的日记
The Stranger Diaries

[英]艾莉·格里菲斯 著
王冉 译

新 星 出 版 社　NEW STAR PRESS

献给亚里克斯和朱丽叶，以及我的伴侣动物，格斯

主要出场人物

克莱尔·卡西迪	塔尔加斯中学英文老师
乔治娅·牛顿（乔吉）	克莱尔之女
西蒙·牛顿	克莱尔的前夫
托尼·斯威特曼	塔尔加斯中学校长
利兹·弗朗西斯	塔尔加斯中学副校长
里克·刘易斯	塔尔加斯中学英文部门主管
埃拉·埃尔菲克	塔尔加斯中学英文老师
德布拉·格林	塔尔加斯中学历史老师
安诺舒卡·帕尔默	塔尔加斯中学英文老师
加里·卡特	塔尔加斯中学地理老师
布若妮·休斯	第六学级学院英文老师
亨利·汉密尔顿	剑桥大学教授
R.M.霍兰德	恐怖小说作家
艾丽斯·霍兰德	作家霍兰德之妻
哈宾德·考尔	警长
尼尔·温斯顿	警长
帕特里克·奥利里	中学生
娜塔莎·怀特	中学生
费内蒂安·舍伯恩	中学生
泰	乔吉的男友
弗勒尔	西蒙现任妻子
海洋、老虎	西蒙与现任妻子的孩子

目 录

1	第一部分 克莱尔
91	第二部分 哈宾德
155	第三部分 乔治娅
191	第四部分 克莱尔
227	第五部分 哈宾德
303	第六部分 乔治娅
331	第七部分 克莱尔
351	第八部分 哈宾德
375	第九部分 乔治娅
381	第十部分 哈宾德
389	第十一部分 乔治娅
397	第十二部分 哈宾德
403	第十三部分 哈宾德和克莱尔
413	后记

第一部分 克莱尔

1

"你要是不介意的话,"陌生人说道,"我想给你讲个故事。毕竟此行路途遥远,看这天色,还得好一阵才能下车。所以,听个故事解解闷,何乐而不为?而且十月末的晚上,听故事再好不过了。"

你待得还舒服吗?不用在意赫伯特。它不会对你怎样的。它是因为这天气,所以有点紧张。嗯,我刚刚说到哪儿了?你要不要来点儿白兰地,暖暖身子?不嫌弃随身小酒壶吧?

其实吧,这是个真实发生过的故事。这种故事才是最好的,你不觉得吗?更妙的是,这事就发生在我身上,那时候我还年轻,和你现在差不多大。

那时我在剑桥读书。读什么专业?当然是神学了。在我看来,除了神学没别的选择,文学勉强可以吧。人生如梦啊,我在剑桥待了差不多一个学期。去剑桥读书,对我来说就是穷小子进城,我当时很内向,现在想来,应该也很孤独。我跟那群趾高气扬的家伙不一样,他们在校园里四处招摇,衣冠楚楚,神色傲慢,似乎个个都是"天之骄子"。和他们比,我向来是本本分分,该听课听课,该写作业写作业,和同年级另一个领奖学金的男同学成了朋友,他叫格杰恩,性格怯懦。每周我都会给家里写信,还会去教堂。对,那时候我还是个信徒,甚至可以说是非常虔诚的那种。所以当时的我很诧异，居然能受邀加入"地狱俱乐部"，对于这种待遇，我着实是有些受宠若惊的。我当然听说过这个组织的大名。听说过他们半夜狂欢的故事，还听说有清洁工去打扫宿舍卫生，被宿舍里面的东西吓得当场晕死过去。听说他们咏唱《亡灵书》里面晦涩的圣歌。听说他们还会挖坟掘尸。但"地狱俱乐部"可不光有耸人听闻的传说。这个俱乐部里出过很多成功人士，像是政治家——甚至还出过一两个内阁成员——作家、律师、科学家、商业巨头。这些人并不难认，因为他们总是佩戴着俱乐部的标识，就在他们的左侧翻领上，别着一个低调的骷髅头徽章。

所以我当时很高兴，能受邀参加俱乐部的入会仪式。仪式是在十月三十一日举办的。选在万圣节前夜，毫无意外。万圣节前夜。对，没错。今天也是万圣节。要是喜欢怪力乱神之说的人，恐怕会觉得这是什么诡异的因缘，多半还会觉得晦气。

继续说我的故事。入会仪式很简单，就在半夜举行。这也很正常。仪式要求三个新成员要通过一场测试，去学校外边的一个废弃房子里逛一圈。其间，我们得蒙上眼睛，带上一支蜡烛。我们必须要走进房子，爬上楼梯，来到二楼，然后在二楼的窗边点燃蜡烛。还要大喊："地狱空荡荡！"只有三人都完成测试之后，我们才能取下眼罩，回到同伴身边，接着便是好酒好肉的狂欢盛宴。格杰恩……我有说过格杰恩也是三人中的一个吗？格杰恩有些担心，说自己不戴眼镜的话跟瞎了没两样。不过，我也告诉他了，这都不重要了，反正我们都是要蒙上眼睛的。"没有双眼，一个人还能看到这世界的样子。"①

---

①出自莎士比亚《李尔王》。

"那么,"我说道,"故事在讲什么?"

"发生了不好的事情。"皮特接话道。

"你说得很对,"我赞同道,随后在心中倒数了十个数,又开口道,"你为什么会这么想?"

"嗯,"尤娜开口道,"比如故事的背景设定,时间是在万圣节前夜的午夜时分。"

"多少有点俗套了。"泰德说道。

"俗套是因为它有效,"尤娜反驳,"这个设定确实很恐怖,还有当时的天气,试想一下,那样的雪天,他们是不是很有可能被困在火车上?"

"那应该是从《东方快车谋杀案》上照搬的套路。"皮特说。

"《陌生人》是《东方快车谋杀案》之前的作品,"我说,"除了设定,还有哪些东西可以说明,这到底是一个什么样的故事?"

"故事中的讲述者很诡异,"莎伦接话道,"说着什么'从我的随身酒壶里喝一口吧,还有别介意赫伯特'。再说这个赫伯特到底是谁?"

"问得好,"我说,"大家都有什么想法?"

"一个聋哑人。"

"他的仆人。"

"是他儿子。他得寸步不离他儿子,时刻看管,因为他儿子是个危险的疯子。"

"是他的狗。"

众人笑出声。

"其实,"我接着说道,"泰德说得没错,赫伯特就是一条狗。恐怖题材的小说中,宠物的存在有很重要的意义,因为动物可以感知到人类无法理解的东西。想象一下，一条狗莫名其妙地盯着虚空，好像在看着什么，但你却什么都没看到，还有什么比这个更恐怖？毫无疑问，所有动物中，最为灵异的是猫，比如埃德加·爱伦·坡的作品。除了这一点，女巫的身边也常有动物出现，是常见的标配设定，动物会协助他们施展魔法。但是动物角色的介入还有其他的作用。有人来猜一猜吗，还有什么作用？"

没人说话。天色渐晚，午后时间已经过半，快下课了，他们也有些疲累，脑子里正惦记着咖啡和饼干，对于文学作品的虚构原型兴味索然。我看了一眼窗外，才刚刚过四点，墓园旁的树木就已经变得幽深黑暗。我本该把这个短篇故事留到暮色更深的课上来讲，但是短短一小节课的时间，根本讲不完所有细节。是时候收尾了。

"动物是可以被舍弃的消耗品，"我说，"作者经常在故事中设计动物的死亡，用这一情节制造故事的紧张氛围。虽然不如人类的死亡来得恐怖，但同样会产生让人忧惧的效果。"

创意写作小组的学员开始三三两两地走下楼，寻找咖啡因"续命"，我没有走，而是在教室里逗留了片刻。学校这边的教室总是给我很奇异的感觉。这边的课堂只供成人学生使用。但这里的房间过于狭小，构造奇特，不适合上课。就拿我现在所在的这间教室来说，房间里还装着一个壁炉，墙上挂着一幅令人倍感不安的油画，画上是一个小孩子，怀里抱着一只死去的小动物，看上去像是雪貂之类的。我想象得到，七年级调皮的学生，顺着烟囱溜走，身手矫捷，犹如二十一世纪的烟囱清洁工。塔尔加斯中学的校园生活大都发生在新建的那部分校区，那是一栋建于二十世纪七十年代的庞然大物，用彩砖和平板玻璃交错搭建。而这栋楼，这栋曾被称为霍兰德邸的老楼，并非学校的主建筑，而是整个校园的附属部分。老楼装配了食堂、厨房、小教堂，校长办公室也在这边。楼里一楼的部分房间用于合唱或是戏剧排练。老图书馆也在这边，只是来这里的人没有那么多，来的人也大都是老师。学生们更喜欢去新楼那边的图书馆，那里的设施更加现代化，配有电脑、扶手椅，还有传送带，便利地传送各类平装书。老楼的顶层并未对外开放，那里是R.M.霍兰德先生的书房，纵然霍兰德先生已经离世，但书房依旧保留着原样。每次得知《陌生人》的作者曾居住在这栋房子里时，创意写作班的学生都会很兴奋。事实上，霍兰德先生鲜少离开这里。他是个隐士，那种老派的人，全靠一个管家和一群仆从打理他的起居，自己隐于斗室。换作是我，若是有人每天给我做好饭菜，洗好衣服，熨好《纽约时报》，然后放在盛了早餐的托盘上，端到我眼前，我大概也不想出门吧。但我还有女儿要照顾，所以最终还是会从床上爬起来。要是没有我站在楼梯上喊乔吉，告诉她时间，她永远也不会起床。霍兰德显然没有这个烦恼，不过有传言说，他可能真的有过一个女儿。但这种说法也没有被广泛认同，众口不一。

现在是十月份，正值期中假期，校园里没有什么学生，加上我整天在老楼这边活动，便很容易想象自己是在大学里教书，每天行走在古老又空旷的校园里。若是不去看校园里的新楼，或是忽略掉体育馆的气味，霍兰德邸的好些地方和牛津大学看起来差不多。我喜欢这样的独处时间。乔吉现在正和西蒙在一起，赫伯特正好好地待在狗窝，我可以心无旁骛地写作一整晚。我正在构思一部R.M.霍兰德的人物传记。我曾在少年时期读过一本恐怖故事选集，那里面收录了霍兰德的短篇著作《陌生人》，从那之后,我便对他产生了浓厚的兴趣。最初应聘塔尔加斯的工作时,我并不知道这所学校与他的渊源。当时的招聘信息并没有提及这一点,面试又是在新楼进行的。当我发现这里就是霍兰德的住所时,我感觉像是收到了某种启示。白日里,我教授学生英文,夜里,我便吸取附着在周遭环境中的灵感,写一写霍兰德。写一写他奇异且隐秘的生活,他妻子神秘莫测的死亡,还有他无故失踪的女儿。我已经写了一个相当不错的开头。甚至还有当地的媒体采访我,我因此上了一档新闻节目,一边尴尬地漫步校园,一边聊聊这里的前主人霍兰德先生。但最近,我也不知道为什么,突然就不知道该写些什么了。我会教导学生,要他们笔耕不辍,每天都要动笔。不要守株待兔地等着灵感自己找上门,因为有可能永远也等不到。缪斯女神只会眷顾行动的旅人。要沉下心,去创作。但和大多数老师一样,我自己却往往无法践行。我几乎每天都会写日记,但这个应该不算,因为这不是写给外人看的。

趁现在还来得及,我觉得应该下楼去喝上一杯咖啡。我站起身,看向窗外。天色越发灰暗,一阵骤起的狂风摇晃着树木。地上的枯叶被萧瑟的冷风席卷,漫过停车场,顺着落叶的方向,我看到了早就该注意到的:一辆陌生的车停在那边,车里面坐着两个人。如果只是这样,这还不算反常。就算是正值假期,这里毕竟是学校,有来访者也不意外。也许他们两个就是学校的职工,来学校收拾教室,为下周的课程做准备。但那辆车有点不对劲,还有车里的人,他们让我有些不舒服。车身是灰色的,毫不起眼,我不懂车,西蒙或许会知道这车子的设计,做工精良且结实耐用,像是出租车会选用的车型。但是这两个人为什么就干坐在那儿?我看不清他们的脸,但是隐约可以看见他们的穿着,都是一身黑衣,看上去和那辆车一样,不起眼,却又有些让人忌惮。

冥冥之中,我感受到了不祥的气氛,似乎有事发生,所以电话铃响起时,我并没有感到意外。屏幕上显示,来电的是里克·刘易斯,我们部门的主管。

"克莱尔,"他说道,"我有个坏消息。"

克莱尔的日记

二〇一七年十月二十三日 星期一

埃拉死了。里克告诉我的时候,我根本无法相信。后来,我慢慢消化了这个消息,想着或许是因为车祸,或是别的意外事故,就算是吸毒过量之类的也没什么意外。但里克随后又说,埃拉是被人杀害的,他口中的"谋杀"二字像是外语一样陌生。

"谋杀?"我有些傻气地重复了一遍。

"警察说,昨天夜里有人闯进了她家,"里克继续说道,"今天早上警察就找上了门。黛西还以为他们是来抓我的。"

我依旧无法将整件事联系在一起。埃拉,我的朋友,我的同事,我在英语教学部的伙伴,被杀害了。里克说托尼已经知道此事了。他今晚会给所有的学生家长写信。

"这件事肯定会登报的,"里克又说,"还好现在是期中假。"

他说的正是我在想的,谢天谢地现在是期中假期。乔吉和西蒙待在一起。但这庆幸的感觉令我愧疚。里克肯定也意识到了,他刚刚说错了话,"我不应该这么说,抱歉,克莱尔。"说得好像他真的感到愧疚一样。

他说他很抱歉，天哪。

那我呢？我还要装作无事发生，回到教室，给他们讲鬼故事。这并不是我最好的教学课程。但《陌生人》的课堂效果一直相当不错，尤其是讲到故事结尾时，那时天色刚好完全黑下来，气氛与故事完美契合，尤娜还被吓得叫出了声。最后一点时间，我给他们布置了写作作业："写一写接到坏消息后的故事。"我看着他们低下头，匆匆写着他们的大作（"凌晨两点半，一份电报传了过来……"），心里想着：他们对坏消息根本一无所知。

一回到家，我就拿起电话，打给了德布拉。她和家人一起出了门，还不知道这个消息。她哭了，说根本无法相信会发生这种事。就在上周五，我们三个还在一起。据里克说，埃拉是在周末遇害的。我还记得我给她发了短信，吐槽《舞动奇迹》节目的结果，但她一直没回我。是不是那个时候，她已经死了？

给学生们上课或是和德布拉打电话时，我并没有觉得多么难受，但此刻只有我一个人了，无法言说的恐惧便袭上心头……这种恐惧令我浑身僵硬。我坐在床上，手边摊放着日记，一点儿也不想关灯。埃拉现在在哪儿？他们已经给她收尸了吗？她的父母已经确认过尸体了吗？这些事情里克没有跟我提，此时此刻，这些细节开始显得尤为重要。

我只是无法相信，我再也见不到她了。

2

我早早地来到了学校。昨晚没怎么睡着,一闭上眼睛就是可怕的噩梦,这些梦倒不是和埃拉有关的,而是梦到在遍地战火的城市间寻找乔吉,赫伯特也不见了,我听到已经去世的祖父在看不见的房间里呼喊。昨天晚上赫伯特是在狗狗日托中心过夜的,也难怪我会做这样焦虑的梦,有它在或许会好些,但我不大喜欢它一大早就把我吵醒,上蹿下跳地要我喂食。整夜的梦境,哔哔作响的对讲机和蹦蹦跳跳舞动的女孩儿。早上六点我就爬起来了,八点时,我已经来到了学校。校园里已经有零星的人在了,他们在食堂喝着咖啡,有一搭没一搭地闲聊着。期中假期时,这里会开设一些课程,我总喜欢猜测,这些人都是来参加什么课程的:戴着奇珍异宝首饰的女人们是来参加挂毯手工或是陶艺课的;穿着拖鞋,留着长指甲的男人大都是制作弦乐器的。参加我的写作课的学生最难分辨。这也是教授创意写作课的美妙之处——你会碰到退休的教师、律师,还有一辈子为了家庭操持上下的女性,现在儿女已经长大,她们要为自己做点什么了,还有二十几岁的年轻人,总是自信满满,觉得自己就是下一个J.K.罗琳。我最喜欢的学生却是那些本来无意参加写作课的人,他们来上课完全是因为方便,毕竟在课程表上我的课紧挨着蜡烛制作课。也正是这些无心插柳的学生,总是给我和他们自己带来

"柳成荫"的惊喜。

我在咖啡机前接了一杯黑咖啡,然后走到一排座椅的最末端,坐了下来。这一切看似平淡的日常给我一种奇异的感觉,就这样像往常一样吃吃喝喝,想着白天的课程。我还是无法适应,我的世界里再也没有埃拉了。虽然如果对人说起,我最好的朋友是谁,我多半会说是大学时期的珍和凯西,但我与埃拉相处的时间比和他们两个谁都多——学期中我每天都会见到她。我们总会一起吐槽里克和托尼,他们有多难搞,讨论学生,讨论我们为数不多的闪光时刻,分享人文关怀组里十年级的同龄领导者和实验室某个技术员之间的八卦。即便是现在,我都想要给她发信息,告诉她我正在经历的事情。"你绝对不会相信,发生了什么。"真是荒谬……

"我可以坐在这里吗?"

是泰德,我的创意写作班的成员。

"当然。"我调整情绪,做出欢迎的表情。

泰德就是那种难以分辨的学生,光凭外表你绝对猜不到他会参加创意写作课。他剃光了头发,身上还有刺青,看起来像是某个木雕入门课的学员,或是探索日本陶艺的人。但他昨天在课上的表现可圈可点,而且现在看来,他并不是来找我说他的作品的,谢天谢地。

"昨天的课很有意思。"他一边说着,一边打开了一包饼干,那种宾馆卧室里常会备着的饼干。

"那就好。"我说。

"那个鬼故事。我昨天想了一整晚。"

"后劲儿很大,是不是?R.M.霍兰德并不是最棒的作家,但他绝对知道怎么吓唬人。"

"那他生前真的住在这里吗,这栋房子里?"

"是的。他一直住在这里,一直到一九〇二年。他的卧室就在我们昨天待过的那层。书房在阁楼。"

"这里现在是一所学校了,对吧?"

"对,中学,塔尔加斯中学。霍兰德去世后,这栋楼就变成了一所寄宿学校,后来又成了文法学校。二十世纪七十年代的时候,发展成了综合院校。"

"你也在这里教书吗?"

"是的。"

"你会给你的学生们讲那个《陌生人》的故事吗?"

"不会,霍兰德的作品并没有入选课程读物。现在的课本里还是《人鼠之间》和《告别有情天》之类的内容。我曾给参加普高会考的学生开设过创意写作小组,有时候我会给他们读一读《陌生人》。"

"肯定把他们吓得做噩梦吧?"

"并没有,他们很喜欢。青少年一直都很喜欢恐怖故事。"

"我也喜欢。"他冲我咧嘴一笑,露出了两颗金牙。"这地方让人感觉有点奇怪。我敢打赌,这里肯定闹鬼。"

"确实有过一些传闻,说是曾经有一个女人从顶楼掉下来了。有人说那是霍兰德的妻子,或者是他的女儿。还有学生对我讲,看到过一个穿白色睡裙的女人,顺着楼梯飘下来。还有人说,你会在余光里瞥见一个人从高处掉下来。而且死者的血迹还在,就在校长办公室的窗外。"

"还挺应景的。"

"哦,校长人很年轻,还很时尚。不是狄更斯笔下的那种。"

"嗯,可惜了。"

泰德将饼干在茶杯里沾了一下，可惜这饼干的质地不对，在浸到茶水的瞬间，便有一半碎在了杯子里。"今天上午要讲什么？"他说，"我昨天把课表落在教室了。"

"创造令人难忘的角色，"我说，"下午会讲关于时间和地点的内容。然后是以家乡为主题的作品。失陪了，我得去准备一下接下来的课程。"

我起身上楼，前往教室，想做一下基本的课前准备，确保接下来的课程能够顺利进行，但走进教室后，我却只是坐在桌前，将头深深地埋进手掌。怎么办，我要怎么撑过这一天？

第一次见到埃拉，是在五年前，我们一起来参加塔尔加斯中学的招聘面试。里克介绍我们认识，当时他还在硬撑，努力表现得不慌不忙，实际上当时的英语部非常缺人，有三分之一的老师在复活节前已经辞职，距离开学还剩短短几个月，而他需要在这之前招到两位经验丰富的英文老师。不久前，我翻看自己的日记，想从中找出当年里克给我留下的印象。但我有些失望地发现，我的记载十分单薄。"高而瘦，一脸憔悴。"里克属于那种初见平淡，但随着时间流逝，会慢慢让你领略其魅力的人——虽然所谓的魅力，也就那么回事儿吧。

"我们部门很活泼，"里克当时一边向我们介绍，一边带我们游览校园，"而且学校也相当不错，很多元，充满活力。"

那时候我们已经知道，当时有两个岗位空缺，所以我和埃拉之间并不存在竞争关系。我们彼此交换了一个眼神。深知"活泼"是什么意思。这所学校的管理已经十分松散，就快支撑不下去，上级部门最近一次视察给出的评价是"需要整改"。学校的老校长梅根·威廉姆斯当时还在苦苦坚持,但仅仅两年后,托尼·斯威特曼便取而代之,后者从另外一所学校空降而来,只有十年的教学经验。但现在学校的评定倒是不错了。

后来,我和埃拉聚在职工办公室稍作交流,说是办公室,其实不过新楼里不太讨喜的房间,电器上还贴着一张便笺,上面的内容有些怨怼:"请帮忙清理洗碗池。不能总是我一个人干活儿吧!"接着,他们便把我们两个留在了房间里,桌子上摆着咖啡和饼干,我们在这里等着评选组的最终决定。但当时我们其实已经知道,这个工作是十拿九稳了。还好有坐在对面的这位女士,未来的工作前景似乎没有那么暗淡:她梳着一头金发,陡峭的鼻梁极为突出,虽然不是那种第一眼看上去十分惊艳的类型,但极具魅力。后来我才知道,她是简·奥斯汀的死忠粉,最有共鸣的角色是《傲慢与偏见》中伊丽莎白·贝内特。但对我来说,她永远都是《艾玛》中的艾玛。

"你为什么想要来这里?"埃拉说着,拿起一支笔搅动着茶水。

"我刚刚离婚,"我说,"想搬出伦敦。再加上我还有一个十岁的女儿跟着我。我觉得住在郊外对她来说更好,而且这里离海更近一些。"

学校位于西萨塞克斯,开车走上十五分钟就能到达滨海肖勒姆,天气好的话,三十分钟就能来到奇切斯特。对于这点便利,里克和托尼不厌其烦地絮叨了好些遍。我努力把注意力放在开车,沿途所看到的郁郁葱葱的乡村美景,而不是艺术教室破败的窗棂,破败萧条的庭院,还有被咸湿海风吹得凋零的院子里的绿植。

"我也是逃到这里来的,"埃拉说,"我本来是在威尔士教书,不过和部门领导扯上了恋情,办公室恋情,没有好结果的,是我犯了蠢。"

我记得自己被她的直率感动,但也有一些惊讶,没想到她会对我,一个第一次见面的人如此坦诚。

"我无法想象和里克有什么恋情,"我说道,"他长得像个稻草人。"

"我要是有个脑子就好了。"埃拉叹气,惟妙惟肖地模仿着《绿野仙踪》中稻草人的语气。

她当然是有脑子的,还是非常好用的那种,按理说,她这样聪明的人应该能看清里克的为人。她应该明智一些,听我的劝告。

然而现在说什么都已经晚了。

上午时,我开始和学生们聊《陌生人》。

"你总能在鬼故事里发现一些在现实中存在的原型角色,"我说道,"一个无辜的年轻人,乐于助人的帮手,愿意拉你一把的贵人,不讨喜的女士。"

"我认识几个这样的人。"泰德有些憨厚地笑着说。

"我不明白,"尤娜说道,"不讨喜的女士是什么样?"我一眼便能看出,看来要花些功夫来给她解释这一点了。

"哥特式鬼故事里总会有一个这样的角色存在,"我说道,"想想《黑衣女人》,或是《简·爱》里面的罗切斯特夫人。她最早出现,是在《巴斯夫人的故事》这样的传说里,那里美丽的女人会变成可怕的女巫,或是女巫变成美女。"

"我绝对见过这样的女人。"泰德说。

我并不打算岔开话题。这两天我们已经听泰德滔滔不绝地说了好多他的感情问题了。"当然,"我答道,"你们也听过这种类似的传说,比如在约翰·济慈的叙事长诗《拉弥亚》中,就讲述过一条蛇变成女人的故事。"

"但《陌生人》里并没有什么蛇女。"尤娜说道。

"的确没有,"我说道,"R.M.霍兰德在他的所有小说中,都会回避去塑造女性角色。"

"但是你说过,他妻子的鬼魂就在这栋房子里。"泰德一说完这话,我便有些后悔,自己一时嘴欠,不该在看他吃饼干时乱说这些话来消遣。

"和我们也说说吧。"其他几个人听到泰德的话,也开始按捺不住好奇心,在一旁说道。思维活泼而敏感的人总是喜欢听刺激的故事,觉得兴奋,但秋日的阳光洒进教室,温暖而光明,在这样的环境下,人们很难相信真的有什么鬼怪存在。

"R.M.霍兰德娶了一位妻子,名叫艾丽斯·埃弗里,"我说道,"他们就住在这里,在这栋房子里,后来艾丽斯去世了,很可能是从楼梯上摔下来身亡的。随后,人们就开始看见她的鬼魂在这里游荡,有人说看到过她在一楼的走廊里飘着,或是从楼梯上飘下来。还有人说,如果你看到了她,那么你也就离死不远了。"

"你见过她吗?"一个声音问。

"没有。"我回答道,转身面向白板。"现在,我们再来做一个角色创造的练习。想象一下,你现在正在火车站……"

我偷偷地看了一眼手表。还有六个小时要熬。

整整一个白天,时间过得无比缓慢,这一天似乎没完没了,令我度日如年。但最后,我终于熬过去了,和学生们说了再见,并允诺会在《星期日泰晤士报》的文化版块中留意他们的文章。我整理好手中的材料,锁门离开。接下来,我几乎是落荒而逃般快速地跑过砂石路,钻到了车里。虽然才下午五点,但我却觉得周遭一切如同午夜时分一样阴森恐怖。校园里只有零星几盏灯闪烁着,狂风在树木间狰狞穿梭。我已经迫不及待要回家,喝上一杯红酒,缅怀一下埃拉,最重要的是,我很想见赫伯特。

若是在五年前,你告诉我,我会如此依赖一条狗,我肯定会觉得你是在说笑话。我小时候就不像其他孩子那样喜欢小动物。我在伦敦北部长大,父母都是学者,我们家唯一养过的小动物是一只名叫美杜莎的猫,她只对我母亲表现出好感,除她以外,她对谁都爱答不理。但是,在我离婚并搬到萨塞克斯后,我觉得乔吉需要一条狗。养一条狗可以每天激励乔吉到野外跑跑,看看花或看看草,省得她好几个小时一动不动地盯着电话发呆。她可以把那些青春期少女的焦虑心事毫无保留地倾吐在那对尖耳朵里,它只会毫无怨言地陪着她,这对她有好处,对我也一样。我甚至还隐隐地期盼,养一条狗也许会督促我每天运动,去见见其他遛狗的人。总好过每天泡在读书会里,还得提心吊胆地煎熬着,生怕有人提议你去读一读《火车上的女孩》。

于是我们两个去了救助站,在那里领养了赫伯特,与其说是我们选择了它,倒不如说是它选择了我们,因为真实的情况就是如此,不是吗?我想要一条狗,最好是小型犬,这样万一遇到什么紧急状况,我能一把把它抱起来,但也不能太小,那样就算不上是一条狗了。赫伯特的身世已经无从知晓,但营救它的人说,它八成是个凯恩梗和贵宾犬生的串串。但它长得却和那个绘本

《杂货店里的小跑腿》上面的卷毛狗一模一样，在绘本上，白色的画笔几笔就勾勒出一副毛茸茸的躯干，再加上四肢，一只小狗就完成了。

毫无疑问，我深爱着赫伯特。乔吉也很爱它，她总会带它出门散步，把它当作人类看待。"赫伯特遇到其他狗狗会觉得害羞。因为它是个独生子。"但对它产生深深依恋的人是我，我会对它诉说烦恼，让它在我床上睡，甚至和我盖同一条被子。我深爱着它，有时候我看着它，甚至会惊奇，它居然只是覆盖着毛皮的动物。

狗狗日托中心的老板安迪总是很开心能看到我（我知道不该把赫伯特送到日托中心，但我也没办法）。他是个很随和的人，喜欢和人聊天。但在见到赫伯特的第一眼，看到它开心又温存的眼睛，毛茸茸的小脸，我居然有些想哭。我伸出手把它抱进怀里，付钱给安迪，然后几乎是跑着回到了车里。我只想带着我的毛孩子回家。路过商店时，我停了一下，下车去买了酒和巧克力饼干，这期间，赫伯特就在车里伸出舌头喘着气，等着我。

我住在一幢联排别墅里，两层的排房别墅，大门是黑色的铸铁栅栏，别墅位于乡村中心，背后就是白垩悬崖。这栋房子本来是建给水泥厂的工人们住的，但现在水泥厂已经荒废了（采光很差的窗子，生锈的机器，夜里屋顶会传来呜咽的风）。但工人们住的房子却留下来了。房子状况还好，美观而体面，楼前有一片草坪，几头表情憨厚的牛站在那里，无知无忧无惧，将噩梦般的水泥建筑抛在身后。我们现在已经熟悉了面前的房子，这里离学校很近，所以上班很方便，离斯泰宁也不远，那边有一些不错的餐厅，还有一家非常棒的书店。但偶尔，工厂灰暗的棱角和裂痕般深邃的窗口会闯进视野，我总会忍不住想：怎么会有人选择在这里生活呢？

　　这条支路尽头只有我的住处，我有些意外，看到前方有一辆车，就停在我家大门口。要说我完全没有预料到吗？倒也不是，因为不祥的预感已经跟随我一整天了。那种令人心慌却无法逃脱的模糊感觉，我认出了这辆车。停下车后，我打开车门，把兴奋的赫伯特放了出来，一个女人也从前面的车子里走了下来。

　　"您好，"她说道，"是克莱尔·卡西迪吗？我是警长考尔。我可以进去坐坐吗？"

3

考尔警长身材瘦小,深色的头发在脑后绑了一个马尾。她看上去比我要小上十岁,大概三十五岁。尽管她身形瘦小,甚至有些孩子气,但很有气势,这种感觉很像一名教师。考尔警长身后是一个男人,年纪比她要稍大一些,一头银灰色的头发,整个人放松而和善。男人自我介绍称,他是警长尼尔·温斯顿。和电视上看到的一样,警察总是成对出现。

赫伯特热情地扑向考尔,我扯了一下狗绳,制止了它。在狗狗学校学了那么久,它还是一点长进都没有,变着法儿地让我难堪。

"没关系的,"考尔说,"我很喜欢狗。"

她一边说着话,一边挥手掸着身上可能粘上的狗毛。其实赫伯特有一半贵宾犬血统,所以不怎么掉毛,但考尔警长并不知道。她穿着一条黑色的裤子,上身穿着白衬衫,外面套着黑色的外套。朴素的衣着低调得如同制服一般。我可以确定,她和身后的温斯顿就是昨天我在停车场车里看到的那两个人。

"进来吧。"我说道。我们走到过道尽头,来到明亮簇新的房屋前门处。我单手取出了邮箱里的信件,随后伸手将两人引向客厅。赫伯特不管不顾地脱离众人,冲向厨房,对着空无一物的空气大声吠叫起来。

"二位要不要来点茶？"我对考尔和温斯顿邀请道。

"不了，谢谢。"考尔如是说道。温斯顿却同时出声道："加奶，两块糖。"

我将包放在厨房料理台上，包中的酒瓶彼此触碰，发出罪恶而清脆的声响。我希望考尔警长什么都没听到。虽然才照面，但我一下便知道，她才是两人中不好相处的那个。我开始泡茶，然后拿出几块饼干放在盘子上。准备妥当后，我回到客厅，赫伯特在我的脚边欢腾着。

"我们正在调查埃拉·埃尔菲克的凶杀案，"我一坐下，考尔便开口说道，"我想您已经知道这个消息了吧？"

"是的。里克·刘易斯，我们部门的主管，昨天给我打了电话。"

"很遗憾，"考尔继续道，"我明白这对您来说应该很可怕、很突然，但我们想尽快与埃拉所有的朋友和同事聊一聊。这样我们就可以尽早了解埃拉的生活，也就能锁定嫌疑人了。"

"我还以为……"我停住了话头。

"以为什么？"考尔追问。

"我以为……我当时以为……她是被陌生人害死的。一次随机犯罪，抢劫杀人之类的。"

"多数凶杀案都是熟人犯罪，"考尔说道，"而且我们有理由相信，埃拉的案子也是如此。"

"里克说埃拉是被刀捅死的……"

"确实，"考尔说，"被害人遭到多次捅刺。"

"天啊。"

一阵沉默，室内只有温斯顿喝茶的声音，赫伯特低沉地哼哧着。

"那么,"考尔说着,拿出了一个笔记本,"您和埃拉一样,在塔尔加斯中学教书。对吗?"

"对的。我们都教英文,在塔尔加斯中学。哦,天啊。"

考尔没有说话,只是等我冷静下来。

"我是初中部组长,她是会考部的。"

"初中部是指?"

"七年级到九年级段,学生年纪在十一岁到十四岁。会考部是十年级和十一年级。备战会考的学生,年纪大概是十四岁到十六岁。"

"所以,在工作上,你们的往来很密切?"

"是的,我们部门很小,只有六个人。我们每周都有例会,我和埃拉会协调教学进度,跟进项目进展,还有教学目标之类的。"

"她生前跟您合得来吗?"考尔问。她可以毫不避讳埃拉已死这件事,因为她不曾认识死者,没见过她活着的样子。

"很合得来。"

"你们在工作之外还有其他的社交往来吗?"

社交。用这个词来描述我和埃拉之间的关系,似乎有些过于正式了:一起遛狗,一起吃吃喝喝,不介意些许放纵的微醺,在脸书上长篇大论地吐槽《舞动奇迹》。

"有的。"我答道。

"您最后一次见到埃拉是什么时候?"

"上周五晚上。我们去看了电影,然后又一起吃了饭。"

"只有你们俩?"

"还有德布拉·格林。她也在塔尔加斯中学工作,是个历史教师。"

"你们看了什么电影?"

"新出的《银翼杀手》。"我答道。

"我一直想看来着,"温斯顿警长说道,这大概是他进门后说的第一句话,"好看吗?"

"有点长,"我说道,"不如第一部好看。"电影的后半程我几乎是睡过去的,只模糊记得瑞安·格斯林在雪中缓慢行走,一滴泪顺着他的脸颊流淌下来。我觉得一切都是如此的难以置信,我们坐在这里讨论着电影,与此同时,埃拉正躺在某处,气息全无。

"埃拉在周日有联系过您吗?"考尔说。

"没有。在《舞动奇迹》结果出来之前,我给她发了信息,但没收到回复。"

"那是什么时候?"

"七点多吧。"

"您周末晚上一直在家吗?看电视?"

"看了一会儿。然后我又备了一下周一的课。周一有创意写作课。"

"一整晚您都是一个人吗?"

"并不是,我女儿和我一起。"

"整晚都是?"

"是的,她基本上都待在自己房间里,但确实在家。"

"那周一的时候呢,您在教创意写作课?也是在塔尔加斯中学,对吗?"

"是的,学校在期中假的时候会开设成人教育的培训课程。"

"您女儿现在在哪儿?"

"她去她爸爸那儿了。周一早上我把她送到了车站。她明天就会回来。"西蒙会开车送她回来,挺好的。不过这样一来我又得跟他碰面,挺晦气的。

考尔和温斯顿交换了一个眼神。这明显意味着对话将出现变化,果真,考尔身子后仰,靠在柔软下陷的扶手椅里,她话锋一转,说道:"埃拉是个什么样的女人?"

对于这个问题,我接下来给出的答案似乎非常重要。埃拉是案件的被害人,我不希望她在自己的谋杀案中还要被指指点点,不管什么前因后果,世俗似乎总是对女人有许多苛责。考尔警长看起来似乎是个女权主义者,就差在胸口印上"女权主义当如是"的标记了,但我还是不能相信她。这个问题的暗示意味太明显了,似乎就等着我招认,说埃拉私生活混乱,因而招致了最后的糟糕下场,她并不是完全无辜。被捅死,被一把刀反复捅刺的痛苦折磨,有一部分原因是她活该。所以我仔细搜寻着关于埃拉的记忆。复制,重播,删除。

"她是个很可爱的人,"我开口,"非常聪明,特别有趣。没有人不喜欢她。"

除了对她痛下杀手的凶手。我又说道:"埃拉是一位很优秀的教师。孩子们很爱她。如果知道埃拉的事情,他们一定会伤心……"

考尔对我的回答未置可否。"埃拉生前有男朋友吗?"她问。

我就知道她会这么问。"据我所知,是没有的。"我说。

"前任呢?"

"过去有吧,"我谨慎地说道,"最近是没有。"

"她有特别提起过谁吗?"

"她提过之前在威尔士教书时候,有那么个人,叫布拉德利什么的。"

考尔低头做了笔记。"她从没提过有什么人让她困扰吗？有谁在脸书上追踪她之类的？"

待会儿我会强迫自己去查看埃拉的脸书主页的。但没有两杯酒下肚，我肯定做不到。

"没有。"我说道。

我原本以为他们会问更多的问题，然而他们却站起身，这让我有些意外，两人的动作出奇地一致，似乎是有秘密的暗语一般。

"谢谢配合，"考尔说，"您提供的信息很有帮助。"

"请节哀。"温斯顿边往外走边劝慰道。他官方的语气令人联想到美国警匪片中的老套台词。考尔中途停下，用力拍了拍赫伯特的头，不让它蹭上来贴到自己的裤子，没再说什么。

他们走后，我来到了厨房，倒了一杯红酒。其间，我瞟了一眼刚刚从邮箱里取出的信件，有几封棕色信封的广告信件，没什么特别的，但却有一封信引起了我的注意，信封很厚重，是奶白色的，上面的邮戳显示着：剑桥大学，圣朱德学院。

虽然知道有些不切实际，但我的第一直觉认为信件和乔吉有关。她才十五岁，还未参加任何考试，为什么剑桥的学院会写信给我谈论她的事呢？而且，尽管乔吉确实很聪明，但很显然，她是打算轻松地混过整个读书生涯的。我对她的期望值也已经一降再降，理想的大学从牛津降到任意一个常青藤学府，最后我已经不再奢求，只要她读的学校，宿舍能配有独立卫浴就可以了。虽说已经做好了这样的预期，但随着我拆信的动作，一丝不切实际的期望开始慢慢在心底升起，我仿佛已经看到"我们注意到……

天赋极高的学生……开放奖学金"这些字了……

可信里的内容并不是要破格录取乔吉为格顿学院的一员。不过依然很奇妙。

亲爱的卡西迪女士：

我得知您正在写一本有关R.M.霍兰德的书，讲述他生前的故事和其作品。恰好我最近得到一些信件，我想您或许会感兴趣。方便的话，您可以来我这里坐坐，我也很乐意将信件展示给您。十月二十三日后的一周，我都很方便。

诚挚祝好，

亨利·H.汉密尔顿。

英文系高级教员

我盯着这段话看了许久。信纸在手中，它似乎是从十九世纪穿越时空而来的，好像是霍兰德亲自写给我的一样。信纸上那个中间名字的大写字母看起来有种维多利亚时代的古雅感觉。话说回来，这位亨利·汉密尔顿怎么会有我的收信地址呢？如果是电子邮件地址倒是不稀奇，我的电邮地址在学校网站上就能找到。亨利·H.汉密尔顿，光听名字就觉得是个大人物。他是通过学校找到我的收信地址的吗？拜托了，可千万别是因为他看了那档电视节目，难不成这位HHH先生一直在油管上关注着我吗？他说的那些信件又是什么呢？有那么金贵吗？非要我亲自过去看，不能邮寄过来吗？扫描件也不行吗？

手机铃声响起。我希望是乔吉打来的，然而并不是，来电的人是德布拉。

"你在家吗？"她问。

"在的，到家差不多一个小时了。"

"我刚刚给埃拉的父母打了电话。"

我也应该打个电话的，但我没有勇气。我见过一次埃尔菲克夫妇，奈杰尔和萨拉，他们看上去很和善，很温柔。埃拉是他们的独生女。

"我感觉糟透了，"德布拉说道，"对他们你能说些什么呢？你什么都说不出口。对父母来说，失去孩子是世界上最惨痛的事情。"

"是啊。"我说。

"我说着说着，自己就哭上了，她妈妈还反过来安慰我。我感觉糟透了。"

"你也是有心了，打电话过去安慰他们。"

"我不知道。"德布拉说着，我能听到她点了一根烟。这表明她此刻不在室内，应该在花园里。里奥不让她在室内吸烟。"但又能做些什么呢？你看过她的脸书了？"

"没有。"

"上面全是别人的留言，什么'安息吧'，'上帝又召回了一位天使'。说得情真意切，好像他们和她很熟一样，那里面有几个人真的了解她？天啊。"

我回想起考尔警长问的那个问题，有没有什么前任在脸书上追踪过埃拉。

"警察刚刚来过我这儿。"我说道。

"警察，为什么？"

"他们正在找埃拉的朋友们问话。下一个可能就会找上你了。"

"天啊，那几个小崽子肯定得乐坏了。两个警察找上门。"

"其中一个是女警,很有气场。"

"那他们有什么凶手的线索吗?"

"他们倒是问了一些关于前男友之类的问题。"

"你是怎么说的?"

"我说最近没听说过,很久之前倒是有。"

"你没提里克吗?"

"没有。"

我再次深深吸气,为德布拉接下来的问题镇定自己的神经,她却只是说:"我还是没办法相信。埃拉死了,被杀掉了。好像一场噩梦。"

"或是小说里的故事,"我说,"我一直在想,我好像是某本书中的人物。"

"你总这样想,"德布拉说,"想来我这儿待会儿吗?"

"不了,我没事。我搞了一瓶红酒,还有赫伯特陪我。"

"听起来很完美。我过一会儿就要去把熊孩子们接回来,然后做晚饭。里奥出去玩足球了。"

"温馨的家庭生活啊,是吧?"

"是。就是个骗人结婚的陷阱。那明天见个面?"

"乔吉明天回来。"

"到时候给我打电话吧。也许我们能见面喝个咖啡什么的。"

"好,"我说,"再见。开车慢点。"

我站在料理台前干掉了一杯,随后再次将杯子满上。接着,我点开了埃拉的脸书页面。

4

第二天下午四点,西蒙姗姗来迟,比约定的时间晚了整整三个小时。乔吉在路上给我发过信息,我知道他们会晚到,所以没有花三个小时看着窗外傻等。但这样不守时还是挺让人恼火的。我上午见了德布拉,去了商店,但如果没有西蒙这虚晃一枪的迟到,这个下午我还能做更多的事情,真是搞不懂他到底有多天真,他真的以为从伦敦开车到西萨塞克斯二十分钟就够了吗?

"我从一点就开始等你们。"这是我开口对前夫说的第一句话。

"乔吉给你发过信息了。"他说。

"嗨,宝贝。"我拥抱了女儿。"怎么样,玩得开心吗?"

她回抱了我一下,然后马上转过身去抱赫伯特了,那样子可比见到我热情多了。

"我的小狗狗,你好不好啊?好不好?哎呀,我的小宝宝,看看这小脸蛋。"

乔吉把赫伯特抱起来,不住地亲吻他。西蒙和我站在一旁,看着他们两个。只有这种时候,我们两个想的是同样的问题(她为什么不像喜欢狗那样喜欢我们呢?),但我并不想承认这一点。

"还是赫伯特招人喜欢。"西蒙最后只是这样赞叹了一声,随后将乔吉的包从座位上拿下来。

"要不要进来喝杯茶?"我客套了一下。

他犹豫了。我知道他并不想和我同处一室，但他多半是要用一下洗手间的（毕竟他这个年纪，前列腺多多少少开始出现些问题了）。

"那就小坐一会儿，"他说道，"谢谢。"

他以为喝杯茶要多久？难不成我会搞个日式茶道招待他？我侧身，跟在他身后进门，发现自己咬紧了牙关，心底升起了不耐烦。

他一进门就直奔厕所，在我慢条斯理地整理茶包，准备泡茶的时候，他又出现在了一旁，我们开始有一句没一句地闲聊起来。乔吉和赫伯特已经上楼，不见踪迹了。

"这厨房装得不错。"西蒙说。搬进这里后，我将厨房全部翻新重做，确实不错——闪闪发光的门，花岗岩料理台，明亮的天窗，以及窗外映入的花园的美景。西蒙每次都要特别地挑这里来说，我知道，因为他讨厌这一事实——我拥有了自己一直想要的东西，崭新漂亮的厨房。离婚后我们卖掉了伦敦的房子，不过因为西蒙后来娶了一位相对有钱的老婆，所以在市里买得起房子。我就没那么幸运了，被流放到郊区，所以在我看来，一个花岗岩料理台是我应得的补偿。

"弗勒尔怎么样，还好吗？"我开口道。我并不讨厌西蒙的新婚妻子，甚至还有些同情她，因为她嫁给了一个按颜色顺序收纳袜子的男人。弗勒尔和西蒙一样，也是一位律师，只是最近她并未工作，在家带两个孩子，一个三岁，一个刚满一周岁。可想而知，她过得应该不怎么轻松，尤其是碰上西蒙这样的丈夫，总自诩自己是新好男人，却绝对不会休陪产假照顾妻小。

"她还好，"西蒙回答，"就是有点累。海洋晚上还是不睡。"这也不能怪孩子。她很可能是被自己的名字蠢到了，心理创伤严重，睡不着。

"那挺糟心的呀。"我敢打赌，孩子不睡肯定影响不到西蒙，他一定躲到别的房间了。他看上去精神很好，一点也没有睡眠不足的样子。

西蒙摆弄着手中的钥匙，这是一个明显的迹象，说明他此刻有些紧张。"你朋友的事情，我很遗憾，"他终于说到这事上来了，"乔吉给我看了一些网上的东西。"

埃拉的死讯传得很快。报纸上，电视上，网络上，沸沸扬扬。显然，你可以将脸书申请为纪念账号（德布拉说我们应该跟埃拉的父母提议，将埃拉的脸书账号申请为纪念账号），这样一来，那些死去的人就可以在虚拟世界里永生。

"事情发生得太突然了。"我说。

"乔吉说，这位埃拉老师曾教过他们。"

"埃拉，是的，她教过乔吉英语，十年级的时候。"

"这件事对乔吉来说打击也很大。她一直在说这件事。"

"这是她第一次经历死亡，我想可能是这个原因吧。"西蒙看起来有些受伤。"如果不算你父亲的去世的话，确实是。"我立刻补充道，"我把那次忘了。但德里克去世的时候，乔吉才三岁。现在，她已经是个情感充沛的青少年了。"

"说到情感充沛，"西蒙接话道，"她还在和那个泰联系。"

"我知道。"我说。

这是我们之间为数不多的另外的共识，西蒙又说道："这么说，我们阻止不了他们接触了？"

"真要阻止的话，只会适得其反。"我说道。

"已经好长时间了，不是吗？"

"从夏天到现在，对他们这些青春期的孩子来说，算得上是一万年了。"

"而且你见过那小子,是吧?"

我之前就已经跟他交代过了,但我依旧耐心地回答道:"见过,那孩子看起来不错,很有礼貌。只是年纪大了些,已经二十一岁了。"

"她为什么不和学校里的同龄人约出去玩呢?那才更合理吧。"

"可能因为泰很酷吧,"我说,"他现在搬出来自己住,还有自己的车。在十五岁左右的孩子眼里,这些条件很重要。"而且他还很帅,身形健美,透过衬衫能看到他完美的肌肉线条,那种阳光健硕的好看。但这些话我是不会对西蒙说的。

"行吧,尽你所能,让他们两个保持点距离吧。"

我很讨厌西蒙对我说这些,就好像我能做到一样,现代社会,人们通过社交软件可以一天二十四小时黏在一起,这是我说阻止就能阻止的吗?不过我想到了一个完美的回应。

"我周五要带她去剑桥,"我说,"剑桥那边有个人要和我碰面,聊聊我正在写的那本书,正好带她去,可以放松一下,过一个完美的假期。"

西蒙和我就是在读大学期间认识的,那时,布里斯托大学有很大一个学生群体,叫作"牛剑弃儿",顾名思义,就是申请牛津、剑桥结果被拒的学生们。在确认关系几个月前,我们两个羞愧地承认,自己也是"牛剑弃儿"。我走到了面试那一步,虽然分数合格,还是惨遭淘汰了,最终没被录取。西蒙倒是收到了录取消息,但是分数却没达标。很难说,我们两个谁更惨一些。对于这次失败我最开始并不在意。我喜欢布里斯托,尤其钟情于校园里的某些地方,比如威尔斯纪念楼,在特定的灯光映射下,会生出牛剑校园的氛围。只是从最近开始，从我写书开始，我渐渐意识到，许多人——作家、演员、学者，都如此巧合地提到他们是牛津或是剑桥出身。R.M.霍兰德在《陌生人》中的第一页就提到了。这几乎是一条不成文的规矩，如果你上的是牛津或剑桥，你一定得说明，否则就只是"在我读大学的时候"。

当时西蒙读的是法律系，所以大一那一年我都没怎么关注过他。和医学生们一样，律师们总喜欢和自己人混在一起。我读的是英文专业，所以总是混迹在戏剧社和辩论队，并且交了一个哲学系的男友，名叫塞巴斯蒂安，虽然那段关系让人心潮澎湃，却不怎么健康。大二圣诞节那个学期，我认识了西蒙。那一年，我和简，还有凯西住在同一间公寓。她们两个特别可爱，我们最终变成了很好的朋友。不过那时候，她们就是世人眼中的"阔小姐"，那种穿衣服要把领子立起来，床头摆着自己宠物狗照片的"白富美"。我的室友们对于"有趣"的定义就是举办晚宴派对。迪莉娅做的西班牙式炖猪肉，配上橄榄摆盘，吉第安酒瓶上插着的蜡烛，人群中从左到右传递的大麻烟卷。她们还喜欢成对出现的宾客，所以我参加这样的派对时会带上塞巴斯蒂安，那个时候我们的关系已经渐渐冷淡。西蒙是和一个现代语言专业的女生一起来的，他看了一眼我们的厨房，我们在胶木桌子上摆放了精美的餐具，忽然忍不住笑出了声，随后他看到了我，就那么一眼而已。后来，在抽烟、喝酒、玩游戏的狂欢间隙，我们两个溜了出来，跑着、叫着，穿过清晨的布里斯托，在波尔多码头接吻，几只船在港口的水浪间颠簸起伏。我们回到西蒙在克里夫顿的公寓，在他的床上做爱，我记得他床上的黑色床单，还有床头挂着的切·格瓦拉的海报。自那之后的大学生活中，我们形影不离。二十三岁的时候，我们结婚，那时西蒙刚刚考完司法考试，我完成了教师培训。在周围所有的朋友中，我们是最早结婚的一对，如果那时候你告诉我，在将来的某一天，我会无法控制地厌恶这个男人，甚至无法忍受看着他安静地喝完一杯茶，我一定会笑你信口雌黄。

果真如我所料，我要去剑桥的事情刺激到了他。

"哦，你还在写那本书啊？"他也只剩这句话可以酸我。

"是啊，"我答道，"进展得还挺不错。"

"就是关于那个写鬼故事的人的，是吧？"

"R.M.霍兰德。是的。"

"他杀了自己的老婆？"西蒙又问道，他明知道这是胡扯的，但还是说出来了。

"谁都不知道到底是不是他杀的，"我说，"也许我的书能解开这个谜团。还有关于他女儿的部分，我也要研究个明白。"

"我都不知道，他还有个女儿。"

"这件事谁都说不准。但是他的日记里提到了一个'M'，我觉得这个'M'有可能是他的私生女。没错，她也死了，根据一首诗能推测出来，'献给安息的玛丽安娜'。"

西蒙做作地打了个冷战，这让我十分不快。"真他妈的是个招人喜欢的大作家。不敢相信，他的东西都还留在学校里呢，是吧，在阁楼里？怪不得那学校阴森森的。"

我刚搬到萨塞克斯时，就应聘了塔尔加斯中学的教师一职，西蒙坚持要乔吉到附近的一所私立高中读书。在我的教育观念中，我对于私立学校并无偏好（西蒙之前的想法也是一样的）。但我还是同意了他的意见。那之后我开始在塔尔加斯工作，也明白学校的发展正面临危机。乔吉的生活在那一年发生了巨大的变化，包括我们离婚，搬离伦敦。所以我们当时以为，圣信仰作为一所精巧的私立女子学校也许更适合她。乔吉很讨厌那里。她讨厌学校的女生——大部分学生都是预科直升上来的——还有校服，无处不在的校规校纪，几乎所有的一切，她都讨厌。短短一个学期下来，乔吉变得抑郁，沉默寡言，并饱受身材焦虑困扰，担心变胖（相互攀比的节食活动是圣信仰学校里盛行的风气）。八年级的时候，我将她转到了塔尔加斯，渐渐地，她恢复了生气，交到很多朋友，在学习上表现得也非常好。西蒙此时还暗暗地希望，乔吉能够穿着夹克，背着一个长笛盒子。当然了，他完全可以在老虎和海洋身上实现这样的愿景（近年来，他对非主流的名字有了更强的包容性，我猜是受到了弗勒尔的影响）。但西蒙无法否认，乔吉在这里过得更开心了，所以他把塔尔加斯描述成一锅大乱炖，并喜欢对校园明显不统一的割裂氛围评价那么两句。

"学校规定，学生不许去顶楼，"我说道，"而且今年的会考成绩很不错，在全国也能排上名。"

"乔吉得努力备考，"西蒙说，"不能再整天出去和什么二十一岁的街溜子鬼混。"

我理解他这么想也是为了乔吉好，只是很反感他一定要把话说得这么难听。而且，街溜子？他以为自己是什么，七十年代情景喜剧里的人吗？我一把拿过他的茶杯，开始清洗。

"时间不早了吧？你不赶紧上路，还来得及吗？"

晚些时候，乔吉和我坐在一起看《实习医生格蕾》的DVD（我们这段时间以来最亲密的时刻伴随着血腥的颅骨手术和心脏搭桥手术），我开口问她："这周五，你想不想去剑桥校园看看?"

乔吉没有任何反应,眼睛依旧盯着屏幕,画面中梅瑞狄斯和德里克正为一个患有白血病的少年悲悯不已。

"去干吗?"

"我要去见一个人,和他聊聊我的书,我们可以在那边吃午饭。那里真的很漂亮。"

"你要见谁?"

"一个手里有R.M.霍兰德亲笔信的人。"乔吉知道霍兰德,所有的学生都知道,但她对霍兰德没有丝毫兴趣。

她又盯着屏幕看了一分钟,随后才说道:"如果我去的话,你不会一路上唠叨,让我申请牛津剑桥什么的吧?"

"我唠叨过吗?"

"非常隐晦地唠叨过,"乔吉说着,手指在手机上敲打着,眼睛却没看手机。"说谁和谁的女儿读的都是牛津和剑桥,然后他们过得有多开心,还有五月舞会什么的。"

我从没意识到自己这样说过,但确实,我有些在伦敦的同学,他们的孩子读的不是牛津就是剑桥。有时候我忍不住会想,搬到萨塞克斯不光黯淡了我的未来,也黯淡了乔吉的。

"我不会再提了。"我说道。

"好啊,泰可以一起去吗?"

"不行,"我拒绝道,"这是母女时间。"

"咦。"乔吉有些嫌恶地说着,但并没有因此拒绝我。

克莱尔的日记

二〇一七年十月二十五日 星期三

今天上午,我终于鼓起勇气拨通了埃拉父母的电话。我以为可能打不通,或是无人接听,甚至想好了之后如何对别人解释:"是啊,我打过了,但是他们可能现在不想接电话,这么打电话过去确实有点冒犯。我还是寄张慰问卡吧。"但是铃响第二声的时候,那头便有人接起了电话。是埃拉的母亲,萨拉。我刚介绍自己是"学校的老师,克莱尔",她便开始哭了。"哦,克莱尔。怎么会这样呢?"太令人难过了。我试着说些什么安慰她的话,但这种情况下又能说些什么呢?没有任何话可以安慰到她。埃拉死了,白发人送黑发人,她的父母变成了失独老人。没有任何希望——没有外孙或是外孙女,没有可以期盼长大成人,再次陪在他们身边的家人。他们的世界全是黑暗。我只能说自己很遗憾,随后又问了葬礼的安排。萨拉说,她想在塔尔加斯的小教堂举办埃拉的葬礼,这让我有些别扭,但还是保证自己到时候一定会到场,我又问她有什么事情是需要我做的。但事实上,我什么都做不到。

我上午还和德布拉见了一面,一起喝了咖啡。埃拉的事情让她伤心,也让她着迷,她问我知不知道尸检和现场调查的情况，听她话头话尾中透露出的兴味，埃拉的案件似乎变成了一部连续剧。我一直在想之前来找过我的那两位警长，考尔和温斯顿。他们并没有什么敌意，但也不怎么友好。"多数凶杀案都是熟人犯罪，"考尔说过，"而且我们有理由相信，埃拉的案子也是如此。"

他们在怀疑谁？

"世上没有永远的秘密，真相总会大白于天。"——威尔金·柯林斯在《无名氏》中写过的……

5

我们将赫伯特送到了狗狗日托中心,然后早早出发,开车向剑桥进发。天气很好,风清气爽,阳光明媚,秋色沾染树木,红叶如火,热烈奔放的树丛勾勒出道路旁田野的形状。即便是M25(伦敦外环高速公路)上也有宜人的美景。乔吉一直戴着耳机,我听着车载收音机播放的节目。收音机里正在讨论有关性骚扰的话题。我开始回想从小到大,在学校和工作场合中,听到过哪些令人不快的评头论足。渐渐两只手已经数不过来了,我便放弃了无意义的思考。乔吉摘下耳机问我,我们到了没有。

"快了,"我说着,眯起眼睛看了看卫星导航,那上面一直在规划路线,也预测了到达目的地的时间,"还有一个小时左右。"

乔吉听后,歪倒在座椅上。我们在服务站稍作停留,吃了点东西,解决生理需求,用了卫生间,之后再次上路。我们开上M11公路,然后驶入名字很好听的"泽道"。原野开始退到我们的身后;前方只有天空和道路。我记起早前一个美国作家曾说过:"在堪萨斯,一个人在你的眼前奔跑,你看着他的背影,甚至能看上好几天。"在这里,也许一个人的背影不会夸张地过了好几天都能看见,但几个小时应该是可以的。宽广无垠,无遮无挡的原野,几个小时后你才看到远处的地平线吞没了那个奔跑的背影。我的祖母住在苏格兰高地,但她家在一个小渔村里,那里麻雀虽小，五脏俱全，邻里也算和睦。父亲长大后迫不及待地逃离那里，去爱丁堡读了大学，毕业后又去伦敦工作。然而我却十分喜爱苏格兰，阿勒浦河岸上的那栋老屋承载了我很多快乐的回忆。和记忆中幼年的环境相比，这里是如此不同，陌生的肃穆的原野，即便在晴朗的白日，也让人觉得像是在阴暗而冰冷的深海。

旅程从进入剑桥开始出问题。我找不到圣朱德学院，导航也彻底缴械了，只是不停地念叨着："下个路口掉头。"最终我只能停下，下车去问路，这也让乔吉在座椅上缩得更低了，她大概是觉得丢人吧。我们再次绕过单行道，穿过古色古香的门廊入口，终于得见另外一派光景。

圣朱德鬼神莫测地出现了，我迅速踩下刹车，身后传来不满的鸣笛。当我急转穿过拱门时还差点撞上一个骑自行车的人。一个体格大得惊人的男人从门房里走出来，不过我的来访应该是报备过的，因此我们并没有受到阻拦，车子继续向前驶去，经过一个翠绿色的庭院，进入一个小停车场。

"汉密尔顿教授在图书馆的楼梯间等您。"接到通知后，我就近停下了车，不巧的是紧挨着一个垃圾桶，不过也没时间计较了，我们下了车。

乔吉向四周打量着，三面环绕着低矮的都铎式建筑，窗子反射着十月的阳光。

"感觉阴森森的。"乔吉说。

"不是挺带感的吗。"我说道，也只能这么说了，再夸下去明显就是说谎了。

图书馆在庭院的另一头。我们绕过草地，来到了另一扇低矮的门前。对于我来说，想要走进去还要微微低头才行。其实不来这里也挺好的，省得我一个不小心撞出脑震荡。眼前是几级石头台阶，蜿蜒向下，前面黑漆漆的，尽头处有一扇门，颇为不祥的感觉，但台阶左侧却有一张标识牌："图书馆"，二十一世纪打印体，让人略略心安。正当我要推门而入时，一个声音传来："卡西迪女士？"

我闻声转过身。如果说这门廊我得低头才能进来的话，那面前的男人必须弯腰才能通过了。我的身高大概有一米七八，但我还是得眯着眼睛抬头仰望这个男人，不过背后的阳光给他的头部蒙上了一道光圈，看起来昏暗模糊，看不清五官。

"亨利·汉密尔顿。"他伸出了一只手。

"克莱尔·卡西迪。"我转换角度，终于看清，亨利·汉密尔顿先生长着一头黑发，略长，很像是一位作曲家，或是一位诗人。他看起来四十多岁，在昏暗的光线下，只能看到他消瘦的脸颊，一副温良善感的面貌，目测他身高得有一米九三。

"这是我女儿，乔治娅。"

乔吉伸出手与他握了握，嘴里还嘟囔了什么。

"你好，"亨利回应道，"这是你第一次来剑桥吗？"

"是的。"乔吉回答。

"我希望你能去其他学院看看，圣朱德和皇家学院或是三一学院相比实在是小鱼小虾。"

"就算是条小鱼也是很漂亮的热带鱼。"我说道。

"我很喜欢这里，"汉密尔顿说，"要不要来我办公室坐坐？我煮了咖啡。乔治娅，如果你愿意的话，我可以叫一位本科生带你四处看看。"

乔吉看了我一眼，但没说什么。汉密尔顿将她的反应当作了默许。

我们离开了图书馆，爬上楼梯，来到了一间办公室，门上的名牌写着：H.H.汉密尔顿教授。我忍不住腹诽，他朋友们会叫他"HH"吗？办公室并不大，但是向窗外看去，却能看到整个庭院，满目皆是金色的建筑物。除了这扇窗子，这里着实有些无趣：金属书架，一台电脑，看起来像是从宜家搞来的书桌，然而在上面，一张托盘上赫然摆放着一壶咖啡和几样点心。

汉密尔顿先生给我们倒上了咖啡，然后礼貌地请离了几分钟。再回来时，他身后已经跟了一个红发的年轻人，脸上还长着几颗粉刺，微微泛着光。"这是埃德蒙。他可以带乔治娅出去逛逛校园，我正好可以给你看看那些信。"乔吉走出房间的那一刹那，我必须极力忍住，才没有冲口而出让她小心一点。外面的氛围阴森沉闷，她会没事的吧，在哥特式校园里逛一逛而已。除了这一点，我对埃德蒙也有些失望，因为他显然无法唤起乔吉想要来剑桥读书的兴致。

"希望你不要介意我这么安排，"汉密尔顿解释说，"我只是担心她留在这里陪我们会觉得无聊。"

"没关系的，"我说，"我也想让她看看大学是什么样的。她今年才读十一年级，不过这种事情，还是越早越好。"

"她想来剑桥吗？"

"我觉得她可能还没想过这个问题。"

汉密尔顿微笑道："我也从来没想过要读大学，一直到后来，我离开学校后，去一家卖炸货的小店打工。那时候我们家里没有一个人上过大学。当时我正要用报纸包炸鱼和薯条，忽然看到报纸上的新闻，那篇文章鼓励工薪阶层子女申请剑桥。我当时想，如果申请不上，大不了就回来打工呗，最坏也坏不到哪儿去。"我此时才听到他讲话时透露出的一丝北方口音，之前都没听出来。和西蒙的纽卡斯尔口音不一样，他应该是来自口音更柔和一点的地方。

"我的父母都是学者，"我说，"他们从小就对我灌输读书上大学这一套。但结果却没能让人如愿。"

他怔了一下，随后开口道："话又说回来，你怎么会对R.M.霍兰德感兴趣呢？"

"我现在教书的那所学校是他的故居，他生前就住在那儿。"我说。"当然，在这之前我就读过他的书，《陌生人》，但真的到了他生活过的地方后，我才感觉很奇妙，像是中了邪一样。他是个很有意思的人，而且现在市面上还没有关于他的人物传记。"

"《陌生人》写得真不错，短小精悍。"

"学生们都很喜欢这个故事。"

"我猜也是。我其实并不怎么了解霍兰德这个人，但是发现这些信后，我就做了点调查，后来就在网上找到了一段新闻，是关于你介绍霍兰德的报道。"

我在心里窘迫得呻吟出声。"我很讨厌上荧屏。之前也从没上过电视。"

"我参加过《大学生知识竞赛》，后来被淘汰了，我妈还责怪我不系领带。"

"为什么你这里会有霍兰德的信呢？"我说。"我知道霍兰德确实在剑桥的彼得豪斯学院读过书。"

"信是写给威廉·佩瑟里克的。你知道他就是《陌生人》里格杰恩那个人物的原型吧？"

"可怜的老实人格杰恩。"

"对，就是他。但是和书中的人物不同，佩瑟里克并没有不幸身亡。他来到了圣朱德学院，在这里教宗教学，那些想接受圣职的人都喜欢来这里。佩瑟里克还会进行一些音乐创作。我们学院合唱团的学者最近在整理他的乐谱，然后就发现了这些信。"说着，他将一个透明的文件袋推到了我眼前。我立刻就认出了文件袋中霍兰德潦草的字迹。我双手颤抖着，将那些信件拿了出来。

"一开始我们还不知道'霍兰德'是谁，"汉密尔顿继续说道，"但接下来我就想到了R.M.霍兰德和佩瑟里克的关系。"

"罗兰德·蒙特格兰·霍兰德。"我说道。此时此刻，我已经迫不及待地想要研读手中的信件。汉密尔顿应该了解我的急切，于是说道："你先看着，不着急，我还有几封邮件要回。"说完，他转头看向电脑。

一八四八年十一月

亲爱的佩瑟里克：

感谢你的第三封来信。友情是缓慢成熟的果实，但你我之间的果实一定已经甘美无比。艾丽斯死后，我整个人变得消沉，如你所说，至少还有玛丽安娜陪在我身边，也算是难挨岁月中难得的慰藉。但对于她，我也很担心。这不是生活，真的，被困在荒无人烟的角落，困在这个空荡荡的房子里，她唯一的陪伴只有我这个暴躁的糟老头子，对她来说这真的称不上是生活。可怜的玛丽安娜。请求上苍垂怜，希望她的名字并不像诗里写的那样，变成不祥的谶言。她如此温柔善良，像个天使。不过我心里害怕，她母亲的污点会遗传到她身上。纵使如此，我也不会像个迟暮的暴君一样，把她囚禁在身边。我会把她送到什罗普郡的我姐姐家。啊，不过现在不行。我还需要她再陪陪我。

谢谢你的慰藉，老伙计。我好想再回剑桥看看啊。

你的朋友，

霍兰德

接下来的一页显然是某封信件中的一页。

……出版界的白痴。《饥饿的凶兽》确实有些难懂，但也不至于没有一点文学价值。我知道的，他们只想我写出更多像《陌生人》一样的短篇小说，诚然如你所言，我很后悔写了这么个小玩意儿，处处取巧，像个智力游戏。玛丽安娜觉得，《饥饿的凶兽》才是我最好的作品，虽说她绝对算不上什么文学评论家，但她的反应让我很窝心。

　　你在信中说，你最近重新编排了《垂怜经》合唱，让我一度心痒。多想回到剑桥再听一听这首合唱啊。可惜，你懂的，我最近已经很少出门。要是我……

　　这页只写到了这里。我又读了一遍这几页信，然后抬头，正对上汉密尔顿的眼睛。黑色的瞳仁，漆黑不见底，正注视着我。

　　"这些信……很有趣。"

　　"我猜到你会这么想的。"他说。

　　"这里提到的玛丽安娜，"我说，"还有信中字里行间的暗示，表明她很可能是艾丽斯的女儿……"

　　"给我讲讲玛丽安娜吧。"汉密尔顿说，我可没想到他会像现在这样，兴味盎然地双手并拢，手指竖起，那是探究的姿态。

　　"霍兰德娶了一位名叫艾丽斯·埃弗里的女子，"我说道，"她是一名女演员。我们无从得知，他们两个是怎么认识的，因为霍兰德几乎没有离开过萨塞克斯，而且在艾丽斯死后，他连家门都很少出了。霍兰德曾在日记里写到过艾丽斯。最开始，他为这段关系意乱情迷，但很快事情就开始变得不对劲了。艾丽斯似乎患有某种精神疾病。霍兰德称其为'歇斯底里症'。这是维多利亚时期常见的一种诊断，我觉得你肯定知道，这种诊断总是在女人身上得出。艾丽斯在两人结婚仅仅四年后就去世了。霍兰德形容亡妻死于'致命跌落',而我一直都觉得,她是在霍兰德房子中的楼梯上掉下来才死掉的,现在那栋楼也还是学校的一部分。霍兰德的婚事以及艾丽斯的去世在家用《圣经》①中都有记载,但没有任何关于玛丽安娜的记录。在另一封信中,霍兰德亲口说过'我的宝贝孩子,玛丽安娜'。除了这个,在他的一首诗中,也写到过'献给安息的玛丽安娜',诗中哀悼了玛丽安娜的死亡。她死时最多十三岁。但除了这些,再也找不到任何关于她的记述了,她也没被埋入塔尔加斯中学的墓园。"

"你们学校里还有个墓园?"

"有啊。听起来像是在胡扯,但你可以想象,那地方人气还挺高呢。"

"偷偷吸烟的完美场所啊。"

"不单单是吸烟……不过再看这封信,霍兰德写到玛丽安娜遗传'她母亲的污点'什么的。这看起来就像是在说,她就是艾丽斯的女儿。"

"也许霍兰德真的把她送到了什罗普郡他姐姐家呢?"

"有可能。霍兰德的姐姐托马辛嫁给了一个牧师,从她那里查不到什么通信或是日记。但他们家也有一本家用《圣经》,那上面记录了托马辛所有的孩子,包括两个在婴儿时期夭折的孩子,但从未提到过玛丽安娜。"

"总觉得有些阴森森的,"汉密尔顿说,"霍兰德信里写的那些,自己如何需要玛丽安娜陪着他什么的。"

他那句"阴森森的"让我一时语塞。不光是因为这句话丝毫没有任何客观的学术性可言,还因为乔吉不久前也用过同样的措

---

①家庭用大型《圣经》:附有空白页,供记载家属结婚、生死等事项用。

49

辞，来形容这个学院的氛围。

"确实很奇怪，"我再次开口，"但话又说回来，霍兰德本就是一个怪人。他晚年的时候还吸食大量的鸦片。"

"他们这种人都这样，"汉密尔顿说道，"威尔金·柯林斯吸食鸦片的剂量惊人，他有一个仆人，为了庆祝自己从柯林斯家遗嘱里分了一杯羹，也吸了一点鸦片酊，剂量是他主人日用量的八分之一，结果直接吸食过量，死了。"

"还有他在《阿玛代尔》那本书里，借着格威尔特小姐的嘴说的那句：'到底是谁发明了鸦片酊？我由衷地感谢他。'"

"我还没读过《阿玛代尔》。"

这一坦诚的回答倒让我有些意外，同时还略有些得意，虽然他这话似乎在说，全世界的书除了这一本他都读过了。"你应该读一下，"我说，"书中的邪恶描写浓墨重彩。那个男仆的故事我之前也听说过，只是不知道真假，不过听上去倒很像是威尔金·柯林斯能做出来的事情。"

汉密尔顿笑了。"这话说得不错。信里提到的《饥饿的凶兽》又是指什么，一本没出版的书吗？"

"是的。霍兰德在他的日记里也提到过。这本书讲的是一个生活在树林的怪物的故事，它有时会跑到一些偏远的村落里，拖走年轻的女子，杀掉她们果腹。但书中并没有明确地说明，这是一只动物还是一个疯子，甚至还可能是作者本人。霍兰德说这本书是《巴斯克维尔猎犬》和《化身博士奇案》的结合体。"

"书的原稿还在吗？"

"霍兰德的宅子里有很多稿件，却没有《饥饿的凶兽》，不过霍兰德在日记里曾多处引用这本书中的内容。他总喜欢大量引用。在他的现存的文献资料中，还有好几封出版社的退稿信。"

"所以他在第二封信里说的就是这件事？"

"是的。这本书听起来的确如他所说的那样，很难懂。书中有好些段落十分晦涩。我看到的那部分读起来有点像鸦片致幻后带来的漫长噩梦。但霍兰德说的也没错，出版商想要更多像《陌生人》那样的短篇故事。"

"但他在信里说，自己很后悔写了它。"

"是啊。写《陌生人》时，他还很年轻。那时他刚离开剑桥，住在伦敦的公寓里，还没有继承霍兰德邸。一本周刊刊登了他的《陌生人》，很快，这篇故事就被选入一些鬼故事合集里。霍兰德却开始讨厌自己的成功。也许是因为他在故事中杀死了格杰恩，更别提人物的原型在现实生活中还是他的好友，佩瑟里克。"

"友情是缓慢成熟的果实，"汉密尔顿说道，"这句话源自亚里士多德，我查过了。"

"听起来也不怎么美好。水果最终的结局不是枯萎就是变质。"

汉密尔顿对于我的见解有些意外，似乎没有预料到一个平平无奇的布里斯托出身的我，竟敢如此大放厥词。就在这时，门开了，埃德蒙和乔吉回来了。埃德蒙有些局促地道别，然后便转身离开了，倒是乔吉看着他的背影，一副若有所思的样子。

"谢谢你抽时间见我，"我说着，站起了身，"我能复印一下这些信吗？"

"当然可以，"汉密尔顿说道，"我觉得我们聊得很开心，如果你查到了玛丽安娜的真相，可以跟我说一说吗？"

"书写好后，我会送你一本的，"我做了一个鬼脸，半开玩笑道。

"那太好了。"

我们在一家相当不错的素食餐厅吃了午饭，然后在校园中的公共区域逛了一会儿。乔吉告诉我说，那一角的院落叫"王庭"，这似乎是她从埃德蒙那里听来的唯一信息。"那真是学院教堂吗？"乔吉说，她的目光正看向国王学院教堂，哥特式建筑高耸巍峨，"看起来像是个大教堂啊。"

"确实比塔尔加斯中学的大一些，"我附和道，说完这句话后，我忽然记起，埃拉的父母要在那儿给埃拉举办葬礼。塔尔加斯中学是兼容信仰的学校，但教堂也没怎么闲置过，大多用作结婚典礼的场所。尽管现代建筑的突兀崛起给整个校园增添了一丝荒诞，人们还是会选择在那里举办婚礼，这也为学校贡献了相当可观的收入。但我无法想象在那里举办葬礼的场景，扶柩人顺着台阶将棺材抬进教堂，吊唁的亲友顺着走廊鱼贯而入，在他们身侧的墙上，挂着学生的艺术作品。我无法想象那个画面，觉得难以接受。

回去的路上，乔吉突然问我，霍兰德的那些信都写了些什么，这让我颇感意外，毕竟在这之前，她从没表现出对霍兰德的兴趣。

"都挺耐人寻味的，"我回答说，"信里还提到了霍兰德神秘的女儿，玛丽安娜。说是担心她会遗传她母亲的污点之类的。"

"你觉得他说的是什么意思呢？"

"疯病吧，我猜。"

"他的妻子当时疯了吗？"

"很可能并没有疯。那个时候，女人很容易被扔到精神病院，不管是经历产后抑郁还是别的情况，甚至会因为不听丈夫的话就被断定为精神有问题。还有女人因为'过度沉迷于小说'被关起来。"

"那你惨了，如果你生在那个时代，肯定会犯这个罪。"

我被她逗笑，接着说："那个时候，人们总是会给女人捏造各种病症，比如叫'歇斯底里'的一种'癔症'，这词最初来自拉丁语，原本的意思是'子宫'……"

但乔吉却不再听我说话，继续低头看手机去了，我意识到自己已经失去了唯一的听众。车子继续行驶，一直开上M25，我装作漫不经心地问道："你觉得圣朱德学院怎么样？"

"还行吧，"乔吉回答道，"那个埃德蒙有点怪。他学的是古典文学，然后他还划船。你懂吧，就像是那种电视上的划船比赛。"

"我知道。"

乔吉突然咯咯笑出了声。"但我还挺喜欢亨利教授的。而且他喜欢你。"

我在三条车道中调整行车路线，但还是抽空问道："为什么这么说？"

"你听他说的那句'那太好了'。"乔吉故意用一种低沉的贵族腔调重现了这句话。但模仿得一点都不像。"他想再见你。"

"没有的事。"嘴上这么说着，我还是忍不住在心底小小地雀跃了一下。我想到亨利话中的意思，他相信我的书最终一定能出版。大概在他的世界里事情向来都是这么顺理成章的。你想写书就能写出来，写出来就能出版。但在现实世界中并不是这样。最初我有了写R.M.霍兰德的想法时，给很多出版社的经纪人写了邮件，但只有一个人感兴趣。可直到现在，我也没收到出版合同，有时候，我甚至觉得这本书永远无法出版。目前为止，我一共写了六万字，手感差、没灵感的时候，我觉得这里面有五万字都是狗屎。

车子又行驶了一段，乔吉忽然开口说："我今晚能不能叫泰过来？"

我尽量用轻松的语调回答道："我还以为你今晚想好好休息，我们点外卖吧，可以点比萨。"

"泰就喜欢比萨。"

我没有说话。

"我们明天没法见面，他明天要上班。"泰在镇上的一家酒吧工作。我其实应该庆幸，至少他还有点事做（不是什么"躺平族"）。但一说起他的工作，我就忍不住想，他比乔吉大很多，不光已经成年，可以喝酒，甚至还是在酒吧上班。

"拜托了，妈。"

"嗯，好吧。"我说道。

今天挺开心的，没必要在这个时候扫兴。

泰准时在七点登门。他穿着一件皮夹克，在门廊处现身，我明白为什么乔吉会喜欢他。他长得很帅，有种成熟的气质。深色的头发，浅浅的胡楂儿，隔着衣服也清晰可见的肌肉线条，的确招人喜欢。我用眼角余光偷偷瞥见，乔吉上前接过了他的外套，并问他喜欢吃什么口味的比萨。在我看来，乔吉对这男孩并不怎么痴迷，不过我依旧希望，即便她真的是个恋爱脑，也能冷静地控制住自己，不表现出来。此时她正嘲笑泰，他居然想要在比萨上放菠萝（嘲笑得对），而泰只是懒懒地笑了一下，并没有反驳什么。对于他这一反应我还是挺满意的，更让我满意的是，他没接我递过去的红酒，而是要了一杯水。在等比萨送来的时间里，我问起了泰家里的情况。他说他的老家在肯特郡，小时候父母遭遇了车祸（我记得乔吉好像跟我说过他的悲惨遭遇），是爷爷奶奶抚养他长大的。

"我奶奶是个特别酷的老太太,"泰说,"她会上网,会新潮的东西,就是他们说的那种银发网民。除了这个,她还会去图书馆参加各种培训课。"

"她今年多大年纪?"乔吉问道。

"没多大年纪,七十五岁而已。"可以,这小子很会说话,加分。

"这年纪还不大?已经很老了啊。"乔吉的反应真是一言难尽啊,减分。

"我不是说年纪大不好,"在我对她的说辞表示不认可之后,乔吉补救道,"老人嘛,就是,长者见智嘛。"

"奶奶总说,要我多听她的话,说什么不听老人言,吃亏在眼前,"泰说道,"她说着这种话,然后就在'阅后即焚'上关注了金·卡戴珊……"

不管怎样,这位奶奶已经让我印象深刻了。我只隐约知道"阅后即焚"是个什么软件。

比萨送到之后,我们坐在电视机前一起享用了晚饭。今天是周五,所以电视里播放着常规的综艺节目,主题问答竞赛之类的,泰说他从没听说过迈克尔·戈夫这个人(没听过最好),还吐槽伊恩·希斯洛普和《私家侦探》,游刃有余地开玩笑。显然,泰并不蠢。他和乔吉两个人坐在沙发上,我和赫伯特坐在椅子上。这狗对所有男性来客都不怎么喜欢,小眼睛透过刘海瞪着泰。被赫伯特用目光锁定的泰也有些不自在。

"我从小就没有养过狗,因为对狗毛过敏。"说着,他就打了一个喷嚏,似乎是在证明他的说辞。

"贵宾犬还是挺适合过敏人群的,它们的毛不一样嘛,"乔吉说,"像羊毛一样,卷卷的。"

"赫伯特只能算是半个贵宾犬。"我说。等到《新闻问答》节目播完后,赫伯特终于让泰上手摸摸它了。

乔吉想看《格拉汉姆·诺顿秀》,因为很多当红明星都会上这个节目,无脑但热闹。不过我已经觉得筋疲力尽。开车跑长途本就很累人,现在我只想休息,写写日记,回顾一下这一天的经历,包括R.M.霍兰德的那些信,还有和亨利的会面。但我就这样上楼真的合适吗?留下泰和乔吉两个人单独在一起?西蒙肯定不会同意。他希望我能时刻监视这两个人。一想到西蒙,我立刻拿定了主意。我不会帮他做这种脏活儿。我对两人说了晚安,起身上楼。有趣的是,赫伯特并没有跟上来。也许是因为客厅壁炉里的火烧得正暖。不管怎样,它留在客厅正好,这样一来,如果泰想要扑倒乔吉,赫伯特肯定会叫的。我一点也不愿意去想"扑倒"或者是青少年之间的拥吻之类的。那让我觉得自己已经老了,继而自怨自艾。我不想变成那种专制的家长,或者更糟糕的,那种会嫉恨自己孩子的人。但和西蒙离婚后,我还没有吻过别的男人。当然这是我的选择,我知道,可是此时此刻,回想起这些选择,并没有让我好过一点。我想起考尔警长曾问我,埃拉生前有没有交过男朋友。我当时的回答是不是正确的呢?我是不是应该把里克的事情告诉他们呢?

赫伯特的存在的确起到了一定的监督作用。泰没等到诺顿秀结束就离开了。我听到客厅里传来两人简短的告别,然后乔吉就带着赫伯特出去撒尿。再后来,我的两个宝贝都安全地回到了家,上楼睡了。

我以为自己很快就能睡着,但白日里发生的事情却在脑内闪回:驾车行驶在公路上,面前的路无尽般延伸,古老的建筑群沉默站立,隐匿其中的深深的庭院(或是王庭),幽暗的门上挂着汉密尔顿的名牌,霍兰德的只言片语的信件,神秘的玛丽安娜,《饥饿的凶兽》里讲述的晦涩的故事。这些思绪在我脑内萦绕不绝,我实在是躺不住了,终于坐起来打开了灯。我到书柜前搜寻着,想找些能让人放松的东西读一读,比如佩勒姆·格伦威尔·沃德豪斯的,或是乔吉特·海尔的都可以。但却看到了我那本留了很久的丁尼生诗集,这本书已经有些破烂了。霍兰德曾在信中提到,他希望玛丽安娜这个名字并不会像诗歌中所写的那般不祥。我翻阅薄薄的纸张,想要找到那首讲述一个名叫'玛丽安娜'女子的诗。

……
躺到半夜里再也睡不着,
她听到夜啼鸟雀的啁啾。
天明前一小时公鸡啼晓,
昏黑沼泽里的那些牛
也哞哞在叫:仍然没有希望,
她恍若在梦中独自徘徊,
直到那凄清农舍的四外
冷风吹醒了灰蒙蒙的曙光。
她只说,"这个白天多悲惨,
这人不来了,"她说道,
她说道,"我感到厌倦、厌倦,
我但愿死去了才好!"
……

诗中提到的"昏黑沼泽"让我想起了剑桥校园，还有开车行驶在堤道上的感觉。堤道是整块地域的最高点，平坦的原野顺着道路向两旁延伸出去。那是一条有些诡异且可怕的道路：夜啼的鸟雀，浓重的黑暗，冰冷的晚风和青灰的初晨。霍兰德的玛丽安娜是否也见到过这些场景呢？她是否也曾哀怨地想过，不如死了才好呢？我必须得找到更多的信息。这有可能就是我的突破口，也许写明白这部分，我的书就能出版。不光如此，我个人对玛丽安娜这个姑娘有着一种诡异的共情，这个似乎只存在于人们只言片语中的姑娘。霍兰德当然是爱她的，可这份感情里还带着一丝轻蔑的傲慢，"虽说她绝对算不上什么文学评论家"。但也许，除了"温柔善良"，她还有着聪明的头脑，也许她也是个处处碰壁的不得志的作家……

我的窗帘敞开了一条缝隙，透过那丝光亮，我能看到老工厂上方悬着的月亮，月光照亮工厂破碎的窗子，还有鬼影般耸立的塔楼。我起身走过去将窗帘拉好，有那么一瞬间，月光在残破的玻璃窗上反射过来，像是一根突然点亮的烛火，摇曳在墙上，之后一切重新归于黑暗。这一幕让我想起了丁尼生的另外一句诗，"四面灰墙，四座灰塔"。虽然很荒谬，但我突然感觉有人正在盯着我。将窗帘拉得严严实实之后，我转身回到书柜边上。赫伯特一直坐在我的床上，此刻却开始低声呜咽。"闭嘴，别给我搞事情。"我警告道。

我挑了一本《春日里的吉夫斯》[①] 回到了床上。赫伯特还是盯着窗子，神经兮兮的，好像是什么通灵动物一样。有时候我会觉得后悔，不应该借用霍兰德书中的狗的名字。我还记得周一自

---

① P.G.伍德豪斯的短篇小说，主角是年轻绅士伍斯特和他的聪明机灵的男仆吉夫斯。

己对学生说过的话,"动物是可以被舍弃的"。我为什么会说出这种话?

"没事了,赫伯特,"我说道,"那里什么都没有。"我摸着陪伴在我身边的毛孩子的脑袋,给它顺毛,任由吉夫斯和伍斯特将我引入梦境,在那里,我戴着礼帽,在丽兹饭店吃午饭,还在筹划着如何拯救我的朋友宾戈·利特尔,帮他保住继承权,让他醒悟过来不要娶一个服务员。

克莱尔的日记

十月二十九日　星期日

　　明天又要去学校，这个念头已经让我惊惧。埃拉的死讯能将整个学校炸翻天——但这其中，只有一半人是真的为她伤心，另一半不过是在大呼小叫地看热闹罢了。过去的这几天里，我去了剑桥，周六和乔吉做伴，这些事情让我将埃拉短暂地抛在了脑后，但此时她又回来了。我又开始做噩梦了，但从没有梦到过她。昨天夜里，我梦见一片茂密的树林，我不知道乔吉去哪儿了，我把她搞丢了，于是我不得不拔掉自己的头发扔在地上，给乔吉做记号，让她找到我。这个梦不用弗洛伊德来解释，我自己也能明白，这是很严重的母亲焦虑表现。听说有一种鸟会把胸前的肉啄下来喂自己的孩子，是鹈鹕吗？如果是为了乔吉，我真的可以做到，但乔吉却可能不大乐意接受我往她的吐司上放肉。她多半还会发牢骚，因为她一直叫嚷着要做素食主义者。

　　每个周日，我都会给爸妈打电话，这周也不例外。我本来没想告诉他们埃拉的事情，但转念一想，也许他们早就在报纸上看到了（虽然他们看报纸从来都只看卫报的艺术品页面）。我妈似乎无法理解"谋杀"这两字的含义。"她死了吗？"她反复地问着，"对，妈，她死了。""但她这么可爱的姑娘，怎么会？"这句话似乎是说，她并不知道，可爱的女孩也常常会被人害。他们两个喋喋不休地议论着，好像都没有想这件事会对我造成什么样的影响，一个我最好的朋友、最亲密的同事被杀害了。爸爸却只是说了句"难以置信"，就再没讲什么了。妈妈虽然嘴上说着她如何伤心，但下一秒就开始说起圣诞节的安排了。我告诉她我们只待一个晚上。我也只能做到这样了，加上乔吉又想在节礼日去看她的朋友，我哥马丁甚至连一晚上都待不了。他说他可能要随时待命。我发誓这绝对是他自己胡编乱造的谎话。据我所知，过去五年的圣诞节，他用的都是这招，他得"随时待命"。

挂了电话之后，我隐隐地感觉有些厌烦，每次打完电话之后都会这样。乐观一点来说，过去这几天我过得还不错。昨天晚上乔吉的朋友塔希来了，我们一起看了万圣节特别版的《舞动奇迹》。那时候我确实想到了埃拉，因为在她生前，我每次看这个节目的时候都会发简讯给她。我好想念那个时候，只有我们三个和赫伯特一起，窝在沙发上，一看到克雷格我们就大声吐槽，等到强尼和苏珊上场的时候就热烈欢呼。女人要是尖酸起来，是绝对冷酷无情的——"她们跳恰恰的时候应该多点转圈的动作"——但我好爱这个节目的那些画面，浮华而闪耀，大型乐队演奏流行音乐。我也曾在一瞬间想过，亨利·汉密尔顿对这个节目会有什么看法。对他来说，可能会觉得这种节目还是太低俗了吧，虽然他并不是我想象中的那种花白胡子的老学究。乔吉说他"喜欢"我。那我喜不喜欢他呢？确实是有一点吧。他身上那种迷人的感觉，像亚伯拉罕·林肯一样，而且难得有人听说过霍兰德，还对他感兴趣。

乔吉今晚不在家，出去找泰了。她并没有说清楚今晚他们具体会做什么，只说要"去布莱顿见几个朋友"。我想不出什么有力的理由劝说她不能去，最后只是提了一下她的作业，她也保证会在十点之前回家，因为明天还要上课。现在已经十点了，我希望她下一秒就出现在门口。乐观点想，至少泰有车，乔吉现在不会在哪个公交站等车，冻得打冷战。但是这么一想，有车又会带来其他的担忧。据我所知，泰不是那种滴酒不沾或是不碰毒品的人。他也可能会像威尔金·柯林斯那样，吸鸦片成瘾，当然不可能是鸦片，是这个时代的其他毒品。我为什么要这样怀疑泰？没错，对乔吉来说，他的年纪确实大了些，但看起来并不是什么都不懂的浑不懔——周五晚上他就没喝酒——而且他还比我最初预想的要聪明得多。只是，我总觉得他身上藏着什么东西，让我看不清楚。好像在那副好看的皮囊下面，还藏着一个我看不见的人。不管怎么说，他都不像那种嗑了药之后还要开车的人。他父母就是死于车祸事故，所以极有可能，他是个十分谨慎且理智的司机。尽管如此，我还是能够想象，他沿着海岸疯狂地飙着车，车里放着嘈杂的音乐，乔吉哈哈大笑着，然后两个人都没注意车子的走向。我要不要打开当地的收音机听听，或是去网上搜一搜"西萨塞克斯车祸新闻"？够了，不要再想了。谢天谢地，就在这时，我听到了乔吉在门口拿出钥匙开门的声音。

6

车子刚开进校园,我就感受到了这里不同以往的气氛。霍兰德邸老宅的大门还保持着原样,看起来大气而肃穆,锻铁大门和门口两侧的石狮还沉默地立在那里。和往常不一样的是,今天院子里的车道上挤满了穿着蓝色运动衫的青少年,女孩子将苏格兰裙在腰间卷了几圈,这样一来,校服裙子就变成了怪异的短裙,其实并不怎么好看。男孩子则无视校规,穿着黑色牛仔裤。看到我的车子,他们都微微避让,让我通过。但在我看来,他们看着我的眼神与平常相比有些不同,他们彼此推搡着,对着我指指点点。我能想象他们在说什么,"卡西迪小姐来了。平时就她和埃尔菲克小姐最亲近。"

乔吉坐在副驾驶上,此刻正试图把自己藏起来,身子都快躺平了。

"让我下车吧。"她说。

我停下车,她立刻溜了出去。眨眼间,她就消失在了蓝色的人群里。我继续开车,来到老楼前面的停车场。今天早些时候,里克通知我们要在开课前开会。我知道他必须得这么做,但我很不想面对这件事。我拿起包,包里鼓鼓囊囊地塞满了期中考试的试卷,我快步从楼门通过,一路目不斜视。

英语部的教员室在老楼的一楼,就在图书馆旁边。这里冬凉夏热,唯一的慰藉就是房间里的高高的天花板和精美的窗子,不像科学部似的在地下室,那里一点自然光都见不到。但今天,当我推开教员室的门时,我首先注意到的不是温和的阳光,而是悲伤和惊惧。维拉和艾伦坐在沙发上,一语不发,安诺舒卡哭了,里克此时站在屋子中央,有些绝望地看着众人,他似乎刚刚说完什么。房内还有一个我没见过的陌生人,坐在蓝色的扶手椅上。我看不清他的脸,但大概猜到,这可能是过来接替埃拉的代课教师。

看到我之后,维拉起身走了过来,轻轻地拥抱了我。我感觉有些不自在,因为她的个子很矮,她的头只到我的下巴,我的鼻子被她发髻上的发丝弄得很痒。除此以外,作为同事,我们不大会拥抱别人。就算我们之间相处得不错,会在学期结束后出去聚餐,但还没有到要拥抱彼此的程度,也不会举行团建来刻意建立团队联系,更不会向彼此倾诉情绪上的问题。所以我觉得很奇怪,就这样站在部门公示板旁边,被娇小的维拉抱在怀里,只有二十五岁的安诺舒卡在旁边轻轻地抽泣着。终于,维拉松开手,我们一起来到沙发前,挨着艾伦坐下了。艾伦并没有哭,但他手里端着一个马克杯,上面写着:"师者永垂不朽",我能看到他的手在微微颤抖。

"托尼打算怎么做?"艾伦对里克说道,"给我们所有人来个集体心理干预治疗?"他是个老派的教师,和托尼有些不对付。他的语气中也吐露出,接下来无论托尼要做什么都不妥当。

"他要在今天的晨会上给学生们讲话,"里克回答,"学校也会给学生提供心理咨询。"

"心理咨询!"艾伦对此嗤之以鼻。但我知道他喜欢埃拉。他们有很多只有他们两个人才懂的笑话,也都看不上托尼,还有他那套培养"成长型思维模式"的理念。

"我觉得这样挺好的,"安诺舒卡开口道,"孩子们得多伤心,他们那么喜欢埃拉。"

"我们都很伤心,"里克说,"但我们得想办法走出去,生活还要继续。现在,我来给大家介绍一下唐,他会负责接下来这一周埃拉的课程。唐是个经验丰富的优秀教师,很荣幸我们能请到他。"

唐看起来的确经验老到,但却不一定都是有用的经验。他看上去有五十多岁,对比他脸上松松垮垮的皮肤,他的头发乌黑得有些可疑。

"抱歉在这种情况下和大家见面。"他说。他的声音很有特点,是那种学生们一听就觉得"高级"的声音,甚至有些像"同性恋"(尽管我解释了很多遍,同性恋是一种性取向,而不是一种羞辱别人的坏话)。

"克莱尔,"里克转头看向我,"部门决定由你来担任会考班的负责人,任命即刻生效。这周末之前我们再找时间开会,讨论一下会考预测。"

对于这个变动,里克已经提前跟我打过招呼了,所以我并没有说什么,只是点了点头。这算得上是一次升职,但毫无意外,我感受不到任何喜悦之情。

"维拉接手初中部的工作,"里克继续说道,"我相信,只要我们团结一心,一定能共渡难关。"

"我们能不能……就是,为埃拉做些什么吗?"安诺舒卡问道,"以她的名义种一棵树,或是设置一个奖项?做些什么可以纪念她的事情。"

"托尼要做一本吊唁簿,"里克说道,"她的父母想在这里给她举办葬礼,在学校教堂,我们可以去那里缅怀她。但对我们部门来说,若是能为她做点什么当然很不错,具体的细节我们之后一起想想吧。"

"那部音乐剧怎么办?"维拉问。

一直以来,圣诞节目都是由埃拉负责。今年的节目是音乐剧《恐怖小店》。听到维拉的话,里克的表情更加愁苦了。

"我想过,要不就取消演出算了,但托尼说我们需要些什么来鼓舞士气。克莱尔,你觉得你和安诺舒卡能负责这个吗?"

被点到名字的安诺舒卡微微坐直了身子,说:"我们会让它成为一场精彩的表演,为了纪念埃拉。对吧,克莱尔?"

我仿佛看见埃拉正站在我面前,双手叉腰,头发盖住了脸。"你抢了我的工作,"她说,"你还抢了我的音乐剧。你是要把我的人生都抢走吗?"这景象是如此清晰,我用力揉了揉眼睛才回到现实。

"克莱尔?"里克还在看着我。

"抱歉,"我说,"可以的,为了纪念埃拉,我们会把它安排好的。"

"我们永远不会忘记她,"维拉说,"她会一直活在我们心里。"

我也渐渐开始认为,维拉说得没错。她永远在。

出门的时候,里克叫住了我。看着他的时候我在想,他看起来真的不太好:脸色苍白,眼睛布满血丝,脖子上还起了一片疹子。

"你还好吗?"他问。

"哦……你知道的……"我总告诉七年级的孩子,说话的时候不要总用"你知道的"来当标点符号,但在现实中,这句话有时候就很有用。

"你和警察聊过了吗?"

"聊过了,周二那天。他们去了我家。"

"他们有没有……"里克四下看了看,确定周围没有其他人,他的神色和行为都完美诠释了"鬼鬼祟祟"的含义。"他们有没有问你在海斯的事?"

我瞪着他,难以相信他居然跟我提起这件事。"没有。"我说。

里克双手埋进头发里,发丝被抓起,像海浪一般起伏。"要是他们问起来了,别告诉他们我和埃拉的事。我知道她很相信你。你们之间没有什么秘密,对吧?"

哦,那你真的想错了,我们之间的秘密多得是,我想告诉他这些话。然而,他和埃拉的私情我的确知道,所以对于我来说,这确实不是个秘密。

"不管你和埃拉之间发生过什么,那都是你们两个人的事,"我说道,"我没跟任何人说过。"

"谢谢。"他说。在看到他脸上瞬间闪过的如释重负后,我感觉遭到了羞辱。"就是……黛西现在很脆弱。"

我没想到他可以卑鄙到这个地步,即便我对里克从来没有过高的期待。但他居然能说出这种话来。

"而且早都结束了,"他继续说着,"就在那个夏天,我和埃拉早就结束了。"

那个夏天距离现在并不遥远,而就在那之前,他还曾对我说过,若是不能和我共度良宵,他宁可去死。我很意外,即便现在想起当时的事情,我依旧感觉心底突然腾起怒火。

"你说是就是吧,"我说道,"我现在要去早会那边了。"

"克莱尔……"里克伸出手,但被我躲开了。在我转身离开时,我能听到他突然加重的吸气声。听起来他好像在哭泣。

学校里没有足够大的地方能容纳所有在校师生,于是托尼将学生分为两部分来开会。我参加的是高年级组的会,五百个学生将体育馆挤得水泄不通,托尼站在篮球场边上,头顶的篮筐像是天使的光环。

他表现得很得体。他说我们永远不会忘记埃拉,我们的生活曾因为她的存在而变得更加美好。他说埃拉的死亡是一场悲剧,但我们更应该铭记她活着时候的样子,她曾给这所学校带来光明和欢笑。"在你们开始各自的人生之旅时,"他说道,"不要忘记埃尔菲克小姐和她所代表的价值。"艾伦就站在我的身旁,听到"价值"一词时,他翻了个白眼。但学生们却都听得热泪盈眶,连我也忍不住眼眶湿润。在会议结束之后,高年级的学生开始退场,人流中,艾伦说道:"我真他妈受够了那一套,只要是个人就要'开启人生之旅'。为啥现在没一个人能到目的地呢?"

"我觉得他说得还可以,"我说道,"毕竟这种讲话很难。"

托尼走下匆忙准备的小平台,径直走向我们。他四十多岁,身材保持得很好,一看就知道没少锻炼,也很注意饮食。校园周围的墙上有很多学生的涂鸦,通过那些涂鸦判断,有些学生觉得他很帅。还有不少学生拿他的姓氏开玩笑,学生之间没少传出"甜心先生[①]"之类的戏谑之词。不过在我看来,他的眼间距

[①]托尼的姓是斯威特曼,即Sweetman。

有点窄，总是笑眯眯的，甚至有些谄媚。但此刻他的脸上并没有笑容。

"很棒的致辞，"我说道，"你一定很辛苦吧。"

托尼揉了揉眼睛。"噩梦一样。我有好几天没睡了。警察今天还要过来，他们想和埃拉的学生们聊聊。所以我得先通知家长，征得他们的同意，有好些家长都不同意。"

"为什么？"我问。

"你也知道这边这些家长都是什么情况，他们都不是第一次和警察打交道了。"

他说的没错。这里虽然中产家庭比较多，但大多数有条件的家长都把孩子送到私立学校读书了，像是圣信仰那种学校。来我们这里的学生都有着这样或那样的毛病，都是所谓的"问题学生"。

"有很多家长可能被警察教训过，留下了心理阴影。"艾伦忍不住开口提出不同意见，"他们不想让自己的孩子被警察问话，这有什么难理解的吗？"

"这是谋杀案调查，"托尼说道，"你应该想，他们这是在协助调查。"

"凭什么？"艾伦又说。"他们为什么会想要迎合官僚体制？"

"就凭他们的老师被人杀了。"托尼的语调有些升高，他的表情也很愧疚。"别给我讲什么马克思主义那一套了，艾伦。"

"被警察问话确实会留下阴影，"我说道，"我之前也没觉得，现在才发觉这件事很让人反感。"

"会有心理咨询老师在一旁待命的。"托尼说。

"教师也可以去咨询吗？"

听了我的话后，托尼忽然有些担忧地看着我，他脸上写着："你可不要在这种时候给我掉链子啊"。"你还好吗，克莱尔？"

69

"我没事。"我说。我肯定会没事的。我不能有事。"我得上课去了。"

我今天的第一节课是给十年级的孩子们上，这也是他们第一年开始接触会考。原本这节课我们要讨论的是《人鼠之间》，但不可避免的，我们开始说起埃拉的事。这样一来我就没法完成课程计划和学习目标，但这却是学生想要的，也是他们需要的。

"我刚来塔尔加斯中学的时候，埃尔菲克小姐对我特别好。"

"你们还记不记得，那次我们学生和老师之间的无挡板篮球比赛，埃尔菲克小姐扮成了神奇女侠？"

"还有那次才艺比赛的时候，她唱的《彩虹之上》。"

"她多美啊。"

"那么善良。"

"她的头发……"

"她的声音……"

"她是全学校最好的老师。"

我想知道，在她活着的时候，你们有这样告诉她吗？但我明白，他们在用少年独有的真诚诉说自己的真心话。在这一刻，他们确实是爱埃拉的，是想念她的，也会为她伤心。然而正如托尼所说，他们的人生旅程才刚刚开始。这件事情会过去的，也本该如此。对眼前这群年轻人来说，最重要的就是活在当下。尽管他们都眼睛通红，情绪低落。但过不了几年，甚至连几个月都用不上，他们可能就连埃拉的名字都想不起来了。

最终，我们重新回到了柯利妻子的死亡问题上来，我想她也是被谋杀的，而且作者斯坦贝克[①]连这位被害人的名字都没告诉

[①]约翰·斯坦贝克（John Steinbeck，1902–1968），美国作家，战地记者。代表作有《愤怒的葡萄》《人鼠之间》等。

我们。

"她身上的红裙子有什么重要含义?"我问他们。

"红色代表危险。"有人说道

"那是激情的颜色。"又有人说道,话音一落,就有几声意味深长的怪叫声响起。

"说明她已经穿戴整齐了,"乔希·布朗说道,那是个戴眼镜的态度认真的男孩,"是精心为了某个住在大农场的人准备的。也许我们应该想一想,是她自己去招惹男人的。"

"你说的'招惹男人'是什么意思,乔希?"我问。我想到了考尔警长向我问起埃拉交往过的男朋友的事。看见没有,就是这么回事:一个女人被杀害了,人们却在责备她,她被杀都是因为她乱搞男女关系。因为她胸太大了,招蜂引蝶,所以她被人杀了自己也有错。我可以肯定地说,埃拉的衣柜里一定有很多条红色的长裙,可这并不意味着她就该死。我今天本来打算讨论一下关于责任和准许的含义的……但就在此时,一个七年级的女学生突然出现在门口,她是今天的"跑腿儿"。我承认,她的突然出现让我松了一口气。"跑腿儿"是为了让新生尽快熟悉校园设定的特殊工作。

这个"跑腿儿"看起来年纪很小,梳着两个麻花辫,脸上的神情有些怯生生的。"她好可爱啊。"一个十年级的女生说道,她自己也只比这个孩子大三岁而已。

麻花辫递给了我一张纸条。

"警察要问几句话,"上面写着,"你课间的时候能来我办公室一趟吗?——托尼。"

我将纸条还给小姑娘:"告诉斯威特曼先生,我会去的。"

考尔和温斯顿两位警长都在托尼的办公室等着我,而且两个人丝毫没把自己当外人,待得很舒服的样子。他们手里拿着咖啡,面前的桌子上摆着甜甜圈,和电影里一样。托尼则被挤到了他秘书的办公室。两个办公室之间的门紧闭着。

"你好啊,克莱尔,"考尔打招呼道,"谢谢你能来。"

"既然咱们之间已经没那么见外,你都可以叫我的名字了,"我说,"那你的名字又是什么?"

她看了我一眼,说道:"哈宾德。"

"好吧,哈宾德,我的时间不多。再过十五分钟我还有一节课。"

谁都能看出来现在是课间休息时间,因为学生们吵吵嚷嚷地上下楼梯,不断闹腾着。除非外面下雨,不然他们是不能在楼里面乱跑的。不过最近这些学生确实是缺管教了。

"很快的,耽误不了你多久。"哈宾德说道。她将一个透明的塑料文件夹推到了我面前。"我们在查埃拉的社交媒体账号,"她说道,"发现有几个问题,想问你一下。"

虽然预料到他们找我是有什么问题要问,但我完全没料到会是这种问题。她说的"社交媒体账号"又是什么意思?我有脸书账号,但也就是有个账号而已,最多用来看群聊消息——我们英语组还有一个聊天群。乔吉会用"阅后即焚"还有"照片墙",但我觉得在这种地方发自己的照片(或是食物的照片)很蠢,我也没有推特,因为我不是什么名人,脑子也没坏掉。

"七月的时候,你和埃拉一起参加了一次培训,在海斯。"哈宾德说。"然后发生了一件事情。这是我们从她的脸书信息里发现的。当时具体发生了什么事情?"

原来之前里克提到的是这件事。警察已经知道海斯那次培训有事发生。甚至还知道埃拉当时和某人睡了,但还不知道这个人是谁。我想到了柯利的妻子还有她的红裙子。我不会帮他们的。不是因为里克,而是为了埃拉。"你们是什么意思?"

"我们知道在海斯当时发生了一件事,这件事让埃拉很困扰,"哈宾德说,"你当时也在那里,你们还是朋友。我想你可能知道些什么。"

"没什么,"我说道,"就是那种普通的培训课。你知道的。"

"不,我不知道。"哈宾德说着,板起面孔。"萨塞克斯警察不参加寄宿培训。在海斯到底发生什么了?"

我知道我绝对要控制住自己,不能眨眼,也不能转头看向别处。"什么都没有,"我说,"就是日常的培训。一直在讨论,还有一些小组活动,然后大家晚上出去喝一杯消遣一下。"

"喝一杯?"

"是啊。"我尽量让自己的声音平稳。"算是一种社交,人们不都这样吗?出去一起喝酒吃饭。"

"那你当时是和谁出去喝酒了?"

"很多人,没有固定的。"

"有埃拉吗?"

"当然。"

"里克呢?你们部门负责人?"

"有的,有那么一次还是两次。"

"还有别的塔尔加斯中学的人吗?"

"安诺舒卡。她当时还是个小青瓜。"

"小青瓜?"

"刚来的年轻老师。"

"这里,"哈宾德指了指桌上的那些纸张,"埃拉说,她想要忘掉海斯。你觉得她是什么意思？"

我尽量不动声色，不露出丝毫破绽。

"我不知道。"我说。

"她还提到了杰基尔医生与海德先生[①]。"哈宾德继续，一边说着，一边紧紧盯着我。"你觉得她这又是在说什么呢？"

"也许是打错了？"我说道。我敢打赌，哈宾德和温斯顿警长肯定都没读过那本书。

哈宾德没有继续追问。"她说，'C知道。'这个'C'是指你吗？"

"我不知道。"我无法继续坚持，转头看向了别处。我能感受到自己紧张得冒汗，现在只能祈祷他们没有察觉到我的异样。就算发现了，哈宾德也可能会以为我只是在经历更年期吧。

尼尔·温斯顿开口，我被他突如其来的声音吓了一跳。只是他扁平的河口口音破坏了他接下来的话中该有的戏剧性。

"我们在埃拉的尸体旁边发现了一张字条。"他说道。

这是我完全没想到的。"上面写了什么？"

尼尔拿起手机，看着屏幕，念道："'地狱空荡荡。'这句话对你来说，有什么含义吗？"

我说："这句话出自戏剧《暴风雨》。"

"下一句是什么？"哈宾德虽然这么问，但我觉得她其实早就调查过，并且知道了。

"地狱空荡荡，"我说，"魔鬼在人间。"

[①] 小说《化身博士》(*The Strange Case of Dr. Jekyll and Mr. Hyde*) 中的人物。这是苏格兰作家罗伯特·路易斯·史蒂文森于1886年创作的一部哥特式恐怖小说，后来"Jekyll and Hyde"也成为心理学"双重人格"的代名词。

7

今天一天都很混乱，所以我一直没时间看脸书，一直等回家之后，我才腾出空来。不过我本来也不想在学校查看脸书。周围那么多同事，还时不时地有学生来办公室找人，而且维拉一直找我问一些很难搞的课程上的问题。总之，一到家，我便立刻来到餐桌边打开了电脑。乔吉还在学校，应该是在做作业，赫伯特也不在家，还在狗狗日托中心（费用贵得和孩子们的日托中心一样），我六点之后再接它就可以。点开蓝色的脸书软件时，我精心设计的厨房响起沉闷的电器的嗡鸣声。

只有在最初加上埃拉好友时，我查看过她的脸书。也许以后都再也不能看了。也许这里只会显示一个黑色的界面，写着：逝者安息，其他什么都没有了。也许埃拉的父母会听德布拉的建议，将埃拉的账号做成"纪念"账号。那样的话，即便她的肉身死去，尸身腐朽，她的生命还可以在赛博空间里得到延续。但我点了一下埃拉的名字后，发现她的账号还在那里。她的头像我认得，是去年在英语组圣诞聚餐时拍的。照片中的埃拉头发松散，头上戴着一个纸帽，在马里诺意大利餐厅的灯光下，纸帽像是镶嵌了珠宝的都铎王朝的发饰。她面带微笑，直视镜头，略带一点调皮的挑衅，圆溜溜的大眼睛明亮清澈。这张照片是谁拍的来着？我不记得了。在"照片"分组中，可以找到一张同样背景下的我的照片。只不过我没有微笑，反而看起来有些生气，那就是我的脸，不做表情的时候看起来总是那样。我的头太小，头上的纸帽戴不牢，所以我整个人看上去像宴会上的幽灵。"不要蒙蔽双眼，自我安慰，这呼喊不是出于你的幻想，而是来于我的狂悖。"①

这里没有海斯那次培训的照片，我不知道如何找出她相册里七月份的照片。哈宾德是在哪儿找到她说的那些评论的？是在埃拉原本安全的信息软件里吗？是在埃拉和别人的私信里吗？我点开自己的主页，上一次发表动态还是在二〇一五年（"天公作美，乔吉十三岁生日快乐。突然之间我就成了青春期少女的妈妈了！"），不过我经常用私信聊天，也会参与群聊。我发出去的最后一条信息是在一个叫"我们三个什么时候……"的群组里，那是我、埃拉，还有德布拉三个人的群。就在周日，埃拉去世那天，我发了一条信息："斗牛舞居然只有四场。这些人是瞎了吗？？？"我现在已经不记得到底是谁跳了斗牛舞，但这么一条臭嘴的评论，不值得考尔警长注意。再说《舞动奇迹》也不是什么高端的节目，只是无脑消遣的综艺罢了。三个问号也没什么特别。我知道我不可能在网上记录海斯的事情，但很可能会写在日记里。我几乎每天都写日记，写完就把日记本放在橱柜里锁上。有时候也会带着正在写的那本去学校，但是已经写完的那些——我将它们称为"旧档案"——都已经被我锁起来了。

现在才五点。我不用去接赫伯特，乔吉也得过几个小时才回来。我回到自己的房间，打开了橱柜。日记本都在，大小不一，颜色不同，但都按照日期整整齐齐地码在一起。我现在的这本是

---

① 《哈姆雷特》台词。

八月份新用的,海斯培训的事还记在之前的那一本里。浅蓝的"鼹鼠皮"牌笔记本,"二〇一七年一月到八月"。

我翻开日记。二〇一七年七月二十日。前一天是周四,学期最后一天。我能想起那天的氛围,空气里弥漫着期末的慵懒气息。那天天气很好,海是深沉的蓝绿色,海面上点缀着点点白帆。那天埃拉和我一起,我们开车去了海斯,一路开着车窗,音乐随行。乔吉在西蒙那儿,西蒙坚持要带上乔吉一起去什么所谓"家庭假期",他们打算第二天去康沃尔。即便经历种种不快,我的心情并没有受到影响。学期终于结束了,我要和自己的好朋友还有最喜欢的同事们共度美好的一周。那次培训的课程我也很感兴趣,培训的课题也是那种典型的教育类题目,看上去平平无奇:写作之旅。我却兴致高昂。等到明年,塔尔加斯中学的英语部会成为最好的实践标兵。

至少我当时是这么想的。

二〇一七年七月二十一日

今年我分到的房间很棒,特大号的双人床,可以看到海景,房间里还配了沙发,像个小套房。埃拉刚给我发来信息,说她只分到了一个普通的标间。"那咱们的狂欢点就定在你那儿吧。""哈哈哈。"我回了她的消息。虽然不大可能有什么狂欢活动,但是晚课之前,前台在六点的时候会提供酒水。我想知道斯托克波特的保罗今年有没有来。埃拉肯定会说我喜欢他(她在我车上的时候就这样,睁着大眼睛像个小姑娘,娇俏可爱,同时还有着成熟女人的魅力),但并不是她想的那样,现在能有一个未婚的直男同僚实在是太不容易了。不说别的,还有几个小时才上课,我可以在房间里多休息会儿。我喜欢自己一个人在酒店里。可以一边看《巡回鉴宝》，一边喝当地的茶饮，吃点儿小饼干。这周末应该会很棒。

稍后。

今晚真的要被埃拉惹毛了。激情狂欢变成了毫无节制的调情，还时不时地对着我冷嘲热讽。"哦，看啊，克莱尔觉得我们太吵了。""克莱尔这人就是见不得别人开心。"她早就跟斯托波特的保罗搭上了话，晚饭的时候还挨着他一起坐。我坐在桌子尽头处，远远地都能听见他们那边传来的欢声笑语。里克坐在我旁边，表情阴郁，整个人有些闷闷不乐的。

晚课还可以。课程名字叫"亲爱的日记"，课程内容大概是介绍每天写日记的好处，即便你写得支离破碎，但只要坚持下去，就能培养出自己写作的文学美感。"克莱尔就写日记。"埃拉拍了拍我。"真的吗？"保罗问。"我还以为只有维多利亚时期小说里的人才写日记。"颧骨不争气地隆起，我强装镇定，带着得体的微笑回应道："我身上的惊喜多着呢。"然而当时我的内心已经沸腾了。

接下来，我们一起沿着长廊散步，埃拉和里克走在一起，有那么一会儿，她还挽上了里克的胳膊。我停下脚步欣赏海景，等我回过头，无意间看到他们已经快走回酒店了。他们甚至都没发现，我没有跟上去。

二〇一七年七月二十二日

现在已经快半夜了，埃拉刚从我房间离开。我还是无法接受刚刚发生的事情。她今天又犯了毛病，但她这次对我比上次要好一些。实际上，甚至有些太好了。她挽着我的胳膊，说我是她"最好的朋友"，嘴里说着什么故事，说我们两个就是英语部两个浪荡子。今天下午上课的时候，我们要分小组活动，我很高兴没和她一个小组。我们组里还有保罗、安诺舒卡、刘易斯和贝丝，以及两个很优秀的北爱尔兰老师。我们下午过得很开心，我也开始放松了。晚饭的时候，我们小组的人都坐到了一起。就在那个时候，我看到了埃拉和里克，和我隔了几桌，特别专注地聊着天。过了一会儿，两个人就消失了。我到吧台喝了几杯酒，然后回房间准备休息。但就在几分钟之前，埃拉敲响了我的房门。她的头发乱了，眼睛睁得比平时还要大上一倍。我甚至怀疑她嗑药了。

埃拉进门后就躺倒在了我的大床上。"我觉得我要和里克睡了。"她说。我瞪着她没有说话。埃拉却开始说着他们两个人在沙滩上如何搂搂抱抱，像是"青春期的孩子"一样，还说就是睡一晚而已，当作"假期放松"了，回到现实里就当作从没发生过。"可是他已经结婚了啊。"我说道。埃拉却没有搭话，只说里克现在对她无法自拔，"像是中了邪""他说自己已经害了相思病"。

这话他也曾对我说过，一个字都不差，就在几个月之前。"你让我发狂，克莱尔。我无时无刻不在想你。我得了相思病。"我记得当时听到这番话时，觉得这些噩兆般的句子是何等奇怪。相思病。"如果你病了，就去看医生。"我当时是这样答复他的。"你已经结婚了，"我说，"我不会和一个已婚男人搞在一起。"但我承认，当时我有些动心。天知道为什么。我确实被蛊惑了。也许这才是我会生埃拉的气的原因。我朝她大喊，告诉她这种行为多么愚蠢，多么幼稚。她反过来说我根本不懂得享受生活。"为什么你不去把保罗睡了？或者那个酒保，整整两天了，他每天都笑眯眯地看着你。因为你总觉得你比任何人都高尚，实际上并没有。你只是单纯的无趣。"

她离开的时候我整个人都在发抖。我觉得自己永远也无法原谅她。

还有里克。

读完这篇日记后，我又开始发抖了。我当然记得埃拉和里克的事情，他们昙花一现的奸情只持续了短短一个周末。最后的时刻，埃拉已经对里克感到厌倦。我记得回程时，天上下着雨，埃拉在我车里嘲笑着里克，说起他可笑的认真，不懂幽默，做爱的时候也只喜欢传教士体位，无聊透顶。天气预报上说，整个八月康沃尔似乎都要下雨，然而在乔吉脸书的照片中，那里万里无云，是无忧无虑的美好夏天，还有旋转木马和皮划艇，他们还在海边做烧烤。乔吉穿了比基尼，她同父异母的弟弟老虎穿了一件时髦的博登海滩服。

里克开始了对埃拉像中邪一样的迷恋。他一直给她打电话，求着能见她一面，说他会离开自己的妻子，说为了她自己连工作都可以不要。里克这副没骨气的舔狗模样让我不齿。不过是短短几个月前，他还同样痴情地坐在我家门外等我，求我和他共度良宵。但我居然忘记了，在海斯的时候，当我知道里克和埃拉的事情后，是那么愤怒、慌张，甚至是嫉妒。我觉得埃拉简直是没长脑子，怎么可以和自己的直属部门领导搞婚外情？难道她忘了自己上一份工作是怎么没的吗？真的一点记性都不长吗？再有，我并不在乎里克信誓旦旦地说的永恒的爱。但信或不信这男人的鬼话，毕竟是埃拉的事，我又有什么立场说什么自己永远不会原谅她？

我再次回看日记，希望这次能看到些不同的东西。就在这时，我发现在这一页的最下方，写着一行字，很小的字，全部是大写字母。

你好，克莱尔。你不知道我是谁。

8

你好，克莱尔。你不知道我是谁。一整晚，这句话不断在我的脑内回响。晚些时候，我还和乔吉闲聊了几句，关于塔希的新发型什么的，还提醒她明天要交历史作业。我想给乔吉做点晚饭，但她说已经和塔希一起吃过了。每次乔吉说不想吃饭的时候，我脑子里就会警铃大作——"厌食症警告"！不过，虽然她很瘦（像我），但没有不健康的样子。不吃就不吃吧，我现在也没心情吃东西。我带赫伯特出去散步。我们所在的所谓联排别墅这边只有区区几盏路灯，街灯以外的地方是静谧幽暗的空旷郊外。天色已晚，这边没有什么车辆经过，所以我和赫伯特才能在路上慢悠悠地溜达着，路过灌木丛的时候，他总是假装抬起腿，做出要撒尿的样子，然后又改了主意，仿佛做出假动作耍我一般。

你好，克莱尔。你不知道我是谁。

有人在我的日记里留下了这句话。我认不出这人的字迹。字体瘦长伸展，是用那种很久之前的意大利斜体笔写的。这让我想起《我，克劳迪厄斯》书中的卡利古拉将自己的父亲逼疯直至逼死的情节，他做了很多事情，其中就包括用很小的字在墙上写下他父亲的名字。只是一天接着一天，他每次都会少写一个字母，当热马尼屈斯这个名字只剩下最后一个字母那天，他的父亲终于死去了。我的"卡利古拉"又是谁呢?

这么想的话,我没有丝毫头绪。我只能继续思考,谁能拿到我的日记本。去海斯培训的时候我是带着日记本的,还有那么几次,我带着它去了学校。但我一直很小心,身边有人的时候绝对不会拿出来写。就算是乔吉也从没见过我写日记。也不是所有人都写日记,但每天记录自己的生活这件事本身就有点让人成瘾。虽说写日记算不上什么秘密,但我绝对不会主动和别人讨论这件事。不过埃拉知道我有写日记的习惯。

是的,这篇日记的一开头就写到了。"克莱尔就写日记。""我还以为只有维多利亚时期小说里的人才写日记。"这会不会是埃拉写的呢?一方面,她生前确实会这样和人开玩笑,觉得这样做很有趣(我现在已经接受她已经死亡的事实了,"生前"这两个字对我来说没那么难了),但另一方面,这不像是她的笔迹,她的字体会更大,更松弛,有点龙飞凤舞的感觉。

同样在我脑海中萦绕不去的还有那句"地狱空荡荡"。《暴风雨》是会考必考书目。我知道哈宾德·考尔肯定是做过调查的,并且知道,对于英语部的人来说,这句台词毫不陌生。因为这句话算得上是我们所说的"重点引用"。但是考尔知不知道,这句话也在R.M.霍兰德的短篇小说中出现过呢?如果她知道,她肯定会觉得这个字条是针对我的。她不会真的以为埃拉的死和我有关吧?我记得她曾问过我,周日那天晚上我在做什么,当时有没有其他人和我在一起。她到底有没有,哪怕那么一丝丝地怀疑过我?他们还要了我的手写笔迹。是不是所有人都要提供自己的笔迹?我甚至开始有些疑神疑鬼,会不会那张字条上的字迹,真的就出自我手呢?

赫伯特挑挑拣拣地选定了位置之后,终于尿完了,我带着它回到家。乔吉在她自己的房间，我能听到她正在用笔记本电脑看《老友记》。我和西蒙一致认为，不能在她的房里给她装电视，但她自己的笔记本电脑上有光驱、播放器、CD播放机、相机，还有录像机，她随时随地带着它。我关上楼下的灯，再次检查了前门有没有锁好。赫伯特看着我走来走去，歪着头，似乎有些不解，为什么今天的我如此小心。前门检查完后，我又去看了一眼后门有没有锁好，然后我将手机和包一起拿上了楼。不过是防患于未然。

我躺在床上，再次拿起那本浅蓝色的日记，但那神秘的手写留言没有那么触目惊心了。我无法再去回顾其他日记。一九九七年的那篇"读者朋友，我嫁给他了"，或是二〇〇二年那篇"乔治娅·梅·牛顿今天出生了"，还有二〇一三年的"今天离婚了，世界都是黑暗黑暗黑暗"。我拿出了现在正在记的这本，开始记录今天发生的事情。

明天是万圣节，我要振作起来，进行我的第一次音乐剧排练指导，剧目是毫无新意的《恐怖小店》。我不想让乔吉回家后面对空屋，但也不想提前跟她说这件事，我担心她会害怕。

"我今晚会晚些回来，"我一边开车从转盘处汇入车流，一边对她说道，"有个节目我要负责排练一下。"

"你们真要演那部剧吗？"乔吉的目光从手机屏幕上移开，抬头看着我。

"是啊，还有帕尔默小姐。我还蛮紧张的。"

"怪不得里面有'小猪佩奇'。"

乔吉说的"小猪佩奇"名叫皮帕·帕森斯，今年读十一年级，乔吉和她的密友们都叫她"小猪佩奇"。帕森斯是这次舞台剧的主演，是剧中的奥黛丽。她个子高挑，留着一头金发，还有一副好嗓子,而且她的鼻头的确有点翘起。她是校园里的红人,总是在颁奖典礼或是颂歌仪式上被推选出来演出。也许这也是乔吉不喜欢她的原因。

"我不懂你是什么意思。"我说道。

"你当然懂。"

"行吧,你要是想的话,放学之后你可以先去塔希家。"

"塔希也在剧组。她是乐团的。"

"那就留下和我们一起彩排吧。"

"算了吧,你忙你的吧。我去接赫伯特然后就回家。"

"从安迪那里走回来就太晚了,我不想让你一个人走夜路。"

"你是说狗狗日托中心。"乔吉总喜欢这么说,带着点美式口音的不羁。"一共也就十分钟的路,全程都走大路,没事的。"

"好吧,记住一定要走大路,不要戴耳机。你得听着路上来车的动静。"

"好了好了。你冷静点吧,妈。"

"你如果一个人害怕的话,可以叫别人陪着你。"

"妈你没事吧?你之前可从来不喜欢有人在'工作日的晚上'来找我玩。"她满是揶揄,阴阳怪气地引用我之前说过的话。

"我就是觉得,也许你需要有人陪着你。万一有人来家里闹'不给糖就捣蛋'呢。"

"我会让他们'捣蛋'的。省了他们的麻烦了。"

"那个上面有伦敦巴士的铁盒里还有一些糖。"

"没关系的。就是几个小屁孩穿着女巫袍而已,吓不着我。还有赫伯特陪着我呢。而且你也不会太晚吧?"

"不会的,我会尽早回来。"我说。

余下的路上没人说话,于是一路沉默。

你不知道我是谁。一整天了，我总会时不时地想起这句话。幸运的是，今天也是忙乱的一天。以前埃拉的课现在都由唐来上了，可想而知课堂纪律很差，我不得不两次"突然袭击"，瞪着他们班的学生，稍微维持了一下秩序。除了这个，我还在努力处理大量的会考数据和资料。我之前一直对于埃拉和我的任职安排有些不服气，为什么埃拉可以带会考班，而我却只能带第一年的学生。但说实话，会考班需要处理的巨量的数据调查工作让我有些抓狂。政府总是在修改会考规范，最新的说法是，他们要把英语和数学按照一分到九分的标准来给分，而不是 A+ 级到 E 级来评级。"也就是说，我的英语永远也得不到 A 了，妈。"乔吉说完这句话后，装出悲伤的表情。我并没有让别人知道，我还真为这件事掉过泪。

排练下午五点才开始，这是为了给想要回家的学生们一些时间。这一空当也给了我机会，从剑桥回来之后，有件事我一直想做，却没机会做。

R.M.霍兰德的阁楼还保持着他去世时候的样子，没变过。这里本来是不会对外开放的，楼上的门也一直锁着。但作为学校的高级教师，同时还是当地研究霍兰德的专家，我是有钥匙的。我想在放学之后去阁楼看看。当然，我早就去过那里。有时候我还会带着别人参观。但这次不一样，我主要是想上去看看阁楼里的照片。墙上挂的，桌面上压着的，照片多得是。万一我能在这里面找到玛丽安娜呢？我想用手机把照片都拍下来，然后回家慢慢研究。我的脑海中甚至出现了自己打电话给亨利·汉密尔顿的画面："我有一个特别有意思的发现。"

最后一节课结束后，我在老楼的一楼快步走着。放学后这里会很清静，因为大部分的学生都在新楼那边，毕竟很多教室都在那边。但今天这里有些特别,有几个学生扮成了女巫和吸血鬼,在旧楼这边游荡,他们多半是想要吓唬老师。受埃拉死亡事件的影响,托尼禁止了今年所有的官方万圣节活动(之前那几年,我们会专门在这一天设立无校服日,有一年我们甚至还办了一个舞会),显然这无法抑制学生过度兴奋的神经,他们会变得比平时更荒唐。

"你们在这里做什么?"我对那些女巫和吸血鬼说道。"你们没有课后活动吗?"

"没有的,女士。"一个穿着哈利·波特斗篷的女巫笑嘻嘻地回答道,我记得她叫阿什莉,姓什么有些记不清了,她上七年级的时候我教过她。

"那就回家吧。去玩'不给糖就捣蛋'去。"

"那是小孩子玩的东西。"一个吸血鬼开口道,声音低沉。我听出那是帕特里克·奥利里,十一年级,橄榄球运动员,喜欢惹是生非。

"那就回家做作业去。去读读必读书目,帕特里克,马上模拟考了,你知道的。"

他笑着转身慢悠悠地离开了,其他人也跟着他。我一直看着他们在前门消失。

二楼在放学之后是禁止学生使用的,但听说有些调皮捣蛋的学生曾偷偷溜上来过。今天这里却很安静。实际上,似乎所有的开关门的声音、踩地板的声音、踢足球时的吵吵嚷嚷的声音,都在某一个瞬间全部消失了。走过二楼时,我能感受到周围空气中那种超然的宁静。二楼的地面与一楼的不同,不是那种拼花地板,也不是新楼地上铺的亚麻油地毡,而是铺着绿色的地毯,像苔藓一样。因为地毯的缓冲,所以走上去的时候没有多大的声音。二楼所有的房门都关着，向前看去，就像画画时候的透视练习一样，所有线条都指向走廊的尽头。那里的螺旋楼梯蜿蜒而上，通向阁楼，也是R.M.霍兰德的书房。这里还流传着一个诡异传说：据说霍兰德的妻子艾丽斯经常光着脚去他的办公室找他（还有的传言说是光着身子），在她死后，霍兰德特别定制了一块地毯，上面印有艾丽斯的脚印。没有人能逃过，只要你想上楼，必然会想要试一试，把自己的脚放在那个脚印里。我之前就注意到了，那个脚印和我的一样大。

我站在楼梯下面，停住了脚步。沉默。空气中的压抑的氛围比以往更甚，浓重的诡秘之感渐渐将我包围。我伸手去摸手机，想让二十一世纪的现实感给我带来一丝安慰，但我忘了我把手机放在办公室了。别犯傻了，我对自己说，你现在是在学校，你是个老师，能出什么事呢？我踏上台阶，将自己的靴子印到艾丽斯·埃弗里的脚印里。

门很容易就打开了。打开门后，正对着我的是霍兰德的书桌、书架里面的书和墙上挂着的照片。在他的桌子后面，便是罗兰·蒙特格兰·霍兰德本人，他伸出双臂，对我表示欢迎。

你冷吗？起风了，是不是？看看这雪，多大啊，噼里啪啦地砸在窗子上。啊，火车又停了。我很怀疑这车今晚上还能不能走了。

来点白兰地吗？从我的酒壶里喝吧。我每次出门的时候，都会做好准备，就怕有什么最坏的情况发生。最好的人生格言，永远做最坏的打算，有备无患嘛。

啊，我说到哪儿来着？啊对，所以我和格杰恩，还有一个人，我们就叫他威尔伯福斯吧。我们三个要一起去那个废弃房子里。三个"地狱俱乐部"的创始成员给我们几个戴上了眼罩。当然了，我们根本不知道他们谁是谁，因为他们都戴了面具。但通过讲话的声音，还是能辨认出来他们大概是谁的。其中一个是巴斯蒂安勋爵，还有一个是他的亲信，柯林斯，另外一个人操着一口异国口音，可能是阿拉伯口音。

威尔伯福斯是我们中第一个戴好眼罩的。他出发了，手里拿着蜡烛和一盒火柴，像个盲人一样，磕磕绊绊地走向废弃的房子。我们只能在原地等着，等啊等啊。冬天的风可真冷啊，呼啸着把我们吹了个透心凉，就像今天晚上这风一样。对，一样。我们就这么等着，好像过了一辈子那么长的时间，我们看到窗台上亮起来颤巍巍的烛火。夜色里那么小的一团小火苗，不仔细看都看不见。"地狱空荡荡！"

我们在这边欢呼雀跃，声音打破沉默，穿透石头。巴斯蒂安将一支蜡烛递给了格杰恩，还给了他一盒火柴。格杰恩缓缓摘下自己的眼镜，将眼罩戴了上去。

"祝你好运。"我说。

他只是微微笑了一下。现在想起来我觉得很有趣。他当时微笑后，还用双手做了一个奇怪的举动，双臂展开，像是某个店员在向客人展示自己商品一样。巴斯蒂安勋爵推了他一把，随后格杰恩也摇摇晃晃地顺着结了霜的草地向前走去。和上次一样，我们等啊等啊等啊。我听到了夜莺的叫声，还有咳嗽声，憋笑的声音。我不知道为什么，一直在一旁喘着粗气。

我等了好久，终于，一点烛火在对面窗子里亮起。"地狱空荡荡！"我们大声回应，声音响亮。

现在轮到我了。我接过蜡烛和火柴，然后戴上眼罩。几乎是在戴上眼罩的一瞬间，我觉得周围的一切不光更黑了，也更冷、更危险了。我可以自己开始走这一趟，不需要巴斯蒂安来推我。我已经感到有些焦躁，想要快点结束。然而，一旦失去视觉信息，你根本无法判断自己已经走了多久，还要走多久。慢慢地，我开始确信自己走错方向了，我可能错过那破房子了，但接着我听到背后传来了巴斯蒂安的声音："往前直走啊，蠢货！"我将双手伸向前方，继续向前摸索前进。

我的手碰到了石头。我走到房子前了。一只手扶着墙壁，我终于碰到了空荡荡的缺口，那里就是正门。走进去的时候我被门槛绊了一跤，毫无防备的我狠狠地摔倒在石板上，但至少我终于走到楼里了。这里的风虽然小了很多，但似乎更冷了。还有死一般的寂静，沉默的回响回荡不绝，潮水般向我压来。我感受到无法言喻的压力，我的腰几乎都直不起来了，像一个乞丐，为了活下去而折腰祈求他人的善意。我听到了自己的呼吸声，刺耳而急促。只有我和自己的呼吸声存在，除此以外，这里似乎是一片虚空，一无所有。我急促地喘息着，一点一点地挪向楼梯处。

有多少级台阶来着？他们告诉我说是有二十级，但我只数到了十五，在那之后我就记混了。直到我踩空了一级之后，我才意识到，我已经到了二楼了。我原本以为格杰恩或是威尔伯福斯会悄悄地跟我打个招呼，但是什么都没有，我没有听到他们发出的任何声响。等了片刻之后，我开始向前摸索着走过去。我要找到窗户，早点结束这场闹剧。我伸出的手碰到了墙面，就在我面前，然后……就是这个！我摸到了木制的窗棂。我将眼罩拿下来，然后用冻僵的手指翻出火柴，点亮手中的蜡烛。然后我滴了两滴蜡油在窗台上，再将蜡烛固定在上面。

"地狱空荡荡！"我的声音在我听来很微弱，像是被寒风吹散了一样。我这般想着，转过身，便看到了脚下的尸体。

第二部分 哈宾德

9

我不喜欢克莱尔·卡西迪,她的样子我就不喜欢。比如说她的身高,太高了。还有她的黑色短发、大眼睛、长脖子,还有大长腿等。她就是那种女人,穿在她们身上的飘逸长裙在我身上就会变成帐篷。就连尼尔都被她俘获了。"她看起来像个模特,"他说,"就是很低级的杂志上的那种。"看到我的表情之后,他又加上了这句。尼尔这人吧,还不错。

第一天,当我们开车到学校操场的时候,我就知道塔尔加斯中学里有事情发生。我丝毫没有惊讶,那个地方,我是知道的。

我们坐在车里,车子就停在老楼前面的停车场。"我就是想再看一看。"我对尼尔说。现在是期中的假期,我还以为学校里会很空,但我忘了他们会在假期开设成人教育班。我看到人们带着文件夹和美术工具从大门走进去。我从来不在业余时间做学校的功课,但无法因此评价别人。

"我还以为你在跟我扯淡,你在这儿读过书?"尼尔说。

"是啊,我确实在这儿上过学。"我说。"那边还有一个专门的哈宾德·考尔大楼呢。"

"真的?"

尼尔这种脑子,真是太好糊弄了。真的。

"当然是假的了。我走的时候甚至连个握手都没有。给你会考成绩，然后赶紧滚。"

"但你也考上大学了，"出于同情，尼尔似乎有些焦急地想要证明，我并不是一个学术垃圾。

"在奇切斯特。勉强算是个大学。我大学时候也是在家住的。"那是当年我爸妈开出的条件，如果我想要上大学，就只能住在家里，并且要像个学生，不能做出格的事情：不能喝酒、不能嗑药、不能和男人发生关系。这当然是没用的，我一样也没落下，全做了。

我盯着老楼门口的台阶，双开的大门，成排的窗子。记忆中这里没有这么多常青藤，红红绿绿的像是圣诞贺卡。我妈曾说学校里的这一边很漂亮（"像个私立学校，和布莱顿罗丁一样。"），但对我来说，这里有太多的回忆，回忆的滤镜让我无法看清它真正的模样。

"我们来这儿要做什么来着？"尼尔问。几分钟之后他又说道："我们应该回警局，和埃拉的父母谈谈。"

"我就是在想象，埃拉在这里是什么样的，"我说，"就当是为了我，再等一分钟吧。"我再次抬头看向大楼的窗子，发现有人正透过窗子看着我。白皙的脸，漆黑的眼。

克莱尔·卡西迪。

我接到电话的时候是周日晚上十点。附近的邻居说，听到埃拉·埃尔菲克家中传来争吵声，事发地在肖勒姆。警员赶到现场后，发现了一位女性，年纪在四十岁左右，死在了厨房。身体遭到多处捅刺。

犯罪现场调查组的人早在我之前就赶到现场了。蓝色的警灯在黑暗的街道上闪烁，前门上方架着一个遮阳棚。埃拉·埃尔菲克住在教堂后面的一间可爱的小房子里。我想象着左邻右舍的人要是知道她在离上帝这么近的地方被杀后，会是什么反应。我穿上防护服，将头发塞进帽子里，想趁现在人少的时候看一看现场。过不了多久，这地方就会挤满了人，来检查尸体的，给现场拍照的，他们会收集地上的细小线索，计算血迹的喷射轨道，等到那个时候就来不及了。

厨房现在就已经挤满人了。其中一个警员身体紧靠着后门，看得出，现场的血腥场面让他恶心，但他还是在强行忍耐着。还有一组犯罪现场调查组的工作人员正围在尸体边。埃拉的身体伸展，躺在地上，厨房是开放式布局的（整体很精巧，闪亮的白色厨具，搭配深蓝的瓷砖），她的尸体几乎占据了全部的地面空间，双手放在身体两侧，像是被特意摆成这样的。死者的两只手上都有伤口，掌心有深深的割痕。厨房里到处都是血——在她的胸口上，她的头发上和那些闪亮白净的厨房用具上。因为调查员都蹲在她身边，我看不见她的脖子，但是从地上的血迹来看，脖子应该也被割破了。我看了看她的脚。我之前听一个女演员说过，当她开始塑造一个角色的时候，首先是从脚开始的。我绝对说不出这么矫情的话，但是我总能注意到鞋子。埃拉穿了一双粉色的匡威鞋。

"警长考尔。"我对犯罪现场调查组的警员出示了自己的证件。

"警员帕特尔。"站在门边的那位警察说道。

"你是自己来的吗？"

"我的搭档就在外面。"他指了指，有点无奈地说道。

肯定是被恶心到了吧，也难怪，警察一般不会看到这种犯罪现场。

"知道死者的身份吗?"

"埃拉·埃尔菲克,生前是塔尔加斯中学的老师。包里有她的挂牌。"

那时候我就已经感觉到了,这不是什么好兆头。我不会四处跟人说,自己是在塔尔加斯读的中学。本来这么大的人了,还留在自己读中学的地方工作已经很丢人了。更丢人的是,我三十五岁了还和父母一起住,虽然这件事目前只有唐娜和尼尔知道。警局里一共有三个人是我的塔尔加斯中学的校友,但其实我们老塔尔加斯并没有什么校友会。而且凶案组里只有我一个在塔尔加斯读过书。

"联系过她的亲属了吗?"

"还没有。"

也就是说,这是我的活儿了。

"到客厅来,"我说道,"从后门出去,前门绕进来,不要迈过尸体。"

尸体。现在的她仅仅是一具尸体,金色的头发,粉色的运动鞋。调查组的人还在尸体上忙碌,我没再进去,转身走向隔壁房间。和我想的一样,这里有一个大书架,沙发上有好多抱枕,还有蜡烛和百花香。

尼尔到的时候,正赶上帕特尔从前门绕过来,于是两个人一起出现在了前门。穿上白色防护服的尼尔看起来特别庞大,像一只北极熊,但只是体型像而已,完全没有北极熊的可爱。

"凶杀?"他问。

"除非是她自己给自己割喉。"我说道。

帕特尔看起来面色惨白——而他其实和我一样,是人力资源部口中所谓的有色人种——还能白成这样。

"看起来死者是颈部和胸口多处遭到捅刺,凶器就是厨房的刀具,"他说道,"我们是在前门找到的。"

"凶手把凶器留在现场了?"尼尔说道,"怎么会这么蠢?"

"倒不如说是聪明。"我说道,"凶手敢把凶器留下,就绝对不会留下可追查的线索。"

"死者似乎曾试图反抗。"帕特尔说,"她的两只手上都有伤口。"

"我们要仔细检查这些地方。"我说,"伤口看起来特别明显。两只手上都有同样的伤口。我觉得这些切口是在死者死后切的。"

"圣痕,"尼尔说,"像耶稣手上的一样。"好像是怕我不懂,专门解释给我听的。

"谢谢,尼尔,"我说,"虽然我是个锡克人,但我知道耶稣。犹太木匠,对吧?"

"够了,够了。"尼尔转身对帕特尔说,"还有别的我们应该知道的信息吗?"

"现场有一张字条,"帕特尔说,"其实是一张便笺。就放在尸体旁边的地板上。"

我觉得凶手对我们真是够意思了。留了这么多痕迹给我们,让我们提取 DNA 信息,还有手写笔迹给我们分析。

"便笺上写了什么?"我问。

"地狱空荡荡。"帕特尔说。

"那又是什么鬼?"尼尔问,似乎没意识到自己的话与这句留言的应和。

"听起来像是一句引用。"我说,"我们可以查一查。那张便笺纸呢?你们已经收到证据袋里了吗?"

帕特尔点了点头。

"上面有血迹吗?"

"好像没有。"

"也就是说,凶手在作案之前就把这句话写好了。"我说道,"不然的话,便笺上一定会染上血迹。厨房现在都快被血淹了。"

在这本就不幸的时刻,帕特尔的搭档——一个年轻的女警官出现了。她也是满脸苍白,似乎强行压制着恶心的感觉。虽然看起来很难受,但她还能控制住。我叫她去埃拉的包里找她的近亲的联络方式。

"如果她的手机没锁的话,那就最简单了。"我说道,"在她的手机联系人里搜'妈妈'。"

"天哪。"尼尔忍不住说道,比起我,他更加敏感。只要是有了孩子的人,都会这样。"两个老人,太可怜了。"

我四下打量了一下这个房间。书架上的书大多是经典名著——你可以在书脊上看到书名。不过客厅的电视是平板的,沙发前的咖啡桌上还放着一堆封面华丽的杂志。也就是说,埃拉的生活也并不总是那么高大上。我有些好奇,她在塔尔加斯教什么科目。我猜应该是英文或是艺术。客厅的墙上还挂着几幅画,上面是简单的几何图形,买这种艺术品的人从来都不是因为喜欢才买的。我记得厨房里还有一本泰特现代美术馆的日历。咖啡桌上杂志的旁边有一个杯子,里面还有剩下的花草茶。

"我们得留这个东西取证。"我对帕特尔说。我很想知道到底发生了什么。或许埃拉正坐在这里,喝着茶看着电视,就在此时,凶手按响了门铃。

"你们到这里的时候,电视是开着的吗?"我问。

"不是。"

她的手机放在了包里。女警正在翻找有用的信息。所以埃拉并没有看脸书或是玩熊猫泡泡龙（这两件事是我每天晚上最喜欢的消遣）。这里也没有打开的书，或是杂志。

"我们现在知道她的死亡时间吗？"

"我们到这里的时候是九点。"帕特尔说，"她当时已经死了，但是尸体还是……你知道的……还是暖的。"

"你和她的邻居聊过了吗？"

"还没有。"

"去，现在就去。你呢，找到号码了吗？"我转头看向那个女警员。她点了点头，将手机递给了我。"谢谢。你叫什么名字？"

"奥利维娅。奥利维娅·格兰特。"

"好的，奥利维娅，你和帕特尔一起去找死者的邻居问话。问出他们具体是在什么时候听到房子里有争吵声的。尼尔，我们去找埃拉的朋友和家人了解情况。"

尼尔在沙发上动都没动。"谁告诉你这里是你说了算？"

"我们就假设是我说了算，"我说，"这样事情会更好办一点。"

10

克莱尔·卡西迪的名字在调查初期就出现了。是在我和埃拉的母亲聊完之后——我只告诉她发生了一点意外，让她留下地址，这样一来，当地警方就会上门告知他们发生了什么。尼尔和我回到了警局。督察马隆是高级调查官，她任命我为她的副手，我早就知道她会这么做。唐娜这个人虽然看起来有些古怪，但她在关键时刻还是很果断的，而且她知道如何组织案件调查。正因为她将这个案子的优先级提高，我们才得到了大量的警力和情报支持。我们制订了一些行动计划。我们会在早上将案件通报给塔尔加斯中学的校长，托尼·斯威特曼。做这件事就是要趁早上，为的是攻其不备，看看他的真实反应。除此以外，我们还会和埃拉的亲密好友以及同事们了解情况。我们现在已经拿到了埃拉的电话，与服务供应商沟通后，我们可以看到埃拉手机里所有的加密信息。等一切安排妥当，我回到家的时候已经是半夜了。妈妈并没有等到我回家，但她已经等了很久了。我开门的时候，正看见她睡衣的一角消失在楼梯上。

早上八点钟，我们来到了托尼·斯威特曼的家门口。尼尔本想更早一点来，但我觉得八点钟刚刚好，是个关键的时间点，刚好可以打他个措手不及。现在是期中休假期间，我知道他的孩子年纪还小。斯威特曼一家住在斯泰宁郊区一栋很漂亮的房子里。

看着他的房子，我忍不住开始计算他的薪水大概是多少。塔尔加斯中学一共有一千两百名学生，再结合之前看过的《泰晤士高等教育增刊》上面的广告，我猜他一年能赚十万英镑以上。这些钱就够在老教区买房子了吗？蜜色的石头，双车车库，还有宽敞的花园，十多万的年薪真的够？我之前并不知道，但我现在打算弄清楚。

开门的正是斯威特曼本人，我在网上看过他的照片，但没想到本人更加年轻。我在塔尔加斯读书时，校长还是威廉姆斯夫人。我记得那时候的校长看起来一副老态龙钟的样子，但实际上她三年前才退休，估计现在她已经是一只脚迈进棺材的人了。托尼·斯威特曼则是完全不同的面貌，皮肤是健康的小麦色，身材很匀称。他穿着一条牛仔裤，一件橄榄球衬衫，很休闲。不是我喜欢的类型，就算是以我出柜之前的择偶标准来看，也不是我的菜。但作为一名老师来说，他还是很帅的（虽然比不上那种帅气的政客，但也很不错了）。英格兰十月的阳光是没法让他晒成这样的。要说滑雪的话，今年这个时候也略早。那就是用了日光浴床吧。不管怎么说，我从一开始就对他没什么好感。

"斯威特曼先生？我是萨塞克斯警察局的警长考尔，这位是温斯顿警长。可以和您聊聊吗？"

"出什么事了？"斯威特曼看起来有些心不在焉，他回头看了一眼门内。我们能听到屋里的狗叫声和孩子们嬉闹的声音，中间夹杂着《海绵宝宝》的主题曲。

"抱歉打扰，但事情很紧急，"我说道，"我们能找个地方单独聊聊吗？"

"有点困难……"他伸手理了理头发，在我看来，像他这样的白人男性，很少会留这么长的头发。显然他对自己的头发很满意,高昂着头,像是头上顶了个足球。

"事关重大,"我说,"我们是凶案组的调查人员。"

他抬起头,惊惧地看了我一眼,然后很快将我们迎进了一个小房间。从房间布置来看,应该是书房。书架上有教育类的书籍,还有好多张橄榄球球队的合照,当然每张照片里都有托尼。我有些好奇他妻子是做什么的。家里面有小孩子的存在,这一点很明显(乐谱架,电视上还连着游戏机),除此之外看不到另外一个家庭成员的痕迹,或是偏好。我和尼尔并排坐在沙发上。我倒是想坐在椅子上,但调查才刚开始,我还是得专业一点,让他炸毛不是什么好事。

托尼正压低了声音和谁说着什么。他老婆?保姆?互惠生?然后他再次出现在门口,看起来比刚才还要心事重重。

"抱歉,"他说,"我妻子正在工作,现在又是期中。"

"没关系,"我说,"我们理解。有个很不好的消息,我们要通知您。"

他坐在桌前,听到我的话后,转过来看着我们。

"据我所知,埃拉·埃尔菲克是在塔尔加斯中学工作吧?"

托尼微微开口。"没错。"他说。

"我很抱歉要告诉您这一消息,埃拉昨晚去世了,警方现已将她的死亡列为可疑事件。"

我仔细地观察着托尼。他看起来确实是吓到了。连皮肤上的小麦色都渐渐褪色,变得苍白,头发也再次凌乱了。

"埃拉?这不……这不可能……"

"我们想和埃拉的朋友和同事们聊一聊,越早越好。"我说道。"凶杀案调查的最初几个小时是关键。"

"凶杀案,"托尼说,"你确定吗?"

"目前还在最初的调查阶段,"尼尔说道,尽量表达得委婉,"但是,考尔警长刚刚也说过,我们觉得埃尔菲克女士的死亡很可疑。"

我拿出了自己的笔记本。其实现在做调查笔记还为时尚早,但我想让托尼知道,他说的话我是要记下来的。

"那么,"我说道,"埃拉在塔尔加斯中学教英文,是吧?"

"是的。"托尼看起来在努力让自己镇定下来。"她已经在塔尔加斯工作五年了,是个很优秀的老师。"

"您在塔尔加斯担任校长多久了?"

"三年。我来了之后才将学校从特殊措施实施对象名单[①]里拉出来。"

"那恭喜您了。"我说道。我之所以这样说,就是想让他知道,这种时候还在炫耀自己的成绩不大合适。

"我不是这个意思……"

"埃拉在同事之间受欢迎吗?人缘好吗?"尼尔问。

托尼对尼尔话中暗示的信息表示惊讶。"所有人都喜欢她。你们不会是认为……"

用不着告诉我们该怎么认为,我在心里说道,随后开口:"您能给我们一份英语部所有职工的名单吗?还有和埃拉亲近的朋友,您知道都有谁吗?"

"当然,"托尼说,"我会给你们名单的。在学校里她有很多朋友。"

"和她最好的朋友是谁?"

托尼的眼睛看向左侧,表明他确实是在回忆。当然,他有可

[①]当学校被认定教学标准未达标、设施较差,且学校管理层缺乏改进的领导能力时,会被列入"特殊措施实施对象名单"。

能只是在看飞到屋顶上的氦气球,上面印着一个数字八。

"克莱尔·卡西迪,"他最终说,"她也是教英文的。她们两个是同期入职的老师。和她们一起的还有教历史的德布拉·格林。我总说她们是三个火枪手。"这种回忆在此刻显得有些残忍,他有些悲伤地微笑了一下。

"能把她们的联络方式给我们吗?"我说着,在笔记本上快速地记录着。

"我会一起给你们的。档案里都有。"

"埃拉生前有男朋友吗?"尼尔问。

"据我所知没有。里克·刘易斯是英语部的部长,他肯定会很伤心。"

"您有刘易斯先生的住址吗?"

"我这就给你们找。"托尼打开他面前的笔记本电脑,开始搜索信息。他只用大拇指划着屏幕,像是现在的中学生一样。和他这么新潮的人比,我敢打赌,威廉姆斯夫人肯定这辈子都没见过笔记本电脑这种东西。

"您上次见到埃拉的时候,她看起来怎么样?"我问道。"有没有表现出担忧或焦虑的样子?"

托尼将脸转向屏幕。"她看上去很好,很期待期中假期。你们知道的,老师们忙了半学期,都心力交瘁,想要放假。"

确实,可真是辛苦你们了,我心里吐槽着,但你们下午三点就能下班,还有那么长的假期。警察的工作时间可比你们的要长多了,钱赚得也不多,而且有几个警察能像你样,还有空搞个美黑。我虽然心里这样想着,但还是露出了同情的样子——"做老师都很辛苦吧"。

"只会越来越难。"托尼继续倒苦水,很显然已经上钩了,开始主动诉说。"要做的事情太多了。得时刻保障学生的安全，管理学生津贴，做考试预测。虽说做教育的，这都是我们分内的事。但有些时候，真的压力很大。"

"埃拉的工作压力很大吗？"

托尼立刻改了说辞。"哦，埃拉的工作表现一直都是最好的。去年会考标准改了，所以我们的课程也改了好多，工作量加重。但今年夏天的会考，我们取得了历史最好成绩。她生前是我们会考班的负责人，负责整个年级。"他解释道。我有点好奇，他为什么可以这么快就接受埃拉已经死去的事实，并且在讲话的时候能自然而然地用上"生前"这种词。虽然我的英文会考成绩最多是个良，但我能听得出句子中的时态表达。我的车停在一个小巷里，并不在托尼家附近，我和尼尔坐在车里，简单讨论了一下。

"你觉得他有什么问题吗？"我问。

"挺圆滑的。话又说回来，他怎么买得起这样的房子？"

"他老婆是个律师。"托尼这么虚荣的男人，不可能不炫耀自己多金的老婆。"他们两个赚得都不少。"

"但让一个互惠生来照顾自己的孩子。"尼尔有些不赞同地说道。显然这让他想到了自己的家庭，他老婆是家庭主妇，专心留在家里照顾一个十八个月的孩子。

"我要是有了孩子，我也要用互惠生照顾孩子。"我说，"还得要一个保姆，然后再来一个奶妈。"尼尔笑了，不知道是笑我异想天开说会有孩子，还是笑我痴人说梦觉得能雇得起人来照顾孩子。

"现在呢，怎么说？"尼尔说道。"我们应该问问家庭联络官，看能不能拜访被害人的父母。"

家庭联络官昨晚已经陪着埃尔菲克夫妇去了停尸房，他们在那里指认了尸体，确实是埃拉本人。现在他们两个都在警局附近的警员宿舍。尼尔说得没错，我们应该正式与两人见面，了解一些情况。

"我们先去找里克·刘易斯吧，"我说。"他家离这儿也就不到两公里。"

"为什么呀？"尼尔问，表情带着不解和固执。

"因为托尼刚刚提到了埃拉男朋友的事。"

"他说埃拉没有男朋友啊。"

"确实，"我说道，"但他之后马上就提到了里克·刘易斯。"

里克·刘易斯的家在肖勒姆的边缘地区，已经快出了这片区域。房子当然比不上托尼家，可以说是降了一级，但依然舒适宜人。里克个子很高，穿着高领上衣，打开门的瞬间，我们看清了他的样子。

我给他看了一眼我的警官证，问能否跟他聊几句。就在这时，一个女人从里面走出来到了门廊处，和里克站在一起。女人看起来四十多岁，身材丰满，但很好看。尤其是穿着毛衫和衬衣，有种丰满女人的成熟韵味。

"出什么事了，里克？"

她听起来有些惊慌。这倒是有趣。

"您负责的部门里有位员工出了事，很抱歉，要这样通知您这个消息。"我说道，"可以找个地方谈一谈吗？"

"哦，天哪，"里克·刘易斯说道，"是克莱尔吗？"

太有趣了。

我们两个将事情告知了里克和他老婆。现在来看，已经没必要非得找个私密的地方谈话了。再说，他老婆的反应让我很感兴趣。为什么她的反应这么大？我告诉里克出事的人是埃拉后，她甚至没忍住发出了一声惊叫，随后立刻用手捂住了脸。

"这不可能，"里克说，"周五我还看见她了。天哪，她爸妈得多伤心。"

我问里克，埃拉最近的精神状态怎么样，得到的回答和托尼的一致：还不错，有点累，很期待期中假期。我又问里克周日晚上他在做什么。他快速地看了黛西一眼，然后说："我们就在家里，看电视，还点了外卖，开了一瓶红酒，看的是《舞动奇迹》。我们每周日都这么过。"

"挺好的。"我说。托尼给出的不在场证明和这个差不多，只不过吃的不是外卖，而是一顿全家齐聚的营养晚餐。不过，尽管刘易斯夫妇住的房子很宽敞，容得下好几个孩子撒欢儿跑，但这对夫妻却没有孩子。我很好奇，这是他们自己的选择吗？这或许就是这对夫妻如此亲密的原因吧，看看他们两个，差不多是挤在一张椅子上的。

出门的时候，尼尔还在和黛西说着南方铁路什么的，我则问了里克一句，他和埃拉相处得怎么样。

"相当不错，"他说，"她生前是个很有魅力的人。"

他指的是埃拉的性格，我懂。但我也看过埃拉的照片，我知道她生前的样子，单看外貌的话，她是一个高挑、纤细的金发女人，确实很有魅力，毕竟大多数人都喜欢这类型的女人。不管怎么说，里克用的这形容词还挺微妙的。您看啊，我在心里对我之前的英语老师卡斯卡特小姐默默地说，我也会讲究语法呢。

开车离开的时候，我告诉尼尔我以前就是在塔尔加斯中学读的书，他立刻露出吓了一跳的表情。

"你不说的话，我绝对想不到。"

"有什么想不到的呢，那就是当地的高中啊。"

"这么说没错，但是那地方有点垃圾啊，不是吗？我可不想让我们家莉莉去那儿。"

老天爷啊，那孩子还不到两岁，他们都已经开始计划上什么学校了。

"我父母不知道除了那儿我还能去哪儿。"我说，"我们家的孩子都是在塔尔加斯读的中学，目前来看，混得也都还可以。"

库什现在在百货店工作，阿比德是一个电工。我的两个兄弟已经成家，加在一起他们一共有五个孩子，而且还都戴着锡克教徒的头巾。在我父母看来，他们两个都有了不错的生活。只有我，三十五岁，未婚，做着我妈口中的"爷们儿的活"。所以关于我，他们能不提则不提。他们还不知道我是个同性恋，要是知道这个，估计都不会认我了。

"我们现在就去塔尔加斯中学吧。"我说，"反正回去也顺路，就去那个地方看看吧。"

11

我们第二天才见到克莱尔·卡西迪。我本来想在教室外面等她下课,在她走出教室的时候堵住她,后来我决定,还是去她家里看看。然而,在看到她的住处时,我还是有些惊讶,她居然住在那里。很久之前我就好奇,什么样的人会住在这些连栋别墅里,这里紧挨着那个老水泥厂。现在我知道答案了。

"真是活见鬼啊,"尼尔说,"就算给我一百万我也不住这儿。你知道人们都怎么说这地方吗?"

"我听过好多种说法。"我说道。

"这里闹鬼。你听说过吧,有个孩子掉进水泥池里死了。而且晚上的时候,你还能听见那孩子哭。还有——"

"嗯,行吧。"我说道。"跟学校那边一样。大家讲的鬼故事都差不多,都说老楼那边有个女人从楼梯上掉下去了。一个穿白裙子的女人,在走廊里飘。只要她出现,就说明要死人了。"

"不知道周日那天晚上她有没有出现。"

"问问克莱尔就知道了。"我说,"这不就来了吗?"

我看着她开车靠近。一辆黑色的雷诺科雷傲,正是我猜想的她会开的那种车。她将车停在了路边,就在我们车子边上,然后走了下来。第一眼看见她的样子,我就开始有些心烦了。她穿着一条黑色的牛仔裤,上衣是一件灰色的针织衫。听起来似乎是那种普通的基础款搭配。但她那条裤子是紧身的,很显身材,刚好塞进她脚上那双高跟齐膝长靴里。她身上的那件针织衫也不是便宜货,应该是羊绒的。很遗憾,这种连了一条围巾的有垂坠感的衣服穿在我身上就会很可笑,但是她穿着却很漂亮。她一只手拿着手提包,另一只手从后备厢里拿出了一个大的旅行包(牌子是凯茜·琦丝敦[1],我是从包上的标识上看出来的)。然后,她又打开了副驾驶的车门。一只白色的小狗跳了出来,有些狂躁地叫着。

我对狗没什么意见,但我觉得狗就要有狗的样子。我爸妈养了一只德国牧羊犬,叫苏丹。原本养它是要它帮忙看店的,但实际上它晚上都跟我爸妈一起睡,老两口对待它像是对待自己的儿子一样(比对自己的女儿都要好)。我有时候很讨厌这一点,自己在家里的待遇有时候还不如一条狗。但至少苏丹长得很好看,像动物中的王子似的,很体面。不像我眼前这个白花花的毛球,这东西显然跟"狗"沾不上边。

我走近他们时,这小东西突然扑向我的黑裤子。克莱尔想把它拉开,然而并没有什么用。我做了自我介绍,问她可否聊一聊。克莱尔眼神尖锐地看了我一眼,随后为这只流着口水的怪异生物道歉,我们从她口中得知,这东西叫赫伯特。

"没关系的。"我说,用手理了理裤子上的毛,"我很喜欢狗。"

房子里面装修得不错,客厅的墙壁漆成了现下流行的灰蓝色,书架是白色的,配上木质地板。我能从尼尔的表情中看出他的赞赏。克莱尔问我们要不要喝茶。她的嗓音有些低沉——并不是那种很时髦的嗓音,但很像收音机里第四频道播报金融危机的

---

[1] Cath Kidston,英国品牌,以生产花朵图案家居摆设闻名。

女播音员的声音。我又从尼尔此时的表情里看出，他对克莱尔这个人的欣赏。他接受了克莱尔的款待，还要求在茶里放两块糖，克莱尔露出一个客气的微笑，然后便离开了客厅。但我还是听到了，她提起旅行包走开时，包里传出了叮当的响动，看来某人今晚是打算要大醉一场啊。

厨房里传来了狗叫声。小型犬都有这毛病，我最烦的就是它们这一点，一直叫个不停。苏丹不爱叫，但只要它一开口，你就知道肯定是有重要的事情发生。我看着壁炉上的照片，照片上克莱尔和一个十几岁的女孩站在一起。那个女孩又高又瘦，和她一样，但是一头黑发却很长。别的照片里，黑发少女和赫伯特一起。还有赫伯特自己的照片。除此之外还有一张巴洛克音乐会的传单，一个署名为"R"的人寄来的明信片。

"她回来了。"尼尔说。

克莱尔端着一个浅浅的木质托盘走了进来，上面放了茶和饼干。这让我想起了埃拉的客厅，她的茶几上放着的那杯花草茶。

"我们正在调查埃拉·埃尔菲克的凶杀案。"我说，"我想您已经知道这个消息了吧？"

她点了点头，微微眨了眨眼。她的眼睛很大，这么一双无辜的大眼睛，眼波流转间，杀伤力肯定也大。我这么说可能有点不公平。毕竟她现在也很难过。"是的，"她说，"我们部门的主管里克·刘易斯昨天给我打过电话了。"

"很遗憾，我明白这对您来说应该很可怕，很突然，但我们想尽快与埃拉所有的朋友和同事聊一聊。这样我们就可以尽早了解埃拉的生活，也就能查出可能犯案的嫌疑人。"

克莱尔的睫毛颤了颤。她看了看尼尔，又看了看我。"我还以为……"

"以为什么?"我发出毫无意义的追问。

"我以为……我当时以为……她是被陌生人害死的。一次随机犯罪,抢劫杀人之类的。"

"多数凶杀案都是熟人犯罪。"我说,故意让语气听起来冰冷而官方,"而且我们有理由相信,埃拉的案子也是如此。"

我不再说话,等待这些话带来的效果。我不会告诉她尸体旁边那张纸条上的内容,但我已经查过了,这句台词出自《暴风雨》,今年的会考题里还考过。而且埃拉、克莱尔和里克都是教英语的。

将笔记本拿出来后,我问她是否和埃拉一起教书。

"对的。我们都教英文,在塔尔加斯中学。哦,天啊。"

至少她没有立刻说出"她生前"这种明显的接受了埃拉死亡事实的时态。她深呼吸,让自己平静下来。赫伯特抬起一只爪子搭在她的腿上。不得不说,这一幕很温馨。

她解释说自己是初中部的,埃拉是会考班的。英语部门一共有六位老师,彼此的工作联系都很紧密。我问她和埃拉相处得好不好。她说她们相处得很好,在工作以外也有交际。她最后一次见到埃拉是在星期五的晚上,她和埃拉,还有德布拉·格林,三个人一起去了影院,还吃了饭。德布拉也是塔尔加斯的老师,教历史。我记得托尼之前提到过这个人,还说她们三个是"三个火枪手"。就算是在回答这些无关痛痒的例常问题时,克莱尔看起来依然有些紧张。所以我让尼尔插了几句闲话,聊了聊电影什么的,缓和一下气氛。毕竟他接受了人家的款待,从心理学角度来说,这意味着他们两人之间已经建立了某种联系。

我问她周日那天有没有收到埃拉的消息,她说她给埃拉发过短信,说了一些关于《舞动奇迹》比赛结果的事,但埃拉没有回她。

我讨厌《舞动奇迹》这个节目,一群聪明、成功的女人非要穿上亮片裙,做作地去拥抱自己所谓的"少女的一面"。整个节目都让我觉得恶心。我敢打赌,克莱尔·卡西迪小时候一定是跳过芭蕾的。她看上去就像是那类人。可能是因为后来长得太高了才放弃的。

克莱尔称自己整晚都在家里,看电视,为第二天的创意写作课做准备。她的女儿乔吉当晚也在,但是和所有青春期的孩子一样,那天晚上的大部分时间,她都锁着门待在自己的房间里。此时乔吉也不在家,她在期中的时候去了她爸爸那边,按计划明天才会回来。所以说克莱尔现在是离异状态。其实,我光看房间的装饰也能猜个差不离。哪有男人能忍受屋子里放这么多香薰蜡烛的。

克莱尔此刻看上去已经放松很多,靠坐在椅子上,双腿交叉。我看了尼尔一眼,打算再次进入正题。"埃拉是个什么样的女人?"

克莱尔没有立刻回答,而是沉默了好一会儿。她抬眼看向左边,将交叉的双腿摆正,而后再次交叉,调整坐姿,身体微微远离我们。赫伯特轻声呜咽。就在这时,不知道从哪里传来了手机的嗡鸣声。

"她是个很可爱的人。"克莱尔终于开口。"非常聪明,特别有趣,没有人不喜欢她。埃拉是一位很优秀的教师,孩子们很爱她。如果知道埃拉的事情,他们一定会伤心……"

"埃拉生前有男朋友吗?"我问道,不想再给她时间去想答案。

"据我所知是没有的。"

很奇怪的回答。而且,她回答的方式和托尼一模一样。"前任呢?"我再次发问,用了更为亲密的语气。

"过去有吧。最近是没有。"

"她有特别提起过谁吗?"

"她提过之前在威尔士教书的时候,有这么个人,叫布拉德利什么的。"

我在笔记上记下。"她从没提过有什么人让她困扰吗?在脸书上持续关注她之类的?"

"没有。"克莱尔回答,十分肯定地看着我们。

我还有更多的问题想要问卡西迪,但是我现在想先去看看埃拉社交软件上的历史记录。我觉得肯定能发现些什么。埃拉,克莱尔,里克,托尼,我的母校里肯定是有事发生了。地狱空荡荡,魔鬼在人间。

"谢谢配合,"我说道,"您提供的信息很有帮助。"

回警局的路上,尼尔说克莱尔看起来像个模特。虽然他可能意识到有些不妥,立刻就改了口,但在穿过一望无际的环岛,开往奇切斯特时,我渐渐觉得,他说的没什么不妥。一个平平无奇的初中一下子有两个容貌这么出众的女教师,肯定是不对劲的。回想我在塔尔加斯读书那会儿,所有的老师都极其老气和邋遢。教我的卡斯卡特小姐还长着些小胡子,身上总是散发着汗水和滑石粉混合的气味。克莱尔·卡西迪则完全不同,她用的是祖·玛珑的英国梨和小苍兰——我很懂香水的。

会不会是克莱尔·卡西迪和埃拉·埃尔菲克不同寻常的美貌引发了学校男性职工的竞争,争风吃醋渐渐升级,甚至发展到了要杀人的地步?我向尼尔分享了这个想法。

"托尼·斯威特曼和里克·刘易斯都已经结婚了。"他一边有些惊恐地说道,一边看着我从内道超车。我们两个一直是轮流开车,但他的风格比我要稳重多了。

"这跟这事有什么关系?"

"你真的认为是埃拉的同事下手杀了她?你也看到了,凶手的手段有多残忍。"

"捅刺符合激情杀人。"我说道。"这人能靠得这么近,用一把刀杀了她,这说明他们的关系不一般。还有埃拉手边那张纸条上那句莎士比亚的引用。"

"我从来都读不懂莎士比亚。"

"所以你最后当了警察。"我说道。这话虽然难听,但却是事实,我对莎士比亚的一些戏剧还是很喜欢的,即便要忍受卡斯卡特小姐的摧残,我也很喜欢,比如麦克白。说起经典的谋杀故事,就不得不提到这个作品。

"而且别忘了,"我说,"埃拉和之前学校的同事就有过不正当的关系。克莱尔刚才还提到了那个人。"埃拉的父母昨天就跟我们交代了布拉德利·琼斯的事。他是埃拉早前在威尔士教书时候的部门主管。两人有了私情,用埃拉母亲的话说,"最后结束得很难看"。我们打算明天就去见见这位布拉德利。

"照你的意思,埃拉很可能和托尼或是里克也有一腿,克莱尔嫉妒她,就把她捅死了。"尼尔说道。"我觉得太扯了。"

"还记得里克听到这个消息之后是怎么说的吗?'是克莱尔吗?'他不可能是随随便便这么问的,这里面肯定有问题。"

"你就是不喜欢她。"尼尔说道。

"我没有喜欢她,也没有不喜欢她。"我说,"我就是觉得她有些事情没跟我们说,在隐瞒些什么。"

12

经过之后几天的调查，我们对埃拉·埃尔菲克有了更多的了解。她于一九七七年出生在萨里郡，读了女子文法学校，后来在埃克塞特大学读了英文专业，之后到远东去旅行，还在日本工作了一段时间。在异国他乡待了五年之后，她回国参加了教师培训。不管是她的导师还是她第一次实习的学校，都对她的表现给出了很高的评价。埃拉最初是在普利茅斯的一所中学工作，后来搬到了卡迪夫，担任会考班负责人（用她母亲的话说，那就是个错误）。犯罪现场调查组的人到现在还没有提交调查报告，在邻居的证词中也没有任何发现。他们只说，在周末晚上听到有人大声说话（有人说是"一个男人的声音"，但他们也不是很确定），而且没人看到当晚埃拉家有访客出现。教堂外倒是有监控摄像头，但经过调查发现，从傍晚六点到晚上十点的画面没有任何异常，甚至还有些无聊：牧师，一个遛狗的男人，还有两个低头看手机的青少年。

法医给尸体做了尸检之后发现，埃拉死于颈部和胸部的致命伤。和我料想的一样，她手上的伤口是凶手在她死后划上去的。

"看她手上的'圣痕'，"唐娜说，"凶手也许是个疯狂的信徒。那张字条上不也提到了地狱吗？"

"那是个引用，"我说，"我觉得这张字条应该是有某种特殊意义的。埃拉在学校教过这部著作,这句话恰好出自这里。"

"你真的认为,凶手可能和塔尔加斯中学有关系?"唐娜说,有些狡黠地看了我一眼。"你的母校?"

"一个垃圾的综合中学,也称不上是我的母校吧,"我说,"不过是我读过书的一所老学校而已。但是……我也不知道,总觉得哪里有问题。那个校长,还有部门负责人,包括克莱尔·卡西迪,他们都看上去很紧张,好像在掩盖什么事,不想让别人知道。"

"杀害埃拉的凶手能成功地接近她,"唐娜说道,"这意味着凶杀里有激情存在。"

她说的没错。警察有时会分析案件中凶手与被害人之间的"距离感",理论上来说,枪杀比捅杀更容易完成,因为你不用接近被害人,想想无人机袭击吧。我敢肯定,那些无人机的操作员绝不会觉得自己是凶手,但他们确实是。杀死埃拉的凶手离埃拉很近,所以他才能给她带来致命一击,将伤害最大化。这也说明,要么凶手本就冷酷无情,要么和埃拉是熟人。

星期三,我们开车前往卡迪夫,见到了布拉德利·琼斯。那男人长得很帅,却没说出什么有用的信息,整场对话一直在重复强调,是埃拉"主动找上的他",她才是"主导的那个人"。没有任何哀悼或是悔恨的表现。很遗憾,琼斯也有周日晚上的不在场证明,那天他一直在看他女儿赛迪的芭蕾舞演出。怎么到哪儿都有舞蹈?这么看来,周末晚上全国的人都在参与舞蹈相关的活动,不是在跳舞,就是在看别人跳舞。不管怎样,琼斯是不可能在晚上八点看了女儿的演出之后,再在十点之前赶到萨塞克斯杀害埃拉的。琼斯出轨埃拉的时候，赛迪还只是个婴儿，但在琼斯的口中，他出轨女儿也有错。"那段时间我每天晚上都睡不好，我太累了。"然后对尼尔露出一副"是男人都懂"的笑容，"我就是没忍住。"让我觉得欣慰的是，尼尔只是不为所动地盯着他，没有给他任何同情的好脸色。

"渣男，"尼尔在回去的路上，如此评价说，"他对埃拉的死连一句遗憾都没说。"

"埃拉看男人的眼光真是不怎么样，"我说，"这也许就是重点。"

埃拉离开卡迪夫之后就来到了塔尔加斯，在这儿她依旧是会考班的领头人。虽然不升不降，但她好像过得也挺开心的。会考班要比初中部高一级吗？我有点好奇。会不会是卡西迪嫉妒埃拉的工作待遇？也许吧，但我很难想象，克莱尔会因为工资上差的那一点点钱就对埃拉痛下杀手。我还查到，她们两个在学校都很受欢迎，所以卡西迪真的有必要这样做吗？

周末的时候，我们拿到了埃拉社交媒体上的聊天记录。她的脸书账号是埃拉·刘易斯（用假名大概是不想让她的学生找到她吧），推特上的账号则是"@丽兹贝内特77"，尼尔不懂这个账号的含义，我不得不给他解释一番。"丽兹·贝内特是小说《傲慢与偏见》中的女主角。"女主角很勇敢也很活泼，魅力四射，她拒绝嫁给无趣的牧师，一直坚持自我，直到遇见她真心喜欢的达西先生。虽然埃拉将自己比作这样的女主角，但她的推特内容却没那么好看——她转发的大多是左翼的论调和猫的照片。反而是从她的脸书上，有些不错的发现。记录显示，她一直和以前学校的朋友梅根和安娜保持着联系，她每天都会和妈妈发短信，她喜欢工会，喜欢约翰·刘易斯，还有小动物们可可爱爱的视频。

今年夏天,她还给梅根发了好长的一串信息,提到了"发生在海斯的事情",还有一条,说什么"杰基尔医生和海斯先生"。埃拉似乎是做了某些让自己后悔的事情,这件事就发生在海斯培训的那段时间('我希望它从来没发生过'),同时,她也不想让别人知道这件事('谢天谢地,现在是假期。C知道这事,但她不会说出去的')。

"C?克莱尔·卡西迪?"尼尔说,他就在我身后,越过我的肩膀看着这些记录。

"有可能。想知道杰基尔医生是谁吗?"

"如果是和她一起参加培训的人,那肯定是她学校的同事。里克·刘易斯?"

我们联系上了梅根(一名住在利兹的手足病医生),她承认埃拉确实跟她说过,自己和"一起共事的人"上了床,但是之后马上就后悔了。令人沮丧的是,梅根想不起来这人的名字了。我们打电话问了托尼·斯威特曼,得知当初去海斯参加"写作之旅"培训的人一共有四个。分别是里克·刘易斯、埃拉·埃尔菲克、克莱尔·卡西迪和安诺舒卡·帕尔默。

我们打算周一去学校找职工和学生们谈谈,但周六就打电话给里克·刘易斯,把他叫到了警察局。他是所有四个人中最有可能和埃拉发生关系的人,尽管尼尔也满脸希冀地提醒过,也要从"同性角度"看待整个事件。"同性角度"听起来好像是布莱顿的一个酒吧,我是个同性恋,所以我知道埃拉和克莱尔都是绝对的异性恋,但要说她们会不会在海斯发生一夜情,答案并不绝对——虽然在我看来,这是不可能的。

我们将里克带进了一号审讯室,唐娜在双向镜的另一边看着。如果说之前在自己家中的时候里克已经有些紧张了,那现在的里克已经紧张到开始焦虑了。他长得并不难看,很高,很瘦,戴着一副牛角框眼镜,让他整个人看起来更聪明了一点。这么一看,埃拉会和他有一腿也不奇怪。

审讯一开始,里克就努力端着架子,试图主导整个过程,好像我们是一群八年级的孩子。

"这到底是在做什么?"他一直在说,"我很忙的。"

"就几个问题而已。"尼尔不紧不慢地说。我一直没有出声。我知道里克对我的存在感到焦虑,正在努力保持镇定。

我们先问了一系列的问题,做好了铺垫,之后我才说道:"跟我们说说海斯那次培训的事吧,里克。"

他透过那副眼镜的镜片盯着我,我看到他的一条腿正不停地抖着。"什么?"

要是我妈听到这话,肯定会教育他,如果你不懂对方的意思,不要反问"什么?",而要说"抱歉,可以再说一遍吗?"虽然"抱歉"这两个字听起来已经变得普普通通,没什么抱歉的意思了。

"现在我们已经知道了,在海斯培训的时候,你和埃拉之间发生了些事情。"我说道,"还是由你自己来说吧,我们也能更清楚到底发生了什么。"

我能从双向镜中看到唐娜的影子。指责,同情,提供帮助。这是警察培训学院里教的东西。我现在完全没按照这个顺序来。

"什么都没发生。"里克说道,腿还在一抖一抖的。

我们没说话,安静地等待着。

"那就是学期末的一次培训,"里克说,"大家都很放松。"

"埃拉在培训期间和一个人睡了,就是同期在海斯培训的人。"我说,"我们觉得,那个人就是你。"

"不是我。"里克说,我能从他的语气中听出来,他正在努力稳住自己,"我已经结婚了。"

"那克莱尔·卡西迪呢?又是怎么回事?"我说。

他突然不再抖腿了,而是一动不动地僵在了那里。"克莱尔怎么了?"

"你和克莱尔是什么关系?"

"我们是同事,朋友。仅此而已。"

"她是个很漂亮的女人。"尼尔用略显亲昵的语气说,试图与里克达成一致。

"是吗?是吧,我觉得算是吧。"

"埃拉·埃尔菲克也很漂亮。"

"没错。"

"如果我们问克莱尔,你和埃拉是什么关系,你觉得她会怎么回答?"

里克在努力控制着自己的声音。"她会说我们是朋友,因为这是事实。"

他坚持这种说辞,一副死猪不怕开水烫的样子。这种情况让人心烦,不过游戏才刚刚开始,没必要着急。最后我们没再问什么,放他离开了。

周一的时候,我们去了塔尔加斯中学,这是我拿到普通中等教育证书之后,第一次再到楼里。一切都是老样子,楼里的气味都没变,地板上散发着蜡油和脚丫子的味道。我们在接待处签了到(这是我们这个时代才开始有的新程序,二十世纪九十年代的时候,人们还没这么多安全隐患可担心),一个扎着辫子的小姑娘负责给我们引路,她带我们沿着走廊来到了校长的办公室,小姑娘的胸前别着一个徽章,标志着她的"跑腿儿"身份。这边教学楼的墙上并没有什么变化,还是老样子。那些艺术画作和多年前的一样,标牌也没变,倡导大家踊跃报名,参演圣诞剧(《恐怖小店》——哈,一点没变!),还有"楼梯上禁止跑动"的标语。学生们正着手拆开分数通知的照片——塔尔加斯迄今最好成绩——这倒是新的。我的会考成绩其实还不错,比我兄弟们的都好,但没人为我载歌载舞地庆祝。当然了,我也从没机会和精神抖擞的校长合影,同时手里拿着那张分数条,对着镜头微笑。我在这里读书的时候,表现很普通,不好不坏,平平无奇。只是在读第六学级学院的时候,我的成绩开始一落千丈,好在后来我努力追上来了,勉强凑够了奇切斯特大学的入学申请分数。只是那些一流学生才能拍的合照里没有我罢了。

此时此刻,当我再次走在镶木地板上,经过身侧的镶板墙壁还有头顶高高的天花板时,感觉梦回从前。似乎只要转过墙角,我就会和十二岁的自己撞个满怀。那时的我,长长的头发绑成辫子,穿着一件海军蓝的西装外套,领带的一头儿被我咬坏了。从我那个时候开始,制服就变了。现在的孩子都穿运动衫,不穿西服,不打领带。虽然看上去要舒服实用得多,却不怎么精神了。还得说一句,我哥哥库什当年总是穿着一件皮夹克,而不是西服外套,却没有任何人觉得他做得不对。库什在那个时候总是很酷,对我来说,有个招摇的哥哥也不是什么坏事,毕竟我一点也不酷。

推开双开门,我们走进了教堂,现在教堂并不对外开放。埃尔菲克太太曾跟我们说,他们想在这里给埃拉举办葬礼。我记得上次来这里,还是溜进来和我初恋男朋友加里·卡特接吻,就在唱诗班座位的后面。穿过主台阶,就在那边,在某些深夜,你会看到穿着白衣的女人像蓟花一样在空中飘来飘去。我曾亲眼见到过一次,但没有人们说的那么空灵虚幻,更像个复仇天使。这事就算了吧,我并不想告诉尼尔。

"这儿还挺漂亮的。"尼尔说着,抬起头看着蜿蜒盘旋的楼梯。

"你应该去新楼那边看看,"我说,"老楼这边在我上学的时候就快撑不住了,要倒不倒的。下雨天的时候还要在艺术走廊放上水桶接水。"

"我们现在也这么做,"给我们领路的学生说道,"科学实验室里面都发霉了,真的,都长出蘑菇来了。"

"挺好的,节俭又环保。"我说。随后意识到,现在的学生或许已经不上家政课了。女孩有些疑惑地看了我一眼,没再说话。她将我们带到了一扇门前,门上写着:校长 斯威特曼先生,到达目的地后,女孩儿转身快步走开了,鞋子碰到地板发出清脆的声音。她没有跑动,却以最快的步速离开了。

我们打算当天见所有和埃拉一起工作的同部门员工。在塔尔加斯,老师们带班要从一而终,也就是说,虽然每天只有早上和晚上短短的时间,老师们可以看到自己的学生,但在十一年级的时候,老师和自己的学生们已经十分熟悉了。埃拉现在就是十一年级的老师,也就是说,她已经到这里五年了,从七年级开始带学生,一直到现在。学生们很可能知道有用的信息,但和他们交流要十分注意分寸。我们要征得所有学生家长的同意,还有副校长弗朗西斯夫人的允许。在和学生沟通的时候,弗朗西斯夫人会全程参与,作为"适当成年人"介入谈话。

"他们已经不是小孩子了,"尼尔开车驶进校园时说,"已经十六岁了,有的长得跟我一样高。如果他们想要袭击埃拉那样体形瘦弱的女人，根本不费什么力气。"

"但就我们今天的谈话来说，他们就是孩子。"虽然嘴上这么说，但我心里觉得尼尔说的并没错。学生作案，并非绝无可能。她的学生对她产生了不同寻常的迷恋，被拒之后无法正确疏通自己的情感，最终诉诸暴力。当然这种推论我是不会毫无顾忌地表达出来的。

托尼和弗朗西斯夫人在校长办公室和我们碰面。我们要求在校长办公室进行盘查对话，一方面是因为这里独立于学校的主体部分，另一方面是因为这里自带庄重的氛围。这里是校长室，我希望即便是现在已经变得散漫的学生，也能感受到这里的威慑。

我们从麦当劳买了咖啡，托尼看着我们手里的一次性塑料杯，脸上带着欲言又止的不赞同。

"我会叫我的秘书给两位准备些咖啡。"他说道。

"来个甜甜圈尝尝吧？"尼尔端起盒子朝着托尼递了递。

托尼耸了耸肩。"不了，谢谢。"

我喜欢利兹·弗朗西斯。她比托尼年纪大一些，打扮得也十分干练朴素，一件海军蓝的西服，一双平底鞋。她的脸上没有多余的表情，有些不苟言笑的感觉。似乎是已经见惯了风浪，如今什么事都无法惊扰她了。据她说，她给自己定了量，每天吃甜甜圈的数量不能超过五个。现在她手中拿着一个果酱夹心的甜甜圈，说这是今天的五分之一的量了。

"可别忘了咱们的《健康饮食宪章》啊，利兹。"托尼半开玩笑地说。

托尼说他会在早会上对学生们说明这件事。"他们应该都认识埃拉，"他说，"你也知道，现在的消息传得有多快。但我还是觉得，这件事最好还是由我来跟他们说。"他听起来很真诚，同时也有些自以为是。

"那我们就等那之后再和学生们谈吧。"我说。利兹手里有学生们的课程表（因为埃拉的学生已经读到十一年级了，所以他们所选的学科也有所不同），便依照课程表给我们安排了一个行程表。不过等到老师们离开后，我就对尼尔说："我们再找克莱尔谈谈吧，问问她海斯的事。"

"她应该还在上课。"

"那就等到课间休息的时候，正好能攻其不备。"

尼尔叹气："我真不明白，你怎么就单看她不顺眼呢！"

"我没有。"我说。

十一年级的全部学生都要接受盘查，我们每次只叫一个学生进来，弗朗西斯夫人全程都在。我们对所有学生都问了同样的问题。

1. 你和埃尔菲克女士的关系怎样？
2. 你知道学生中有谁和她闹得不愉快吗？
3. 还有别的事想告诉我们吗？

学生们都说他们喜欢埃拉。只不过程度有所不同，有的耸耸肩说"她还好吧"，有的直接说"我好喜欢她"，眼里还带着泪花。可惜他们的热泪并没有感染我。利兹还跟我们说，学生们今天太兴奋了。"这是他们期中后第一次返校。自己的老师死了，有些伤心确实不假，但没那么严重，很多人都是在看热闹。"她笑了。"而且明天就是万圣节了，每年这个时候他们都异常兴奋。"我讨厌万圣节。妈妈之前总在门口备上好多糖,预备给那些来玩"不给糖就捣蛋"的孩子们。但没几个孩子会来,他们都会直接跳过我们家,原因无非两个:一是我家有条大狗,二是我们是外族人,我们的穿着打扮在他们的眼中十分滑稽。

埃拉的学生看起来并没有兴奋过度的样子。他们中有几个情绪有些激动,有的很紧张,有的波澜不惊,好像经常和警察打交道的样子。谁都想不出有谁会和埃拉闹矛盾,也没有任何人提供什么重要的信息。我们让跑腿儿去给克莱尔传了个信儿,果然,她在课间休息的时候就来了,只是脸上的表情有些傲慢和不耐烦。

"你好啊,克莱尔,"我说,"谢谢你能来。"

她坐了下来。今天的她穿了一条黑色的短裙,上身是深灰色的宽松短上衣。明明是很低调的打扮,却又很神秘,很优雅。她依旧穿着一双及膝长靴,隐约露出黑色的紧身袜。

"既然咱们之间已经没那么见外,你都可以叫我的名字了,"她冷冷地说,"你的名字又是什么?"

虽然有点厚脸皮,我依旧挂着笑脸,用轻快的语调说道:"哈宾德。"

"这么说吧,哈宾德,我的时间不多。再过十五分钟我还有一节课。"

还挺直接的。"很快的,耽误不了你多久。"我说,"我们在查埃拉社交媒体上的资料,发现有几个问题,想问你一下。七月的时候,你和埃拉一起参加了一次培训,在海斯,然后发生了一件事情。这是我们从她的脸书信息里发现的。当时具体发生了什么事情?"

我仔细地看着她。她快速地看了尼尔一眼,而后又看向我。

"你们是什么意思？"

她是想装傻拖延时间啊。"我们知道在海斯当时发生了一件事，这件事让埃拉很困扰。"我说道，"你当时也在那里，你们还是朋友。我想你可能知道些什么，到底是什么事。"

"没什么，就是那种普通的培训课。你知道的。"她开口，语调微微变换，在我这儿寻找作为"职业女性"的认同。

"不，我不知道。"我说，"萨塞克斯警察不参加寄宿培训。在海斯到底发生什么了？"

"什么都没有，"克莱尔说，再次睁大了无辜的大眼睛，"就是日常的培训。一直在主题讨论，还有一些小组活动，晚上出去喝一杯消遣一下。"

我并不信她说的话。那次培训期间发生了一些事情，肯定不只是喝酒消遣这么简单。我问她都和谁喝酒，她说了埃拉，进一步追问后，她说还有里克·刘易斯。她还说到了部门的另一名成员，安诺舒卡·帕尔默。

我指了指面前的那些档案，希望她能明白，这些问题的答案我早就知道了。"埃拉说，她想要忘掉海斯。你觉得她是什么意思？"

克莱尔将双腿交叉又打开，这意味着她现在很紧张。"我不知道。"

"她还提到了杰基尔医生和海斯先生，你觉得她这又是在说什么呢？"

"也许是打错了？"

我看了她一眼。她可能以为我们都没怎么读过书吧。虽然她想的没错，但还是想把她脸上高人一等的傲慢抹掉。

"她说，'C 知道。'这个 C 是指你吗？"

"我不知道。"克莱尔说，现在她终于开始慌张了，额头冒出豆大的汗珠。更年期潮热吗？她毕竟已经四十五岁了。但也可能是别的原因。现在是时候让尼尔说字条的事情了，他表现得不错，声音扁平，毫无感情。

"上面写了什么？"克莱尔几乎是低语着说出了这句话。尼尔告诉她之后，她说这是《暴风雨》中的台词。她可能以为我们在这之前都不知道吧。

"这句话的下一句是什么？"我问道，虽然早已经知道答案。

"地狱空荡荡，"她说，"魔鬼在人间。"

我能看出，字条上的内容让她担忧不已。她抬起手摸了一把额头，随后反应过来，这样的举动看起来会有些可疑。于是她没有立刻将手放下，而是顺势理了理头发。她的头发剪得很短，只有前面部分略长，深棕色的头发间有金色的挑染，很经典的发型设计。

我要了她的手写字迹。她肯定知道我为什么要这么做，于是尽量镇定地照做了，用托尼办公桌上精致的万宝龙钢笔写下了那句话。

"地狱空荡荡，魔鬼在人间。"

笔迹并不吻合。

埃拉的学生中只有一位提供了一些有趣的信息。当时已经快到午休时间了，我们问到了一个名叫汤姆·克里夫的男孩。他身材瘦长，脸上还冒着几颗青春痘，鬓角剃得露出了头皮。现在的塔尔加斯对学生的头发管得没那么严格了。我读书那会儿，男生必须留短发，女孩的长发必须扎起来。我爸不得不到学校和校领导解释，锡克教不允许孩子们剪头发，男孩们还得戴头巾。但今天，看着校园里各种各样的发型：蜂窝头、脏辫、光头和五花八门的染发,世风日下啊。汤姆的脸和发型并不般配,他瘫坐在我们面前的椅子上,不停摆弄着运动衫上的一个破洞。在听到第二个问题时——"你知道学生中有谁和她闹得不愉快吗?"他回答说:"有啊,和帕特里克·奥利里那件事就挺那么的。"

我和尼尔迅速地看了对方一眼。"哪件事?"

"情人节的时候,帕特里克给她送了一张贺卡。这事儿我们都知道,埃尔菲克小姐把这事和刘易斯先生说了,帕特里克最后还受了处分。"

"帕特里克对此有什么反应?"我说。

"我不知道,"汤姆突然变得有些慌张,"我和他没那么熟。"他用手指挠着仅剩一簇头发的脑袋。"他不会知道是我跟你们说的吧?"

"你说的所有话都是绝对保密的。"我安抚他,让他放心。

我们让命苦的跑腿儿去把帕特里克叫来,在等待他们回来的这段时间里,利兹试着发表自己的意见。"可能根本没什么大不了的。学生会对老师产生爱慕之情,这很常见,老师只要做到不再和这个学生独处就好。埃拉做得是对的,她把这事直接报告给了里克,毕竟里克是她的直属领导。"

"帕特里克是个什么样的孩子?"我问。

"性格蛮开朗的,很擅长运动,在学校玩橄榄球。"利兹说。"他因为这事儿转班之前,自己身上毛病就不少。"

"什么毛病?"

"打架,和老师顶嘴。就是这些吧。"

"听起来很像读书时候的我。"尼尔说。

但当帕特里克·奥利里出现的时候,和尼尔一点都不一样。他是个面容英俊的黑皮肤男孩,整个人很有派头。他坐在我们对面的椅子上，双腿打开。如果我坐火车时邻座坐了这么一个人，我肯定要揍他。

我没有浪费时间，直接问道："我听说你曾给埃尔菲克小姐送过情人节贺卡。"

帕特里克对此却表现得毫不在意，甚至还微微地笑了一下。"是啊，怎么了？"

"埃尔菲克小姐事后有找你谈过话吗？"

"有啊，"他耸耸肩，"她说我不该这么做，但我本来也没什么别的意思，就是个玩笑而已。"

"后来她把这件事情报告给了刘易斯先生，她部门的主管，是吧？"

"对，然后刘易斯先生觉得我这件事做得很不得体。'我们得保持该有的界限。'"他用有些高昂并尖锐的语气说了这句话，显然是在模仿里克。

"有点过了吧。"尼尔开启了志同道合的"哥们儿"模式，说道。"你也说了，就是开个玩笑而已。"

帕特里克抬起眉头看了尼尔一眼，显然看穿了尼尔的伎俩。"说实话我也没那么在意。"

"你在校外见过埃尔菲克小姐吗？"我问，"去过她家吗？"

"没有。"帕特里克微微坐直了身体。"要是有人跟你们说我去过，那是他们在撒谎。"

"你觉得谁会撒这个谎？"

帕特里克没有回答。利兹探了探身体。"你并没有惹任何麻烦，帕特里克，但你得回答这些问题。"

"我不知道。"他最终开口道。

"后来你就被调到了别的班级，是吧？"我问。

"是的,十一年级的另外一个班。"

"肯定很不好受吧。"尼尔说。

"还好,我平时不怎么见他们,就报到的时候见一面。我自己的朋友们都还在。"

"现在呢,你对埃尔菲克小姐是什么感觉?"我问。

他看着我,直直地看进我的眼睛。"她死了,我觉得很抱歉,但仅此而已,我不会还想着她什么的。我现在有女朋友。从头到尾,不过是个笑话而已。"

托尼说我们可以在学校吃午饭,但我不怎么感兴趣。学校的餐厅在老楼那边,坐在办公室里,我也能闻到外面飘进来的饭香。托尼说新楼这边有食堂——"这边的餐厅卖比萨什么的"——不过我还是拒绝了,对他说想出去透透气。还有一些学生我们还没见到,英语组其他的员工也需要调查。我心里忍不住想着,要是奇切斯特开一家"南逗烤鸡"一定能帮我们提神醒脑吧。

我们穿过庭院走向车子。蓝色的运动衫随处可见,还有远处足球场传来的叫嚷声。一群男孩子在停车场这边晃荡着。我能确定,他们口袋里都有烟,随时都能点着抽上一根。他们看上去都是一副满不在乎又有些戒备的神情。一位老师走近他们。"你们在这里做什么呢?停车场这边不是你们的活动区。都不去吃饭吗?"

"我正减肥呢,卡特先生。"其中一个男生说道。

我们就在这时路过他们身边,我停下来看了一眼那位老师。他穿着粗花呢外套,打着绿色的领带,头发有些稀疏,看上去有点阴沉。

加里·卡特看上去一点都没变。

13

"我今天看到加里·卡特了。"我跟妈妈说。

"我那时候很喜欢加里的,"她停下正在切菜的动作,说道,"对吧?"

"你喜欢所有人。"

"这话可不对。我就不喜欢你上小学时候班里那个小男孩,把你从滑梯上推下去的那个,还有玛格丽特·撒切尔。"

"有一天晚上,你还说你不喜欢电视里那个英国独立党的男的。"

"他要是来咱们店里我肯定会以礼相待的。"她说,一边单手将头发向后理了理,"但我真的不那么喜欢无脑的种族歧视者。"

这就是我妈,总是把假想的情况当真事儿一样讨论。"要是女王什么时候来咱们家吃饭啊,我选菜的时候肯定会十分小心的,因为菲利普王子的消化功能不好。""我要是个赛车手的话"——她根本都不会开车——"比赛结束的时候我就不会点香槟酒,意大利起泡酒不就挺好的嘛,好喝还便宜。"她轻描淡写的方式也很典型。妈妈"不那么喜欢"种族歧视,种族大屠杀让她"相当生气",还有战争,"你仔细想想的话,打仗真的不是什么好主意"。

"加里现在在塔尔加斯当老师了,"我说,"我今天还和他聊了两句,他教地理。"

"哦,你地理一直都很好。你还画了那么多可爱的小地图。"

"八年级的时候我就不画了,妈。"但我确实很擅长看地图,她说的没错。我喜欢用蓝色的笔沿着大陆的线条描边,还会在山脉上画东西,给它们盖上白色的冰峰。

"加里结婚了吗?"她有时候连藏都不藏了,意图表现得相当直接。她甚至都没看我,一边问我,一边把洋葱和大蒜放到锅里,看着它们在热锅里慢慢蜷缩。

"我没问。"实话是我问过了,他还没结婚。我们还约好明天晚上见面,一起喝点东西。那样一来,我就能从加里那儿打听到一点塔尔加斯的八卦。但我不会告诉妈妈的。我不想让她会错意。况且,她这么大岁数,让她太兴奋也不好。

"若是做了老师的话,那他发展得还可以啊。"她假装不在意地说着,往锅里放了一点调料。

"和当警察比也没好到哪儿去吧。"我说道,话头话尾透露出一点不服气。

"我觉得当警察相当不错,"她说道,转头看了我一眼,"我逢人就跟他们夸你。"

这话我是不大相信的。我敢肯定,每次人们在谒师所[①]聊到我的时候,我爸妈都会故意换个话题。"哈宾德在做什么啊?""她结婚了没有啊?""有孩子了吗?"

苏丹突然叫了几声,这说明爸爸回来了。我看了一眼时钟,我家的时钟是个铜质部件,形状和印度地图一样,时针此刻指向了莫索尔的位置——七点钟。店要九点钟才关门,八成是库什去

[①] 印度锡克教徒的礼拜场所。

接了爸爸的班。

我爸妈在肖勒姆开了一家小便利店。他们以前还卖过光碟，但后来网飞出现了。现在店里的收益大部分是靠卖酒水赚来的，但他们两个都滴酒不沾，就连我那个想要点意大利起泡酒的妈妈实际上也是不喝酒的。小的时候我总去店里帮忙，要是有客人来买啤酒或是红酒，我就得喊我爸妈过来。我从来没想过人家来买东西我还要查对方是不是有这个权利。现在是库什和爸爸在看店，有时候库什的儿子哈基姆也会来帮忙。他们每天都要花好多时间检查别人的身份证明。

"瞧瞧这位女士，"爸爸看到我之后就开口揶揄道，"我的小姑娘在家呢。"他总这样，因为他知道这样会惹毛我，他就是故意的。他停下来亲吻我，我能闻到他脸上须后水的气味。我父亲总是一副整洁且精力充沛的样子，从来不会显露疲态或是邋里邋遢的。他的白袍总是雪白无瑕，蓝色的头巾也干净清新。他身上总是有一股须后水和肥皂的味道，就算是在店里忙了一整天，他依旧能保持好状态。

"案子查得怎么样了？"他问道，同时拿过汤匙尝了尝咖喱，他这习惯每次都能把我妈惹毛。

"太可惜了，"妈妈说，"那女人，是个老师吧，生前长得多漂亮啊，我在报纸上看到她的照片了。"

"她要是长得丑点就死不足惜了？"

"好好说话，女士。"爸爸说。

"我当然不是这个意思，"妈妈说，为自己辩护道，"我只说我看到的事实而已。"

"这案子很难搞，"我说，"我们现在基本确定，她应该是认识凶手的。熟人作案，按理说这样应该能缩小嫌疑人的范围，却一点用都没有。"

"咱们晚上还是把门好好锁上吧。"妈妈说。

"一直都锁呀,"爸爸说,"再说了,咱们还有看家的大狗呢。"

说完,他们两个都不约而同地看了看苏丹,后者躺在地板的正中央,那样子要多欠揍有多欠揍。

"他没法保护我们,"我说,"他见谁都亲,怂包一个。"

"他是个训练有素的猛兽。"爸爸说。

"谁训练的?"

"我啊。苏丹!"他朝狗子喊道,"装死。"狗子躺着没动,粗壮的大尾巴"吧嗒吧嗒"地打着地板。

"他早就在装死了,"我说,"晚饭什么时候好啊?我还有没有时间先洗个澡?"

我从没想过,长大以后还要住在家里。大学毕业之后我就当了警察,最初我和三个警察学校的学生一起合租。但我也不知道怎么回事,过了一段时间之后,我就受不了她们了。房间被她们弄得乱糟糟的,总是邋里邋遢的,她们也从来不会好好地做饭。有时候凌晨两点才从外面回来,带着烤肉串,第二天早上我就能在厨房看见啤酒罐和撒了满地的生菜丝。他们擅自喝我特制的牛奶,还喜欢看《我是名人》。于是一年之后,我就搬回了家里。本来只是暂时的过渡,"等到她结婚就好了。"我听到妈妈这样对迪帕阿姨说。行吧,那你们可有的等了。同性之间的婚姻不属于锡克教中定义的"幸福联盟"(听起来像某个远洋航线的名字,但锡克教的婚礼直译过来就是这样的)。我的父母并不知道我是同性恋,但我现在这个状态呢,过得比教皇都素,告不告诉他们好像也无所谓。也许我应该等等,等到她们彻底断绝我能找到真命天子的希望。我觉得我妈对我的性取向或许不会那么排斥。看她对史蒂夫和邓肯这一对的态度就挺好的,他们两个在我家店对面开了一家宠物美容店。而且她还特别喜欢格雷厄姆·诺顿。但我确定,她和英国女王一样,真要接受女人之间发生亲密关系还是不大能行的。所以目前来看,最好还是等等吧。我之前就说了,她这么大岁数了,太兴奋了不好。

总而言之,和这两个老顽童住在一起也还不坏。我有自己的淋浴间,餐桌上永远有热乎饭菜。我的父母不会问我晚上什么时候回家,但我知道,我不回来的话,我妈是没法睡觉的,她一定要听到我拿出钥匙开门的声音才能放心。他们不会念叨我什么时候找男朋友,我妈也终于放弃了,不再逼我去和远在旁遮普省的表亲们接触。大多数时候,和爸妈相处还是挺愉快的。周末的时候,我会和他们一起去电影院看老电影,听着我妈异想天开的发言,说她自己像"印度版英格丽·褒曼",还有爸爸讽刺的评论:"哦,来了来了,那个滑稽的外国人,切了前额脑叶似的,连自己名字都不会读。"我也喜欢周末的时候和哥哥们见面——尤其是去见我的侄子和侄女们。在他们眼里我是个很酷的姑姑,腰间别着对讲机,车上还有警笛。虽说我听到过我嫂子在背后说起我,"她和孩子们玩得可好了,就是太可惜了,她自己……"其实我对小孩子也还好,没有特别的喜欢。不,这么说也不大合适,应该说我只喜欢特定的那几个孩子。这和我对朋友的态度一样,我的朋友也不多,只有那么一小撮人。"你就是太挑了。"妈妈说。爸爸是她父母给她介绍的第一个对象,她就嫁给了这个男人。这只能说明她比较幸运,跟她本人是不是挑剔没有任何关系。

洗了澡之后,我回到房间查看邮件。电话铃声就在这时响了,是唐娜。我套上衣服,因为总觉得这样赤身裸体地接上司的电话不大对。

"犯罪现场调查结果出来了。"她说。听起来嘴里似乎含着东西,我大胆猜测,她八成是在喝咖啡,吃薯片。唐娜已婚并有两个孩子。她之前跟我说过,等孩子们睡觉的这段时间,忙工作会比较轻松一点。

"有什么发现吗?"

"刀上没有指纹。"

"那张字条上呢?"

"什么也没有。倒是有塑料涂层的痕迹,这意味着它可能之前被装在冷藏袋里。"

"能从袋子的材质这里入手查吗?"

"不能。这种袋子没什么特别的,一便士可以买十个那种。"

"别的发现呢?"

"目前为止,我们只能把赌注压在一些线头上,那是在花园灌木丛上发现的。像是从户外运动服上刮下来的,类似防水的登山夹克,我已经让实验室去查了。"

我忽然想到了托尼·斯威特曼晒成小麦色的皮肤。"滑雪外套?"

"有可能。学校那边查的怎么样了?"

"发现一件有意思的事情。一个十一年级的男学生喜欢过埃拉,还给她送过情人节贺卡。"

"十一年级的孩子多大?"

"十五六岁吧。"

对面传来磨牙的声音,她似乎在思索着什么。"够大了。"

"是啊,"我说,"够大了。他长得也挺高大的,很壮,还玩橄榄球。但是他看上去倒也没多深情,还一直说就是开个玩笑。"

"不管怎么说,算是个线索。应该查查他。"

"他的不在场证明也有些问题,"我说,"他说那天晚上他一直在打电脑游戏,战争游戏还是什么的。"

"这样的青少年一抓一大把。"

"而且他说当时家里只有他自己。咱们可以查查他电脑的登录记录什么的。"

"有意思,"唐娜说,"再深入查查吧。"

"我在学校还碰见个老熟人。"我说,"我约了他明天见面,试试能不能挖出点内幕。"

"好主意。"

"把我妈激动得不行。她以为我找到'真命天子'了。"

唐娜笑了。"你们家今晚吃什么了?跟我说说,让我馋一馋。"唐娜只在我家吃过一次饭,结果到现在都还念念不忘。

"羊肉咖喱,薄饼和米饭。"

"我能不能搬到你家去?"

"回你自己家吧,唐娜。"我说,"我明天给你带点薄饼。"

14

有那么一阵我完全忘了,今天是万圣节。我和加里约在一家叫"指南针"的小店,离塔尔加斯很近。此刻的大街上挤满了侏儒女巫和恶魔,溺爱的父母带着他们的孩子在中产阶级家庭的门口乞讨狂欢。地狱空荡荡,魔鬼在人间。这话说得真没错,所有魔鬼都在这里了。我希望今晚有人会敲响我家的门,妈妈肯定愿意和这些小僵尸聊天。如果是我的话,我会把灯关掉,假装自己死了。

"指南针"也做了应景的布置。房顶上挂着假的蛛网,我还得低头不断躲避这乱糟糟的装饰,一路坎坷,终于来到了吧台。我看到加里时,他正坐在角落的那桌,面前还摆着一个南瓜形的蜡烛。

加里说第一轮一定要他请。他要了一品脱啤酒,给我点了一杯橙汁。人们总以为我是个锡克教徒所以我不喝酒,但其实我很想来一杯红酒,或是一杯杜松子,汤力水也不错。我爸妈都是滴酒不沾的人,所以家里从来没有酒,但妈妈有一次在圣诞节给我买了一瓶百利甜,说是"因为年轻人都喝这个"。那酒难喝得要命,尝起来有液体呕吐物加上咖啡粉的感觉。我现在真的很想来一杯梅洛红酒,可惜我还要开车,再说我也不想跟加里一起喝酒。

"在我们小时候万圣节还没这么大阵仗。"看着加里历尽艰辛地从"尸罗巢穴"①中回到我们的桌子,我忍不住说道。

"都是受美国的影响。"加里说道。听他的口气,这话应该平时也没少说。"学校里我见得更多。"

"但是在美国的万圣节,孩子们穿成什么样的都有,对吧?超级英雄啊,公主什么的。"我说。我从来没去过美国。"为什么咱们这边都得打扮得这么暗黑风呢?是啊,真可爱,把自己的孩子打扮成个活死人啥的。"

加里笑了:"哈布斯啊,你还是和以前一样。"

我不知道该如何回应这句话,再说他又是什么意思呢?说我还和过去一样搞笑?讲话还是很尖酸、很奇怪?我已经好多年没听过别人叫我"哈布斯"了。

"你在塔尔加斯教书多长时间了?"我问。

"十年,"他说,有点不好意思地继续道,"这是我拿到教师资格证之后的第一份工作。有点可悲,是吧?长大成人之后还在自己土生土长的地方生活、工作,没离开过。"

"至少你出来自己住了,没和你爸妈住一起。"

"这倒没错。"他由衷地笑了,随后才听出我的话外之音,"哦,你还住在家里吗?"

"是啊。还住在家里,和我父母一起。"

"我那时很喜欢你妈妈,"加里说,"我永远也忘不了在你家吃的那么多顿饭,但当时我一直有点怕你爸还有你哥。"

"他们就是纸老虎,"我说,"当家的一直都是我妈。"

"我一直以为你已经结婚了,"加里说,"咱们学校的同学好

---

① 电影《指环王》中的场景。

像都结婚生子了,除了我。"

"还有我,"我说,"我一直都没结婚。"

"但你当警察了,"加里说,显然是想安慰我,"多帅啊。"

"有吗?"

"当然!你有没有……"

"不要问我有没有枪。"

加里再次有些难为情地笑了,随后说道:"抱歉。"

"英国警察一般不配枪,"我说道,缓和了一下语气后又说,"但我上过枪械课。"

"嗯,怎么说也比一个地理老师要强啊。"

"在塔尔加斯当老师是什么感觉?"

"一般。"他灌了一大口啤酒,抹了抹上唇的泡沫。"托尼是个厉害的校长,总想着面面俱到,不管多新潮的东西,他都知道。但也是因为他,学校才发展起来。这里的风气和纪律都比之前好多了,再也不用怕有学生会把你锁在厕所隔间了。"

他说着又笑了起来。我很好奇,他之所以这么说,是不是因为自己曾经历过这些。

"这周过得很辛苦吧,"我说,"因为埃拉的事。"

加里的脸微微皱起。以他的年龄来说,他现在的状态已经很不错了,但是在某些时刻,他看起来要比实际年纪还老一些。"是很糟,大家传着各种流言。有些人根本都不了解埃拉。"

这倒是有点意思。"你呢,了解她吗?"

他的脸忽然红了。"算是吧,我们每一年的员工才艺表演都是一起上台的。她唱歌……我么,你还记得吧,我弹吉他。"

天啊。这么多年了,我居然真的忘记了,加里是会弹吉他的。但他说的时候眼神轻柔,还和当初一样,以为自己是肖勒姆的吉米·亨德里克斯①。我走到吧台,又给我们两个点了两杯喝的。我本来想喝杯红酒应应景,反正等下肯定要有一番青春回忆等着我,但我知道,我需要保持清醒。我告诉自己,这次约加里见面是为了工作。

回到座位后,加里又跟我说埃拉是个"很可爱的人"。

"还特别多才多艺,"他说道,"能歌善舞。她能做个演员。"

"她有男朋友吗?"

这句话被我问得有些突兀,他有些惊讶地看着我。

"你是在……你怀疑……"

"我只是想知道,她在生活中是什么样的。"为了消除他的疑虑,我给出了一个比较合理的解释。

"我不记得她有,"加里说,"她倒是提过两次她之前工作的学校里的人。我觉得她肯定受过很重的伤害,所以再也不想卷进这些乱七八糟的事情了。"

"乱七八糟的事情?"

"嗯,我们这里大多数员工,要么已婚,要么就是有对象了。"他说着,语气里有着隐隐的保护意味。但你没有,我心里想。

"也就是说,她肯定不会和有家室的男人牵扯不清?"

"不会,我敢肯定她不会。"

"你之前说过学校里会有人传八卦。这些人都八卦些什么?"

加里现在的表情已经很明显地不自在了。"埃拉很招人喜欢,"他终于说出了这句,"人们就喜欢传闲话。"

"传她和里克·刘易斯吗?"

加里似乎是松了一口气。"原来你听说了啊。我本来不想说

---

①生于美国华盛顿州西雅图,是位被认为是流行乐史上最重要的电吉他手,也是二十世纪最著名的音乐家之一。

的。人们都在传里克和埃拉之间有问题，我觉得都是瞎扯，都是谣言，因为里克看上的是克莱尔。"

"克莱尔·卡西迪？"

"对，你见过她吗？她也是教英文的，人很漂亮，但要我说的话，有点清高。克莱尔和埃拉是很好的朋友。"

"我见过她，"我说，"所以里克其实是喜欢克莱尔的，是吧？"

"是的，这事儿我们都知道。那段时间，他对克莱尔真的挺用心的。我听说，他还在她家门口坐了好几个小时守着。里克也结婚了，但当时一点都没收敛。"

"克莱尔呢，对里克是什么态度？"我问道，脑海中浮现出那座巨大的废弃工厂，在它深沉的阴影下，掩藏着一栋小房子。里克真的追求过克莱尔吗？如果有的话，她为什么没向托尼告发里克，把他开除呢？

加里再次笑出了声，不过这次的笑声里有着毫不客气的嘲弄。"克莱尔对他从来都不会多看一眼。她是那种只跟银行家约会的女人。"

显然，银行家在加里眼中就是无可匹敌的富人的代名词。

"学生们呢，有没有哪个学生对埃拉有过非分之想？这种事也不少见，我知道的。"

"我知道，"加里有些出神地看着自己手中的啤酒，"我记得那时候，我还喜欢过葛丽德小姐。你记得吧，我们的戏剧老师，我当时对她特别上头。"

"我一点也不记得了，"我说，"我从来都没喜欢过表演课。埃拉呢，有没有青少年对她上头啊？"

"我是没听说过。"他似乎突然意识到了，他是在和一名警长对话。"你不会是在怀疑哪个学生吧？"

"我只是觉得埃拉是认识凶手的。"我说道，"也就是说，你们也有可能认识他。"

这句话一出口，本来略显温馨的氛围便被破坏得干干净净。

喝完手中的饮料之后我就离开了。第一是因为我喝不动了，第二是因为加里一直在回忆着那些"旧时光"。他也许很喜欢那时候的记忆，那些喧闹的派对和橄榄球比赛的盛况。但对我来说，在我离开塔尔加斯中学那天，我就把它们都抛在脑后了。永不回头，是我的座右铭。加里还说，要不要哪天一起去吃咖喱，他是认真的吗？我为什么要跑出去找印度餐馆吃饭，我妈做的咖喱可是全英国最好吃的。但我只是含糊地敷衍了几句，随后便逃回了自己的车里。我问他要不要送他一段，他说他想走回去。他家离这儿不远，就在这村子里，在投注站边上。

大街上此刻已经空无一人，长着犄角的小恶魔们都回家了，街灯也已经熄灭。昏暗中，唐斯山脉模糊的影子若隐若现，漆黑而静默。这样坐在停车场里其实有点吓人，我突然很想回家，听我父母吐槽晚间新闻。启动车子之前，我习惯性地看了一眼工作手机，没想到居然有两个未接来电，电话号码未知。我又点开了语音留言。

"考尔警长，是我，克莱尔·卡西迪。可以给我回个电话吗？我有些事想告诉你。"

15

每次找人问话,我都会给对方留自己的名片,但说真的,很少有人会打给我。我立刻回拨了克莱尔的电话。

"出了一点事,"她说,"我觉得这事很重要。"

"你现在在家吗?"我问。

"在的。"

"我这就过去。"

路上光线很暗,但好在没什么人。我打开了警灯,一路飞驰,随着车灯闪过,黑暗中的树篱和农场大门被逐一点亮,又再度消失。在一个十字路口处,矗立着幽灵般的路标,草地边上还躺着一只死去的獾,一只小狐狸一闪而过,进行着它的夜游大冒险。我为什么要立刻赶过来呢,是因为想到了里克·刘易斯曾在她家门前蹲守吗?或许是因为刚刚浪费了些时间缅怀过去,所以我想要做些有用的事情弥补一下。不管是什么原因,十分钟后,我来到了克莱尔家。

排屋前面亮着一排灯,奶黄色的灯光透着暖意。在它们身后,是那座废弃工厂模糊的巨大黑影,这种对比,像是看到白垩悬崖前立了一个人造的陡崖。我不确定,也许是光影造成的错觉。但有那么一瞬间,我好像在工厂破旧的窗子里看到了一丝微光,像是闪烁的烛火,但几乎是顷刻间,它就熄灭了。难道是摩斯密码?明灭,明灭。我整整盯了一分钟,烛火却没再出现。

克莱尔打开门。她显然还没有换衣服,身上依旧是上班时的装束(白衬衫,黑西裤),但脚下却换了一双毛茸茸的拖鞋,这种反差让我对她生出了一丝好感。

"谢谢你能过来。"她说着,侧身让我进门。

"我就在附近。"我说。

雾霾蓝的客厅给人很舒服的感觉。壁炉里的木柴燃烧着,发出橘红的火光,除此以外唯一的光源是桌上的一盏流苏台灯。电视机是关着的,一本敞开的书倒扣在咖啡桌上。是威尔基·柯林斯的《白衣女人》。我想到了埃拉·埃尔菲克,深夜里坐在沙发上,喝着花草茶。这些女人是真的不知道看网飞剧的快乐吗?

克莱尔问我想喝茶还是咖啡,我选了茶,至少能让我涮涮嘴里橙汁的味道。这一行为也使我们之间平添了一份虚假的亲密感,我们围炉饮茶,轻声低语,怕吵到楼上的乔吉。

"也许是我想多了,可能没什么大不了的。"克莱尔说。

"也可能确实很重要,"我说,"不然你也不会打给我。"

"是的,"克莱尔说,"有可能。"她盯着自己手中的马克杯(杯子上写着:哈利·波特,格兰芬多),片刻后,她又说道:"我有记日记的习惯。"

我不知道她为什么要说起这个,我又该给出什么反应,惊讶?钦佩?其实我一点也不意外,在我对克莱尔的认知中,她就是那种写日记的人,像十九世纪小说里面的女主角一样。而且我确定,在克莱尔看来,她就是自己生活中的女主角。

但她并没有就此停下,而是继续说着。"你今天问了我海斯的事,所以我也想确认一下,当时埃拉和里克之间到底发生了什么。"

我就知道她当时没说实话。"我还以为你什么都不知道。"我说道。

"人总会忘记一些事,"她说着,脸微微地红了,"再说,这是他们两个的私事。"

"这涉及谋杀案调查。"我说道,但并不打算继续追究。我想知道她到底想说什么。

"我找到了那段时间写的日记,"克莱尔说,"想看看当时自己对这件事是什么态度,然后,我发现在那一页日记上,有人给我留了一行字。"

"有人给你留了一行字,什么意思?"

"有人在我日记上面写了东西,"她有些不耐烦地解释道,"有人找到了我的日记,还在上面写了一句话。"

我还是觉得这件事有些奇幻,难以置信。"写了什么?"

"你好,克莱尔。你不知道我是谁。"

"可以给我看看吗?"

她看起来有些为难,但应该也料到了我会提出这种要求,因为桌子上摆着一个淡蓝色的笔记本,封面上贴着标签"二〇一七年一月至八月"。她将本子拿起来,但在递给我之前,她又快速地补充道:"还有一件事,我今天晚上在学校加班,因为要接手之前埃拉负责的期末演出。"

"《恐怖小店》?"

她看起来有些意外,我居然一猜即中。"没错,我在等排练开始的时候,忽然想去顶楼看看,就是 R.M. 霍兰德的书房。"

"他的书房还在那儿吗?一直没动过?"

"是的,"她说,"不过学生们不能上去,这是肯定的。"

"我从来没去过那个房间,"我说,"但我看过那本书,《陌生人》。"

"真的吗?"她说,看起来有些惊讶,"你喜欢它吗?"

我耸了耸肩。"一般吧,有点太做作了。比如书里那些描述,'我们等啊等啊等啊'什么的。"

"是哥特式文学的传统方式,"克莱尔说,"故事设定上讲究个'事不过三'。"

"然后呢,今晚发生了什么?"我问,不大想继续这读书会似的讨论。

她移开了目光,片刻后再次看向我,大眼睛一眨一眨的,一副楚楚可怜的样子。可惜,这屋里一个男人都没有,只有我。"我去了霍兰德的书房。我在写一本关于他的书,想去他的书房找一找相关的照片。总之,我上去的时候——就是闹鬼的那个楼梯——看到有人坐在桌子后面。"

"天啊,"我脱口而出,对自己毫不掩饰的惊讶感到丢脸,"是谁?"

"是商店橱窗里的那种假人,"她说,"应该是哪个纺织部的。但那假人身上穿了一身维多利亚时期的衣服,两只手往前伸着。我觉得,它就是在模仿 R.M. 霍兰德本人。"

"把你吓坏了吧。"

"我差点儿被它吓死,"她说,"我都叫出来了,只不过当时那里只有我自己,没人听到罢了。然后我才看出来那是什么东西。问题是,这肯定是有人故意把它放那儿的,就是为了吓唬我。因为只有我会去阁楼那里。"

"还有谁有那间房的钥匙?"

"看门的校警吧。他有学校所有房间的备用钥匙。"

"看门的是谁,还是佩尔瓦·帕塔吗?"我想也没想,脱口而出。

"帕特森先生十年前就离开了,在我来之前他就走了。"她又说道,"你怎么会知道他?"

"我以前就在塔尔加斯读书。"我说。反正她早晚会知道,告诉她也没什么。"这都是很久之前的事了,我算是个老校友,陈年老友。"

"托尼知道这事吗?"她问,"你小心别让他知道了,不然他肯定会拽你去参加十年级的职业体验日。"

"我还没跟他说过。"我说。我确实没说过,实话说,我不喜欢和学生交流。

"你觉得,谁最有可能放个假人在那里?"我问。

"我不知道,"她说,"我也一直在想会是谁。"

"你有得罪过什么人吗?"

"我想不起来。"

"里克·刘易斯呢?"

她忽然坐直了身体,直直地看着我,好像我是个七年级的学生,并不知深浅地问了她的名字。"你为什么这么问?"

"我知道他对你有过些想法。"

"那都是好长时间之前的事了,陈年旧事,早就忘了。"

问题就在这里。和她说的不同,我从加里的话中可以听出来,这事根本没有结束。

"跟我讲讲吧,当时到底是什么情况。"我劝诱道。

她叹了一口气。"里克向来是个和善的人。作为部门领导很优秀,真的,他从来也不摆什么架子。"

"嗯,我猜他也是。"

"一开始,他对我也没什么特别的表示。后来,他开始给我留一些字条，就是从我们都喜欢的那些书里摘抄的字句，就这些而已。我还和埃拉拿这事开过玩笑。接着就是今年年初的时候，我们部门的员工组织了一次聚餐，散场的时候，我们两个一起走回停车位。他突然抱住我开始亲我。"

"天啊。"我又没忍住。虽然她说得轻描淡写，但毫无疑问，这是性骚扰。

"我把他推开了，要他自重。"她说这话的时候很像一个老师，在训学生。"我的意思是，我当时觉得他是喝多了。但第二天他就在我家门外出现了。他说他爱上我了。'我得了相思病'，这是他的原话。"

"很会撩啊。"

"我当时也是这么想的。我告诉他，我绝对不会和已婚男人搞婚外情。"

"实话说，你没动心吗？"我状似不经意地问道，"他长得还不错。"

"没有，"她坐得非常直，"我一秒也没有动心。我以为他当时应该明白我的态度了。但是几天后，我又在我家外面看到他了。他什么都没做，就是坐在那儿，很奇怪。我还以为他是迷路了，要么就是想要去什么地方，顺路来了我家。但接下来的第二天，第三天，他都在那儿。"

"他在跟踪你。"

"那个时候我并没有那么想。我跟他谈过，叫他不要再这样了。他是我们部门的领导，这么做不合适。他不能再这样下去，人们会说闲话的。"

人们早就知道了，我很想这样告诉她。加里不是什么喜欢八卦的好事之徒，如果连他都知道了，那说明全世界都知道了。

"他听你的话了吗?"我问。

"算是吧。他还是会送我一些奇怪的小卡片,上面是莎士比亚的作品,很苦情的那种:'再见了,你太美好,我不配拥有[①]。'但是总的来说,没错,我们现在只是同事关系。"

我想起第一次来到这间客厅时,在壁炉上看到了一张明信片,上面的署名是"R"。可惜我想不起来上面写的内容了,也记不起是什么样的字体。我又看了一眼壁炉,那张卡片已经不见了。

"你能认出他的笔迹吗?"我问。

"应该可以,"克莱尔说,"他总给职员留一些手写字条,他觉得这样没那么正式,会更舒服一点。"

"能给我看看你日记里那人留下的字迹吗?"我问。

她将蓝色的笔记本递给了我。我扫了一眼日记的内容——大概是说埃拉和里克睡了,之后又立马甩了他——接着看向边缘处那行小字。

"这是里克的笔迹吗?"我问。

"我觉得不是。"克莱尔说,"里克的字更大,更松散一些。这更像是意大利斜体字,而且写得这么小。"

字体确实很小,但已经足够清晰,现在至少有一件事可以确定。

写下这句话的人,就是那个在埃拉尸体旁留下"地狱空荡荡"字条的人。

[①]出自莎士比亚十四行诗第87首(Sonnet 87)。

我听到了一声尖叫,响彻废弃的楼道。随后我意识到,那是我自己的声音。我的朋友,格杰恩,就躺在我的脚下。在离他几步远的地方,威尔伯福斯也躺在地上。我在他们两个的脖子上寻找脉搏,尽管我心里很清楚,他们已经死了,全完了。有什么人,或是什么东西,从地狱里钻出来,像野兽一样,残忍地杀了他们。格杰恩的胸膛被血染红,可以看出,他被一把刀反复捅刺了无数次。他的双手张开,我能看到他血肉模糊的手掌——太可怕了——那上面被划出一道道伤口,像受难的耶稣。一开始,我以为威尔伯福斯也是被人捅死的,但借着跳动的烛光,我看到他的脖子上紧紧缠着一条白布。他是被勒死的,巨大的力量让威尔伯福斯的脸变得狰狞可怖,他的脸凝固在了生命消逝的那一瞬间。然而凶手的刀并没有就此放过他,而是深深地插进了他的胸膛,只剩刀把露在外面。

我忍不住一直发抖,手里的烛火跟着抖动,我映在墙上的影子也跟着诡异地晃动起来。有那么几分钟,我被恐惧摄在原地,无法动弹。我知道,杀了我朋友的那个恶鬼很可能就在我身边。他手里拿着刀子,还滴着血……他要冲上来了吗?

但什么都没发生。除了楼上老鼠爬来爬去的声音外,什么都没有。然后,我听到外面传来了喊叫声。"出什么事了?"接着是柯林斯和巴斯蒂安,还有另外一个男人,他们三个一起跑了上来。我手里还拿着那支蜡烛,他们一上来最先看到的,一定是烛光下我灰白的脸,然而他们不知道的是,更为恐怖的景象正潜伏在我的脚边。

接下来的事我就不细说了。我想立刻上报学校,但巴斯蒂安勋爵说,一旦上报,我们都会被卷进来,惹上麻烦,甚至被开除。不光如此,他还说,如果让"地狱俱乐部"的其他成员知道这事,肯定会引发他们强烈的不满。此话一出,另外两个俱乐部成员显然就动摇了,你要清楚,他们早不是什么青瓜蛋子了,都已经是混得有些名堂的高年级学长。所以,长话短说吧,他们最后都劝我,此事最好的处理方式就是立刻离开这里,回到学校,假装什么都没发生。尸体最后肯定会被发现的,警察会问话,但我们都要一口咬定,对这事毫不知情。而且今夜过后,谁都不能再提这件事,我们要瞒到死。

"我们要发誓。"在我惊骇的目光中,巴斯蒂安跪下了身,空旷的废弃楼宇回荡着他的话音。他像多疑的托马斯检查耶稣的伤痕一样[①],伸出手指戳向格杰恩手掌的伤口。

"发誓,"他说,"以他的血发誓。"

你能想象到那个场景吗?黑暗的废屋,烛火摇曳,外面的风越发狂躁,巴斯蒂安起身站定,他的手上沾染了死去的格杰恩的鲜血。那种情境下,没人能保持理智,也许我们都中了邪,不然我没法解释,为什么我们会同意那么做。巴斯蒂安将手上的血蹭到我们额头上。像是神父在给信徒抹圣灰。"记住,兄弟们,你本是尘土,终将归于尘土。"

"我发誓,"我们说,一个接一个,"我发誓。"

后来?啊,亲爱的年轻人,没必要这么害怕。日子一天天过去,没有任何不同。尸体被发现了,警察开始调查,但他们一直都没找到凶手。没人问过我那天晚上的事。只有系主任找我谈了

[①] 根据约翰福音中对托马斯的描述,使徒托马斯拒绝相信耶稣的复活,直到他仔细察看了耶稣被钉在十字架上的伤痕。

心，毕竟我的好朋友惨遭杀害，我对他说，我确实伤心欲绝，这真不是装的。他表示同情，还引用了一句荷马的诗句，无疑是想让我振作起来，但却令我有些心惊——"要坚强，我的心说；我是一名士兵；我见过比这更糟糕的景象。"而且已经结束了，都结束了。

又或者说，我以为一切都已经结束了。

第三部分 乔治娅

16

我去狗狗日托中心把赫伯特接回来时,天都快黑了。我们沿着大路往家走,身旁不时有车子呼啸而过,车灯照亮缓缓落下的叶子。赫伯特为了躲避车子,小心翼翼地紧靠着路边。它就是个小怂包。最后我不得不把它抱起来,它个头虽小,但却意外地敦实,一点儿也不轻。等我走到家的时候已经累得不行了。也许妈妈是对的,我应该多做些运动。"运动会让大脑分泌内啡肽,预防青少年抑郁和肥胖,有助于培养健康的生活习惯。以后上大学了你还能加入体育社团,这不比嗑药什么的强多了……"吧啦吧啦吧啦。这是她最喜欢的说教之一,排第二的就是:"你不好好准备考试的话肯定要后悔的。要是能考进罗素盟校的话,大学生活将是你这辈子最美好的时光,更别说要是能上牛津或是剑桥了。我没考进牛津,也不是说我有多遗憾吧……"

回到家后,我给赫伯特喂了食,然后点燃了几支我最喜欢的蜡烛。我倒是不担心会有小混球来我们家玩"不给糖就捣蛋"的游戏,主要是我家住得太偏了,不过以防万一,我还是准备了一些软糖。我妈很喜欢吃甜食,但她很克制,只吃阿兹特克手工巧克力,那种可可豆制成的纯黑巧克力。但对小孩子来说,他们应该更喜欢主流一些的糖果。我点燃了蜡烛,背诵了一遍休斯女士教我们的咒语,然后打开了那本《陌生人》。

过去的四年间,每年的万圣节前夜我都会读一读《陌生人》。妈妈对此毫不知情,但我想她肯定不会同意我这么做,虽然她总用这本书做写作课的教材。她也会大声朗读它,但出于健康和安全的考量,她是不会点上蜡烛读书的。不过她会在笔记本电脑上打开一个篝火燃烧的软件,用噼里啪啦的木柴燃烧声作背景,营造一种恐怖的氛围,十分吓人。我小的时候很喜欢听妈妈读书。一开始我们看的是图画书,随后慢慢变成诺埃尔·斯特利特菲尔德,接着就是阿加莎·克里斯蒂和乔吉特·海尔。《恶魔之子》始终是我最喜欢的一本,多米尼克是我心中完美的浪漫英雄。我曾这样对泰讲过,他还真的有些吃味。"你去读一读,"我对他说,"读了你就懂了。"但我知道,他绝对不会去读这种封面画着穿着夸张裙摆的女人的书。为什么乔吉特·海尔的书封面都这么没品?比起书里那些紧张刺激的故事情节——绑架,伪造身份,激烈的骑在马背上的追逐——封面上几乎都是一个女人穿着蓬松的舞会礼服裙子,对着某个男人傻笑。费内蒂安说她也喜欢乔吉特·海尔的书,毕竟她的父母就是根据乔吉特的某本书给她取的名字。

"你要是不介意的话,"陌生人说道,"我想给你讲个故事。毕竟此行路途遥远,看这天色,还得好一阵才能下车。所以,听个故事解解闷,何乐而不为?而且十月末的晚上,听故事再好不过了。"

这个开场太棒了。我的书有三种不同的开场,一种是以主角的口吻展开的,一种是以主角对手的角度展开,还有一种是由我,从上帝视角为读者讲述这个故事。从某种层面来说,或许只有这个故事结束了,我才知道该如何设定它的开场。休斯小姐说,很多书的开篇章节都不怎么样,和全书的其余内容相比,删掉它们或许会更好。但《陌生人》却不属于这类，它精妙绝伦，没有一个字是废话。

妈妈并不知道我在写作，她连我上创意写作课都不知道。她以为我就是在塔希家里玩，看看少女电影，涂涂指甲什么的。对于这些活动她是满意的，虽然她也会唠叨我、教训我，但更多时候，这种表象会让她安心，说明我是一个"正常的青少年"，虽然我不懂为什么她会这么想。就连我交的男朋友泰，一个在她看来"不大合适的男朋友"，这种事也是"正常的青少年"会做的。她和爸爸都以为，他们的离婚给我带来了心里阴影，所以在搬到这里之后，他们让我转去了"圣信仰"私立女子中学读书。因为他们觉得那是个相对安全的地方，用我爸的话说，具有"受到保护的环境"。天啊，那地方如果安全的话，斯特兰奇韦斯监狱更安全。我真的忍不了那个地方。那些矫揉造作的女孩子整天只会讨论她们的头发扎得好不好，穿马裤的时候有没有显得屁股很大（简单回答：是的，很大）。除了这些，就是对男孩近乎狂热的痴迷，这也难怪，在那所学校，你基本见不到活着的年轻男孩。所以每当窗户清洁工来打扫的时候，她们那副心神荡漾的样子啊，真的，我都替她们丢人。

直到我转到了塔尔加斯中学，一切才开始改变。其实最初就是从埃拉——埃尔菲克小姐开始的。这也是为什么她的死会让我这么难过——她被杀害的这件事，对，应该这样说，我讨厌委婉的虚伪。埃尔菲克小姐很喜欢我的文章，也是她提议要我加入休斯小姐的创意写作课试试。在那里，我认识了塔希、帕特里克还有费内蒂安。我最要好的朋友们。休斯小姐在大学预科班教书，所以每周一放学后，我们都去那里找她。塔希、帕特里克和我，我们三个都在塔尔加斯中学读书，但费内蒂安却是"圣信仰"的学生。费费说，当初我在"圣信仰"的时候，她并不喜欢我，但又说也许那是因为我一直在隐藏真正的自己。说实话，我完全不记得在"圣信仰"的时候还有她这么一号人。她说那是因为她在那里学会了如何"隐形"。听她这么说，我觉得很惊讶，因为对她来说，做到"隐形"几乎是不可能的，毕竟她长着一头明亮的红发。娜塔莎，也就是塔希，是我"官方认证"的死党，这已经是众所周知的事情了，我的家人和朋友对此全部认可，我妈也因为一些世俗的、势利的原因认可了我们的友情。因为塔希的父母都是业内精英，受过良好的教育，读过大学的那种。塔希本人很好说话，也没有叛逆地给自己身上穿过多的孔，所以在妈妈看来，她是可以接受的玩伴。塔希一家住在一栋漂亮的房子里，平时也只会去维特罗斯那种大超市购物。最后是帕特里克，虽然在同一所学校读书，但我们平时见面的机会并不多，因为他总和一些玩橄榄球的傻蛋混在一起。塔希和我曾讨论过，虽然我们都很喜欢帕特里克，但我们绝对不会和他约会，因为那样会将我们的圈子毁掉。再说，他已经有女朋友了，一个叫罗西的小可爱。

最初的时候，我并不清楚休斯小姐是个行善女巫。我只知道她是相当优秀的老师。写作中的一字一句她都能体察入微，入木三分地给出恰当的意见。而且当她给你意见的时候，从来不会让你觉得自己很蠢。她会鼓励你，启发你，让你发挥自己所长，做到最好。诚然，她并没有埃尔菲克小姐那样光彩照人，似乎也不如妈妈美丽知性。她长得有点矮，一头灰色的长发总是在脑后挽成一个发髻，看上去平平无奇。但她有一副很美妙的嗓音，低沉而优雅，有一点威尔士口音。我记得那是在一次闲聊当中，休斯小姐第一次表示，她是个无神论者，她说自己要去格拉斯顿伯里度假。塔希问她："你的家人都在那边吗？"那时候我们对她都很着迷。"我的姐妹们在那边。"她微笑着说。还有一次,费内蒂安因为要进医院做手术感到焦虑恐惧(她出生时心脏上就有一个孔洞,虽然情况并不危急,但她却有些小题大做),休斯小姐就给了她一种精油,让她睡觉的时候洒在枕头上,还给了她一幅画,上面是一只兔子凝望着月亮,画的背面还有一行字,写着"愿女神保佑你"。费费说她用了精油后,就做了一个很美的梦。

还有一次,在九年级快结束的时候,我们正在讨论《麦克白》,她那时终于跟我们坦白她的身份。起因是帕特里克的发言,他说《麦克白》里面的情节也就在十七世纪才会有观众买账,因为只有那种年代,人们才会惧怕女巫。休斯小姐再次会心一笑,随后说道:"现在的人也还是会害怕女巫。人们总是会害怕未知的事物。实话说,我也只对特别的人才会承认,我是一个行善女巫。因为一般人是无法理解的。"这话一出,我们当然都很兴奋,因为休斯小姐刚刚话中的意思就是,我们很特别,不是普通人。她并没有对我们透露更多,但也并没有想要对我们宣扬什么。我们家门口总是会来一些手拿杂志上门传教的人,说我们会因为过度沉迷智能手机而下地狱,妈妈对此烦不胜烦,每次都会与这些人争得面红耳赤。休斯小姐当然不是那类偏执的人,只是教过我们一些冥想的技巧以及简单的咒语。她教我们如何制造保护圈,如何摆脱身边烦人的怨灵。她还送了我们每人一块黑曜石,用来保护我们不受恶灵侵扰。也正是因为这个,我才敢在万圣节前夜一个人在家,我一点也不害怕,相反,我甚至欢迎那些来访的幽灵,愿意跟他们好好聊聊,或许我还能帮他们完成一些未了的心愿呢。

"不安的灵魂啊,不要害怕,摆脱前尘,速速现身吧……"

赫伯特开始大声叫唤。我能听到门廊处传来的脚步声。那一刻我确实有些惊慌，但我想起来家里的软糖，于是走到门前，摆好了欢迎的笑脸。

"你好啊，美女。"

并不是来要糖的小捣蛋鬼们，是泰。

他正要去酒吧上班，但他不放心我今晚一个人在家。"等你妈妈回来我再离开，陪你一会儿。"

我压抑了心底涌上来的不耐烦，毕竟他也是好意。泰总是这么体贴，像个成熟的大狗狗，暖心又可靠。我真想不明白，为什么爸妈会觉得他是什么黑暗王子。我第一次见到泰是在去年夏天，在一个酒吧里。我当时用了一个假的身份证件喝得酩酊大醉，他一直在我身边照看我。"你还不了解这个世界，"虽然他也才二十岁出头，但确实足够老练，已经可以给我传授所谓人生经验了，"真实的世界很可怕。"现在多亏了休斯小姐，还有她的创意写作课，我对这个世界有了更深的了解，也看到了更多的东西。现在我什么都不怕。

泰进门后坐在了沙发上，嘲笑我那些香薰蜡烛，还有那一大把软糖。赫伯特躲在沙发的另一头，怂包似的对着泰低声咆哮着。我怀疑它是妈妈派来的，让泰过敏，而一般来说，贵宾犬的毛是不会引发过敏的。

泰拿起了我的鬼故事书，开始读了起来，我知道与R.M.霍兰德的独处时间结束了。我打开了电视，泰坐在一旁，一只胳膊环在我的肩上。现在又到了冗长的拥吻环节了，两个人欲拒还迎却又欲罢不能。不是说我不喜欢和泰亲热。他长得很好看，而且知道自己在做什么，和我们同年级的那些男生相比，泰要成熟太多了。休斯小姐说，肢体上的亲密接触在一段关系中是很重要的，是两性关系中的强大助力。但泰说在我十六岁之前不会和我发生关系，我的生日在二月。所以除了最终的那一步，我们几乎做了所有的事，不停地拥吻和爱抚，直到最后一步。每到最后关头，他总会喘着粗气离开，看向虚空，每到这个时候，我都觉得自己像是一个弹簧，被紧紧地挤压在一起，马上就要爆开了。就像现在，他亲吻着我，一只手伸进我的腰带里，另一只手正在解开我的内衣。我的脑子里一团糨糊，停止了思考，感觉像是有红色和黑色的翅膀在脑子里扇动，虫鸣般的混乱吞噬理智。一直趴在一旁的赫伯特突然开始叫了起来。

泰立刻坐直了身体。"是你妈妈回来了吗？"他非常害怕我妈。简直好笑。

"不会的，现在还太早。她要留在学校排练节目，听小猪佩奇扮演的食人花唱歌。"

泰看起来有些茫然。我知道他没听懂。

但赫伯特却开始摇尾巴，一副兴高采烈的模样，他一般只有见到妈妈时才会这样。它跳到了沙发背上开始朝着的我耳朵不停地叫。就在这时，车灯照进了客厅。我立刻吹灭蜡烛，打开了灯。泰将衣服掖好，我将内衣整理好，然后将电视调到正在播放《老友记》的频道。在妈妈看来，青少年就应该在看这种节目。

门开了，但妈妈并没有直接来到客厅。她一定在外面看到了泰的车，知道他在这里。我很烦躁，心想她一定以为这都是我计划好的，偷偷摸摸地邀请泰过来，做些鬼鬼祟祟的事情。但我根本没打算这样，我本来想一个人享受独处时光的，现在这场面就像是我偷情被捉了现形一样，俗不可耐。

妈妈走向厨房，我跟着她一起走了进去。她穿着一件衣摆摇曳的红色大衣站在那里，伸手倒了一杯红酒。

"出什么事了？"我说，"排练取消了吗？"

她转过身来，看到她脸色的那一刻我吓了一跳。她看起来很糟糕。妈妈的脸一直很白皙，但这一刻，她面色惨白几乎没有血色，像是被谁泼了一桶白油漆。睫毛膏也糊了，她似乎刚刚哭过。

"你还好吗？"我问。

她灌了一大口红酒。"只是被吓了一跳。"她说着，努力扯出一个微笑。"泰也在吗？"

"他正要走。"我说。

"用不着这么着急，"她说，"不过等一会儿可能会有人来。他离开可能会更好。"

"他六点钟还有事，他今晚在酒吧值夜班。"

妈妈的表情看起来释然了很多。显然她想让我也避开，这也没什么，我可以避开。

"他走了之后我还有好多作业要做。"我说。

17

快十点的时候，妈妈等的那个人到了。我透过自己房间的窗户向外看，看到一辆灰色的车子开了进来，看起来很帅气的那种，一个女人从车上走下来。我没有看清她的脸，但我敢肯定，这就是今天白天在学校问我们话的那个女警察。帕特里克见过她，因为他之前就是埃尔菲克小姐班里的学生。帕特里克说这女人很可怕，她看你的眼神就好像能把你看穿，你在她眼里就是透明的，根本无处遁形。废弃工厂那边的妖魔鬼怪作得正欢，不时可以看到一闪而过的灯火，听到奇奇怪怪的响动，各种磁场能量横冲直撞。我很好奇，这么多邪祟作妖，居然没引来天雷。那位女警察显然决定忽视心底的声音，屏蔽掉这些如同幻觉般的景象，她甩了甩头，继续向房子前门走来。

妈妈对她的前来道了谢，那个女警却硬邦邦地回答说："我就在附近。"似乎这样就能洗掉她柔软和善的嫌疑。随后她们一起来到了客厅，我什么也听不到了。过了一会儿，赫伯特爬到了楼上，跳上床，在我身边趴下了。对于它来说，楼下关于谋杀案的谈话肯定很无聊，狗都觉得烦，但我可不觉得。我很想知道她们到底在说些什么。关于埃拉的事一直也没人问我知不知情，即便我其实和她很熟。她经常来我家做客。但在他们眼里，我只是个孩子，是个情绪起伏多变的青春期少女。所以根本不会有人在意我的看法，无所谓，反正是他们的损失。

我伸出一只手抚摸着赫伯特，另一只手打开了笔记本电脑。我确实还有作业没做，历史还有西班牙语的作业，只是眼下我有更重要的事要做——完成今天的日记。保持写日记的习惯有时候很麻烦，一点也不轻松，但这也是记日记的意义，不管你想不想，你都要去记，这才叫日记。休斯小姐曾说过，记日记能够很好地训练写作能力。塔希、费内蒂安、帕特里克和我，我们都在使用"我的秘密日记网"。说是日记，但你可以选择，将它设为私密日记或是公开日记，很多人都会把自己的日记公开展示（只在站内）。我有些时候会选择公开，只在我觉得自己写得非常棒的时候，但这样的做法也破坏了日记的本来面目——它本来是工作一天之后的简单记述，不是什么经过润色和修改的散文。我确实会修改自己的日记。我觉得很可能是因为我在网页上写日记，修改起来很容易。我无法想象亲手提笔去写日记是什么感觉，白纸黑字，落笔无悔，你只有一次机会可以阐明自己的想法。要我说，现在肯定已经没人那样记日记了。

我输入账号，准备登录网站，密码是赫伯特17。这个密码一点也不安全，因为我所有的账号秘钥都是这个。身旁的赫伯特本尊正在装睡，我知道其实他正在偷偷地看我。我滑动鼠标，直接来到今晚的日记条目。费内蒂安已经发表过日记，帕特里克也更新了。除了他们还有一个叫"小熊"的人，也更新了，我很烦这个"小熊"。但我很喜欢"赛博狼"，他也更新了。

帕特里克写的又是他的幻想之旅，你也不知道这到底是他写的，还是他另外的隐藏人格写的。我对这个没什么兴趣。我觉得比起幻想的世界，现实世界永远更复杂，也更黑暗。费内蒂安的日记内容则截然相反，几乎全是对生活里发生过的事件的记录。"我的妈妈根本不理解我","这个男孩都没注意到我","没人喜欢我在'照片墙'发的照片"之类的。但问题是,所有的母亲都不理解自己的孩子,无论是在先天层面还是社会层面,她们都无法理解我们。费内蒂安和所有"圣信仰"的女生一样,对异性有着疯狂的痴迷,同时又极度恐惧和他们交往。她总会对在公交上偶遇的某某一眼万年,或是对脸书上的什么人无法自拔。她还会说(这句话真的自带音效,我都怀疑她给我下了个音频播放的咒),"你当然没感觉啦,乔吉,你是有男朋友的人。"这话确实有几分道理。但"照片墙"和"阅后即焚"这种软件也太无聊了。爸爸妈妈很喜欢自作主张地断定,我对这些社交软件已经成瘾。我甚至听到过他们和朋友聊天,用那种故作轻松的语调说着:"乔吉整天捧着她的手机,发信息啊,聊天啊,用那些叫不出名的社交软件浪费时间。这太不健康了,我像她这么大的时候,都在玩曲棍球,打零工赚钱,或是和朋友们见面,出去玩。现在的年轻人……"诸如此类,没完没了。我愿意让他们这么想,因为这样也省去我很多麻烦(想想也是够好笑的,读书是好事,读电子书就是坏事),其实我从来不会在社交媒体发帖分享什么。我当然会用群聊软件——就算是我们的老师们,在脸书上还有学习小组聊天群——但我唯一经常访问的网站只有"我的私密日记"。

我开始码字:"由于埃尔菲克小姐的死亡,万圣节活动被取消了。似乎万圣节已经变成了浮华热闹的盛会,而应景的死神来临就会破坏一切。有些学生戴了女巫帽子或是吸血鬼的假牙,老师们丝毫没有让步,他们还在为埃拉小姐的事伤心,于是叫这些庆祝节日的学生早早离开。地理课的时候,有人向卡特先生问起埃拉小姐葬礼的事,他差点儿当众哭出来。据说葬礼要在学校的小教堂举办。换作我的话，我绝对不想在那里走完自己的最后一程。但仔细想想，我根本不想在教堂举办葬礼，我希望自己的生命能归于自然，骨肉归于尘土，血液归于河流，呼吸归于空气，灵魂归于焰火。"

我暂停了一会儿，思考着要不要把这一篇设为公开日记，如果要的话，到这里我就应该结束了。目前为止，这篇日记写得相当可以，尤其是死神和万圣节那句。但如果我继续写下去，就无可避免地提到泰，还有妈妈和此刻正坐在楼下的警察，那样的话，这篇日志就涉及个人隐私，不能公开。我已经在这里写过了关于埃尔菲克小姐死亡的事情，我不想让别人觉得妈妈会跟此事有关。我想就此发布，好让帕特里克和费内蒂安知道我有在写日志，但你永远不知道，这网站上还有什么人能看到你写的东西。父母总是以为，我们做事没轻没重，但实际上，我们什么都知道。我将日志设置为了"私密"。

"今天学校里肯定有什么事情发生。妈妈回家的时候一副见了鬼的表情，没准儿她真的见到了鬼？如果真的有鬼在校园出没的话，那肯定是Ｒ.Ｍ.霍兰德妻子的鬼魂。虽然我从来都没见到过她，但在老楼的一楼，我能明显感觉到阴森冰冷的气息。没人喜欢到老楼上课，倒不是说那里有多恐怖，那种氛围其实并不吓人，而是阴郁和悲伤。你可以感受到艾丽斯·霍兰德的哀伤，感受到她从楼梯上纵身一跃时心底的绝望凄苦。我知道玛丽安娜的灵魂也在那里，有时我能感觉到她就在我的身旁，离我很近。妈妈和亨利·汉密尔顿讨论时，我很想留下旁听。但是不行，我只能和那个满脸青春痘的埃德蒙离开，被排除在外。'年轻人就该待在一起。'我知道妈妈当时的想法，她希望我能被剑桥的气氛吸引，自此努力提高成绩，科科拔尖，考到剑桥去。但其实，比起大学或是异性，我对R.M.霍兰德更感兴趣。

"泰今晚来了。他出于体贴或是保护欲，不想让我一个人过万圣节。但其实我很想自己一个人过。然后，毫不意外，他吻了我，接着就是老生常谈的那一套。我希望他能直接和我做爱，不要再这样不停地试探，没完没了。但他有自己的顾虑。'你年纪太小。'他总是提起我的年纪，但年龄只是数字。另外，休斯小姐曾说过，我的上一世可能是个饱经世事的年迈智者（也就是'女巫'的另一种叫法）。总之，正当我们险些难以自持的时候，妈妈回来了。泰对妈妈尤其敬畏，见到她之后只含糊说了几句话，就立刻离开了。后来是我做的晚饭，因为妈妈看起来神情有些恍惚，有些魂不守舍的样子。她说她正在等一位即将上门的访客，于是我便乖巧地上楼来'做作业'了。后来我发现，那位访客就是调查埃尔菲克小姐谋杀案的女警长。妈妈为什么会把她叫来？难道妈妈有什么案件线索吗？我知道她和埃尔菲克小姐是非常要好的朋友。埃尔菲克小姐生前常来我们家，和妈妈两个人各自倒一杯红酒，一起看《舞动奇迹》（这节目就是中年人的精神鸦片）。今晚出了什么事吗？就像书里写的那样，波洛突然'意识到'谁是凶手，但他不能公之于众，因为还有两百多页的情节。妈妈现在也是这样，她什么都不对我说，我甚至不能和其他人讨论这件事，因为帕特里克依旧对埃尔菲克小姐无法忘怀。年龄或许真的只是数字，但一个十六岁的男孩不应该给自己的老师送情人节贺卡。我当时就这样劝诫过他。可惜的是，人们总是不听我的劝。"

"不听我的劝告是他们的损失。"

18

埃尔菲克小姐的葬礼在周六举行,但妈妈还是要我穿上了校服。"斯威特曼先生想让学生们都穿校服,如果你不穿就会很突兀,他觉得埃拉的父母是希望看到学生们出席的。"斯威特曼先生,对妈妈来说也就是托尼,他总是在意事情在面上好不好看。虽然有些浮夸,但他确实是一个好校长。学校里有好些女生觉得他很帅,说真的,这也太可笑了。他长得就像个流行音乐频道里打碟的DJ。

妈妈穿了黑色的裙子和大衣,看上去很美。而我穿着运动衫和方格呢子裙像个傻子。今天早上很冷,我又穿上了派克服,还戴了黑色便帽。我们两个一起走向车子,像是一个超模,身边跟了个流浪汉。我不能开口吐槽,第一,我一直在训练自己,不要去在意外表。第二,妈妈看起来心事重重。吃早饭的时候她还差点哭出来,直到赫伯特跳上桌子,动着小鼻子,不停地闻着马麦酱,妈妈才突然笑了出来,歇斯底里的那种。

"吃点镇定片吧,妈。"我说道,顺手将赫伯特抱下餐桌。这种冷漠的表达很符合妈妈心中我这个"正常青少年"的人设。说一些很叛逆的话,好让他们翻个白眼,开始唠叨现在的美国文化对当下的年轻人有着多么大的影响。

"抱歉,"妈妈说着擦了擦眼睛,"我的神经绷得太紧了,我很抵触这一天。"

"唯一能够熬过去的方法,就是熬过去。"我盗用了休斯小姐的话,说道。

"有时候你说起话来像个智慧的老太太,"妈妈说,飞快地抱了我一下,"你知道吗?"

开车去学校的路上,妈妈精神紧张,还两次猝不及防地踩了刹车,一次说是以为看到了狐狸,还有一次是因为一只大鸟从我们面前飞过,它飞得很低,几乎刷到了车子的挡风玻璃。这不是个好兆头。我只是不知道,这到底在预示着什么。

我们来到学校的时候,停车场上已经停了很多车。学校里的门卫也都穿着黑西装并且打着领带,看上去有些怪异。妈妈停下来和奸猾的戴夫打了招呼,他是两个门卫中年纪比较大的那个。我们开车继续向前的时候,他还对着我眨了眨眼,我理都没有理他。

我们只在特殊的集会或是举办音乐会的时候才会去教堂。平常这里都是锁着的。我并不会演奏乐器,九年级的时候我又离开了唱诗班,所以,我已经有好长时间没有来过这里了。今天一进来,我才发现这里大得惊人,能容纳这么多人啊。教堂里大部分位置已经坐满了人,唱诗班的位置也满了。祭坛上放着大朵的白百合,显眼明媚,不知为何,甚至有些轻浮,空气中充满了它们的香气。前两排的座椅是空的,也许是留给埃尔菲克小姐的家人的。妈妈坐在了第四排,刘易斯先生就坐在我们前面,和一个丰满的女人坐在一起,我猜可能是他的妻子。葬礼上还有很多其他的老师到场:我们的副校长,弗朗西斯太太,我的英语教师帕尔默小姐，还有教地理的卡特先生。我没看到斯威特曼先生的影子，也许他在等埃尔菲克小姐的家人吧。我继续伸长了脖子不断地寻找着，终于在最后几排看到了她。她灰色的头发编成辫子盘在头上。看见我后，休斯小姐对我微笑了一下，我也微笑着回应了她。帕特里克和费内蒂安都坐在她身旁，但我现在不能离开妈妈。又过了一会儿，塔希和她的妈妈也来了，坐在了我们身边，所以也还好。

过了一阵儿，教堂后方传来了一阵骚动，我们知道是棺椁到了。这是我第一次参加葬礼。在这之前我只参加过一次婚礼，那是爸爸和弗勒尔结婚的时候，不过当时是在婚姻登记所。他们连伴娘都没请。但弗勒尔还是想让我参与，她真的很贴心，于是我穿了一件罗兰爱思的裙子，手捧鲜花出席了他们的婚礼。我那时十二岁，感觉自己很蠢。妈妈当时不在，傻子也知道为什么，所以我和奶奶坐在一起，其间她一直摸着我的头发，不断地叹气。那时候她并不喜欢弗勒尔，但很快就转变了态度，因为弗勒尔接连生了两个孩子，其中一个还是个宝贝孙子。

此时此刻，这个感觉和婚礼有些像，不过氛围完全不同。棺椁被抬上台阶，抬棺的人也穿着黑色的衣服，他们身后还亦步亦趋地跟着一些人，像是婚礼上跟随新人入场的伴娘和花童。那一定是埃尔菲克小姐的家人吧，一对头发花白的夫妇，手紧紧地牵在一起，他们身后还有另外一对年纪更大的夫妇，是埃尔菲克的祖父母吗？白发人送黑发人，他们该有多痛苦。接下来是另外一对中年夫妇，最后走来的是斯威特曼先生，他的表情悲伤而克制，像是在家里对着镜子练习过。

我无法想象，那个木箱子里装着埃尔菲克小姐的尸体。其实那不能说是一个箱子，更像是被鲜花缠绕、精心雕饰的柳条船，看上去很美好。只要有人上台致辞，就必须经过这口棺材，尸体近在咫尺，静静地躺在那里。所有关于死亡的词汇都是如此可怕。但死亡本身并不可怕，休斯小姐说过，那只是生命从一种状态转变到了另一种状态而已。

斯威特曼先生正在读着圣经中的一些内容，他拿捏腔调，想要让自己听起来真诚。这些内容也确实很美。主说，复活在我，生命也在我。接下去，埃尔菲克的亲人上台读了一首诗，"不要站在我的坟前哭泣……我不在那里，我没有死去"。对我来说，这句话不怎么有说服力。我们应该哭泣，她也确实已经死了。人们总是会用各种虚伪的表达去形容死亡：逝世、长眠、升天。每次看到这些字眼我都会感受到人们的虚伪。尤其是我在墓地闲逛（妈妈最喜欢的休闲活动）的时候，看到墓碑上写着："乔·布洛格斯。一八八四年五月十日，长眠于此。"行吧，如果他真的只是睡着了，那你们埋了他干吗呢？

唱诗班又唱了几首赞美诗，领唱的是罗塞蒂小姐。伴奏的风琴声听起来又细又弱。那是电子风琴的声音，因为已经没有人演奏之前的风琴了，它只是摆在那里，涂了漆，风琴管直直地指向天花板。R.M.霍兰德去世后，这里变成了私立学校，这所教堂就是在那时候扩建的。所以风格上有点新艺术的味道，彩色的玻璃上画着百合花和骑士。教堂并不古老，所以也没有那种深沉的底蕴和能量。

牧师正在缅怀埃尔菲克小姐。说她是"一位兢兢业业的教师，启发了众多年轻人"。听起来他似乎并不怎么了解她。埃尔菲克小姐的父母都没有起身发言。接下来又是一首赞美诗。之后，几个身穿黑衣的男人将棺椁抬到肩上，埃尔菲克小姐的家人们跟在身后，他们要离开了。"他们要举办小型的私人葬礼。"我听到妈妈小声地跟塔希的妈妈说道。葬礼,又一个隐晦表达罢了。他们要把她埋了。我和塔希对视了一眼,心照不宣地从各自母亲身旁悄无声息地溜了出来,她们两个正和刘易斯夫妇聊天。老楼大厅里给参加葬礼的宾客提供了点心饮品,所以我们可以在那里和休斯女士小分队的其他人会合。

我们顺着过道往老楼的方向走去,在教堂后面看到了那个女警察,她身旁还站着那个灰发的一脸憨厚相的男警察,那天他也来过。我只是看了他们一眼,并没有在意,不料在我擦身而过的时候,那个女警察叫住了我。"你就是乔治娅·卡西迪吧?"

"乔治娅·牛顿。"我回答道。姓氏体现了父权的影响,虽然我对此没什么好感,但别人以为,因为爸爸和妈妈离婚了,所以我就会跟妈妈的姓,每次遇到这种自作聪明的家伙我都会觉得很烦。

"我是考尔警长,这位是温斯顿警长。"

"你们好。"我招呼道,觉得有些不自在。我可以看见休斯小姐已经离开,她的发梢隐没在了人群中。

"我听说了很多关于你的事。"考尔警长说。她身材矮小,有着深色的皮肤和及肩的黑头发。算不上多美,但气质很凌厉。她的眼窝深陷,带着深沉的暗影。看起来像是那种不抓到真凶就绝不会放松的人。作为警察,她也应该如此。

"埃尔菲克小姐教过你吗?"考尔警长问道。

"十年级的时候教过我,"我说,"抱歉,我的朋友们在等我,我得去找他们了。"我不想错过和休斯小姐谈话的机会。

我们的小分队终于在大厅外面聚在了一起。人们已经在大厅里排起队来买吃的喝的了。现在天色还早,这毫不遮拦的口腹之欲啊。大厅里聚集的人很多,我却一直没看到妈妈。

"真是一出好戏啊。"帕特里克说。

"她的遗体应该回归自然。"费内蒂安说。

"我觉得有几首歌唱得很动听,"休斯小姐却随和地说道,"尤其是那首《奇异恩典》。"

"是罗塞蒂小姐唱得好,"我说,"那个唱诗班真不怎么样。"

"埃尔菲克小姐肯定不会想要这些的,"塔希说,"她有超凡脱俗的灵魂。"

"确实。"休斯小姐说。她当然认识埃尔菲克小姐,而且还很了解她,她们曾是朋友。也难怪休斯今天看起来有些忧郁。

"我们应该用自己的方式为埃尔菲克小姐送行,"我说,"冬至那天就可以。"

"很暖心的想法,乔治娅。"休斯小姐伸手握住我的手,我能感到透过血液传递过来的能量。

"我也这么说过。"费内蒂安有些闷闷不乐地说道。她只是嫉妒我和休斯小姐之间的特殊情谊。

一位老师走上前和休斯小姐攀谈起来,塔希和费内蒂安也慢慢走向供应食物的地方。帕特里克就在这时拉住了我的胳膊。"乔吉,我能和你谈谈吗?单独谈谈。"

"可以,"我说,"我们去楼上吧。"

这里虽然没有贴警示标语,但我们知道,今天学校的其他地方其实是不准学生进入的。不过看管的老师都在组织人群往大厅里去,没人注意到我们跑上了后面的楼梯。我们顺着楼梯来到二楼,这里曾是R.M.霍兰德的住所。这里的氛围和楼下的完全不同,站在这里便好像身处另一个世界。并不仅仅是因为这里铺着地毯,有着变幻迷蒙的光影。还因为这里有一种更深沉的能量。我能够想象,手握鹅毛的霍兰德,或是像麦克白夫人一样,举着烛火在这里游荡而过的艾丽斯。

帕特里克似乎对周遭气氛的变化毫无感应。他在前方大步走着,试着推开走廊中的某扇房门。他今天没穿校服,而是穿了一件黑色的西装,从后面看,他像是个我不认识的陌生人。

"这里的房间都是锁着的。"我说。其实我也不确定,只是隐约记得妈妈似乎说过,这里大部分房间的钥匙都丢了。

我们来到了二楼的旋转楼梯,这里向上直通霍兰德的书房。在这之前,我曾和妈妈一起来过,我还记得她说过楼梯台阶上地毯的传闻。突然之间,我似乎感觉到艾丽斯的鬼魂就在这周围徘徊。

"我们去上面吧。"帕特里克说。

"上面锁着呢。"我说。

"不,没锁。道奇·大卫总是忘记上锁。"

我不想和帕特里克一起去那间书房。我们就像是兄妹一样,没什么暧昧,但说不上为什么,我还是不想和他独处。他今天看起来和平常不一样,很成熟,像个大人,英俊却有些咄咄逼人。除了这个原因外,我那墨守成规的一面也在拉扯着我,我并不想被人看见和帕特里克·奥利里在一起,还钻进了楼上的阁楼。我能够想象妈妈会说什么。她甚至会让我吃紧急避孕药。

帕特里克并不知道我在想什么,已经先我一步攀上了楼梯。我跟在他的身后,小心翼翼地走上楼梯,尽量将脚分毫不差地踏进地毯上的脚印里。我一步步走上阁楼,在抬头的瞬间,差点儿被眼前的可怕景象吓得心脏骤停。霍兰德书桌后面的椅子上坐着一个人,他的双手向前伸着,似乎是个没死透的僵尸。那一刻我只有一个念头:就是那个男人,他就是冲着我来的,像是《陌生人》里的那个人一样。我克制不住地想要退后,逃跑,是帕特里克的笑声阻止了我。

"我这人偶不错吧？"

"什么？"恐怖的气氛被这句话破坏殆尽，"这是你放在这里的吗？为什么？"

帕特里克耸了耸肩。黑暗中我无法看清他的脸，只能听到他冷硬的声线，和那种对待他球队队友时才会使用的粗鄙口吻。

"开个玩笑罢了。万圣节前夜，我们几个把这家伙弄上来的，人偶是从纺织部拿来的道具。"

"那衣服呢，你们是从哪儿弄来的？"

"《雾都孤儿》剧组里挑剩下的破烂儿。"那是埃尔菲克小姐去年排演的节目，"可能是'匹克威克先生'的服装吧。"我并没有出声纠正他，心里想的却是另外一件事：这就是万圣节那晚妈妈看到的东西，所以她才会那么早就回了家，还一副魂不守舍的样子。有那么一刻，我甚至有些憎恨帕特里克。

"乔吉，"他再开口，声音变得完全不同了，"我需要和你谈谈。"他坐在房间一角的天鹅绒躺椅上，拍了拍身旁的位置。我犹豫了片刻，还是坐了下来。

"你想和我谈什么？"我说。房间的墙上和桌子上有很多照片，我上次来这里还是很久之前的事，当时我并没有时间仔细观赏它们。现在我很想去看看，我尽量克制自己，但帕特里克接下来的话却将我的注意力瞬间拉回了现实。"警察们在这里。"

"我知道，"我说，"那个女警察，考尔警长，刚才还和我搭过话。"

"她说什么了？"

"没什么。另外那个男的问我埃尔菲克小姐有没有教过我。"

帕特里克抬起一只手，胡乱地理了理头发。

"乔吉,我觉得他们在怀疑我。"

我瞪着他,问道:"他们为什么要怀疑你?"

"他们知道情人节贺卡的事了。他们还问我,她被杀的那天晚上,我在做什么。"

"你在做什么?"

他并没有立刻回答我,将头埋在双手间。"我去了她家。"

"什么?"我希望是自己听错了。

他抬起头,这时的他看起来终于又是一个年轻男孩的模样了,满脸稚嫩,甚至还不到十六岁。那样子更像是我的弟弟,还不到三岁的老虎。

"我去了埃尔菲克小姐家,我只是想见她一面。我当时很恼火,因为她跟刘易斯先生上报了贺卡的事情。然后,整个班的人都知道了。我只能转班。虽然我假装不在乎,但我其实……很难过。"

我能理解他。帕特里克当时表现得满不在乎,可他一定觉得很难堪——他曾是校园里最酷的男生,却被爆出迷恋一位老师。

"为什么要等到现在?"我说,"情人节的事情都过去那么久了。"我也收到了两张贺卡:一张是在西班牙语课上的一个男孩送的,另外一张是匿名。那时候我还不认识泰,不然他一定也会送我一张粉红的、闪亮的贺卡,画着穿着衣服的小动物的那种……

"是休斯小姐让我去的,"帕特里克说,"她说我对这件事未了的感情阻碍了灵魂的成长。她说我应该做个了断,修正过去。"

那一刻我最先感受到的是嫉妒。帕特里克居然可以和休斯小姐私下会面。我努力将这种感觉甩到一边。嫉妒是纯粹的负面情感,毫无用处。

"你见到埃尔菲克小姐了吗?"我问。

"没有,"他说,"我敲了门,但是没人应。我就在外面等着。我站在教堂的阴影里,所以没人看到我。但我看到他了,我亲眼看见他从埃尔菲克小姐家里出来。"

"谁?"

"刘易斯先生。"

19

帕特里克叫我不要告诉任何人。他现在只对我吐露了这件事,因为他此刻十分担心,埃尔菲克小姐被杀的那晚他并没有一个说得过去的不在场证明。他告诉警察那天晚上他在自己电脑上玩"使命召唤"(典型的"正常青少年"该有的行为),但他实际上是在"我的秘密日记"网站上写日记。当时家里只有他一个人,因为他爸妈都出去参加聚会了(帕特里克的父母十分喜欢社交,我知道妈妈对此有些看不惯),他哥哥也和女朋友出去约会了。

"我的处境很糟,"他说,"要是当时有人看见我在她家附近了怎么办?"

"可是我们应该把刘易斯先生的事告诉警察。他很可能就是凶手。"

这话连我自己都不信。刘易斯先生是一个老师,可靠,有时还有些乏味,有时候会跟我们说无聊的东西,比如"跟大家说一个约翰·斯坦贝克的趣事"。他不可能是个杀人犯——一个隐藏极深的危险杀手,手持滴着鲜血的匕首行凶,像是麦克白和R.M.霍兰德书中会写的那样。刘易斯先生现在就在我们前面的教堂里坐着,他的手臂揽着自己的妻子,时不时地抬手擦擦眼泪。他看起来很难过,但并不愧疚。如果真的是他杀害了埃尔菲克小姐,他肯定会表现出那么一点愧疚吧。

"不行！"帕特里克说道。他一把抓住了我的手臂，这时的他看起来又像一个大人了。他很健壮，我心想。他一定每天都健身，还要打橄榄球。他可以毫不费力地瞬间制服我。但现实安抚了我，这是帕特里克，我的朋友，亲如家人，是我们这个小圈子的一员。他不会伤害我的。他现在很难过，他需要我的帮助。

"你不能告诉任何人，"他说，"如果大家知道那天晚上我也在场，就会认为是我杀了她。想想吧，头条都想好了，《少年求爱被拒，恼羞成怒杀恩师》——'帕特里克的朋友们称，他总是独来独往，平日里喜欢在自己的电脑上玩战争游戏。'"

我笑了，虽然知道不应该。"金发美女老师，"我说道，"他们肯定会这么形容她的，要不然就得八卦两句她是不是身材丰满。"

帕特里克并没有笑，也没有放开抓住我胳膊的手。

"你发誓，不会告诉任何人。"

"我发誓。"

他松开了手。

"用圈子发誓。"

用圈子发誓是要借助我们整个小团体的力量——你也可以这么想，那是我们的巫师集会，一旦你打破了誓言，整个圈子里的人都会遭殃。

"我用圈子发誓。"我无奈叹息道。

帕特里克起身，试着扯出一个微笑，似乎刚刚这一切都只是个玩笑，一个橄榄球运动员的幽默。

"我们该下去了，"他说，"再过一会儿他们就会怀疑我们两个人躲在别处肯定没干好事。"

没干好事。我已经好久没听到过这种说法了，忽然听到还有些怪异，而且不知怎么回事有一丝罪恶。

"你先走吧，"我开口，试图用轻快的语调说，"最好别让人看见我们两个在一起。"

我听着帕特里克沉重的脚步声消失在旋转楼梯的尽头。现在霍兰德书房里只剩我一个人了，这是我一直以来都向往的场景。我细细打量着整个房间：屋内一共有两扇窗子。一扇样子很特别，像三叶草，中间镶嵌着彩绘玻璃，画的是一朵花，我觉得可能是罂粟花；另外一扇窗子就比较普通，是那种倾斜的旧阁楼式窗子。霍兰德的书桌就在这扇窗子下面，桌子后有一把雕花的椅子，此刻上面正坐着一个假人。房间的墙面贴着红色的墙纸，现在已经有些褪色，隐约可见上面的水波纹理。但若不细看，根本看不到这些墙纸，因为屋内的四面墙壁中有两面墙边都立着书架，高高地直达屋顶。另外两面墙上挂满了镶了相框的照片。屋内还有一张躺椅，就是帕特里克和我刚刚坐着的那张，以及一个带着铁栅栏的小壁炉，就像是整个房间的心脏，屋檐下鲜红温暖的跳动的心脏。

我知道我该下去了，去吃几根香肠卷，再用唏嘘的口吻和别人聊聊埃尔菲克小姐。可我还想在这里多待一会儿。在这里，我感到安心，或许是因为这里有R.M.霍兰德的庇佑，将我与楼下的一切都隔绝在外，使我远离那些秘密、威胁和死亡。我站起身，看着墙上的照片。那时候的照片都是黑白的，记录着留着胡须的男人和穿着夸张长裙的女人。她们的裙摆被巨大的裙撑撑起，像盛大的花朵。还有几张霍兰德在大学里拍的照片：其中一张很大的照片上面标注着"彼得豪斯 一八三二年"，照片上有一群学生，站在一个学院外，那里看起来和圣朱德学院很像。另一张照片里有四个男人，手中拿着枪，照片下方有手写的说明：

"彼得豪斯学院小口径枪械俱乐部"。我不知道当时的人们会不会吐槽这个俱乐部的名字。

整个墙面只有两张他的单独留影。一张是他在这间书房里的,他就坐在现在那个人偶所在的位置,手中假装在写着什么,看得出来是摆拍的。我有些好奇,拍照的人会是谁呢?艾丽斯吗?他的妻子在他们为数不多的温馨时刻为他拍了这张照片吗?另外一张照片是在草坪上拍摄的,他坐在一张躺椅上,就是现在学校网球场的位置。照片上的霍兰德看起来很放松,他的双腿向前伸展,头上戴着一个巴拿马草帽,对着镜头后拍照的人伸出了一只手。我看了一眼照片下方的描述:"和玛丽安娜一起"。

但照片里除了他并没别人了。

我悄悄地溜进食堂,没有惊动任何人。妈妈在和她的好友德布拉聊天,过程中两个人一会儿抬手擦眼泪,一会儿又笑出了声,我猜她们是在聊埃尔菲克小姐。塔希和费费正和同年级的一个女孩儿聊着什么。这里没有多少学生,费费是外校的学生,所以只有她没穿校服,而我们都很自觉地穿着蓝色的套头衫制服。我没有看见帕特里克。我来到了一群人旁边,其中一个名叫伊丝拉·贝茨的女孩正在哭泣,但只要看一眼就知道,那是在假哭。可她却入戏极深,一直伸手去擦本不存在的眼泪。

"真的,好让人难过啊,"她说,"我真的好喜欢埃尔菲克小姐。"

"确实让人难过。"塔希安抚道,还伸出手拍了拍她的背,同时转过头来与我对视了一眼。

"他们说到现在都没抓住凶手。"伊丝拉的朋友佩奇说道。

这还用说吗,凶手肯定还没捉到,我很想怼她一句,就算是个傻子也能看出来吧。但我并没有这样做,只是说道:"警长们刚刚也出席葬礼了,就是调查这起案件的那些警察。"

伊丝拉小声惊叫道:"在哪里啊?"

"他们穿着便衣,"我说,一本正经地继续道,"所以你才没看到他们。"

"也许就在这个房间。"费费帮腔道,"其实,说不准凶手也在这里呢。"

"我的天啊,"伊丝拉的声音开始颤抖,"不会吧,不要啊。"

我的视线不受控制地搜寻刘易斯先生,他正和斯威特曼先生站在一起。两个人正在小声地说着什么,头挨在一起,很认真的样子。刘易斯先生看上去并没什么异样——身材高大,有些邋遢,似乎被生活琐事所扰,烦恼颇多。他不可能是一个杀人凶手,对吧?

"你们看到'甜心先生'(托尼·斯威特曼)的妻子了吗?"佩奇说,"就在那边,穿黑色西装裤的那个,现在正和帕尔默小姐讲话。"

我转头看去,看到了一位金发女郎,她穿着剪裁十分修身的黑色西装裤,身材纤细而曼妙。她和我想象中的校长夫人几乎一模一样,很迷人,也很强势。她周身的气场耀眼得有些不真实,像是水面上反射的激滟波光。帕尔默小姐则十分可爱温柔,从她的表情中可以看出,她似乎也已经发现了,面前的美人有些让人难以招架。

"她长得好美,"伊丝拉说,"可惜了。"伊丝拉也是斯威特曼粉丝团的一员。

"她是个律师。"我说。我记得听妈妈提起过。

"他们两个的孩子特别好看,"佩奇说,"我朋友有时候会兼职做临时保姆。"

"不是吧?！"伊丝拉说。对她来说,斯威特曼先生已经有孩子了,这似乎是个大新闻,无异于晴天霹雳。

塔希和我再次对望了一眼。"咱们得去见见那谁。"她说着拉起我的手臂。费费也跟着我们穿过拥挤的人群离开（人们还没有离去,不过埃尔菲克小姐的家人我却一个也没见到）,我们朝着休斯小姐走去。她一个人站在酒水吧台旁边,看起来并不寂寥,也不突兀,脸上甚至还带着一丝别有深意的笑容。

"你们好啊,姑娘们,"她说,"葬礼上的烤肉好吃吗?"

休斯小姐是个素食主义者。

"是《哈姆雷特》里的梗吗?"我说,"葬礼上的烤肉?"

"聪明,"休斯小姐说道,"'葬礼的烤肉才刚冷,就直接被端上了婚礼的餐桌。'因为剧中格特鲁德的丈夫尸骨未寒,她就立刻改嫁了。"

我看得出,费费对我和休斯小姐之间的互动有些不耐烦。每当我准确地说出某些文学引用时,她总是有些气急败坏。"休斯小姐,"她说,"您觉得是谁杀害了埃尔菲克小姐?"

休斯小姐神色如常地注视着她,她的眼睛蓝得如此纯粹。"这不是我们应该问的问题。"她说。

"那我们应该问什么呢?"塔希说。

"埃拉小姐的灵魂是否仍在我们身边," 休斯小姐说,"或者说,我们要不要帮她解脱。"

"你今天是和第六学级学院那个怪异的女人在闲聊吗?"在回家的路上,妈妈一边开车,一边问我,"她叫什么名字来着,布若妮什么的? 布若妮·休斯,想起来了。你是怎么认识她的?"

"她之前教过费内蒂安。"我说。

"这女人有些不正常,"妈妈说,"埃拉还说过,她是个女巫。"

我们都没有说话,沉默了一会儿。显然,妈妈是在怀念埃尔菲克小姐,而我则好奇,埃尔菲克小姐对于休斯小姐的能力到底知道多少。她也许是在开玩笑,反正对妈妈来说,这就是个荒诞的笑话。自打离开学校以后,她整个人的状态就有点不对劲,甚至有些魔怔。上一秒还在嘲笑唱诗班有多糟糕,下一秒就开始抬手抹泪,车子也被她开得歪歪扭扭,甚至还开到了对面的车道上。我恨不得立刻就长到十七岁,好自己开车。

"我看到你和帕特里克·奥利里还凑到一起了。"她说。

我并不傻,这时候最好不要开口。车子驶过,窗外闪过灰色的冬天的原野,看起来软绵绵、毛茸茸的。

"他是你的朋友吗?"她停顿了好一会儿,见我没有回应,又问道。

我耸了耸肩(这也符合她心中青少年的人设)。

"确实,我也能看出来,他长得挺惹眼的。"她故作轻松,用甚至有些轻浮的语气说道。似乎是在说,帕特里克的确有魅力,她能理解。

我还是没有说话。

"坏小子都挺惹眼的。"

我的天啊,真是够了。能不能不要再说了,放过彼此难道不好吗?我没有办法,只能开口:"我跟他并不熟。他看起来也挺无趣的。你也知道,玩橄榄球的那些男生都一个德行。"

听到我的话后,妈妈几乎是肉眼可见地放松下来。她的肩膀放松，不再紧绷，双手也不再死死地扣住方向盘了。

"泰和帕特里克比的话，你更喜欢哪个？"我实在是忍不住，想要逗弄她。

"我并不讨厌泰，"她说，"小伙子人还可以，人品不错。我就是觉得对你来说，他年龄有些偏大。"

"那你更愿意我和帕特里克在一起吗？"

她快速地瞄了我一眼。"他约你出去了？"

"没有，"我说道，"别紧张，妈。"这番青少年我行我素的言辞显然让她放松了一些。剩下的路程我们都没再说话，气氛十分安静，但并不恼人。

听,外面的风吼声。这么大风,车厢都被它掀动了,是吧?不过我们这里挺安全的。毕竟车厢之间没有门,没人进得来,也没人出得去。再来点白兰地吧?

后来怎样了?接下来发生的事情也没什么好说的。格杰恩的父母来了,把他的遗体带走了,葬在了他的老家,格洛斯特郡。我没有参加葬礼。也不知道威尔伯福斯身上到底发生了什么。我之前也说过,警察一直没找到杀害他们的凶手。一年之后,那栋废楼就被移平了。我接着在学校上课,没有任何事情发生。但我感觉得到,自己变得孤僻、怪异。走过校园或是在餐厅吃饭时,总会感受到其他人异样的眼光。"就是他,"有一次,我听到别人低声谈论,"死里逃生的那个。"也许对于彼得学院的大部分人来说,我都是特殊的"死里逃生的那个",甚至我自己也这样觉得。

那之后我也没怎么见过巴斯蒂安或是柯林斯。现在我已经是"地狱俱乐部"的一员了,但我并没去参加他们的例会,也没去他们每年都举办的奥名昭著的"血腥舞会"。大部分时间我都泡在图书馆里。唯一将我与其他同学联系在一起的只剩射击俱乐部。我和俱乐部的成员们保持了最基本的同伴情谊。

我以第一等的成绩毕业,这一点让人弥足安慰。听说巴斯蒂安勋爵被留了级,柯林斯分数没修满。不过他们和我不在一个学院,我们之间也早就殊途陌路。我继续求学,开始攻读博士学位,依旧像本科时期那样,过着独来独往的生活。

然后,在研究生求学期间,我收到了一封十分诡异的信件。

那是十一月，天气已经很冷了，我记得去取信的路上，白霜在脚下破碎时发出的咔嚓声。写给我的信件并不多。妈妈有时会给我写信，我也订阅了一些神学期刊。但今天的信不一样，有一封盖着外国邮戳的信，上面写着一些斜体字，很不常见的字体。我有些好奇地拆开了信封，里面是一块裁剪下来的波斯语报纸，我当然是看不懂波斯语的，但报纸下面附上了翻译，是同样细长的斜体字迹。翻译过来的内容是，一个叫阿米尔·伊布拉希米的男子在乘坐热气球时发生事故，意外丧生。热气球在上升过程中一直非常顺利，但在飞行途中的某个时刻，伊布拉希米从热气球下方的篮子里掉了下来，直接从高空坠亡。我翻来覆去地看着这条新闻，想不明白这是谁寄来的，为什么要寄给我，难道对方以为，我会对这种新闻感兴趣吗？但就在这时，我看到了写在背面的一行字："地狱空荡荡"。我突然想起，伊布拉希米就是第三个人的名字，那个和巴斯蒂安，以及柯林斯走上楼的人。

死里逃生的那个。

第四部分 克莱尔 ————

20

今天是埃拉的葬礼，我不太放心让乔吉一个人在家。但德布拉一直在央求我。"我今晚不想回家，和里奥还有孩子们待着，我会疯的。我想和喜欢埃拉的人在一起。我们去村里的酒吧坐坐，吃点咖喱，喝点酒。不用太晚的。"没办法，我只好跟乔吉说明情况，她看起来并不在意。她说会把塔希和费内蒂安叫来，一起看《舞动奇迹》。我没问泰会不会来，不过，我想这应该是只有女孩子的聚会。葬礼结束时，我看到乔吉和帕特里克·奥利里凑到了一起，让我有些介意。帕特里克九年级的时候我教过他，他就是那种对女人有很强掌控欲的男人，并且会毫不犹豫地付诸行动。对他的父母，我也略有耳闻，是喜欢花天酒地、彻夜狂欢的爱尔兰人。他们的人品并没有问题，只是对于自己儿子的厌女态度并不在意罢了。每当我对乔吉提起这个话题时，乔吉只是表示帕特里克这个人很一般，有些无趣。我知道，这表明乔吉对他没兴趣，也许事实的确如此，我应该放心。或许帕特里克真的就是那种四肢发达，头脑简单的孩子，脑子里除了橄榄球什么都没有。

除此以外，我没想到乔吉的小圈子里居然会有休斯小姐，她是第六学级学院的一个英文教师。布若妮·休斯这个人有点像个老嬉皮士，梳着贵气的辫子，身上总戴着水晶和各种银饰。当然，她的教学能力还是相当不错的。休斯小姐就是那种靠个人魅力吸引学生的老师——这一点有些像威尔士人，琼·布劳迪小姐[①]一样——我总觉得这种东西很靠不住。埃拉生前也沾点这个类型，可能正因如此，她们两个才成了朋友。但有件事需要说明白，我发现，就在不久前，她们两个似乎有些不愉快。埃拉曾说过，布若妮是个行善女巫，她会在午夜去墓园跳舞。我倒不信这些，但我觉得，或许埃拉也开始觉得这位姐姐行为过于怪异了。总之，我不想乔吉离她太近，被她蛊惑，中了她的邪。乔吉从塔尔加斯毕业后应该就会去第六学级学院读书，我希望尽量安排不让她去休斯小姐的班。实话说，我觉得乔吉选择英文专业的可能性也不大。她一直不怎么喜欢看书。

我出门的时候正好遇上娜塔莎和费内蒂安，是费内蒂安的哥哥把两人送过来的，他开着一辆花哨的跑车，将两人放下就离开了。这两个姑娘还不错。塔希是个热情洋溢的姑娘，像个活蹦乱跳的赛特犬。有时候，我觉得她有些过于活泼了，让人感觉吵，但我能看出来，和她做朋友会收获很多快乐。她还很聪明，对男孩子也没有表现得恋爱脑。她的妈妈是个音乐老师，父亲是一名医生，我偏好与中产阶级的家长交流，他们刚好是中产阶级，这照顾了我敏感的情绪。费内蒂安是个红头发姑娘，非常苗条，看起来有些拘谨。她的父母大概是属于上流社会阶层的，这让我有些在意，与奥利里夫妇那样夜夜笙歌的疯狂家长不同，他们大概是属于另一种极端。真的，我对于这些阶层的东西一直很难把控。西蒙肯定会说，我只对那些有自己的住所，平时会读《卫报》的人满意。他这么说可能也没错。我猜乔吉是在圣信仰读

[①]《春风不化雨》（The Prime of Miss Jean Brodie）书中角色。

书的时候就认识费内蒂安了——虽然有点令人意外——一直到现在,她们都还是好朋友。

我告诉乔吉,她们可以点比萨到家里吃,不用客气。塔希听到后,一直热烈地感谢我。

"你最好了,克莱尔。"乔吉的朋友在家里时都会叫我克莱尔,但是在学校的时候会叫我卡西迪小姐。她们可以很自然地变换称谓。对我来说,情况则不大一样,比如之前,我曾经因为塔希忘带作业给她留过堂,这种事情我没法忘记。除了这个,我还记得,乔吉八年级的时候,她的一个朋友曾写过一篇短文,文章里介绍了她母亲的男朋友,还有这男人嗑药的习惯。

我跟德布拉约在了皇家橡树,这里曾是查理二世躲避圆颅党时所用的众多隐匿场所之一,现在这里已经变成了一个美食酒吧,更多的是平衡美食与酒水的供给,但他们家的咖喱做得相当不错。而且这里还算安静,并不喧闹,即便是周六晚上,也很安逸。平日里,只要我开车,就绝对不会喝酒,但今天我喝了一小杯红酒。德布拉则干掉了一大杯金汤力。

"我需要它,"德布拉说着,轻轻敲着酒杯,"天啊,我真的好讨厌葬礼。"

"大概没人喜欢吧。"我说。

"我不知道。"她说,随后仰头喝掉了半杯酒,没有任何犹豫,想不到吧,她和我一样,也开了车。"我的一些年长的亲戚似乎很喜欢葬礼。但这种事情,上了年纪的人总是不一样的,他们已经过完了还不错的人生,也已经儿孙满堂。即便是离开人世后,还有很多爱他们的人会怀念他们。但埃拉,天啊,她还有好多事情没有做。"

"我知道,"我说,"她爸妈真的很可怜。你和他们聊过了吗?"

埃拉的父母在我离开守灵会之前,就从火葬场回来了。我们只是简单地寒暄了几句,随后有些尴尬地拥抱了一下,最后还说以后要保持联系。

"就那么几句话,"德布拉说,"他们表现得很坚强,很勇敢,但是她妈妈看起来很绝望。'我失去了自己最好的朋友',她妈妈这么跟我说。"

乔吉对我是怎么看的呢?她会说我是她最好的朋友吗?几乎可以确定地说,不会。这也无可厚非,但是有那么一小会儿,我感受到了一丝类似羡慕的情感。我和我妈妈就谈不上是朋友,虽然我想我应该是爱她的。比起她,我更喜欢远在苏格兰的祖母,虽然山高路远,我很少和他们见面。奶奶还会写信给我,只是我似乎从来抽不出时间来给她回信。我本来想教她用视频通话软件,但她说那里的无线网信号很弱,这招行不通。我必须尽快去看看她了。

再次抿了一口酒后,我开始思考母亲和女儿的关系,正想着,就听见德布拉说:"里克怎么样,他还能接受吧?"

"还可以吧,"我说,"他就坐在教堂的前面。"

"和他妻子在一起?"

"没错。"

"他老婆对埃拉的事一无所知,是吧?"

"我敢肯定,她什么都不知道。"

德布拉突然将身体凑过来,虽然我们本来就坐在包厢里,已经离得很近了,而周围也不像是有人偷听的样子。

"警察向我问起里克了。"

"是吗?"

"是的，他们问我在海斯的时候发生了什么。我说我不知道，因为我当时不在那里。"德布拉当然知道埃拉与里克的一夜情。埃拉还跟她抱怨过，说起里克那卑微的失恋姿态。直到现在，我都觉得里克的行为与其说卑微，不如说是卑鄙。

"警察也跟我问起里克了。"我说。

"那你告诉他们了吗，他对你也有过意思？"

"她好像已经知道了，就是那个考尔警长。"

"那女人可不是吃素的，是吧？你知道她之前就在塔尔加斯读书吗？"

"知道，她跟我说了。"

"纺织设计的多萝西·洛登还记得教过她呢。"

"真的吗？"我对此有些感兴趣，"她上学的时候是什么样的？"

"肯定是聪明的。但她其实不喜欢学纺织——那时候还叫针线女红啥的，一上课就喜欢坐在后排看詹姆斯·赫伯特的书。"

原来年轻时的哈宾德居然是喜欢恐怖小说的。

"你真的觉得他们怀疑凶手是我们学校里的人吗？"我说。

"怎么说呢，一般来说都是被害人的熟人作案，不是吗？"德布拉说。"书里都是这么写的。"说完这话的瞬间，她的表情再也绷不住了，泪水大滴大滴地落了下来。她用红色的餐巾擦了擦脸。"天啊，"她说，"你听到我说什么了吗，被害人，这么没良心的话，我像是那些电视剧里的人一样，里奥周六晚上总看的那种。但埃拉是我们的朋友啊。"

我记得德布拉很喜欢警察和案件调查。也许人们都这样，构造一个虚假的故事，以此来逃避现实。

"整件事都像是一场戏，"我说，"或是一场噩梦。我总是忍不住想，她还会回来的。"

"你是说她的鬼魂吗？"德布拉说。

我并不是这个意思，但她这么一提，我的脑海中立刻出现了画面。埃拉的鬼魂向我飘过来，她长长的金发在身后飘散，犹如麦克白夫人，又像是艾丽斯·霍兰德。埃拉并没有说话，但我知道，她在生我的气。

德布拉伸手握住我的手。"她不会回来了，"她说，声音很轻，"她已经死了，克莱尔。"

"我知道。"我说。那一刻，我感受到了无法言喻的绝望。

我慢吞吞地将车子开回了家。海上吹来了薄雾，人们管这个叫海雾，因为雾气的关系，路上的能见度只有几米。即便是开了车灯也没有用，反而将雾气照得白茫茫一片，像是干冰制造的舞台烟雾，诡异地流动着，鬼影重重的样子。等我到家后，乔吉已经睡了。咖啡桌上还留着三支燃尽的蜡烛，让我突然想起了《陌生人》。桌上还有一些干叶子，我有些怀疑地拿起来闻了闻。我倒不是怀疑乔吉会抽大麻，但这种事谁也说不准。不是大麻，像是百合花。年终的时候我总能收到好多礼物，像是巧克力、蜡烛，偶尔还有红酒和写着"我最好的老师"的冰箱贴。赫伯特此时在我脚下，也四处闻嗅着，时不时地挡我一下。它也有些疑惑地闻着那些干叶子，一只耳朵立着，另一只耷拉着。

"歇歇吧，嗅探犬，"我说，"到你睡觉时间了，得带你出去撒尿。"

我带它穿过了马路。今晚是个月圆之夜，但由于雾气的影响，满月的光辉变得朦胧，废弃工厂的墙壁上反射出一点点微弱的漫射光。我想起那天晚上看到的烛火。会不会是有人在那里露宿呢？我应该把这事上报吗？告诉谁呢，警察？还是帮助流浪者的慈善机构呢？或许哈宾德·考尔能帮上忙？我在葬礼上见到她了，但她并没有和我说话。或许她和尼尔到场只是为了表达对死者的尊重吧，守灵的时候我就没看到他们了。

赫伯特终于抬起它的小狗腿，回应了大自然的召唤，随后我赶紧带它回到了屋里。我挂好安全锁，检查了后门，然后上楼。我看到乔吉的房间还亮着灯，于是敲了门。

"进来。"

她正坐在床上读着《哈利·波特》。那只猫鼬玩偶（是西蒙送给她的礼物）乖巧地躺在她身边。一眼看去，她似乎变小了，只有七岁。

我在她的床边坐下。"今晚过得还好吗？"

"还不错，"她说，"《舞动奇迹》太无聊了，我们就玩了'反人类卡片'。"

"是费内蒂安的哥哥来接她的吗？"

"是塔希的妈妈。她说她会给你打电话的。"

我理了理乔吉的羽绒被，上面印着霍格沃兹的图案。她的房间有着儿童的孩子气，也有着青少年的活力。她还留着那栋森贝儿家族的娃娃屋。同时还有很多中学生赖以生存的电子产品，蜿蜒的充电线在屋子里穿梭。她的床头挂着几张拍立得照片，那是乔吉和她的朋友们，她们对着镜头，或是微笑，或是嘟嘴自拍，头发飞扬，青春可人。

"你和德布拉呢，聚得开心吗？"她礼貌地问道。

"还不错，"我说，"气氛有点悲伤，我们一直在聊埃拉。"

"会伤心也没什么错。她毕竟是你们最好的朋友。"

"你说得对，"我说，亲了亲她的头，"晚安，亲爱的，别读得太晚。"

我快速地洗了澡，然后穿上了最暖和的睡衣，爬到了床上。赫伯特已经打起了呼噜。我打开日记，准备重温这一天发生的事情。最近几天我都没有记日记，也许是因为神经过于紧绷，顾不上了。但我觉得起码应该记录一下这个葬礼。

上次的日记还是十月三十日那天的，那天是周一。最后的几句话是："明天就是万圣节了。上帝保佑吧。"我的记述到此为止，但在另一页，出现了一行新的内容，字体十分奇怪，但又熟悉得令人头皮发麻。它写着："来自挚友的问候。"

21

"这是《白衣女人》里的原话。"我说。

"那是什么?"尼尔问。

我在第二天醒来后做的第一件事,就是打电话给哈宾德。我以为星期天她应该没上班,然而她叫我去警察局见她。等我到了那里之后,发现警察局的办公室里到处都是人,盯着屏幕,忙忙碌碌。大概凶案组的人都不用休息的吧,就算是西萨塞克斯这种小地方也一样。这是我第一次来到警察局内部,有些惊讶,这里面的办公区域和普通的办公室看上去没什么两样。有电脑,也有咖啡机,还有通知,提醒大家午休的时候有瑜伽练习。而且这里的女员工看起来比男员工更多。

哈宾德将我们迎进了一间小小的会议室。这里有几把扶手椅,甚至还有一个插满假花的花瓶,但整个房间看上去还是有些昏暗,令人不适。房间的一侧有着暗色的玻璃,我很想知道,是不是有人在玻璃的另一侧看着我们。

昨晚哈宾德要我将日记装进塑料袋里,不要再触碰它。现在她正戴着橡胶手套,逐页翻看着。

"在《白衣女人》那本书里,"我说,"福斯克伯爵,书里的反派,他开始在玛丽安·哈尔库姆的日记里留言,那一部分内容就叫'挚友附言'。"

哈宾德说:"那天晚上我去你家的时候,你读的就是《白衣女人》。"

我很惊讶,她居然记得。"没错,"我说,"那是我最喜欢的书之一。"

哈宾德将日记翻到前面,开始阅读,语调平淡,毫无感情。

"来自挚友的问候。我要说说这几页有趣的日记(我刚刚读完)。有上百页。我可以摸着我的良心说,每一页都让我着迷、惊喜、欢欣鼓舞。

令人钦佩的女人!

但是克莱尔,并不是每个人都如我一般,懂得欣赏你。虽然这么说让我心碎,但确实有人在和你作对。我已经结果了一个这样不识好歹的东西。我会把剩下的那些人全都干掉,就像是一头饥饿的凶兽。"

"第一部分完全是书里的内容,"我说,"直到'令人钦佩的女人!'"我将书也带来了,是多佛出版社的版本。封面是穿着连衣裙的女人,那是一条华丽的白色绸缎裙,是安妮·凯瑟里克①永远也买不起的衣服。我将被引用的部分做了记号,随后将书递给了两位警长。

尼尔的嘴微微张着,读起了那一部分。哈宾德只用了几秒钟就快速看完了。

"显然,这男的读过《白衣女人》这本书,"她说,"如果这是个男人的话。"

---

① 书中角色。

"这书可不短啊,是不是?"尼尔说着,用手掂着书,像是在称一块肉一样。

"你在学校里会教《白衣女人》吗?"哈宾德问。

"没有,这篇文章并不在教学大纲里。"

"那些成年学生呢?在你创意写作课里的那些学生。"

"有时候我用它做示范,讲什么是多视角叙事。"

"你还有别的发现吗?"

"有,"我说,"《饥饿的凶兽》是R.M.霍兰德未出版的一本书的书名。"

"那是谁?"尼尔问。

哈宾德回答道:"他是一个作家,生前就住在塔尔加斯中学,一百多年前的事了。他的书房就是现在教学楼老楼的阁楼。他写鬼故事,《陌生人》就是他在那儿写的,几年前还上过电视。"

"也就是说,这事不是什么秘密,谁都有可能知道……这个《饥饿的凶兽》?"

"并不是,"我说,"我们在课上不教R.M.霍兰德的文章,他的作品也不在考试大纲里。而且,就算是知道霍兰德的人,也不一定知道这本《饥饿的凶兽》。这本书从来没出版过,手稿也不见了。现在只在他的日记里有些零散的记载。"

"真他妈见鬼了,"尼尔说,"我还以为就阿德里安·莫莱会写日记呢①,搞了半天,现在人人都写日记了?"

哈宾德瞪了他一眼。"我们还是先看看你的日记吧,克莱尔。你觉得谁有机会接触到你的日记?"

"接触?"这个词听起来尖锐而官方。

---

① 出自《少年阿莫的日记》,英国作家苏·唐珊的作品。

哈宾德叹了一口气："你觉得，谁会有机会在你的日记里写东西？你一直把日记放在家里吗？"

"不是，我经常带着我正在写的这本去学校。有时候，我也在课间的时候记些东西。"

"你这周也随身带着它吗？"

"带了。"我一直打算在万圣节这天写一点东西，想着一边等排练开始一边写，但我后来去了霍兰德的书房，看到了那个在他椅子上的"人"。我被吓了一跳，那之后我立刻回家了，让安诺舒卡一个人负责《恐怖小店》的事情。

"你把日记带到学校的时候，会把它放到哪儿？"

"放在我包里，或是放在储物柜里。"

"储物柜在哪儿？"

"就在英语组的办公室。"

"柜子是锁着的吗？"

"不是。"我来这学校之前，柜子的钥匙就丢了。

"那也算不上是个柜子了，对吧？"尼尔突然笑了，说道。

哈宾德没有理他，继续说道："我们要提取英语组所有人的指纹，"她说，"还有手写字迹，这样才能排除他们的嫌疑。我们已经有你的数据了，还需要你女儿的。"

"乔吉的？"

"没错。她一直和你在家里，我们也需要排除她的嫌疑。"

又是一个让人不寒而栗的词，"排除嫌疑"。我想着那人留下的那行字：我已经结果了一个这样不识好歹的东西。

我忍不住问："你们认为给我留言的这个人就是杀害埃拉的凶手吗？"

哈宾德和尼尔对视了一眼，似乎是在思考究竟能告诉我多少实情。最终哈宾德还是开口说道："你日记中第一次出现的那条留言，和在案发现场发现的字条上的字迹很像。只是内容不够多，不能确认是不是同一个人写的。"

有那么一会儿，我被深深的恐惧麻痹，无法动弹，感到恶心。虽然心里早有准备，但听到警方的确认之后，这种恐惧完全就变质了。好像死亡天使已经悄无声息地落在了这间屋子，正无声地扇动着翅膀。

地狱空荡荡。

"但也不能确定这个人……"哈宾德点了点我的日记，她还戴着手套，"就是凶手。一般来说，人们都错以为这种字条是凶手留下的。约克郡的开膛手案件就是被这种错误认知扰乱了调查，那还是七十年代的事。他们相信了'我是杰克'的录音带，然后声音专家一直在分析口音，浪费了大量的时间和人力，最后发现，那就是个脑残想要博关注。我们现在遇到的很可能也是这种情况。"

"但是犯罪现场的那张字条……"我说。

"是的，"哈宾德说，"确实，这么对比看，这件事情我们也不能掉以轻心。"

"不管是谁写的，他肯定读过《陌生人》，"我说，"地狱空荡荡是故事里的关键句，是角色们进入那栋废弃老房子一定要喊的一句话。"

"我记得，"哈宾德说，"还有些别的有的没的。所以这句话很可能是引自《陌生人》，但也很可能是出自《暴风雨》——那是会考大纲必考题目，不是吗？"

"是的。"我说。

"所以，任何一个英语专业的人对这句话都不陌生对吧？"

"应该是,但你们不会真的认为……"

"我们不能放过任何一条线索,"尼尔说,"还有你的所有日记,我们需要你全部拿过来。"

"所有的?"

"有多少?"尼尔说。

"差不多三十本,"我说,"我从十一岁开始就写日记了,断断续续的。"那年我刚刚上初中,我疯狂地迷恋上一个在公交上有过一面之缘的男孩,那时的日记每次都是这样的开头:"今天见到他了。"或者"今天没见到他。"上大学之后,我就不再写日记了,但和西蒙的关系变得破碎之后,我又把日记捡起来了。那段时间的日记开场就变成了:西蒙离开已经十周了,但我再也不要以他的存在或离开来衡量自己日子的长短了。

"为什么你们需要看所有的日记?"我说。

"我们知道那人在你最近的日记里留了言,"哈宾德说,"所以有必要检查一下其他的日记。如果他也看过你之前的日记,就算是他没写什么,也可能会留下指纹。"

我一点都不想把日记给他们。我能想象到那幅画面,哈宾德一边读着我的日记,一边露出讥讽的微笑,甚至还和她的同事们一起讨论最劲爆的内容。"你看,这里,她觉得和出租车司机来一发就会怀孕了!"

尼尔显然将我的沉默当成了恐惧。他这么想也不算错。

"我们可以给你提供一些警方的保护,"他说,"我们会派巡逻警车在你家门外守着,还会给你一个特殊号码,这样有紧急情况的话,你可以随时联络我们。"

"你们真认为我会有危险吗?"

"我不这么觉得,"哈宾德说,"这个人,"她再次点了点日记,"听起来,倒像是想要保护你。"略微的停顿后,她又说道,"但还是小心点为好,天黑之后就尽量不要出门了。"

我在震惊中开车回到了家。真的有一个杀人凶手读过了我的日记吗?他(我觉得这是个男人,虽然我注意到哈宾德也没确定)一直都在追踪着我最深藏的心声,那些我无法对人表露的羞耻想法?我一直在日记里写自己有多痛恨西蒙和弗勒尔,我在工作中小心眼的计较,还有我自己一定会写书的痴心妄想。他是不是也读到了关于埃拉的那些可怕的内容?她就是因为我的日记才被杀的吗?我已经结果了一个这样不识好歹的东西。我没法再想下去。有一个人,他不仅读了我的日记,还在我的日记里留了言。就那么几个字而已,偏偏和在埃拉尸体旁发现的字条相关。凶手曾经离我如此之近吗?追踪到了我的工作场所,追踪到了我的家里?他是不是真的,像警察认为的那样,是我认识的人?

到家后,我头疼得厉害,只想立刻爬到床上,抱个热水瓶,吃一点阿司匹林。但房门一开,我便闻到了煎碎肉和洋葱的味道,乔吉和泰正在厨房里做饭。

"我们想着给你做一顿像样的周末午餐,妈妈,"乔吉说着,敲了敲罐装西红柿,"是泰的主意。"

突然间,我想起了远在苏格兰的奶奶,那张永远摆满烤肉和烤土豆的桌子。所有食物都闪着诱人的金光,尝起来令人难忘。蓝白相间的卤肉盘冒着热气。今天的午餐好像是意大利肉酱面,肉酱里加了很多大蒜和牛至。我还是觉得有点反胃,一想到要吃东西,胃里就先抗议了。但不可否认,面前的这一幕很温馨。泰正在切青椒,小心翼翼地想要切得匀称。乔吉正在摆桌子,还用冬青和常春藤做了一个特别可爱的摆盘。赫伯特眼馋地看着她搅拌着酱汁。我不想让他长得太肥,所以绝不会喂他剩饭。但乔吉却不怎么在意,所以赫伯特的小眼睛里满是期待。他钟爱人类的食物。

"我带了红酒,"泰说。他用一张餐巾包住红酒瓶,动作娴熟,是非常合格的酒保,然后优雅地给我倒了一杯酒。

"谢谢,泰。"我尽量克制自己,没有狼吞虎咽地猛灌一口。泰也给乔吉倒了一杯,不过我决定,这种时候不要多嘴。

我想要吃一片布洛芬,但不想和酒一起吃下去,于是我强迫自己坐在桌前和他们闲聊。我试着打听了一下,泰除了在酒吧工作之外,还有什么别的野心或是志向。我很高兴,因为最终得知,他明年要申请去读大学。

"我之前有几科成绩是A,"他说,"英文、计算机科学,还有艺术,虽然不是顶好的分数,但也许我能申请到英文专业。读书的时候我就很喜欢英文,当时教我的老师特别好。"

人们通常会清楚地记得自己的英文老师,而不是数学或是信息通信技术老师。这也是当年支撑我完成带班任务的动力,八年级的学生,C组,我现在都还记得,他们让我极其头疼。但只要想到,也许未来某一天,他们中也许会有人成为布克奖得主,而这名学生会在获奖感言中提到我,一切就都值得了。

"想选英文专业的话,你的分数一定要够才行。"乔吉毫不机灵地说。

泰的脸红了。"那就选大众传媒,或是创意写作。"

"妈妈就是教创意写作的,"乔吉说,"为什么不去上她的课呢?"

泰嘟囔了几句,我没听清。我有些过意不去,于是说道:

"祝你好运。要是个人陈述或是别的东西需要我帮忙的话,随时可以告诉我。"

"我可能不会去读大学,"乔吉说,"我会先去旅行之类的。"

听到这话后,我立刻感觉头疼得更厉害了。

"现在做决定还太早,"我说,"你可以先去旅行,然后再读大学,过一年间隔年。"

"弗勒尔在她的间隔年去了泰国。"

嗯,这倒是不意外。"你的选择很多。"我说,脸上保持着鼓励的微笑。

"谁知道呢,"乔吉说,"作家是天生的,不是学来的。"

"谁告诉你的?"

"忘了,好像是在哪里读到的,"乔吉说,"你是怎么确定意大利面煮好了没有的?一定得往墙上甩吗?"

我十分配合地吃掉了一份意大利面。泰吃了大概三份,看起来,他对两个人的手艺十分满意。"这酱汁和'比萨快递'的一模一样。"他赞不绝口。乔吉微微有些皱眉,也许是意识到这并不是她想象中该有的赞美。餐后的甜点是芝士蛋糕,乔吉甚至还用咖啡机煮了咖啡,我很喜欢这样的安排。他们也没让我收拾餐盘,于是我来到了客厅,摆弄着周日的报纸。杂志的封面上有金色和红色的星星,还有一个模特,穿着似乎是用瓶盖做的裙子,就是那种我早前会为了《蓝彼得》① 节目收集的那种。标题写着"五大时尚烟火",天啊,今天是十一月五日,盖伊·福克斯之夜②。今晚

---

① 英国早前一档儿童综艺节目。
② 英国烟火节。

又得抱着赫伯特了,这家伙会整晚瑟瑟发抖,小声呜咽。因为外面总有各种白痴,像是扔炸弹一样不断放烟花爆竹。我们家已经住得十分偏僻了,可依旧能听到一英里外传来的烟火声。每当这种时候,我就会想,战时的萨塞克斯是不是就是这个样子,能够听到法国传来的枪炮声。

五点钟的时候,泰离开了,也就在这时,第一束烟花上天了。赫伯特一下子跳到沙发上,将头埋到了我的怀里。

"小可怜,"乔吉给它顺毛,"没什么好怕的,就是一群人在纪念一个被折磨死的倒霉鬼,赫比。不要怕。"她每年都这么说。

"乔吉,"我说,"有件事,我要告诉你。"

她的表情立刻变得难看起来,午餐带来的美好氛围忽然就不见了。

"我今天早上去了警察局,"我说,"我不想吓唬你,但我想说,有可能……只是有可能,杀害埃拉的凶手也许……嗯,对我感兴趣。"

"对你感兴趣?"乔吉的脸立刻变得苍白,她的黑眼睛(人们都说和我的很像)瞪得很大。

"他写了一些东西,"我说,"在犯罪现场留了一张纸条。"我不想告诉她日记的事情,怕吓坏她。想象一下,有一个人,手里拿着笔,偷偷地溜进了我们家。这种事情真的发生过吗?

"过不了多久,会有一辆警车到咱们家外面,"我说,"来保护我们。他们还给了我一个号码,若是有什么事情发生,或是我预感有麻烦了,就可以打给他们。我也会把这个号码给你的,不过就是以防万一。我觉得没什么好担心的。警察很快就会查到凶手了。"我试着用确定的语气说服她。

"真的吗?"

"真的，现在的警察，做事效率都很高，你也知道，法医什么的，很厉害的。"

她的脸色依旧苍白，我握住了她的手。"会没事的，亲爱的。我们会没事的，但我们不能放松警惕。我不想让你一个人回家，我希望以后放学之后你能等我一起回来。"

此刻她的表情终于有了些变化。"如果你要留下来排练呢？"

"你可以在图书馆等我。"

"真棒。我谢谢你。"

"不会太久的。等到警察抓到凶手就好了。"赫伯特躲在靠垫后面哼哼唧唧的，像是在抱怨，自己很不喜欢这种惊吓。

"我能去塔希家里吗？"

"要是你们待在一起，我可以联系她妈妈，跟她说明一下情况。"

"那泰呢？我能见他吗？"

"可以吧。只要他能去接你，再把你送回来。"这是头一次，我觉得泰年龄大是一件好事，他能自己开车，并且自己有车。"一定要小心一些，和我保证。"

"我会的。"她说，然后将藏在靠垫后的赫伯特揪了出来，将它放在自己的腿上。"但我相信，肯定会好起来的。"

这明明应该是我安慰她的台词，我想。

"我相信你是对的。"

外面响起一阵尖锐的声音，我们三个都被吓了一跳。顷刻间，天空便被五颜六色的烟火照亮。

22

在上班的路上,我将日记送到了警察局。昨天晚上我睡不着,于是读起了之前的日记。那几年的记忆也如潮水般浮现。

"今天天气很好,我去游泳了。看到了他……"

"我真的很不开心,前所未有的难过。卡伦和艾莉森告诉我,皮特和艾森中学的苏·弗罗斯特约会了……"

"明天我就要去布里斯托读大学了。我的人生就像挂毯一样,在我的面前徐徐展开……"

"我拒绝去恨西蒙,因为那样的话他就赢了,但实话说,我确实悄悄恨着他,这种仇恨,将当初我对他的爱意衬得一文不值……"

"今天终于和里克谈了谈。我强迫自己有些痛苦地说出了那句话:我们之间永远没可能。他问我,是不是因为他结婚了。我想说不是,是因为你这个人……"

我将日记留在了警局的接待处,那里坐满了人,一个个愁眉苦脸,有些绝望地等待着玻璃挡板后面的官员的召见。我不一样,我不需要取号,不需要排队,只是将考尔警长需要的包裹放在前台就可以了。我相信她会收到的。

乔吉在车里等着我。我们新的日程安排从今天开始实施了——我会亲自接送她去学校。要是按我说的办,她一刻也不能离开我的视线。昨晚我给西蒙打了电话，告诉了他当前的情况，当然是做了必要删减之后的版本：警方在一张很可能是凶手留下的纸条上发现了我的名字，因此要给我和乔吉提供额外的保护，但他们并不认为我们真的有危险。不出所料，西蒙提出让乔吉去他那里住。

"她还要上学，"我说，"今年这一年对她来说很重要。"

"我可以在家里教她。"

"你白天一整天都要上班。"

"那就弗勒尔教她。"

"外加带两个小孩子吗？她肯定很愿意吧？"

听到这话，西蒙有些不情愿地不再坚持，但表示无论如何，周末的时候，乔吉都要去他那里。听到他妥协后，我竟然觉得松了一口气。这种感觉不知是悲是喜，当初我带着乔吉一起来到萨塞克斯，是因为觉得这里安全而僻静，适合她成长。此刻看来，伦敦似乎更加安全。

像往常一样，一进塔尔加斯的校门，乔吉就跳下车消失不见了。至少在这里她是安全的，我想。萨塞克斯之前发生过几起入店行窃案件，那之后，十一年级的学生就不能在课后随随便便地离校了。我将车停在了老地方，校门口旁边。埃拉去世之前，她的车就停在我车旁边。直到现在我还是有些不适应，再也看不到那辆贴着"留在欧盟更加强大"贴纸的褐色高尔夫了。她原本停车的位置，现在被里克那辆蓝色的沃尔沃占据了。我立刻就认出了这是谁的车。因为它曾停在我家门外，从早到晚。比里克的车停得如此之近更糟糕的是，里克还在车里，坐在驾驶座上。而且，看样子是在等我。

我装作没有看到他，慢条斯理地将公文包和外套从车座上拿出来。然而，当我站直身体，他已经走下车站在了我面前。

"我们需要谈谈。"他说。

"时间来不及了。"我说。虽说到警察局只是顺路，但这么一绕还是多花了我十五分钟。现在已经是八点四十五分，还有十五分钟周一的晨会就要开始了，而会议的主持人正是里克。

在我走向教学楼的途中，他一直跟着我。

"警察又传唤了我，"他说，"他们知道海斯的事了。"

我并没有停下脚步，绕过一群从老楼的双开门正门出来的学生，朝着楼梯走去。"他们是在我日记里发现这件事的。"我说着，迈上了楼梯。

"什么？"

"警察们想要我的日记，"我说，"我在里面写了你和埃拉在海斯的事。"

"你为什么要这么做？"

我们一起爬着楼梯，我尽量不去看他。我知道艾丽斯·霍兰德就是从顶楼的平台上纵身跳下去的，我想到被撞坏的楼梯扶手，还有肢体破碎发出的令人作呕的声音。

"写日记不就是为了记录吗？"我说，"日记就是让你把发生过的事情记下来，还有你最私密的想法。记得吗？'写作之旅'那次培训，海斯的那次课程讲的就是这个。"

"你为什么要给警察看你的日记？"

我们来到了二楼的平台处，我停下了脚步，看着里克。他从来都不修边幅，但今天他看上去比以往更邋遢。头发乱糟糟的竖着，外套显然也穿反了。我无法相信自己曾觉得他很有魅力，甚至想过和他发生点什么。这是我没有告诉哈宾德的秘密。当然了，她可能会从我的日记里读到。

"有人在我的日记里写了一些东西，"我说，"警察们认为是凶手写的。"

沉默延续到员工休息室。维拉和安诺舒卡正坐在沙发上，聊着我们正排练的音乐剧。

我一上午都在上课，所以里克没机会再堵到我。今天一天都很忙，我趁着午休的时间去排练了音乐剧，下午又和维拉开了个小会，制订了一些计划。直到下班，我才看到手机上多了一条电话留言。过去这两周发生了太多的事，所以在看到亨利·汉密尔顿这个名字的瞬间，我什么都没想起来。

"嗨，克莱尔。是我，圣朱德学院的亨利。这周末我要去布莱顿见几个朋友，想问问你，有没有空出来一起吃个便饭。天啊，原来这么尴尬。如果你不想的话，就当没收到这条信息吧。但我希望你愿意。我也不知道自己在说什么了。如果你愿意的话，就发短信给我，我希望你会。"

我坐在图书馆里，一边等着乔吉，一边看着手机，似乎它能告诉我要怎么做。但在我后悔之前，已经敲下了几行字："我当然愿意。何时何地呢？克莱尔。"

门打开了，乔吉走了进来，但并不是独自一人。说实话，看到跟在她旁边的帕特里克·奥利里时，我的心沉了一下。

"嗨，妈妈，"她说，"我来晚了吗？"

"你好啊，卡西迪小姐。"帕特里克似笑非笑地看着我。

"你好，帕特里克。"我冷冷地说道，"嗨，乔吉。你没有来晚。时间刚好，我正在看手机短信。"

"啊，现在的年轻人，真是一刻都离不开手机。"帕特里

215

克说。

我没有理他。"准备好了吗，乔吉?"

帕特里克一路跟着我们来到了停车场，我将包放到车里，他还在一旁站着，没有走。

"需要我们送你一段吗?"乔吉问他。好端端的，她为什么要这么友好地问出这么一句？我一点也不喜欢这个提议，心里祈祷着他可千万不要答应。

"不用了，你们走吧。我骑车了。"

然而，在我开车离开的时候，他依旧站在停车场里，一直看着我们。

23

整整一周，我都将乔吉带在身边。周三早上我们一起去了警察局，好让警察们提取乔吉的指纹和字迹。一个身穿制服的女警跟我们讲解了整个取证流程，这位女警很开朗，社交能力一流，正是哈宾德和尼尔所欠缺的。女警的同情心泛滥成灾，不断和我们聊着学校和狗，还问我们会不会体验一把白色圣诞节。这让我备受感染，恨不得就坐在这个挤满了电脑的小隔间里不走了，坐下来把一切都告诉她：跟她说说里克和汉密尔顿，还有那个模仿福斯克伯爵的冒牌货在我的日记里写的那些乱七八糟的东西，以及我对西蒙的担忧，害怕他会利用这件事将乔吉从我身边永远地夺走。但我没有。我只是和警员奥利维亚·格兰特一边喝着难喝的咖啡，一边愉快地聊了几句。与此同时，乔吉在一个赖曼①文具店里随处可见的横线笔记本上写下了那句话，"地狱空荡荡"。

周末的时候，西蒙开车从伦敦赶了过来，他直接到学校接乔吉，似乎不放心她再和我多待一秒。我被他的态度惹毛了，他直接到学校的接待处那里等着，一边摆弄着车钥匙，一边用一声叹息跟我打过招呼。嘴里抱怨着，他请了一下午的假，他现在工作这么忙，这时候请假是"疯了"（对一个即将花费无薪的两个小

---
①英国连锁文具店。

时，就为了看一群孩子在台上歌唱一株会吃人的植物）。但不可否认，看到乔吉陪着西蒙走出大门时，我的头疼立刻就好些了，我看到她背着西蒙，对我吐槽般地翻了个白眼。一周以来，我头一次觉得轻松了一些。现在我只需要担心我自己就好了。

我回到家时，看到大门外停着警车。我也不知道该怎么面对他们，是和他们打个招呼，还是什么都不做呢，最终我折中地向他们挥了挥手。赫伯特对他们倒是一点也不见外，飞快地冲到这辆没标记过的车前，大声地叫了起来。我只好将它拖进屋里。之后，我将房门的两道锁全部锁好，拉上窗帘，然后给自己倒了一杯红酒。接连三杯酒下肚后，我才意识到自己还什么东西都没吃，于是动手烤了几片吐司。我很担心自己会睡不着。周四的时候我实在受不了了，给自己买了一个很实用的笔记本，上面印着"记者笔记"几个字。我以为自己会坐到天亮，一直不停地写啊写。但酒精逐渐发挥作用，在床上躺了片刻我便睡着了。三点钟的时候，我醒了过来，发现赫伯特正盯着窗子，有些躁动地轻声呜咽着。过了很久，我才又一次沉入梦乡。

周六是漫长的一天。我和亨利约好在奇切斯特见面，时间是晚上八点半。我从中午就开始试衣服了，想着应该穿什么。我不想看起来太刻意，也不想显得太随意。黑色短裙太像老师，灰色羊毛开衫看起来又太主妇了。最终，我选择了黑色的西装裤和一件稍微薄透一点的衬衫。我将赫伯特带出去遛了最后一次，穿着麂皮靴遛它总要多加一点小心，这双靴子还带了点高跟（这就是和高个子男人约会的好处）。警察的车依旧停在外面，我想象着里面的人们正吃着汉堡，聊着天打发时间：

"把薯条给我们。"

"那你们要给我点啥？"

"闭上嘴，把番茄酱递过来。"

但当我经过他们时才看到，车里面坐着的是两个已经谢顶的中年男人，两人面无表情地坐在那里。

我和亨利约在了巴特克洛斯附近的一家意大利餐厅见面，那是位于镇中心的一家精致的石头建筑，曾经是有名的有棚市场。我走近餐厅，很快便发现了橱窗边的亨利，戴着眼镜，看着手中的菜单，表情有些许的惊讶。他比我记忆中的样子要瘦一些，在烛光映照下，他的脸色有些苍白。我停下脚步，有那么一瞬间，我很想转身逃跑，逃回家中，抱着赫伯特，回到我所熟知的安全的避风港。但我忍住了，用手理了理头发，重新整理了一下围巾，接着便推开了餐厅的门。

"克莱尔！"他站起身来，头轻轻地碰到了灯罩。

"嗨。"

那一刻，我们都有些尴尬，因为不知道要不要亲吻对方的脸颊，最后我们只是握了握手，却差点儿将桌子上的烛台撞倒。服务生将我的外套接了过去，亨利恰在此时问我想不想喝一杯。

"我开了车。"我说。

他并没有继续劝我，说什么"就一杯"，但我还是要了一杯，亨利却选择喝水。

"你能来见我，真的太好了。"他说。

"能出来透透气也蛮好的。"我说，希望自己听起来并不像一个一点社交生活都没有的可怜虫。

侍者走过来后，亨利看起来很热情地点了开胃菜和主菜。我并不是很饿，很想只点一份沙拉，但觉得有些不大合适。我低头看着菜单，有些拿不定主意。很久之前，我犹豫不决的样子总是让西蒙很恼火。最后我点了意大利蜜瓜火腿和烟花女意大利面。

"我喜欢意大利菜，"亨利说，"但这家的菜我也不清楚。不过服务员是俄罗斯人，而且主厨从阿尔巴尼亚来的。"

我笑了。"你是怎么知道的？"

"我问过了。"他说，看起来有些惊讶。我希望他不是那种特别爱吃的美食家，会缠着侍者问他们的番茄肉酱是怎么做的。自打西蒙和弗勒尔结婚之后，他就变成一个美食家了。乔吉说，他们两个情人节时互送的礼物是牛肝菌。

"乔治娅还好吗？"菜单被收走后，亨利开口问道。

"她这周末去她爸爸那里了。我们离婚了。"我想起来亨利似乎从来没有问过我的婚姻状况。这是不是表明，他其实对我一点别的意思都没有，是我想多了？他是不是真的只是想找一个人吃个便饭，顺便聊一聊 R.M. 霍兰德？

"你们离婚多久了？"

"五年。"我说，我没有多说，希望他能接住话茬，说些什么。谢天谢地，他确实接住了。

"我已经离婚十年了，"他说，"看来我的离异生活更久一点。"

"你一定很早就结婚了吧？"我说。

"我和前妻是在读大学的时候认识的，"他说，"不过这应该和家庭教育有关吧。我的两个兄弟是在二十岁出头的时候就结婚了，我觉得我拖到二十五岁已经算晚婚了。桑德拉也这么觉得。她也是中产阶级出身，她妈妈那时候也开始暗示，怕她错过好时候。现在想想真是难以置信，虽然是二十世纪九十年代的事情，但回想起来，更像是十八世纪九十年代。"

"我也是在大学的时候遇到西蒙的，"我说，"我们是所有朋友里面结婚最早的。我不知道当时我们两个是怎么想的。"

"我懂你的感受，"他说，"我儿子现在就有一个稳定交往的女朋友，看到他们我就想'天哪，千万不要现在就结婚'。当然这话我从来也没说出口。"

"你有几个孩子？"

"两个儿子，弗雷迪和卢克。弗雷迪在杜伦学数学，卢克在第六学级学院读书，他就是有女朋友的那个。"

"乔吉也交了男朋友，"我说，"他比乔吉大六岁。她这个年纪并不适合谈恋爱，但是，像你说的，你没办法给他们建议，只能等他们自己想明白。"

我们的前菜到了。亨利叉起一片意大利香肠吃了起来，并没有特别注意自己吃的是什么，这可比滔滔不绝地说这香肠是如何从卡拉布里亚由养尊处优的小猪嫩肉做成的好多了。

"那么，"他说，"R.M.霍兰德的谜团你查的怎么样了？有进展吗？"

"你说的是哪个谜团？"我问。我生活里的谜团现在可是随处可见。这一时刻，我真的记不起，当初亨利发现的霍兰德的信件为什么会那般吸引我。是因为我想知道霍兰德到底有没有杀害自己的妻子吗？还是想知道他对自己的女儿做过什么？

"玛丽安娜，"亨利说，"信里面提到的那个神秘的女儿。她应该已经去世了，但一直没有找到她的坟墓。"

"哦，对，"我说，"没有。我还没查到什么。问题是……"

我犹豫了一下。现在正是时候，可以告诉他埃拉的谋杀案，也正好向他解释，为什么我最近一直无法专注在霍兰德的研究

221

上。但我却不想开口,怕破坏这一切。他是我生活中唯一对此事毫不知情的人,能和这样一个人坐下来轻松地聊一聊太难得了,因为现在几乎所有人都知道这件事了,每个人都在说"当时发生了什么"或是"警察现在在做什么"。但是,如果他以后发现,而我没有对他提起这件事,会显得我十分冷血。若是更糟糕一点,他甚至会怀疑我与案子有什么关系。

我说:"我的工作遇到了很大的困难。我们都很难过——一个同事,也是我的一个朋友,几周前去世了。"

"抱歉,"亨利说,"你朋友是怎么去世的?"

"她是被人杀害的。"我说,随后我惊恐地发现,自己的眼睛里盈满了泪水。

但亨利却只是体贴地看着我。"太糟糕了。你想聊聊吗?还是说,你今晚想轻松一点?"

听到他这么说,我觉得放心多了,甚至差点笑出来。我擦了擦眼睛,希望睫毛膏没有糊掉。"我想放松一晚。"

于是我们聊起了书籍和音乐,还有为什么改编的电视剧永远不及原著精彩。他说喜欢BBC拍的《战争与和平》。我说电视剧的演绎有些过于"和平"了。

"很多人都会直接跳过'战争'那部分。"他说。

"那才是最精彩的部分,"我说,"我对娜塔莎和皮埃尔的感情没那么感兴趣。"

"你是个硬心肠的女人啊。"他说。

"真要这么说的话,那我肯定是的。"

我点的香肠很有嚼劲,意面又太咸了,但我并不在意。能和一个长相俊美的男人在餐厅里闲聊托尔斯泰,这件事本身已经很美好了。亨利确实是个美男子,在吃意面的时候,我才真正意识到这一点。真不明白我为什么现在才发现。

喝咖啡的时候，他问起我学校的事。

"R.M.霍兰德的住处就在你们学校对吧，我觉得不可思议。"

"其实也没什么好看的，"我说，"我们占用了老楼的一部分，当作上课的教室，但学生人数多的话，就很不方便。那边还有教师们的图书馆，以及食堂和教堂。教堂是后建的，十九世纪二十年代的建筑，很有新艺术的感觉，略有些媚俗。唯一没有被沾染的地方就是霍兰德的书房。在一段旋转楼梯上面，他所有的书和照片都在里面。有时候我们会带学者进去看看，但普通的学生是禁止入内的。"

"我很想去看看。"他说。

"哪天我带你去看，"我说，"我有那里的钥匙。"我当然有书房的钥匙。不仅如此，我还有学校的钥匙，因为昨天排练之后是我负责锁门。

"现在如何？"亨利问，"我们什么时候去？"

我不知道他是在开玩笑，还是认真的。一想到要和亨利偷偷摸摸地溜进空荡荡的学校，我便感到了各种矛盾的情绪涌上心头，一时间有些理不清，这些到底是什么感觉。是浪漫吗？恐怖吗？奇怪吗？或者只是一次冒险？随后我才想起来，我似乎真的忘记了，此时此刻，有一个杀人凶手，一个曾在我日记里留下只言片语的陌生人，正在黑暗中潜伏。我应该回家，锁上门，抱着我的狗，安静睡去。

"你认真的吗？"我问。

"我觉得肯定会很有意思，"他说，"而且我想和你单独在一起。"

我们看着彼此，他的眼神暗淡，几乎是一片漆黑。

"我得回家，我的狗自己在家。"我说。

"当然,"他说,"我能理解。"

他如此轻易便退缩的态度让我改了主意。为什么不呢?我想。这会是一场冒险,也许还很浪漫,谁知道呢?我的眼前忽然闪过一个画面,那是我和亨利在霍兰德书房的躺椅上做爱的场景。这限制级的画面出现得如此突然,让我猝不及防,感到震惊。即便是当初,我曾非常短暂地考虑过和里克上床,也没有想过这么直观的画面,最多是有一点点色情而已。

亨利坚持埋单,我并没有过于客气。我们一起走进了寒冷的夜晚,走向停车场。当意识到我们不会开同一辆车回学校时,我觉得没那么紧张了。至少这样我可以随时逃离。随后我便反问自己:"我为什么会准备要逃?"

"我跟着你。"他说。

"路很复杂,"我提醒道,"把导航也打开吧。"

道路弯弯曲曲,眼前又是漆黑的夜色。天上虽然有着银色的月光,但云层不时将其掩盖,衬得月亮如同时隐时现的幽灵,不时透过云层露出神秘的微笑。我开着车子行驶在乡间的小路上,冰封的田野和幽灵般伫立的树木在两侧闪过,我的车灯似乎无法穿透黑暗。路上没有车辆,也没有行人。通往霍兰德府邸的路是最黑暗的,低垂的树枝时不时地划过车顶,就在这时,一道黑漆漆的大门鬼魅般地出现在了眼前,门口两侧还立着两尊石狮雕像。门是锁着的,而我有钥匙。当我走下车时,看到身后黑色的吉普也停下了,他一直跟在我后面。

我们的车都停在了大门口,平时有学生的时候,这样停车当然是不行的。门很快就被打开了,我解除了大门的警报。希望门卫今天晚上不会心血来潮地巡逻,但若是传言不假的话,他这会儿应该已经喝得醉醺醺的,坐在电视前发呆了。

我们爬上了楼梯，此时此刻两人的脚步声在木质台阶上显得尤为响亮。"不要听见我的脚步声，是往什么方向去的"[1]。我不想打开顶灯，所以打开了手机里的手电筒软件。光照亮了墙上贴着的通告，还有古老的肖像。那是早已死去的霍兰德和家人们的镀金相框。我想起了艾丽斯的死和她致命的坠落。也许现在是鬼魂现身的最佳时机。但屋子里静悄悄的，什么都没有。

我们顺着二楼的走廊向前，路过锁着的房门和空荡荡的窗子。到旋转楼梯那里，我停了下来，拿出了另外一串钥匙。

亨利忽然叫住我，"克莱尔。"我转过身。他猛地一把将我拉向他，随后深深地吻了我。

这算得上是我人生中最美好的热吻之一，缠绵而热烈，他的手伸进我的头发里，身体紧紧压着我。我忍不住想，此时此刻，就要发生了吗？我们要做爱吗？可以肯定的是，没有两个成年人可以这样激情接吻而不做爱的。

似乎是过了好几个小时那么久，我推开了他。"书房。"我说，轻轻地喘息着。

"书房。"他说。我可以看到他微笑时露出的洁白的牙齿。

我们爬上楼梯。钥匙就在我的手里，但让我意外的是，门是微微开着的。我伸出了手，将它推开。

我已经有了心理准备，会看到椅子上坐着的假人。我也提醒过亨利，并告诫自己不必惊慌。但我没想到，坐在椅子上的那个影子是以那种方式出现的。鬼魅般的月亮恰在此时出现，照亮了他的脸。

是里克。胸口插了一把刀的里克。

---

[1]《麦克白》中台词。

伊布拉希米的死无疑对我造成了沉重的打击。我记得自己站在那里，手中拿着那张剪报。然后回到自己房间，我躺在床上，不断地发抖。是谁给我送来这宿命般的消息？是谁用细长的笔尖写了瘦长的字体？是谁在报纸后面写了这句"地狱空荡荡"？是巴斯蒂安吗？还是柯林斯？都不大可能，但除了他们两个，还有谁知道"地狱俱乐部"和那个可怕的夜晚呢？

接下来的几天，我不断地思考着这些问题。的确，这件事让我心神不宁，但最终，我还是将恐惧抛诸脑后，继续自己的生活。毕竟，我还能做些什么呢？我还年轻，有健康的体魄，傲人的力量。你也懂的，对吗，我年轻的朋友？是的，我看得出来，你是明白的。青春是骄傲的，也本该骄傲。我为伊布拉希米的死感到难过——我真诚地为我的朋友格杰恩哀悼——但我做什么都没有用了，他们不会复生了。所以我继续自己的学习生活，并开始和一位年轻的姑娘交往。她是我导师的女儿。那个春天，生活变得甜蜜起来。尤其是想到，我已经从死亡的阴影中逃离出来，春天就显得更加甜蜜了。至少在那一刻，我以为我已经逃出来了。

冷风呼啸啊。

第五部分 哈宾德

24

接到电话的时候我正在床上躺着。我没有睡着,只是在随意地划着手机,点点拼字游戏,或是玩一会儿熊猫泡泡龙,再有就是刷刷脸书,看人们傻傻地分享自己的生活。接着调度中心打来电话,说在塔尔加斯中学发现了一具尸体。接到这个消息后,我立刻从床上跳了起来,随后给尼尔发短信,让他去学校和我碰面。

我刚下到楼梯的一半,就看见妈妈站在平台上,身上还穿着爸爸的睡袍。

"你这是要去哪儿,海娜?"

她肯定已经看到了,我穿上了带反光条的警服外套。所以我出去肯定是有正事的。

"工作,"我说,"案子有了新进展。"

"多加小心。"她说。

"我一直都很小心。"我飞奔出门,不然她又要给我准备一杯姜黄奶什么的了。

出了锡福德之后,路变得很滑。我尽量提速。此时已经快半夜了。车子拐进塔尔加斯中学的一瞬间,时间刚好跳到了午夜零点,冥冥之中,我有一丝不祥的预感。一个穿着制服的警察正站在石头人行道上,身旁立着一只石狮(库什和他的朋友有一次把这狮子的两颗蛋蛋都涂成了亮蓝色)。

"上车。"我说。他看起来都快冻僵了。实际上,他可能和这只狮子的遭遇差不多,冻得"蛋青"了。

"谢谢您,老大。"受到年轻人的尊重真不错。

我慢慢将车开到大门处。穿制服的警察告诉我,报警电话是十一点半打来的。"是个女人,听起来有点歇斯底里的。"她说有个男人在学校被杀了。警察立刻赶了过来,随即联系了刑事调查局。他也不清楚更多的情况了。他的长官让他在大门口等我来。

楼门是开着的。正常人都会明白,尸体肯定在楼上。这还用说。我告诉那个警察在大厅里等尼尔,随后三步并作两步地爬上了楼。

我直接往三楼霍兰德的书房走去,看到旋转楼梯处的克莱尔·卡西迪时,我并不觉得意外。她正坐在椅子上,看得出,这是随便从教室里拿出来的。一位女警正在她身旁忙碌着,还有一位我勉强能认出的警长正和一个高个子的男人说着什么,那人我从没见过。

随着我走近,他们都回过头来看向了我。那个叫德里克的警长开口对我说道:"考尔警长,你来得倒是很快啊。"

"我就住在附近,"我说,"克莱尔。好惊喜啊,会在这儿看到你。"

克莱尔抬头看着我。她的脸色十分苍白,她的眼睛却在睫毛膏和烟熏眼线的渲染下黑得深不见底,此刻她的眼神里有些狼狈。她这是为了谁做了这番打扮啊?这位高个子先生吗?

"是卡西迪小姐报的警,"德里克警探说明道,"说在楼上的房间里发现一位男性尸体,身上有明显被捅刺的伤口。"

"你们封锁现场了吗？联系犯罪现场调查组了吗？"

"联系了。他们正在路上。"

"我想先去看看。"

我爬上楼梯，看到台阶上那印着诡异脚印的地毯。太搞笑了。我曾无数次听说过这个房间，但一次都没有上来过。房门开着，书房里，一个男人坐在桌子后面。有那么一会儿，我还以为这是克莱尔之前跟我提到的假人，但随后我便看清了，那其实是里克·刘易斯。一把刀从他的胸前扎了进去，尸体已经出现了尸僵现象。我没有再向里走，不想破坏现场。

我走下楼，正看到尼尔来了。我听到他问克莱尔，要不要喝水。行啊，尼尔，你就继续吧，见到克莱尔就变殷勤。

我对德里克警长说道："死者名叫里克·刘易斯，是这所学校的老师。更多的身份档案在警局里。我们需要通知他的家属。"

"我马上去办，"他说，"还是说，你需要我留下来帮忙？"

"不用，没关系。我在这儿等犯罪现场调查组的人来就好了。我想先和目击者聊一聊。这些房间有开着的吗？"

"后面，第三个教室是开着的，"那位女警回答道，"我就是从那儿拿的椅子。"

"好的，"我说，"我和尼尔想要和卡西迪小姐谈谈。你能不能……"

"我是警员吉尔·梦露。"

"警员梦露。你能不能先陪这位……"我看着眼前的高大男人，对方开口道："亨利·汉密尔顿。"他的声音和我想象的不大一样，是北方口音。我寻思着，像是坎布里亚郡那边的。他穿着一双昂贵的鞋子，深红色的皮质。

我和尼尔将克莱尔带到了空荡荡的教室。

"我们要谈很久吗?"她说,"我得回家接赫伯特。"

"你女儿呢?"

"和她父亲在一起。"

所以你才有了个闲暇的周末,去见男朋友,我心里想。

"我们会尽快的,"我说,"但我们稍后会需要你再去一趟局里,问你一些别的事情。"

她将目光转向了尼尔。"可以给我一杯水吗?"

我叹了口气。鬼知道,在这种地方上哪儿去给她找水,或是找杯子。食堂现在肯定早就关门了,但尼尔出去一趟回来后,还是拿回了一瓶矿泉水。我猜应该是梦露警官的。克莱尔有些抵触地看了一眼,但还是凑上去喝了一小口。

"所以,"我开口道,"学校里一个人都没有了,你是碰巧在大半夜的时候闲逛到这里吗?"

听到这话,她立刻有些不满地看了我一眼,但还是冷静而平淡地回答说:"我想带亨利看看R.M.霍兰德的书房。"

"嗯,当然。"

"我们在奇切斯特吃了晚饭。当时就聊到了霍兰德。"

嗯,要真这么简单才怪,我心中暗自吐槽。克莱尔这一身的精心装扮,肯定不是为了畅快地交流什么读书心得。她穿着一件红色的大衣,但是在大衣里面,我可以看到轻薄的衬衫,和很多亮闪闪的首饰。她还穿了高跟鞋。我有些惊讶,她居然会为了和这男人春宵一刻,就这样莽撞地闯进学校。尤其是想到,她家里现在明明就一个人都没有,在家里上床不会更舒服吗?也许骨子里,她并不是那么冷淡吧。

"你是怎么认识汉密尔顿先生的?"我本来心里猜想的是通过网络,但她却说是在剑桥见到他的。他发现了一些R.M.霍兰德的信件，想着也许她会感兴趣。但这并不能改变一个事实，那就是她想要和这男人在无人的校园里发生点什么。

"你们到这里时有看到任何人吗？"我问，"门卫呢？"

"没看到，"她说，"我有学校大门的钥匙，不想吵醒戴夫。"

"行吧，但现在该叫醒他了。"我说着，在脑子里记下，待会儿下楼的时候要把这事交代给楼下的警察。我很惊讶戴夫居然没看到警灯闪烁。

"你们到这里之后，都做了什么？"我问。

"我们直接就到这儿来了，"她说"亨利想看看书房，我们爬上楼，然后看到……"她再次喝了一小口水，手不住地颤抖。

"你当时就认出那是刘易斯先生了吗？"

"是的。"她轻声道。

"你觉得杀掉他的凶手会是谁呢？有什么想法吗？"

她看着我，化着妆的眼睛瞪得大大的。"是他，是那个在我日记里留言的人。"

接下来我没有再问什么，因为我想回到警局之后，再做一个正式的审讯。我让克莱尔和梦露警官回家去遛狗，顺便给它喂食。尼尔和我则又与亨利·汉密尔顿聊了几句。他对整件事感到十分尴尬：甚至觉得一开始决定来见克莱尔都是不合适的，更别提半夜里溜进校园，还发现了死尸。我留下了他的住址，并询问了他今晚的住处。

"在布莱顿的皇家阿尔比恩酒店。"

又一张睡起来会更舒服的床。他们偏偏没有选。

"你现在就可以回去了，"我说，"但明天一早我们会需要你再配合我们聊一聊。"

"现在已经是早上了。"他说。

我看了看手表，已经快一点了。

"九点，你能来警察局吗？"我说，"温斯顿警长会把警局地址给你。"

"当然。"他说。亨利站起身，他真的高得离谱。他似乎想要说些什么，看着我和尼尔，不安地踟蹰着。

"克莱尔她……"他最终还是说出了口。

"她怎么了？"我也站起身来，虽然没什么用。

"你们看起来好像……你们不会是……不会是在怀疑她吧，是吗？"

"卡西迪小姐是案件重要的目击证人，"我说，"你也一样。"

他不置可否地笑了一下。"天啊，不，我对她没有特别了解，但是她非常……"

是啊，非常，我心里想着。

"你现在可以回酒店了，"我说，"趁还有时间，休息一会儿。过几个小时之后，我们再见。"

楼下那位警员名叫李·帕森斯，他找到了看门的门卫。戴夫·班纳曼看上去有五十岁左右，身上的衣服皱巴巴的，显然在被叫醒之前，他睡得正香（很可能是喝大了）。我问戴夫，他今晚有没有看到或是听到有什么人到学校里来。

"没有，"他说，"我最后一次巡逻是在九点。那时候一切都挺正常的。"

我知道，看门人都住在院子里的一间小屋里。我小的时候，曾有传言，说变态的皮特总用糖果引诱女孩子去自己的小屋。我们当时都当笑话听，还觉得有趣。

"九点之后你都做什么了?"

"看了会儿电视,喝了一瓶啤酒。"

是三瓶吧,我想。

"看了什么节目?"尼尔问。

"网飞上的东西,我不记得了。"

这就是现在的电视节目的麻烦之处。过去,你只要根据这人看的节目的进度,就能推测出来他的大概行动轨迹。现在的电视机机顶盒还有网飞把这一切都毁了。

"你知道克莱尔·卡西迪有学校的钥匙吗?"我问。

他点了点头。"知道,她周五有排练,结束后她是最后一个走的,所以是她锁的门。"

"她锁门之后,不应该把钥匙还给你吗?"

戴夫耸了耸肩。"严格来说应该是这样,但人们一般都等到周一再还回来。"

这所学校的安保也是差得没话说。我会和托尼·斯威特曼校长说一说这事的。

"你上次见到你们学校英语部的负责人里克·刘易斯是什么时候?"尼尔问道。

戴夫眨了眨眼睛。"为什么这么问,他……"

"请回答我们的问题。"

"我觉得可能是周五吧。我记得那天看到他下班离开。对,没错,他是最后走的几个人之一。他走之后,就只有卡西迪小姐和帕尔默小姐了。她们两个在剧团排练,今年要演《恐怖小店》。"

"斯威特曼先生呢?"校长应该是最后一个下班的吧?就和船长一样,要与自己的船共沉沦。

他发出一声轻笑。"他早就走了,肯定是急着要去哪儿度假呢。"

"谢谢你,班纳曼先生,"我说,"我们明天还需要你提供一份正式的声明,但目前这些信息就够了。"

帕森斯警官将门卫送了出去。我和尼尔坐在空荡荡的教室里看向彼此。

"你怎么看?"尼尔说,"是同一个凶手吗?现场还有字条吗?"

"我没看见,"我说,"如果有的话,犯罪现场调查组的人会找到的。但我觉得就是同一个人,又是捅杀。而且他在克莱尔的日记里说过,他还会杀更多的人。"

"你觉得凶手就是那个在克莱尔日记里留言的人?"

"不然就是克莱尔本人。"

"笔迹都不一样。笔迹学专家是这么说的。"

"她也不确定,"我说,"他们永远都不确定。在法庭上这种说法站不住脚的。"

"你觉得是克莱尔把里克捅死了?然后再带一个美男子回到犯罪现场?"

"美男子?"我说,"你活在哪个年代啊?"

"他确实很帅啊,"尼尔说,"但我不太信这个人。"

"这有可能都是她一手策划的,"我说,"让我们以为她溜进来就是为了寻刺激,用这个来分散我们的注意力。"

"但是为什么呢?"尼尔说,"为什么不直接让那个倒霉的门卫在周一的时候发现尸体呢?"

"问题是他会去那上面吗?"我说,"我看里克尸体的样子,应该在那椅子上坐很久了。"

尼尔夸张地打了个冷战。"但是克莱尔为什么要杀里克?"

"我们都知道里克对她有意思,还跟踪她。也许克莱尔就是想给他个教训吧。"

"她为什么要教训他?"

"正常,她是个教师啊。"我说,"走吧,我们回警局问问她。"

我们一起走到主楼梯口,正碰见犯罪现场调查组的人,他们穿着臃肿的白色防护服爬上了楼。

25

我和尼尔两个人一起对克莱尔·卡西迪问了话,唐娜一直在双向镜后方看着。克莱尔已经换上了一条牛仔裤和一件厚厚的海军蓝外套。她将妆容也全部洗去了,但我怀疑,她是不是又给自己涂了一点灰色的眼影,好让她看起来有种憔悴的娇弱感。也许是我想太多了,这么揣测她并不公平。

我们很谨慎地问了她一些问题。我问过她需不需要律师陪同,她说不需要。她看起来确实很平静,坐下来之后还把椅子拉开了一点,离我们远了那么几厘米,似乎是想控制一下空间上的距离。我们给她拿了一杯热饮,不过她自己也带了一个水瓶,那种环保材料的。她的一只手紧紧地握着水瓶。

我先是对供词录音说明了我和尼尔的身份,随后我便要求克莱尔讲述昨晚她的行程。她说起了如何为约会做准备,遛狗,然后在餐厅和亨利·汉密尔顿碰面。她回忆起两个人都吃了什么,并说是汉密尔顿付的账。

"是谁提议去塔尔加斯中学的?"我问。

"是他,"克莱尔说,"我们当时在聊R.M.霍兰德的书房,他说很想去看看。我最开始还以为他是在开玩笑。"

"但你们最终还是去了,"我说,"你们大半夜的闯进学校,不惜违反所有健康和安全条例。为什么?"

她微微耸了耸肩。"我不知道，或许我当时以为那么做会很浪漫，像是一场冒险。"

"浪漫？"我说，"什么意思？"

她的大眼睛瞟了我一眼。"有些时候，破坏秩序让人兴奋。"

"你当时有打算和亨利发生关系吗？"如果她说是，那么将来在法庭上，她的形象就会变得非常难看。陪审团们不喜欢女人有性生活。

"我什么都没打算，"她说，"我只是单纯觉得或许会很有趣。"

"有趣？"

"行吧，"她说，"显然我想错了。"

我看了尼尔一眼，他立刻会意，换了个问题。"你最后一次见到里克是什么时候？"

"星期五，在学校，我正把乔吉送到她父亲手里。按你们说的，我们最近一直特别小心。我回办公室上楼的时候，碰见里克正下楼。他问我晚上是不是还要留下排练。我说是。他说他要回家了，于是我祝他周末愉快。"

只是他并没有直接回家，我想。戴夫·班纳曼说过，他是最后几个离校的人之一。

"他看上去状态如何，与平时相比？"

"就那样吧，挺正常的。当然，埃拉的死还是让每个人都很难过。"

她停顿了一下，似乎是想起来，很快大家又会为另一起死亡事件难过了。永不安宁的英语部啊。

"你看到里克的尸体之后，"我说，"都做了什么？"

"我叫出了声。亨利就在我身后。他一开始还不知道发生了什么。我跟他说过假人的事,他或许是以为我被假人吓到了……他……"

"你们进房间里面了吗?有没有碰过什么东西?对我们现场调查工作来说,知道这一点很重要。"

"我想我们应该是进去了。是的,我碰了里克的手。他的身体当时已经凉了。那时候我才知道,他已经死了。"

"亨利呢?"

"他好像也进来了。我不记得了。"

"后来呢,你们又做了什么?"

"我当时手里拿着手机。因为之前用了手机里的手电筒软件照明。所以我直接报了警。我没有你的名片,所以没能直接打给你。"

"没关系的,"我说,"在等警察来的这段时间,你们做了什么?"

"亨利说我们应该在大门口等他们。我们应该把门敞开等着。但我当时只想逃出那间屋子。"

"警察多久之后到的?"

"差不多是我们刚到楼下,他们就到了。于是我们再次上楼,指认现场给他们看。当时我觉得有点晕,那个女警察就给我找了把椅子。然后你就到了。"

审讯室里并没有窗子,但我还是别过脸,看向一旁,似乎是在欣赏风景,随后问道:"是你杀了里克·刘易斯吗?"

"不!"她几乎是喊出来的,但同时也像是一位老师在呵斥自己的学生,怎么敢问出这种问题。

"他最近还在骚扰你吗?"尼尔问,听起来很真挚地同情着她的遭遇,"在你们家附近转悠、纠缠你?"

"没有，那都是好久之前的事了。还是春天的事。"

"在你的日记里，你说你嫉妒埃拉和里克，"我说，"你现在还有这种感觉吗？"

"我从来没有那种感觉，"她说，"我都忘了我写过。那种感觉只有那么一会儿。日记就是这样的，记录当时稍纵即逝的感觉。根本没有那么严重。里克只是我的同事，仅此而已。"

"你喜欢他吗？"

她犹豫了片刻，随后说道："喜欢。他是个不错的领导，也是一个很优秀的老师。他真的关心孩子们。"这是第一次，她的声音颤抖了。

"你觉得会是谁杀了他，有想法吗？"尼尔问。

"我说过了，就是那个在我日记里留言的人。他说过，'我已经结果了一个这样不识好歹的东西。我会把剩下的那些人全都干掉，就像是一头饥饿的凶兽。'"

"你一字不差地记下来了。"我说。

"我很擅长记这些引用。再说，这种事对谁来说都很难忘记吧。"

"那你觉得，会是谁写的这些呢？"

"我不知道。"她说，语气有些厌倦。

"审讯暂停。"我对着话筒说道。

"他们昨晚在学校的时候，有什么可疑的地方吗？"唐娜说，"会不会是她杀了里克？"

我们向唐娜匆忙地汇报了一下情况，与此同时，克莱尔正在休息。

"汉密尔顿也是个证人,他们两个一起发现了椅子上的死尸。"我说,"当然,也可能是她提前就杀了他。不过还得等法医验尸之后,才能确定死者的死亡时间。"

"你真的认为是她杀了里克?"尼尔问,"为什么?"

"她日记里写的那些,她是真的很烦里克。"我说。

"你也总觉得我烦,"尼尔说,"但你不会想要杀了我啊。"

啊,动机和时机,犹如同床异梦的情侣,诡谲多变。但尼尔说得也有道理。很难想象,克莱尔会杀掉里克,仅仅是因为几个月之前里克对她有过想法,或是因为他给她安排了更多的工作。

"明明看起来是个很冷淡的人,"唐娜说,"她真打算和男朋友在学校里瞎搞吗?在明知道他们学校发生了这么多烂事儿之后,她还有这个闲情逸致?"

克莱尔再次回到了审讯室,我们透过双向镜看着她。她坐在椅子上,双手抱住手臂。她并没有像大多数受审讯者一样,坐立不安,或是不停地看手机。她只是直直地看着前方,表情莫测。

"也许就是因为惊险,所以才觉得刺激吧。"我说,想着我唯一一次打算在空教室里寻欢作乐的经历。"我不认为是克莱尔杀了里克,但不管怎样,她都是案子的关键。毕竟,那些留言都是在她的日记里出现的。"

"除非那些都是她自己写的。"唐娜说。

"笔迹学专家说是出自其他人之手,"我说,"很可能是个男人。"

"总之,她身上肯定有些东西不对劲。"唐娜说。

* * *

九点钟的时候，我们和亨利·汉密尔顿进行了面谈。他对于昨晚的事也没有更多补充，但当尼尔问他，是不是曾想要和克莱尔发生关系时，他给出了肯定的回答。除了这个以外，再没其他的线索可以将他和案件联系在一起了。他没见过里克，昨晚也是第一次去塔尔加斯中学。

我们联系了托尼·斯威特曼，正值周末，他在度假滑雪，你能想象吗？显然，他们"在安纳西附近有一栋小木屋"，而且"今年雪下得早"。我告诉他，要他马上回萨塞克斯来，而且学校明天需要停课，很可能要停一周。

"这事我要先联系学校的理事。"

"那就联系。"

他有些懊恼地低吼了一句。"发生这种事，我们就算是完了，我明明做了那么多努力！"

这男人真是个混球。从某种程度上说，我甚至觉得有点可惜，在里克被杀的案件里，这厮有完美的不在场证明。

里克的妻子前来指认了尸体。家庭联络官还陪在她身边，但我和尼尔想尽快从黛西·刘易斯那里了解情况，最好今天下午就能和她面谈。中午的时候，我们两个都有些撑不住了。尼尔出去买了汉堡和薯条，我们坐在唐娜的办公室里吃了起来。

"我们需要对媒体发一份声明，"唐娜说，"《先驱报》的人已经给我打电话了。昨天晚上人们都看见警灯了。"

"推特上也在说这事儿，"尼尔说着，划着他的手机，"出什么事了＠塔尔加斯。我的母校就是个垃圾站。"

"谁发的这个？"我问，越过尼尔的肩膀看向手机屏幕。

"一个叫'狐狸女士'的。"

"说了跟没说一样。"

"我们就说,发现了一具男尸,"唐娜说,"警方正在调查。不要与埃拉的案件扯到一起。"

"用不着我们说,人们自己会扯到一起的。"我说。

"啊,这个好。"尼尔还在看推特回复,忽然开口道,"也可能是塔尔加斯鬼魂现身索命♯白衣女子。这是'大麦克'发的。"说完,他笑出了声,随后咬了一口汉堡。

我在牛仔裤上擦了擦手,拿过了他的手机。"有人回复了。白衣女子给自己报仇了。"

"这是谁说的?"尼尔问。

"卡特先生。"

加里·卡特蠢得连改个名字都不知道。

26

下午三点，我们去见了黛西·刘易斯。路上十分安静，似乎所有人都躲在家中享受悠闲的午餐，那是精心调配过的周末盛宴。

"烤牛肉。"尼尔说。

"印度咖喱鸡。"我说，想让他喘口气，省省力气。"这是现在全国最受欢迎的菜。"

"我妈做的约克郡布丁才是人间极品。"尼尔忍不住怀念起来，"凯丽做得就差远了。"

"你为什么不自己做？"我说，"凯丽自己还不够忙吗，她不是还得照顾莉莉吗？"

"我做饭啊，"尼尔说，听起来有点不高兴，"我敢打赌，肯定比你做得多。"

"你说得对。"我说着，探头穿过肖勒姆的另一条后街，试着找一个停车位。"但我后来醒悟了，所以回家和我妈一起住了。"

最终，我在图书馆外面找到了一块空地。那边有一条弯弯曲曲的小路，能直接通往埃拉的住所。这让我有些惊讶，两位被害人住得这么近。

开门的是家庭联络官，一位名叫玛吉·奥哈拉的女性，她看起来很面善。我们稍后也会找她聊聊。家庭联络官们通常会在被害人家属最脆弱的时候陪伴在他们身边，一般来说，这种时候总会有一些有价值的发现。玛吉将我们领进了宽敞的厨房，厨房里有一个老式烤炉和一张擦洗得干干净净的木质餐桌。我打量着厨房的样子，心里想着，这是家庭厨房，最后又想起来，刘易斯一家并没有孩子。黛西和另外一个女人此时正坐在桌边，看样子，那女人应该是黛西的双胞胎姐妹。

"这是我的姐姐，劳伦。"黛西开口道，"她能留下来陪我吗？"

"当然，"我说，"我很抱歉，刘易斯太太。"

她只是深呼了一口气，当作回应，然后用一张已经湿了的纸巾擦拭眼睛。

"玛吉说，现在你也许可以回答我们一些问题。"我说。

"玛吉真的很贴心。"黛西说着，有些茫然地看了周围一眼。

"那就好，"我说，"我知道这很不容易，黛西，但我们想要尽快抓住犯案的凶手，所以我们只能分秒必争。不管你记得什么，对我们来说都至关重要。"

这些场面上常用的说辞意外地起了效果。黛西坐直了一些，将纸巾放到了袖口里。劳伦问我们要茶还是咖啡，我和尼尔都选了咖啡。我不知道尼尔是什么情况，但我真的太累了，眼皮已经不听使唤了。

"你最近一次见到里克是什么时候？"当饮品端上来之后，大家都围坐在一起，像是在开茶会。我觉得是时候开始了，于是开口问道。

"昨天，"黛西说，"我们刚看完《舞动奇迹》（毫不意外的答案），打算再看一部BBC四台播放的瑞典电影，这时候里克接了一通电话，然后说他得回学校看看。"

"在周六的晚上吗？"我问，"平常会有这种情况吗？"

"不会,"黛西说,"他之前周末偶尔也去学校加过班。那都是准备接受上面视察或是有别的任务的时候。没有这种突如其来的情况。他接了个电话,然后就说他要去学校。"

"你知道电话是谁打来的吗?"

"我以为是托尼,他们校长。"

可托尼当时并不在这里,他远在别处滑雪逍遥呢。"电话里是男人的声音吗?"我问。

"我没听见,"她说,"但我觉得是的,好像里克还说了'他'之类的。"

但是鉴于里克这人的行经,我倒觉得这事不一定。

"然后又发生了什么?"

"他亲了我一下,说了再见,然后拿起车钥匙就走了。他说可能会很晚回来,那时候我或许都已经在床上了。然后我……"她的表情忽然变得悲伤,"然后我就被电话吵醒了……"

劳伦轻轻地拍着她的肩膀。"没事的,黛西。没事。"

里克·刘易斯的车确实停在了塔尔加斯的停车场。也就是说,他当晚的确去了学校。打电话给他的人是谁呢?《舞动奇迹》结束的时间差不多是在八点,克莱尔和亨利是在十一点到学校的。这中间有三个小时,有人在这段时间里杀掉了里克,然后又把他的尸体放到了霍兰德的书房。我并没有在房间里看到明显的血迹,这就意味着,霍兰德的书房并不是第一现场,里克是在别的地方被杀害的。里克·刘易斯的个子很高,虽然很瘦,但要拖着他的尸体爬上那个旋转楼梯并不容易。一个女人可以做到吗?若真是克莱尔,她是不是用了什么手段?克莱尔与亨利约定的晚餐时间是八点半,这么说的话,她是有时间先一步来到塔尔加斯的,在那里杀了里克,然后再赶到奇切斯特,可是这也太扯了。

更别提她那身衣服，怎么可能一滴血都没沾上。

"接电话的时候，里克的反应是什么样的？"尼尔问。

"没什么特别的，可能有点不耐烦。毕竟是周末，但他还好。他亲了我，说了再见。"她再次说起这句话，似乎是为了证明什么，或许这确实能够说明什么。

"黛西，"我说道，前倾身体，"我们现在有种推论，里克的死或许和埃拉·埃尔菲克的案子有关。关于埃拉的事情，在你看来，里克有过什么不寻常的反应吗？他有没有提过，有人因为这个案子找过他之类的？"

"找过他？"

"写信给他，或是打电话，发短信什么的？"

"没有，"她摇头，"埃拉的事情他很伤心，这也正常。她是他们部门最好的老师。但关于她的死里克是什么都不清楚的。"

她的反应有点意思，因为这根本不是我问的问题。

"里克和埃拉的关系怎么样，相处得还好吗？"我问。

"他们两个之间什么事儿都没有，里克没有外遇。"黛西说，"你要是想问这个的话，我只能这么告诉你，都是那个贱人的错。"

"埃拉？"

"不，另外一个。克莱尔·卡西迪。她一直对里克有想法。"

这里离我家很近，我本可以直接回去的，但尼尔还在，我不得不先送他回警局。到了警局之后，我想着，要不把克莱尔的日记也拿回去看看吧。犯罪现场调查组的人已经检查过日记了，而且，如果克莱尔真的是案子的关键所在，那么花时间读读她内心深处的想法就是最好的调查。黛西·刘易斯将里克的死怪到了克莱尔的头上，而没有责备埃拉的意思，这让我有些意外。她甚至直接称呼克莱尔是"贱人"，对黛西来说，能说出这种话已经是非常过火的表达了。很显然，克莱尔就是有这种让人情绪翻涌的能力。

我慢吞吞地开车回到了家，我能感觉到自己已经筋疲力尽，像是喝醉了一样，有些晕眩。进家门之后，我看到母亲正在厨房里忙活，像往常一样准备食物，她身边还围着凯安和阿莉莎。我知道，阿比德和察拉又把孩子扔给母亲照料了，他们这副甩手掌柜的做法总让我觉得恼火，但另一方面，能看到我的侄子和侄女也蛮好，尤其是这两个乖巧的小家伙。

"哈宾德姑姑！你又去抓坏人了吗？"

"你今天杀人了吗？"

"很可惜，没有。"我在桌子旁边坐下，开始吃东西。妈妈的餐桌上总是有吃不完的零嘴，让我们能在吃正餐之前打打牙祭：煎饺、咖喱沙司、飞饼，还有我最爱的全麦煎饼。

"你爸爸和妈妈呢？"我问阿莉莎，她正爬到我的大腿上坐下。她才五岁，还会这么亲人。凯安已经七岁，不再像之前那样喜欢随时黏在大人身上了，不过此刻他也打起了"太极"，一心想要吸引我的注意。

"去电影院了，"凯安说着，又比画了一招，"这是他们的约会夜。"

"这样保持浪漫也挺好的，"妈妈说着，手中锅铲翻飞，一番煎炒烹炸，"就两个人在一起，不围着孩子转。"

"他们去看《东方快车谋杀案》了，"阿莉莎告诉我，"小孩子们不能看。"

"听起来没什么不能看的呀,"我说,将她从我的腿上放下去,然后站起身,"现在我得走啦,我还有很多工作要做。"

"你昨晚一夜没睡,"妈妈说,"歇歇吧,和孩子们玩玩电脑游戏什么的。"

"好耶!"凯安喊道,"玩《侠盗猎车手》!"

"小孩子们也不能玩这个,"我说,"好啦,咱们还是去书房里看电影吧。"

与孩子们一起看《哈利·波特与密室》的时候,我沉沉地睡了过去,又在有人用尖利的牙齿捅刺一本日记的时候醒了过来。血和墨水混杂在一起在纸张上晕开的样子令我有些不适,但阿莉莎和凯安似乎一点也不介意。也许是因为爸爸也在书房,这时候正扮演他最拿手的"抓痒怪兽",三个人闹成一团,把房间闹了个底朝天。我任由他们嬉闹着,悄悄上楼,回到了自己的房间。

我将公务包放在床上,坐在了椅子上,现在睡觉肯定是醒不过来的,我要保持清醒。克莱尔的日记已经标记好了,姓名克莱尔·卡西迪,年龄四十五岁,在翻阅她的秘密日记之前,我得先打个电话。

"你好?"加里的声音有些不耐烦,虽然他肯定在来电显示里看到我的名字了。

"你好,加里,怎么样,还好吗?"

"还可以。学校里出什么事了?你是因为有什么事才打给我的吗?"

"算是吧,"我说,"我看到你在推特上的发言了,白衣女子那条。"

电话那头一阵沉默，随后加里说道："我不知道你也用推特。"这句话让我很想笑，他到底在想什么，这跟我们正在谈的事情一点关系都没有。

"我没有用推特，"我说，"我爸妈倒是用，是我的搭档发现的，"我飞快地补充了一句，"你应该知道的吧，警察也会关注这些东西。"

"但我又没说错什么。"

"确实没有，但你说的那句话是什么意思，白衣女子复仇了？"

又是一阵沉默，他久久没有说话，我只能听到沉重的呼吸声。"我是说……如果学校里死人了……"

"谁告诉你死人了？"

"人们都这么说的，"加里说，听起来有些慌张，"说学校里有人被杀了。"

"是谁说的？"

沉默。

"够了，加里。你必须得告诉我。"

"教体育的同事，艾伦。"加里最终说道，"他从戴夫那儿听说的，学校那个看门的。他们星期日的时候一块儿踢球了。"

没想到戴夫那个样子居然还能踢球，这让我有点意外，但我随即想到，我时不时会在公园里看到臃肿的身影，他们都穿着运动服，有一次我差点儿想要叫救护车抬走一个。

"他不应该说这些。"我说。

"我没给他惹麻烦吧？"

"没有，"我说，"消息很快也会发布的。"

"所以是真的？"加里的声音忽然压得很低，但我不用想也知道,他周围并没有其他人。"里克·刘易斯被人杀了?"

"我不能告诉你这种信息。"我说。当然,这种说辞本身就传达了某种信息。

"天啊。"像是一粒石子投入水面,激起波纹。

"所以你是什么意思?"我问,"白衣女子复仇了?"

"嗯,就是个传说,你没听说过吗?只要快死人了,白衣女子就会出现。你肯定记得。那次我们看见她,然后就——"

"再见,加里,"我立刻打断他,"以后在社交媒体发言的时候多注意点。"

27

第一次见鬼的时候,我们两个只有十五岁。那天我们很晚才离开学校,因为加里要和他的乐队排练。一群十一年级的孩子混在一起,毫无天赋,徒有一把吉他和对托尔金的狂爱。乐队的名字叫"博罗米尔兄弟"。有一种女生,会在男朋友排练的时候贴心地待在一旁,可惜我不是那种女生,所以我就去了图书馆,当时图书馆还在老楼那边。图书管理员叫什么名字来着?麦肯齐小姐,对,她是个特别可爱的老太太,她很喜欢我。可能因为我是唯一会读那些古老书籍的人,那些皮面装订的书,上面有褪色的镀金字体:狄更斯、柯林斯、盖斯凯尔夫人、特罗洛普。我那时特别喜欢詹姆斯·赫伯特,但我没告诉过麦肯齐小姐。

我坐在图书馆里,做着历史作业。在图书馆感觉比在家里要舒服些。那段日子,我自己的卧室又小又挤,库什和阿比德住一间大卧室,就是我现在的房间。而且家里总是人山人海,吃着妈妈做的饭菜,说着旁遮普语,因为背井离乡哭个不停。再有,如果爸爸在家的话,还时不时会让我去店里帮忙。

老图书馆里总是这么安逸,高高的书架直达屋顶,巨大的落地窗面向田野。还有靠窗的座位,我整个下午都窝在那里,沉浸在恐怖故事的世界里。现在的十一年级学生的图书馆可是糟透了,塑料的沙发,书本传送带,还有带着保护书皮的图书。老图书馆是有历史的,你可以从墙壁和地板中感受到,宽敞的、粗糙的地板像航海船只的甲板。

图书馆在六点钟关门。当时已临近圣诞节,六点钟的时候外面的天已经黑了。还有五分钟到六点的时候,麦肯齐小姐会把自己的毛线团收好(她的毛线团永远织不完,还总是粉色或是蓝色的,会是给谁织的呢?),然后检查室内的各个角落,看看有没有某个调皮捣蛋的学生藏在窗帘后面。

"该走啦,哈宾德,"她说,"加里还在地下室制造噪声吗?"学校里的事情都逃不过她的眼睛,比如谁跟谁好了。

"应该是吧。"我说。

但加里却出现在了走廊,拿着他的吉他背包。我和麦肯齐小姐道了别。

"再见,哈宾德。再见,加里。早点回家,别乱跑。"

但我们并没有早点回家,而是偷偷来到了二楼的走廊,想找一间空教室待着。那段时间我们热恋着彼此,现在回想起来只觉得难以想象。我想,或许在那时候我就对男性有种迟疑吧,但还是决定要试一试。加里当时则一心只想给自己破处。

最终我们找到了一间空教室,一个很奇怪的房间,最初可能是用作卧房的。房间里有一个小的锻铁壁炉,壁炉上有罂粟花和树叶勾勒的精巧图案。离里克·刘易斯被杀的那个房间近吗?我无法想象,可能吧。

气氛变得焦灼,我的内衣已经被推上去了,他把手伸进我的裤子。我们读书的时候,女生还要穿裤子,现在的女学生都穿裙子了,这是个进步。就在那时,发生了一件诡异的事情。整个房间突然变得很冷。但不仅仅是冷,还有一种与世隔绝的感觉,像是在夜里吹过河口的风,阴冷孤寂。我感觉自己的生命能量被夺走了，好像我再也无法感受快乐了。我们两个不约而同地分开了。我拉下自己的内衣，加里拉上了裤子的拉链。我们都没有说话，只是拿起自己的东西离开了房间。

我们沿着走廊出去，我记得加里的吉他盒子在行走间还撞到了我的腿上。变态皮特最后一次巡查校园后，学校的灯一盏接一盏地熄灭。然后，有什么东西从我们的身边飞了过去。很难描述那是什么。后来我想起来了，那或许是一个穿白裙子的女人，但加里说更像是一阵风，黑色的平淡的风。但是我能确定，那种刺骨的寒冷，还有恐惧，似乎都是这东西身上带来的，这个恶灵。我们听到那东西似乎撞到了楼梯的护栏，发出"啪"的一声，然后是一阵刺耳的尖叫。我从来没听过那种让人心神震颤的可怕叫声，以后也不想再听到。

我和加里立刻跑了起来，被恐惧驱使的我们什么都不知道了。我想，那时候的我们对彼此并没有什么不离不弃的深情，若是其中一个人被恶鬼猎杀了，另外一个一定会毫不犹豫地跑掉。因此当时我们心里只有"逃跑"这一个念头。我们飞快地跑下楼，从正门飞奔出去，接着冲向学校大门，而皮特正在给大门上锁。

"你怎么还没回家？"

他那熟悉的、恼人的声音响起，将我们两个拉回了现实。我们嘟囔了一句晚安，随后走向公交车站。那时我们身边并没有别人，但两个人还是压低了讲话的声音。

"是她，"我说，"R.M.霍兰德的妻子。那个穿白裙子的女人，从楼梯上跳下来那个。"

"那不是个女人，"加里说，"我根本都不知道，那算是个什么东西。"

"那个叫声,"我说,"你觉得还有其他人听到吗?"

"我不知道。"加里缩成一团,痛苦地用夹克裹紧自己。

"看到白衣女人,"我说道,"就意味着,有人要死了。"

"可别。"加里说。

我们站在那里,不再说话,我的公交到了,我上了车。那天我们甚至都没有吻别。而且我们都知道,这短暂的激情浪漫结束了。两天后,我们听说一个叫苏·布莱克的三年级的孩子,经过长久的疾病折磨之后,死于白血病。学校里弥漫着忧伤和一丝好奇,接着便有人提起白衣女人的传说,可我和加里却闭紧了嘴巴,没对任何人说起我们的经历。

我们再也没有提起过那天晚上发生的事情,直到今天。

28

我随意翻开了克莱尔的一本日记。

"并不是说我不爱西蒙,我爱他,只是我想要的不止这些。我爱我的工作,而且这是我擅长的事情。只有上帝知道我有多爱乔吉(现在的她好乖,好可爱)。但我想到西蒙的时候,我发现他不再是最重要的那个。婚姻之爱难道最终都会成为母爱的牺牲品吗?这并不仅仅是关于我和西蒙两个人。我只是不想让这一生白活,我想要做些什么,成就些什么……"

天啊,我觉得我读不下去了。我看了看日记上面的日期,二〇一〇年三月三日。算起来的话,克莱尔和西蒙会在两年后离婚,而乔吉,当时又乖又可爱的乔吉只有八岁。我决定看看距离现在更近一些的日记。

二〇一七年九月十一日,星期一

里克真的开始让我炸毛了。这已经是这学期的第二周了,他还是没有把课表调整好。埃拉的普通中等教育证书考试计划已经侵占了好多时间,但他什么都不说。难道他对她还是念念不忘？也不是没可能。他看起来比之前更忧愁了，不修边幅，垂头丧气。他对我的那点儿心思倒是没得很快。那是因为我很直接地拒绝了他，没有给过他任何希望。埃拉却没有。我是不会和一个已婚男人上床的。显然埃拉就没有这种顾虑。

每次都要替埃拉干很多活儿，我已经干够了。埃拉的职位应该是我的，里克心知肚明。

我拿出了自己的笔记本，开始记录时间线。七月的时候，埃拉和里克睡在了一起，九月的时候里克对这段婚外情还是念念不忘，克莱尔对此颇为鄙夷。我又翻了几页。

九月十五日，星期五

太好了，这周终于要结束了。埃拉还是没做完考试预测。我问她，她就说会做的，然后还笑我"你太操心了"。接着她又说，周六的时候要和布若妮·休斯出去玩。"是你们的女巫集会吗？"我知道我的语气听起来有些酸。"算是吧，"她说，"我们要在奇切斯特的帕帕乔治召唤亡灵。""那希望你们一切顺利。"我说。

帕帕乔治是克莱尔和亨利周六约会的地方。我记了下来。同时，日记中的另一个名字引起了我的注意。布若妮·休斯？

人们为什么要这么做？为什么要把自己的希望、恐惧，夜复一夜地在无人的剧院演绎？克莱尔有个习惯，就是在日记开头用很多书中的引用。她为什么要这么做，她是不是想象过，有一天自己的日记会在第四频道里播出来？有些时候，她甚至会特意花心思写这些引用,好像她在写第六学级学院的文章。"真相总会大白于天下"——威尔基·柯林斯《无名氏》。为什么,这些日记明明不会再有除了她之外的第二个人看,她为什么要如此遣词造句?"婚姻之爱难道一直都会成为母爱的牺牲品吗?"她这是在问谁?还有那些对话,用了那么多引号:"那希望你们一切顺利。"读起来跟网络小说一样,那种你在机场随手买来打发时间的东西,没等空乘人员讲完乘机注意事项,你就觉得厌烦了。

我将日记翻到埃拉·埃尔菲克被害的前一天:

十月二十日,星期五

今天学校里很忙。终于在期中之前结了课。我有些后悔,如果没答应今晚和埃拉还有德布拉出去就好了。但怎么说呢,我还是很高兴我答应了。我们一起去看了《银翼杀手2049》。我记得第一部电影上映时,我特别喜欢,但今天这部却太无聊了。这些年我对电影的包容度真的是越来越低了。电影的前三分之一我还在坚持,但后面的部分我基本上是睡过去的,醒来的时候,正看到瑞恩·高斯林在雪地中缓缓地走向一个飞机库。看完电影后,我们去皇家橡树餐厅吃了饭。一开始,埃拉里克长、里克短地讲个不停。而德布拉不仅不阻止她,还在一旁煽风点火地鼓励她——"你把他迷坏了"之类的话讲个不停。我很恼火。幸运的是,埃拉终于察觉到我的异样,换了话题,聊起了《舞动奇迹》和学校的事,还聊起了德布拉,讨论着她是留长发好看,还是梳短发好看。总的来说,是个愉快的夜晚。

我到家时,乔吉还没有回来。十一点左右的时候,她终于回来了,泰将她送到了门口,他表现得也很有礼貌,似乎还是有些骑士精神在的,这我得承认。不过他是个成年男性,不管乔吉多开心,她依旧是个孩子。我是在嫉妒乔吉吗?我在嫉妒埃拉吗?天哪,停下来,不要再想了。

接下来并没有二十一日和二十二日这两天的日记,这两天是周末,埃拉被害的时间。但在二十三日周一的时候,她又记了好几页日记,这篇日记的字迹有些潦草,看得出她有些心神不宁。

二〇一七年十二月二十三日 星期一
埃拉死了。里克告诉我的时候,我根本无法相信。

克莱尔听起来确实很震惊,但在这页最下方,当里克说他很抱歉的时候,她是这么写的:"他说他很抱歉,天啊。"她为什么要这么写?难道她认为,里克对埃拉的死是有责任的吗?但如果她怀疑里克的话,她会在日记里直接写出来的,这毕竟是她的日记,不是吗?克莱尔还写了一些别的,说里克告诉她,黛西以为警察们要逮捕他。有意思。她当时一定发觉了我们对里克的怀疑。

我接着读了下去,想看看克莱尔是怎么想我的。

当我下班回来的时候,警察已经在我家门外等着了。我认出了他们的车,就是我昨天在塔尔加斯的停车场看到的那辆。这让我很紧张。车里有两个警长,一男一女,就像电影里一样。那个女人叫考尔,是个印度人,个子不高,并不难看,但故意摆出一副无趣的样子,似乎不向我问个清楚就决不罢休一样。

哈哈，原来我的无趣是故意装出来的，我一定得把这个消息告诉唐娜。除此以外，她用来描述我的第一个形容词（看吧，卡斯卡特小姐）居然是关于我的种族特征，"印度人"？还说我"并不难看"，我很生气，不是因为她对我的描述，而是对于她的这些描述，我丝毫感觉不到被冒犯了。况且，这种种评价是出自魅力四射的克莱尔。但她算老几，凭什么说我矮？并不是我长得矮，是她长得太高了。原来她在我们找上她之前就注意到我们的车了，就在我们去塔尔加斯中学那天。但是她为什么要紧张呢？

之后，她又写道：

我一直在想早前来找过我的那两位警长，考尔和温斯顿。他们并没有什么敌意，但也不怎么友好。"多数凶杀案都是熟人犯罪，"考尔说过，"而且我们有理由相信，埃拉的案子也是如此。"

他们在怀疑谁？

是啊，究竟是谁呢？

我将克莱尔的日记大概翻了一遍，但那神秘的手写留言只出现过两次，第一次是在海斯培训那篇日记后。手写的内容只有短短一行：你好，克莱尔。你不知道我是谁。然后就是较长的那一条，在十月三十日的日记后面：

来自挚友的问候。我要说说这几页有趣的日记（我刚刚读完）。

我看着这段文字。字体瘦长,像是意大利花体。微微倾斜,这意味着什么?笔迹学专家贝拉说过,这"很有可能"是一个男人的笔迹。但我却看不出来她这么判断的依据是什么。这些字迹看起来确实有点古板,但也许是文字本身的影响:

有上百页。我可以摸着我的良心说,每一页都让我着迷、惊喜、欢欣鼓舞。
令人钦佩的女人!

但克莱尔说过,以上都出自威尔基·柯林斯的书,这番引用结束后,才是这个陌生人要说的话。

但是克莱尔,并不是每个人都如我一般,懂得欣赏你。虽然这么说让我心碎,但确实有人在和你作对。我已经结果了一个这样不识好歹的东西。我也会把剩下的那些人全都干掉,就像是一头饥饿的凶兽。

他说的这些和克莱尔作对的人指的是谁?我重新读了克莱尔十月三十日的日记。现在再看克莱尔的笔迹,比这个陌生人的笔迹要更加圆润松垮,还有些令人不舒服的回旋连笔。

二〇一七年十月三十日
真是糟透的一天。早上的晨会上,里克通知我,以后由我来负责会考班。更麻烦的是我还要接手埃拉之前负责的剧目排练。我讨厌音乐剧,而且这种感觉让人很不舒服,就像是我侵占了埃拉的领地。爬上她的坟头,人们都这么形容,对吧？里克却一点都没觉得这有什么不合适。他脑子里只想着他整个部门的工作。我现在真的有些恨他。埃拉刚刚去世，他就强迫我接手她所有的工作，丝毫没有考虑到我的感受。我作为埃拉最好的朋友，心里会多难过。想想曾经，他还当众对我表达爱意，现在只让我觉得恶心。

这还没算完，开会结束后，里克将我单独留了下来，求我不要把他和埃拉的事情告诉警察，他说黛西"现在很脆弱"。他还真无耻啊，用他的妻子做借口。我说我什么都不会说，不是为了他，也不是为了黛西，而是为了埃拉。我知道警察们在想什么，在考尔问我埃拉有没有男朋友的那一刻我就知道了。如果他们发现了里克的事情，那么他就会变成头号嫌疑人，埃拉就会变成一个荡妇。像书中柯利的妻子，那个"穿红裙子的女人"一样。埃拉已经走了，那就让这些事情随她一起埋葬吧。

托尼的演讲很精彩，很感人。孩子们也确实很喜欢埃拉，她是一位很好的老师，这一点永远不能忘却。但接下来的第一节课，我还在课上，跑腿儿的孩子就来叫我，说有警察要见我，就在托尼的办公室等我。整个过程像噩梦一样可怕，比之前经历的更可怕。他们问起海斯的事，问起埃拉和里克。我什么都没说，但他们却告诉我了一些可怕的事情。凶手在埃拉的尸体旁留下了一张字条，上面写着："地狱空荡荡。"

最糟糕的事情是在我到家之后发生的。我看着自己之前的日记，想看看在海斯培训的时候发生了什么。我真的不记得了，事实证明我当时的反应很糟糕，偏执又刻薄。而就在那篇日记的下面，我发现了陌生的字迹，那不是我写的。

"你好，克莱尔。你不知道我是谁。"

现在我是真的感受到了恐惧。到底是谁会在我的日记里写这种东西？凶手留下的字条并没有说谎。地狱空荡荡，魔鬼在人间。

明天就是万圣节了。上帝保佑吧。

这篇日记我反复读了好几遍。这里记载的关于里克和他"脆弱的"妻子的细节很有趣。黛西·刘易斯显然有充足的理由讨厌埃拉，同时也有理由对里克心生不满。我们真应该考虑一下她作案的嫌疑。比起埃拉的所作所为，克莱尔的确有资格站在道德制高点谴责她，但我并不相信克莱尔日记中女权气息浓厚的说辞，她说她希望自己能够拯救埃拉的声誉，不让经常搞性别歧视的粗暴警察污蔑她。警方必须询问埃拉的交友情况，并不是要对被害人进行"荡妇羞辱"，像克莱尔这样的高知女性应该明白，警方的盘查工作是为了找出最有犯罪嫌疑的人。我很想知道，为什么克莱尔当时如此避讳谈起海斯，是不是因为她也曾短暂地被里克吸引。只要读过她前面的日记就能知道，里克第一次向克莱尔求爱时，克莱尔曾在日记里写下，被异性拥抱是一种"原始的需求"，但现在，想起里克只会让她觉得恶心。

克莱尔的日记让我看不明白。既然最糟糕的事情是在一天结束的时候发生的，为什么她非要按照时间顺序记录每件事情呢？晨会，演讲，警方问话，最后才是陌生人的留言。有陌生人在自己的日记里留言这种事情，不应该是先记下来的吗？还有一件事让我十分在意：不管留言的这个人是谁，如果他真的打算除掉所有克莱尔讨厌的人，那么里克的确就是他的下一个目标。

除了里克，克莱尔在日记里还抱怨过谁？

29

第二天一早我就回到了塔尔加斯中学。托尼·斯威特曼显然已经和理事们谈过了,因为学校大门上已经贴上了停课的通知。周末踢球的门卫戴夫·班纳曼将我放了进去。

"他们在二楼,"他说,我知道他说的是刑侦科的犯罪现场调查组,"搞得乱七八糟的。"

"周六那天晚上,二楼所有的教室都是锁着的吗?"我问。

"不是,"他说,"那里面大部分教室的钥匙都丢了。我只是把门关上,这样看上去好像都是锁着的。"

当我来到二楼时,犯罪现场调查组的刑侦人员已经找到了那间教室,紧挨着那天我们和克莱尔谈话的教室。

"血迹并不多。"我看着这间教室,说道。这里和这层的其他教室一样,从装修风格上来说,与其说是教室,不如说是老式的卧房。房间里有踢脚线和门楣,还有精致的顶棚和小巧的锻铁壁炉。这是不是我和加里曾幽会过的那个教室?就算不是,也没有差很多。

"因为被害人并不是死于捅刺伤。"科林·哈里斯说道,他是调查员的老大,最喜欢挑刑事调查局的刺儿,但总的来说人不坏。

"真的吗?"我说,"我怎么记得他胸口上插着一把刀呢?"

"那是锦上添花罢了,"科林说,"死者是被扼杀,被人从背后勒死的,很有可能使用的是细电线什么的。我们推测第一案发现场在这儿,因为这里有少量的血液溅射,很可能是凶手在被害人死后不久用刀捅刺尸体时造成的。血迹并不多。我觉得凶手一定是提前准备了塑料布或是防水布。"

"说明凶手是有备而来的。还有别的吗?"

"我们认为,被害人死之前是坐着的,但这里找不到那把椅子的痕迹,上面应该会有血迹。不过我们确实发现了喷溅的血液轨迹。这男的应该是把椅子拆了,然后把零件随身带走了。"

我注意到他话中提到的"男的",这一次,我也不得不承认,若是凶手真的可以劈碎椅子,搬运尸体,那有很大的概率,凶手确实是一名男性。

"他为什么要这么做?"我说。

"你问我,我问谁啊。"科林说,"一个杀人凶手的想法,正常人总是难以理解。"

他说这话的样子万分娴熟,似乎已经说过上百遍了。

"然后呢,又发生了什么?尸体被搬上了阁楼?"

"对,门框上发现了头发纤维,与尸体一致,应该是搬尸途中留下的。晚点我会把报告交给你们。"科林是那种照章办事的人。

"有什么是你现在就能告诉我的吗?"和他不一样,我是个急性子,总想提前一步知道些信息,越快越好。

科林叹了口气,用戴着手套的手推了推眼镜。"看起来,死者是被凶手搬到楼上,并且特意摆成那个样子的。虽然凶手可能戴了手套,但我们还是找到了一些血染的脚印。还有,"他知道接下来的话才是我想听的,"一张字条。"

"上面写了什么?"

"地狱空荡荡。和之前的一样,字条就在桌子上,在一个保鲜袋里,没有指纹,没有血迹。"

那一瞬间,我感受到了肾上腺素的涌动,那是真正的令人兴奋的感觉。因为仅此一点就能证明,这两起凶杀案是同一人所为。

"还有什么别的重要的发现?"我问。

"桌子上有三支蜡烛,还有一些植物残留。"

"植物残留?"

"我们已经送去检验室化验了,但看上去就是草本植物、树叶和干花瓣,那种百花香里的东西①。还有一块黑色的石头,像鹅卵石,很光滑,就在蜡烛的旁边。"

我的脑子里忽然灵光一现,但转瞬即逝。不过我没时间细想,我得马上回到警局,跟唐娜和尼尔跟进最新的进展。

我快步来到主楼梯处,看见一个男人正站在楼门口,眼神有些哀怨地看着远方。那是托尼·斯威特曼,他穿着牛仔裤和卫衣,脚上穿着运动鞋,是那种看起来很贵的运动鞋,一尘不染,白白净净的。

"你好。"我说。

这声突如其来的招呼声有些吓到他了。他转过头来,我看着他新晒黑的小麦色脸庞,看到了他满面的愁容,空洞的眼睛似乎含着泪水。我瞬间有些看不起自己,因为那一刻,我为他感到了一丝难过。

"考尔警长。你们的专家还在工作吧?"

"是的,"我说,"犯罪现场调查总是要花很长时间。他们专

---

① 指放在罐内的干燥花瓣和香料混合物,能散发香味。

注各种细节。"

他有些颤抖,说道:"我还是无法接受,我的学校怎么就成了凶杀案现场。"

我的学校。但我能理解,他现在很难过。现在只要上网去搜塔尔加斯中学,他们不会再看到什么"最好会考成绩",而是会看到"男子在校园内被杀"。

"我刚刚和黛西·刘易斯聊过,"他说,"她现在痛苦不堪。他们没有孩子,你知道吗?他们只有彼此。"

和大多数人一样,他提起丁克夫妻时带着微微的怜悯和不赞同。

"你觉得谁会做出这种事?有任何想法吗?"我问。

"没有,"他说,睁大眼睛的样子让我想起了克莱尔,"大家都很喜欢里克。"

"真的吗?"

"是的,"他对于我质疑的语气有些不满,"他是个优秀的教师,也是优秀的部门领导。"

"但我听到过一些传言,说他和埃拉·埃尔菲克,还有克莱尔·卡西迪都有过不正当的关系。"

托尼的脸变得惨白,像是有人将前一天白板上辛苦写好的讲义全部擦掉了。"我从来不听这些谣言。"

但他并没有否认。我刚要继续追问,一阵来电铃声打断了我。

"快回局里。我在监控里发现了些东西。"

尼尔整个人都很兴奋,因为这个案件的突破点是他发现的。说实话,这种时刻对他来说很新鲜就是了。

"我正在检查埃拉家附近那个教堂的监控,"他说,"就想确认一下,我们之前那次检查没漏下什么。"他这是在邀功吗?怎么着,难道要给他颁个奖不成,还是给他个完美的徽章?

尼尔几乎是硬将我拽到他的电脑前的。"你还记得监控里那几个看手机的青少年吧?"

"记得。"

"嗯,你再看看。我已经把人像放大了。"

我看了看。屏幕上,一个戴着兜帽的年轻人出现了,手里正拿着手机,屏幕像素并不清晰,几乎是颗粒状的。摄像头捕捉到了他抬起头的那一瞬间,蓝色的安全灯照亮了他的脸。

那是帕特里克·奥利里。

30

我们直接开车去了帕特里克的家。他住在肖勒姆,在渡桥边的纤道旁,那里有很多船屋漂荡在水面上,随着水流和风浪摇晃。我小的时候很喜欢船屋。那种整洁的船屋,装有好看的窗棂,还有好听的名字——"我和你"。但现实总是相形见绌,破败的船屋,深深地沉入水面,腐败的木头和肮脏的网眼窗帘映入眼帘,这是嬉皮士们住的地方,挂着星星和风铃,还有明显到不能再明显的大麻味道。奥利里一家住在海滨路段的一栋现代化的小房子里,看上去与周围的环境有些格格不入,似乎刚刚建成不久。房子有黄色的塑料遮阳板和小小的阳台,太小了,站一个人都觉得挤。房子前的花园里满是垃圾,似乎有人曾心血来潮想点一把篝火,最后又不了了之。整个地方看起来悲伤又荒凉。

开门的正是帕特里克本人,他看上去好像刚刚起床。

"你好,帕特里克,"我说,"你爸妈在家吗?"

他盯着我们,门半开着。"不在,他们去上班了。"

"你能给他们打电话吗?我们需要和你谈谈,但是需要有成年人在场。"

"我成年了。"一个声音在帕特里克身后响起,另一个年轻人从他身后懒洋洋地走了过来。这显然是帕特里克的哥哥,他身材魁梧,长着一头黑发,性情有些乖戾。帕特里克则完全不同,他看上去不再阴沉,而是有些害怕。

"是警察,德克兰。他们想和我聊聊。"

"你们有搜查令吗?"德克兰说着,向前走了两步,将他的弟弟护在了身后。

我叹了口气,看来这又是个看电视看傻的。"我们不需要出具搜查令。我们不是要逮捕帕特里克,也不是要搜查你们的家。我们只是和他谈谈,而且需要合适的成年人陪同。"

"我就是个合适的成年人。"德克兰说。

"不,"帕特里克拒绝道,听他这么说我也松了一口气,"我给妈妈打电话。"

我们回到车里等着,直到莫琳·奥利里回来,她身上还穿着护工制服。帕特里克开门迎她,我和尼尔走下车,他们转头看向我们。

"谢谢您能赶回来,奥利里太太,"我说,"我是警长考尔,这位是警长温斯顿。我们要向帕特里克问一些关于埃拉·埃尔菲克谋杀案的问题。"

"谋杀案?"奥利里太太说道,"你们在说什么?"她是个身材娇小的女人,她两个儿子的身高一定是遗传了父亲的基因。但她看上去同样很有威严,是那种在你卷起袖子之前就已经给你扎了一针的护士,干净利落。

"埃拉·埃尔菲克谋杀案。"我重复道。

"埃拉?哦,那个老师。就因为这个,所以学校今天停课了?太可惜了。帕特里克今年就要参加会考的。"

"我们可以进去聊吗?"我说,"我稍后会跟您解释的。"

我们坐在一间小小的客厅里,这里被一台巨大的电视机和荧光鱼缸占满了。德克兰依旧没有离开,留在了弟弟身边,我觉得没必要要求他离开。这房子这么小，不管我们说什么，他总能听到。话虽如此，客厅已经变得十分拥挤。德克兰、莫琳还有帕特里克三个人挤在沙发上。尼尔和我坐在他们对面的椅子上。

我将放大了的人像展示给帕特里克。

"这是你吗？"

"我不知道，"他说，"怎么了？"

"这是在埃拉·埃尔菲克家外拍到的，就在她被杀的那天晚上。"

一阵沉默。莫琳开口了，并不是很确定地说道："这不是帕特里克。"

"这是你吗，帕特里克？"

又是一阵沉默，帕特里克缓缓开口，几乎是耳语一般："是我。"

"你能告诉我们，那天晚上你去那里做什么吗？"

"我想见她。埃尔菲克小姐，"他说，"跟她解释那张贺卡的事。"

"什么贺卡，情人节的时候你送给她的那张？"我能看出来，莫琳·奥利里对这件事并不知情，但德克兰或许知道。

"是的。"帕特里克承认道，低头看着自己的双手。他的一只手腕上戴了一块看起来很复杂的手表，另一只手上戴了一条手工编织的友情手链。他穿着耐克运动鞋，和斯威特曼先生一样。但帕特里克穿着更好看些。

"为什么想要去解释那张卡片的事？"尼尔说，"情人节已经过去九个月了。"

"我想要赎罪，做出补偿，"帕特里克说道，"是休斯小姐告诉我的。所以那天晚上我去了埃拉·埃尔菲克小姐家。我只想和她解释清楚,我为什么送她那张贺卡。刘易斯先生表现得好像我一直在骚扰她一样,他当时就那样让我转班了。但并不是他想的那样。我就是喜欢埃拉,想让她知道。没人知道我那天晚上去了她家。妈妈、爸爸和德克兰都不知道。我走着去的,敲了门,但是没人应。"

"后来呢,你又做了什么?"我问。

"我在外面等了一阵。我当时觉得她在家,因为她的车就在街边停着。我就在路边的灌木丛那边等了一会儿。"

"你等了多长时间?"

"我不知道。十分钟,十五分钟?"

可是监控只在教堂那边的小道上拍到过他一次。想到这儿,我试探性地问道:"你在外面等着的时候,看到别人去找埃尔菲克小姐或是从她家离开吗?"

我没指望他回答我,但帕特里克第一次抬起头与我对视,直直地看着我。"有,"他说,"我看到刘易斯先生从她家走出来。"

"刘易斯先生,你确定吗?"

"确定。"他轻笑,"那家伙化成灰我都能认出来。"

莫琳的表情似乎很想扇他一巴掌。"帕特里克·奥利里!"

"这周六的晚上你在做什么,帕特里克?"我问道。

"你为什么想知道?"德克兰说,似乎想要做他弟弟的发言人。看他的气势,长大之后做不了律师就会变成罪犯。

"就是问问而已。"我说。

帕特里克低头看着自己的运动鞋。"我在家里。"

"一个人吗?"

莫琳有些维护般地开口:"帕特和我的几个朋友在酒吧。德克兰和他女朋友出去玩了。"

"所以,你是一个人在家吗,帕特里克?"

他抬起了头。"对。我自己在家。"

"你们是什么时候回来的,奥利里太太?"

"差不多半夜了。你们为什么要问他这些问题?"

帕特里克知道为什么。"所以说都是真的,刘易斯先生被杀了?"

"所以说那天晚上,里克去了埃拉家。"尼尔说。我们开着车沿着海滨路往回走。大海依旧沉默而灰暗,与灰色的礁石和天空融为一体。

"是的,"我说,"很可惜,我们不能找他问个清楚了。"

"从作案手法上来看,埃拉和里克的案件一样。"尼尔说。

"除了一点,里克是被勒死的——扼杀,不是被捅死的。"

"没错,但是那张字条,还有别的现场证据。肯定是同一个人做的。你觉得会不会是帕特里克?"

"有可能,"我说,"他够高够壮。迷恋过埃拉,而且很明显他讨厌里克。你听到他说的了吗?里克说得他变得像个变态,一直纠缠埃拉?他真的恨上里克了。而且他周六晚上也没有不在场证明。"

"我觉得他在撒谎,说什么自己一个人在家。"尼尔说。

"我也觉得,"我说,"但也可能他只是做了什么坏事,不想让他妈知道。我们得再找他聊聊,或许等他爸在场的时候吧。"

"所以你觉得他的嫌疑大不大?"

"我不知道,"我说,"这两起案子的凶手都很谨慎,都提前做了准备。比如把字条提前放到了保鲜袋里,地上也铺了防水布。我不觉得帕特里克能计划出这些。"

"他的老师是怎么说他的?"尼尔转弯,回到了内陆区域。先看后视镜,然后打转向灯,最后再转弯。看他开车就像是看人考驾照一样,一板一眼。

我向前翻了翻自己的笔记。"很聪明,擅长体育运动,有时会打架斗殴。跟我说的一样,容易头脑发热。还有一点,你听到过他提到的那个老师吗?那个要让他做出弥补的老师?"

"没有,那又是谁?"

"休斯小姐。我觉得她不是塔尔加斯的老师。克莱尔在她的日记里也提到了布若妮·休斯,说她是个女巫。这倒很有趣。"

"天啊,"尼尔说,"真是够了。"

我的手机嗡嗡作响。是克莱尔·卡西迪,我点了免提。

"考尔警长,请你马上过来一下。"克莱尔的声音在车中响起,她惊慌地啜泣着。"我觉得好像有人把赫伯特掳走了。"

31

"赫伯特是谁？"尼尔问。

"她的狗，"我说，"我们直接去她家吧。"

"为了一条狗？她为什么不找防虐动物协会①呢？而且她家门口就停着警方巡逻车，怎么不找他们帮忙？"

"你也听到了，"我说，"这是克莱尔头一次心防放这么低。我要是能赶过去，帮她一把，或许能有些别的发现。"

"比如？"

"比如她对埃拉和里克的真实感受。"

"我还以为你已经读过她的日记，应该是知道的。"

"日记不能告诉你人们的想法，只是他们以为的自己的想法。你不用留下，把我放在那儿就行了。"

"你就是在浪费时间。"尼尔嘴上这么说着，但还是在通往斯泰宁的立交桥处转了弯。我很惊讶地看到桥下面居然有马在田野里吃草，丝毫不在意头顶桥面上呼啸而过的车辆。

"也许吧，"我说，"但你忘记了一点：可能确实有人故意带走了赫伯特。也许就是那个在她日记里留言的人，那人一直在跟踪克莱尔。他今天可以把狗带走，明天就能把她女儿带走。"

---

① RSPCA：Royal Society for Prevention of Cruelty to Animals，英国防止虐待动物协会。

"天啊，考尔。你总这么阳光乐观吗？"

"你知道的，我说得没错。"我说。

尼尔将我放到了一排排屋前，前不着村后不着店的。克莱尔在我敲门之前就打开了门。

"乔吉带他去田里了，"她说，"她停下来看了一下手机，再抬头的时候它就不见了。"

"这不怪我，"乔吉出现在房间后面，脸上满是泪痕，"我就是看了一眼手机，一分钟都不到。"

"当然不怪你，宝贝。"克莱尔伸出一只手臂环住了她的女儿，那是第一次，我觉得她人还不错。话虽这么说，但她们两个在想什么？她们现在还在接受警方的全天保护，乔吉根本就不应该自己一个人出门，难道克莱尔已经忘记了吗，就在前天，她差点儿目睹一起凶杀案？

"它可能还在田里，"我说，缓缓走入房间，"在捉兔子什么的。"

"我们去田里找过了，"克莱尔说，"还有小路上。巴里和史蒂夫开车去周边的街道了，正在找它。"

"你说谁？"

"我们家外面的那两个警察。"克莱尔看起来有些惊讶，"你不知道他们叫什么吗？"

"得花点时间才能想起来，"我说，"现在最重要的是要保持冷静。失人案最初的几个小时是至关重要的。"

"什么案？"

"失踪人口案。"乔吉回答道。看来她也是个警匪剧迷，对吧？

"首先，"我将两人带到厨房里。虽说之前也来过她家，但这还是我第一次进这间厨房，不得不说，装修得很漂亮。厨房连着后花园，还装了一个天窗，有早餐台和单独的晚餐区。厨房用品和风干的香料自天花板垂下，但台面和地面都一尘不染，像犯罪现场调查组的实验室。

"首先，"我说，"要泡个茶。乔吉，你能把水烧上吗？然后，准备作战计划。"我拿出了自己的笔记本。"你们最后一次看到赫伯特是什么时候？"

"十一点二十四分，"乔吉立刻说道，"我就是那个时候看的手机。"

我看了一眼餐桌上方挂着的超大号时钟。钟面上没有数字，但指针却形成一个直角。

"我们现在还处在搜寻的最佳时间，"我说，"你们已经在田里和周围都找过了，那么你家房子附近呢？失踪的人总是会被吸引回家。我就接到过一起青少年失踪的报案，最后发现那孩子在自己的床上睡着了。"

听到这里，克莱尔笑了一下。她看起来已经慢慢冷静下来了。乔吉将一杯茶放在了她面前。

"我在花园里找过了，"乔吉说，"还用它的饼干逗弄着找过。"

"再找一遍，"我说，"你们家有棚屋吗？"

"有。"克莱尔说。她和乔吉一起来到了花园，我看着她们在各个角落翻找，似乎能从砖缝里拉出一条狗来。我若有所思地喝了一口茶。如果我能找到赫伯特，那么克莱尔和乔吉肯定会把我当成此生挚友。

我将马克杯放下，开始和她们一起在花园里找了起来。她们去了棚屋里面，那里和所有的棚屋一样，有一股松节油的气味。棚屋里还放着一些旧花盆，还有一台除草机，但除此之外再无其他东西,并没有发现白色的、毛茸茸的狗子。

到后来,克莱尔甚至已经攀住了我的手臂。

"如果它是被人带走的怎么办?如果有人把它带走了怎么办?"

"它会回来的,妈。"乔吉说。但话里的不确定如此明显,让我想起尼尔说我一点也不霸道时的语气。

"但如果是他干的呢?"克莱尔并没有松开手,"你知道的,那人给我留过言……"

"嘘。"我说。不仅是要她闭嘴,以免吓到她的女儿,还因为我似乎听到了什么声音。

"怎么了?"克莱尔说。

"我好像听到……"我没再说下去,因为那个声音又出现了。一声微弱的犬吠。

这次克莱尔和乔吉也听到了。

"是它!"克莱尔说道,她们开始大声呼喊起来,"赫伯特!赫伯特!"

"嘘,"我再次制止道,"我们先听听声音是从哪边传过来的。"

当然,叫声现在已经停止了。但我觉得应该是从远处,在北边偏东一点的方向。我的目光越过克莱尔家的花园,直直地看向那边沉默矗立的怪物,站在这个美好的花园的人似乎不愿意承认,声音来自那里,废弃的工厂。

"走吧,"我说道,"我们过去看看。你们有没有狗哨之类的可以召唤赫伯特的东西?"

我本来想说类似警哨的东西,但是克莱尔已经微微噘嘴,两声哨音随后飘出。

"这是它的特殊信号，"乔吉有些骄傲地说道，"我们两个都会吹。"

"棒极了，"我说，"你们准备好吹口哨吧。"忽然间，我觉得自己仿佛是爸妈很喜欢的那种黑白电影中的某个角色。你知道怎么吹口哨，对吧？你只要把嘴唇合在一起吹就行了。

我们从前门走了出去。今天没风，但天空有些灰暗阴冷。今天一上午，太阳似乎都没怎么露过面，现在刚过中午，天上的阴云已经开始积压了。我虽然穿了外套，但克莱尔和乔吉却都没有。我们走到了排屋的尽头处，克莱尔吹响了口哨，我们等待着。

果真又出现了，一声尖锐而急切的犬吠。这次不用怀疑，我们很清楚它是从哪个方向传来的。

"它在那个老工厂里。"克莱尔说。

老工厂周围围了一圈栅栏，但有些地方已经有了缺口，当地的年轻人已经来过了。我找到一个缺口，挤了进去。克莱尔紧随其后，也钻了进来，丝毫不在意她身上那件粉色的羊绒衫被铁丝勾破了。

令人意外的是，乔吉居然有些退缩。"我们能进去吗？"她说，"这里有监控呢。"

"很好，"我说道，"有监控说明我们会有后援。"但其实，我觉得这些摄像头很可能只是摆设。

"这是违法的。"

"我就是法。"我说着，想让气氛轻松些，但乔吉却只是盯着我。

"你要是不想进来的话，也可以在这里等我们。"克莱尔说。

"不行，"我说，"我希望我们三个待在一起。来吧，乔吉。"

我将围栏敞开些,她终于还是钻了进来。

我们穿过了水泥厂的前院。这里看上去有些诡异,很多东西都保持着原样,似乎在前一秒工厂还在正常生产,后一秒就全部停止了。工厂外面还停着一些卡车,只是轮胎已经腐烂,轮辋也锈迹斑斑。一个巨大的斜槽运送带悬在我们的头顶,似乎正要将成吨的水泥运下来。工厂的大门已经上了锁,还别了闩,但我知道一定有其他入口能进去。我们试着绕过这栋巨大的方形建筑。它大概有七层楼那么高,建筑后面还有一座高塔,然后是一排又一排已经损坏的窗户,全部高高在上,没有一扇是开在一楼的。克莱尔又一次吹响口哨,同样地,又有狗叫声回应了她。

我们绕着大楼走了一圈,在大楼的后方,白垩悬崖拔地而起,巍峨耸立,高度甚至超过了塔楼。这些悬崖的存在是不是证明,曾有海水流向如此遥远的内陆?这得问问懂地理的人,也许加里知道。楼后还有一个小院,一扇门微微地张开了一条缝隙,似乎是用一罐油漆掩着的。我将手机上的手电打开,有些怀念自己的美光[①]手电筒。

"来吧。"

我们所在的区域似乎是包装区。这里还有些托盘,上面放着几个空袋子,看上去(闻起来也一样)像是有狐狸什么的小动物在这里安了家。还有一些木头,像是劈开的木柴。我不禁想起里克·刘易斯死前坐过的那把椅子。犯罪现场调查组的人认为凶手把椅子带走了。那些残骸会不会就在这里?

我们面前出现了三扇门,就像那些电脑游戏的情节一样,你要做出选择,而且要慎重,不然就会被外星人袭击,或是被丧尸

---

① Maglite:手电筒品牌。

追逐。我选择了中间的那扇，它通向另一个巨大的空间，那里有三层楼那么高，几乎空无一物，光线从接近屋顶处的窗子里照进来，我能听见头顶的鸟叫声，也可能是蝙蝠的声音。二楼那个高度的地方，有三面都有阳台。像是监狱一样，我心里想。克莱尔吹响口哨，房间深处立刻传来了狗叫声，清晰而响亮，似乎就在我们的头上。

我指向房间的里面，那里有一架很像是消防楼梯的铁楼梯。

"你们留在这儿，"我说，"我上去看看。"

"不，"克莱尔说，"赫伯特不认识你，我去它才会出来。"

于是我们爬上了楼梯，巨大的空间里回荡着我们的脚步声，有些惊悚。我想起了塔尔加斯中学里R.M.霍兰德的书房。凶手拖着尸体，一步步走上旋转楼梯。他一定是个健壮的人。与他相比，我光是走这个楼梯已经气喘吁吁，而我身材还算匀称。

犬吠声已经变得响亮，且一直没有停下。我们一起朝着声音传来的地方走去，那里离楼梯平台很远，似乎是在另一头的某个房间中。金属门紧紧关闭，但我握住门把手试着推了一下之后，门却很轻松地就打开了。然后我们便看到了狗。

"赫伯特！"克莱尔的声音带着哭腔，"我的宝贝。"

克莱尔跪坐在地上抱着赫伯特，乔吉就在她的身边。赫伯特则不停地摇着尾巴，兴奋地在她们身上蹭来蹭去，但它的一条腿上却缠了一圈绷带，而且很明显，它一直抬着那条腿，没放下过。

我环顾了一下这个小小的房间，默默在脑中记下看到的事物。

物品1：睡袋

物品2：野营炉

物品3：上电池的台灯
物品4：铺在地上的防水布
物品5：一本破旧的《暴风雨》

32

　　克莱尔和乔吉带赫伯特去看了兽医。它的脚受伤了，但有人帮它清理了伤口，并且用绷带包了起来。我给局里打了电话，在这里等待后援和犯罪现场调查组的人。我要把房间里所有物品都做取证处理，提取指纹和DNA信息。很明显，有人在这里住了一段时间。房间里有一扇很小的窗子，正对着排屋，克莱尔的房间就在排屋的那头。我想起了那天晚上，我曾在废弃工厂里看到的鬼火一般忽明忽暗的亮光。虽然房间里有手电，但那扇小窗的窗台上还有一支燃烧过的蜡烛。凶手是不是曾坐在这里，点燃了蜡烛，看着克莱尔？

　　回到警局后，唐娜对我的态度有些两难：一方面因为我在没有后援的情况下擅自闯进工厂而想要骂我，另一方面又因为我找到了重要的线索而兴奋。

　　"如果DNA信息与犯罪现场发现的数据相符，那我们就找到嫌犯了。也许能在数据库里直接找到他。干得漂亮，哈宾德。但没下次了。"

　　"他为什么要带走那条狗呢？"我对赫伯特失踪事件的敏锐直觉让尼尔有些不舒服。

　　"或许想拿它做某种人质，要挟他们，"唐娜说，"可怜了那小东西。"唐娜很喜欢狗，她家里就养了一条大型猎犬，和她的孩子们一样，野得很。

"如果这就是在克莱尔日记里留言的那个人，"我说，"他显然是想帮克莱尔。所以他才照料了赫伯特，它爪子上的伤口是干净的，还简单包扎过。"

"那为什么不直接把狗送回去呢？"尼尔说。

"也许他是想等天黑再送。"

才三点，外面的天色已经开始渐渐变暗。冬季的白天都是这样的，每当这种时候，你就会忍不住怀疑，那些举着警示牌的老人们也是对的，世界末日真的要来了。

"我们把塔尔加斯英语部门其他的老师都叫来了，"尼尔说，"你要和我一起来问话吗？"

"我们得问问他们《陌生人》的事。"我说。

"什么？哦，让克莱尔着迷的那本书啊。"

"我觉得着迷的不光是克莱尔一个人。"

"你是什么意思？"唐娜说。

"在书里，有两个男人在废楼里被杀了。一个是被捅死的，手上还有伤口，像圣痕一样。"

"像埃拉一样。"尼尔说。

"没错。另外一个是被扼杀的，像里克·刘易斯一样。"

"你难道觉得凶手是在复制维多利亚时期小说里的情节吗？"唐娜说着，开始在办公桌的抽屉里翻找吃的东西。

"我什么也没觉得，"我说，"但是在两个凶案现场，都有同一句引用。我觉得这个联系已经够明显了。"

"我记得你说过，那是莎士比亚作品里的引用。"尼尔说，听起来有些委屈。

"这句话在莎士比亚的作品和《陌生人》里都出现过。你不记得了吗？克莱尔跟我们讲过的。"

"她当时不是说了各种书吗？还有一个男的在日记里留言的，那是什么书来着？"

"《白衣女人》。"我说，"冲你的表现，英语组已经领先十分了。"

"英国大学生知识竞赛"的梗用在尼尔身上显然是白费了。

我们先后盘问了维拉·普伦蒂斯、艾伦·史密斯和安诺舒卡·帕默尔。对于里克的案件，他们都有不在场证明。维拉当晚与自己的母亲在家一起看电视。这让我很惊讶，因为维拉看上去好像都有一百岁了——但其实她"不过"六十岁，她妈妈八十多岁。艾伦和妻子以及已经成年的女儿在"网飞"上看了一部法国电影，他们没看《舞动奇迹》。在艾伦的眼里，自己是个有学识的、老派的社会活动家。他说托尼"正试图把塔尔加斯变成一个学院"。"变成学院有什么不好吗？"尼尔在之后问我，"学院听起来可比学校洋气啊。""就是。"我说。

维拉和艾伦在"很多年以前"就读过《陌生人》，但他们都没有教过书里的内容。"那本书啊，就是那种典型的中产阶级白人男性的作品，"艾伦说，"里面仅有的几名女性角色都是仆人。"我都不记得书里还有仆人，这也从侧面证明，艾伦对这本书相当了解，他只是假装没那么熟悉。

安诺舒卡·帕默尔是最后一个盘查对象。我对她格外地感兴趣，因为她也参加了海斯的那次培训。她很年轻，也很漂亮，是混血美女，她的一头长发编成了一根复杂的辫子。

"里克对我真的很贴心。"她不停地说着这句话。能猜到，他肯定很体贴。

安诺舒卡周六的晚上和男友在一起,两个人一起出去约会,并且"在他家留宿了"。她把男朋友的地址也给我了。这位男朋友的名字是山姆·艾萨克斯,是第六学级学院的老师。

"你讲过《暴风雨》吗?"我问。

"讲过。"她看起来有些惊讶,"我带几个会考班。"

"那 R.M. 霍兰德的《陌生人》呢?"

"没有,我从没读过这本书。我知道,因为学校和霍兰德的关系我应该读一读的,但我真的不喜欢这种维多利亚时期的小说。"

我算不上是个爱读书的人,但听到一个英文老师这样讲还是有点意外的。

在她离开之前,我问安诺舒卡她有没有听过布若妮·休斯这个名字。

"听说过,"她说,"她在第六学级学院教英文,山姆和她蛮熟的。"

"她也是埃拉生前的好朋友,对吗?"

"我不确定,但是这里的英语老师基本都是互相认识的。我们总会在各种培训之类的活动里遇见。"

这倒让我想起了一些事。"布若妮·休斯也参加海斯的那次培训了吗?"

"是的,"安诺舒卡说,"她参加了。现在想起来,我好像看到过几次埃拉和她在一起。"

"但是塔尔加斯的学生不归她教吧,比如帕特里克·奥利里?"

"不,除非她有自己的辅导班。很多老师会在自己的学校里单开一个辅导班。但我觉得帕特里克不像是那种会上辅导班的学生。"

我之前也觉得他不像。

"她开了一个创意写作班,晚上上课,"安诺舒卡说,"我听说那个班很好,但是,不太像是帕特里克的菜。"

所以克莱尔和布若妮·休斯都开了创意写作班。我总觉得这种东西是教不来的。你要么有写作的天赋和创意,要么就没有。不管怎么说,这或许是个线索。我对安诺舒卡表达了谢意,她戴上了一条毛茸茸的围巾,拿起包离开了,尼尔还像个门童似的给她开了门。

整理完所有的笔记时,已经六点钟了,我决定收工。如果运气好的话,明天就拿到刑侦科的犯罪现场调查报告了,调查就能继续推进。塔尔加斯中学会重新开放,但是老楼部分会继续封锁。托尼的办公室就在老楼那边,我很好奇,要舍弃自己的校长办公室,他会做何感想。我觉得他应该会高兴,再也不用见到霍兰德邸了。不过也说不准,或许他现在已经开始准备简历,打算在未来的九月另谋高就了。

回家的路上,我一时心血来潮,拐到了克莱尔家。这次我受到了热烈的欢迎。赫伯特趴在沙发上,像个坐在宝座上的国王,它的脚伤已经经过了专业的处理,重新包扎过了。琳琅满目的零食摆在它嘴边,一副穷奢极欲的样子。乔吉在自己的房间里。

"要喝茶吗?"克莱尔说,"还是来杯红酒?六点多了,你也下班了,对吧。"

"能来一杯的话也不坏,"我说,"是的,我下班了。"

克莱尔给我们两个人各倒了一大杯红酒,我坐在沙发上,给赫伯特顺着毛。

"这家伙也没那么凶。"我说。

"是吧,"克莱尔说,"兽医说它可能踩到碎玻璃了,但是伤口不深,而且已经清理过。我是说……他……有人已经给它清理过伤口,还用纱布包扎了。"

我们都在期待,希望在赫伯特的绷带上能找到些指纹。我说:"你一点头绪都没有吗,会是谁做的?"

克莱尔摇了摇头。她还穿着白天那件被刮破的粉色开襟羊毛衫,脚上穿着毛茸茸的拖鞋,即使这样,她看上去依旧光彩照人。

"我有时候会看到工厂里面有光,"她说,"但我一直以为那是我想象的。我跟自己说,我是看《陌生人》看太多遍了,魔怔了。你还记得书里那段吗,他们在废屋的窗前点蜡烛?"

"记得。"我说。并没有说自己那天还重新读了一遍这本书。

"我在创意写作课上讲这本书,"克莱尔说,"我每次在写作课上都会讲的一点是,在鬼故事里有个传统:事不过三。还记得你说过霍兰德写的那句吗,在《陌生人》里的那句'我们等啊等啊等啊'?我第一次去霍兰德书房的时候,看到了那个假人。然后是和亨利一起上去的那次,我看到了……我们看到了里克。那是第二次。我一直在想,第三次的时候会发生什么?"

"现实生活并不是鬼故事,"我说,"事情没有那么绝对。如果一直去关注这些潜在的关联巧合,你会把自己逼疯的。"

"不光是这些,"她说,"我还讲过文学作品中的图腾动物。书中的那些动物是如何被用来增强氛围感的。有时候作者会把这些动物写死,就是因为他们想要死亡发生,但是又没法面对杀死人类这件事。那些动物在情节中扮演着很重要的角色。然后你看,这就是赫伯特今天的遭遇。"

"但赫伯特并没有死,谢天谢地。"我正摆弄着赫伯特软软的小耳朵,随后又说道,"《陌生人》里那条狗……"

"就叫赫伯特。"克莱尔说。

"你就是根据那个给它取的名字吗?"

"算是吧,"克莱尔说着,喝了一大口红酒,"还因为这个名字很适合它。"

我看着眼前的小狗,现在正缩成一团,一个白色毛线球,鼻子藏在尾巴下面。在我看来,它更像是费迪,或是杜格尔。赫伯特对它来说太庄重了。

"它不仅是一条狗,"我说,"它是我的兽类形态,我的灵魂动物就是狗。"

克莱尔瞪大了眼睛看着我,嘴微微地张着。"我的天啊,"她说,"你在引用我日记里的话。太可怕了。"

"对不起。"我说。我确实感到有些羞愧。

"那种东西你或许会写出来,"她说,"但你永远也想不到,有一天会有人把它读出来。"

"那你为什么要记日记?"我问,"做这件事的意义是什么?"

克莱尔将她的酒杯举到灯前,眯着眼睛看着它。桌上有一层厚厚的白色蜡油,很好闻。祖·玛珑,克莱尔的味道。

"为了厘清事情,好接受它的存在。"许久,她终于开口。"只要能把它记下来,不管多糟的事情似乎都变得没么糟了。记日记让我更好地厘清思绪,安排事情,寻找规律,记住教训。像你说的,我在最开心的那段日子,或是最无忧无虑的时候,在大学的时候,我从来不写日记。一直到我的婚姻出了问题,我才又开始写日记。我觉得,它算是一种疗愈的方式,当你回顾自己艰难的那段日子,你会意识到,自己熬过来了,会得到一种很奇异的安慰。"

"但你从没想过给任何人看吗？"

克莱尔并没有立刻回答我。她仰头喝光了杯中的红酒，然后再次给我们两个人都满上。我不得不拒绝，因为等一下还要开车。

"我在伦敦上班的时候，"她说，"部门的主管是个叫卢卡的男人。他看起来并不算出众，但是人很聪明，所以很有魅力，很有女人缘。他也记日记，而且会在工作的时候写，可能是怕放到家里被他老婆发现吧。然后，有一个新来的女老师，刚入职，那女人一下子就迷上了卢卡，有一天晚上，她闯进学校，读了他的日记。她太好奇了，想知道卢卡对她到底是什么看法，会怎么写她。"

"他是怎么写的？"

克莱尔笑了。"讽刺的是，卢卡什么都没写。他在日记里一个字都没有提到过她。卢卡亲口对我说的。看门的校警发现了她，她只能离职。我能看出来，她的状态不太正常。但实际上，这不是最讽刺的。你知道真正讽刺的是什么吗？"

"不知道。"我说道，随后意识到也许我应该给出更热烈一点的反应。

"真正讽刺的是，这件事之后，他不得不在日记里写她了。"

我很想知道克莱尔为什么要给我讲这个故事。她也在上班的时候写日记，她也闯进了学校。嗯，严格来说也不算是"闯"，毕竟她是有钥匙的，但要我说的话，她这么做也不大正常。克莱尔在说什么？是说那个在她日记里留言的人，其实是希望克莱尔在未来的日记里提到他吗？这让我的脑子变成了一团糨糊。也有可能是我喝多了。我想起来还有一些事要问克莱尔。

"跟我讲讲布若妮·休斯。"我说。

"布若妮·休斯?"她本来是蜷着腿窝在椅子上的,在听到这个名字后,她忽然坐直了一些,并把脚放到了地板上。

"你在日记里提到了她。埃拉要和她出去玩,你还问是不是女巫集会。"

"你的记忆力很好。"

"对于某些事。是的。"我很擅长记住别人说过的话。对我的工作来说,这一点很有用。但在其他方面就像没长脑子一样:生日、预约,还有我的电脑开机密码。

"你当时为什么说她们是在搞女巫集会?"

克莱尔笑了一下,但不是很明显。"那是一些关于布若妮的传言,总有人传她的闲话,说她是个行善女巫之类的。她看起来也很符合那种人设——满头银发,留得很长,总是戴很多银饰。还总会说一些佶屈聱牙的话,'你的灵魂磁场是金色的'。你懂的,诸如此类的话。"

我丝毫不懂"佶屈聱牙"是什么意思,但我决定还是不要问她了。

"埃拉和她是朋友?"

"是。"克莱尔说,但语气里有些迟疑。她的指尖抚弄着酒杯杯沿。

"她们很亲近吗?"

"是的。"又一次迟疑,"但我觉得在埃拉去世之前不久,她们就闹僵了。"

"你知道原因吗?"

"不知道。埃拉对待朋友的方式就是那样的。前一分钟还是好闺蜜,然后发生了一些什么事情,她就会抛下她们。"

她的话里有着让人无法忽视的苦涩。我记得那些日记，但还是不确定，克莱尔到底在嫉妒什么，是嫉妒埃拉和里克睡在了一起，还是嫉妒里克将埃拉从她身边夺走了。

"你为什么会对布若妮感兴趣？"克莱尔问。

"在你的日记里，她的名字出现过好几次，"我说，"也没什么。不是很重要。"我看了眼手表，"我该走了。"

"我想做些意大利面作为我和乔吉的晚饭，"克莱尔说，"压压酒气。你要不要留下来吃一些？"赫伯特忽然坐起身，摇起了尾巴，显然它听得懂"意面"这个词。

"谢谢你，"我说，"但我得回家了。我妈每天晚上都做大餐等我们。"

"你还住在家里吗？"克莱尔问。

"是的。"或许有些可笑，但我觉得应该对克莱尔坦诚相告。毕竟，我连她的日记都读了。"没错，就是我，一个三十五岁的大龄剩女还和自己的父母住在一起。现在你可以笑话我了。"

"我不会笑话你，"克莱尔说，"要说真有什么的话，也是羡慕。我和我爸妈相处不来，就算是圣诞节那么两天我都坚持不下来，更别说朝夕相处了。"

"还好，"我说，"总的来说，有他们陪在身边很好。我觉得我妈或许还抱有希望，希望哪一天我能找个好男人。"

"嗯，这种事情永远是说起来容易，做起来难。"克莱尔说。

"我觉得你说得对，"我说，"但我是同性恋，所以对我来说也不算个问题。"

我真的不知道我为什么要告诉她。是的，我读了她的日记，但这并不意味着我就要和她交换彼此最深的秘密了。也不是说我刻意想要隐藏什么，对于我的性取向我并不觉得丢脸或是什么的。我的同事和朋友都知道我出柜了。当然我父母还不知道。只是,对于克莱尔,我还是想要保有一些隐私的,毕竟,她只是我们案件的相关人。她不是我的朋友。

"哦,你是吗?"她说道。并没有觉得惊讶,或是尴尬,也没有觉得有趣。只是很平常的反应,真的。

"是的。"我说,"好了,我得赶紧回去,不然我妈要派巡逻队来找我了。"我站起身,掸了掸衣服。

"它算是半个贵宾犬,"克莱尔说,"它不掉毛的。"

我将信将疑,不过她家里确实没有到处都是狗毛。

"你还好吗?"我说,"要是有什么需要的话,斯科特和贝利还在外面。"

她笑了。"我把他们俩当成卡格尼和蕾西[①],暴露年龄了。没关系,我很好。你觉得那个住在工厂的人还会回来吗?"

"我觉得不会了,"我说,"但我们会一直留意那边的,以防万一。你真的需要考虑一下,要不要搬到一个更安全些的地方。有没有朋友可以让你借宿一阵子的?或是回你爸妈那里?"

"没有,"她说,"托尼今天给我打了电话。学校里已经乱作一团。我现在临时担任部门主管。我得一直留到期末。不管怎么说,我不会去我爸妈那里。若是情况紧急的话,我会去我祖母家。她住在苏格兰,就在因弗内斯附近。"

"听起来很远,也很安逸,"我说,"再见,克莱尔。谢谢你的红酒。要锁好门。"

---

① *Cagney & Lacey*,1981–1988 年播出的以两位女警为主角的电视剧。

33

早上的时候,我去见了布若妮·休斯。最后一科考试结束后,我再也没有回到过第六学级学院,连毕业舞会都没有参加。有趣的是,我清楚地记得在塔尔加斯读书的日子,但我几乎记不起读高中那些年。我在这里读了两年书,却一点记忆都没留下。我遇到过的老师是什么样的,有没有朋友或是死对头,我真的不记得了。那两年的时光似乎是另外一个人的生活。

教学楼还和原来一样:毫无新意的钢筋混凝土矩形建筑。和塔尔加斯中学正相反,这里的校园氛围沉闷无趣,丝毫不会让人觉得兴奋。这里没有球队的照片,也没有比赛宣传单,只有走廊和教室,除了上面的字母和数字不一样外,没有任何不同。我在接待处签字时,看到一群学生没精打采地走过。他们看起来已经很成熟,虽然他们只比塔尔加斯那些穿着蓝色运动衫的学生大了几个月而已。这群人中有两个男孩子留起了胡须,另外两个女孩也散发着成熟的魅力,这是我在十八岁时从没有过,那之后也没有过的青春光彩。我不知道在他们眼中,我又是什么样的。我穿着并不配套的制服,黑色的裤子和外套,胸前戴着写有"考尔警长"的胸牌,然而我用不着担心,因为他们根本没注意到我的存在。

顺着指引,我一路来到英语组办公室。这地方并没有学生引路,只有一张打印得很模糊的楼层指示图。最终我找到了三楼的一个房间，敲门后，听到门内有人说了声请进。房间内只有休斯小姐一个人，她坐在桌子前，四周的墙壁上贴满了演出的票据和莎士比亚语录。我几乎是立刻就看到了《暴风雨》中那句台词：地狱空荡荡，魔鬼在人间。

布若妮·休斯看上去快六十岁了，就快要退休的年纪，但她和那些上了年纪的老教师很不一样，并没有一副饱经沧桑的脸。她只是平静地坐在那里，等我说明来意。我想起克莱尔对她的描述："满头银发，留得很长，总是戴很多银饰。"但这种描述其实并不准确。休斯确实有满头银发，但此刻已经在脑后盘成一个规整的发髻，一眼看去，我发现她身上并没有戴任何首饰。她穿了一件圆领的套头衫，我飞快地扫了一眼桌子下面，看到了那种护士和修女们都喜欢穿的黑色长裤和黑色平底鞋。休斯有一双浅蓝色的眼睛，她极少眨眼，总是全神贯注的样子。

布若妮并没有让我坐下，但我还是自作主张地坐了下来。我将椅子微微向后拉了一下，至少这样一来，我没有那么像一个学生——被她叫到办公室里谈话，和她商量落下的课程该怎么办。"我是警长，哈宾德·考尔，"我说，"我正在调查埃拉·埃尔菲克和里克·刘易斯的凶杀案。"

她点了点头，表示明白了。

"您认识埃拉和里克吗？"

"埃拉曾是我的亲密好友。"她的声音略显低沉，略带一些威尔士的口音。

"里克·刘易斯呢？"

"理查德[①]和我只能算是认识，并不熟。"

[①]里克的昵称。

"他不是您的亲密好友?"

"理查德是一位十分敬业的教师,"布若妮言辞恭敬地说道,"也是很优秀的同仁。"

"您最后一次见到埃拉是什么时候?"

"她去世的几周前。我们一起散步,接受了一些精神疗愈。"她就是那种绝对不会跟人承认自己出去是为了吃顿饭的人。

"精神疗愈?"

"我们一起在海边溜达了一会儿,接近水元素会获得治愈。"

"为什么埃拉需要治愈?"

是我想多了吗?我怎么觉得她那从容的声音变得有些紧绷?"教书是个很累人的工作。你要全身心地投入,但很少得到对等的回报。"

"我听说您和埃拉闹翻了?"

"是谁告诉你的?"宁静的湖水被搅动了。

"是真的吗?"

"好朋友之间也会有分歧。"

"你们之间的分歧是什么?"

她犹豫了,整理着办公桌上的纸张,看起来像是一些随笔。我一直都搞不懂,看书会带给人这么多感想吗。

"不过是对教学方法有些不同的看法罢了。"她最终解释道。

"你们吵得很凶吗?"

"不,只是关于教学方法的辩论而已。我们都很关心自己的学生,所以,有的时候难免会关心则乱,情绪激动。"

"您有教过一个叫帕特里克·奥利里的学生吗?"

"他是我创意写作班里的学生。"

"那种课后兴趣班?他看起来不像是会上这种课的孩子。"

"他是个很有天赋的作家,"布若妮说,"而且,我很明白,我们不能以貌取人。"

这显然是在嘲弄我。我淡淡地笑了。

"那个班里还有谁?"

"只有几个学生而已。我也不是谁都收,是经过挑选的。"

我不是很喜欢她这种说法。"那这个精品小班里都有谁?"

"帕特里克,还有几个女生。娜塔莎·怀特,费内蒂安·舍伯恩,还有乔治娅·牛顿。"

"乔治娅,克莱尔的女儿?"

"克莱尔·卡西迪?是的。"

"你认识克莱尔?"

"总在教师培训项目里看到她。"

"今年七月海斯的那次培训,您也在,是吗?"

"在的。"她湛蓝的眼睛再次看向我。

"那次培训的时候,关于埃拉,您还能想起些什么?埃拉和里克之间有发生什么吗?"

"我从不听人传闲话。"

这似乎是从侧面回答了我的问题。"您最后一次见到里克·刘易斯是在什么时候?"

"我真的不记得了。"她看了一眼手表,"不介意的话,我还有几分钟就要上课了。"

我站起了身,但她依旧坐着没动。"你的气场是愤怒的。"她对我说。

"谢谢。"

"但话说回来,"她的声音再次变得轻柔,"再次回到这里,对你来说一定很不容易。"

"为什么这么说?"

"我记得你在这里读过书,"她说。

"我高中没读英文专业。"

"确实没有,但我还是记得你。"

"很抱歉,我不记得您。"

"哦,我倒觉得你是记得的,"布若妮·休斯说,"我觉得你记得。"

回警局的路上,我一直在回想这句"佶屈聱牙"(我查过字典了)的话。我还回想起休斯小姐身后的书架:一只被用作笔筒的奇巧杯,一本科林斯字典和同义词词典,还有一块黑色的石头,与我们在霍兰德书房发现的那块很像——那块放在里克·刘易斯身旁的石头。

"然后发生了什么？"啊，这是个永远得不到答案的问题。但这不就是叙事的本质吗？"求求你了，再读一页吧。"孩子们在睡前都会这样请求。希望精彩的故事能抵挡黑夜的恐惧。而现在，你刚刚长大，我亲爱的年轻的朋友啊。永远想知道下一章内容的本能还在你的身体里。

就这样，又一年过去了。我和导师的女儿艾达订了婚。我开始准备论文，是关于阿比尔异端的。我也会给本科生上上课，但其实我是个很无趣的讲师。我有时还会听到他们悄声地议论我，"地狱俱乐部"和"谋杀"这两个词总会出现。但那一年我想要活在光里。我不再是一个人了。对，就是你之前在车厢里看到的那个小东西。赫伯特真的是个忠实的朋友啊，炼狱般的生活，都是它陪我度过的。它比任何人都真实、忠诚。

秋去冬来，转眼又到了万圣节前夜。我承认，那一整天我都提心吊胆地等待着，直到结束都没有任何意外发生，我才终于松了一口气。然而，事情还没完，几周之后，我听到宿舍的宿管在楼道里聊天，他们提到了"柯林斯"和"被杀"这两个词。

我立刻冲出房间，我激动的样子显然吓到他们了，但我已经顾不得了，只是急切地问道："你们刚才在说什么？"

"柯林斯先生，国王学院的那个，先生，"那人回答道，"我们在说他的死很不正常。"

"怎么说？"我问，随之而来的熟悉的寒冷爬满全身。柯林斯，巴斯蒂安的跟班，是国王学院的学生。

"他被人杀了，先生。他当时坐着一辆马车穿过一片沼泽。据说他当时是自己驾车，从伊利市出发，要去剑桥，出发的时候天就在下雨。没人知道是怎么回事，但是一天之后人们发现了他的马在乱跑，车还套在马身上。警方派出巡查队，后来在一条水沟里发现了柯林斯先生的尸体。他被割了喉，先生。"

"这是什么时候的事？"

年纪稍长一些的那个宿管回答了我。"就在万圣节前夜，先生。我记得很清楚，因为波特，就是搜查队的人，他说那匹马疯了一样地跑，看着让人汗毛倒竖，好像有地狱猎犬在马车后面追它一样。"

在那之后又过了一周，一篇剪报再次送到了我的手里。《剑桥学生遭割喉，沼泽深处现尸身》。在标题的上方，又是那句熟悉的话："地狱空荡荡。"

第六部分 乔治娅

34

我们在埃尔菲克小姐举办葬礼的当天夜里,召唤了她的灵魂。说不上出于什么原因,只是觉得那是最完美的时机。妈妈那天晚上要和德布拉出去,塔希和费费进了门之后就开始跟妈妈打招呼,说着"你好啊,克莱尔",一副要共度女孩之夜的兴奋样子。我能看出来,妈妈觉得她们两个算是"合适"的朋友,尽管或许费费有些太过于精英阶层,而塔希又有些过于活泼。帕特里克是骑单车来的,当然他没有进门,而是躲在角落,直到妈妈离开才加入我们。

其实我有些担心再见到帕特里克,我害怕会尴尬。主要是因为他告诉了我关于刘易斯先生的事情,我还用我们的圈子发了誓。但还好。每当我们聚在一起的时候,我都会成为主事的那个。从来没有老师夸我有什么领导气质,我也从来没有参与过什么团队活动,更别提领导团队了。但在我们的小圈子里,我总是知道该做什么的。塔希总是很支持我,她是我的支持者,帕特里克是那个质疑者,费费是那个不知道该做什么的。今天晚上也一样,大家还是老样子。

我将房间简单地整理了一下,把一些阴气重的东西拿了出来:报纸(尘世牵挂),麂皮靠垫(死去的生灵),还有我死去的曾祖父的照片(有死者气场的干扰,可以欺骗亡灵)。咖啡桌上已经被清理干净了，只剩下黑色托盘上的三支蜡烛和一碗草药，除此之外什么都没有了。休斯小姐说我们应该用百里香，但我只能找到一些混合的草药和妈妈的一包百花香（她每年期末都会收到很多这种礼物）。最后，我将埃尔菲克小姐的照片放到了蜡烛边上。那是我从她的脸书上找到并打印出来的。照片中，她戴着一顶纸帽，像是在某个圣诞派对上拍的。我选择了这张照片，是因为她看起来很开心，而且，既然她用这张照片作头像，证明她肯定是喜欢的吧。

费内蒂安立刻就开始瞻前顾后了。

"要是她的鬼魂真的出现了怎么办？"她说，"我肯定会被吓死的。"

"世界上并没有鬼，"我提醒她，"只是灵魂在消散之前的一种形态。"

"我们要让埃尔菲克小姐去她该去的地方。"塔希说着，吃了一点我拿出来的薯片。我明白，满足我们的生存需求也很重要。

"她的灵魂不会出现的，"帕特里克说完，也探过身子抓了一把薯片，"我们没有那个能力。"

"我们可以的，只要一起，"我说，"你们要有信念。"

"赫伯特怎么办？"塔希说，"这小家伙还受着伤。"塔希很喜欢赫伯特，费费也是，尽管她对狗过敏。就连帕特里克都觉得它很可爱。赫伯特忽然抬起了头。塔希以为这小家伙是在回应她，但其实它就是馋薯片了。

"它能留在这儿吗？"

"它会让我打喷嚏。"费内蒂安说。但事实并非如此，即便是真的对狗毛过敏的人也不会对贵宾犬过敏。

"我们还是把它关起来吧，"我说，"它在会干扰我们。我给它添点吃的，关到厨房就行，有吃的它就高兴。"

我用一片薯片把赫伯特引到了厨房，然后在它的狗碗里添了一些狗粮。妈妈很关注赫伯特的健康，会注意控制它的体重，比对自己的体重都在意，但我觉得，多给它吃一碗妈妈也不会知道的。反正赫伯特每次都会把盘子舔得干干净净。

我回到客厅，点燃了蜡烛，在桌子上撒了一些草药，然后关掉了灯。接着我们手拉着手围成了一圈。塔希的手有些汗湿，帕特里克的手则是温暖而干燥的，而且他握得格外用力。

我开始念休斯小姐教我的祷文。

  已逝的亡灵啊，我以自己的灵魂召唤你，请迈出阴影，走向光明，显出原形吧。

我们安静地等待着。桌子上的烛火不时地跳动。

"我好怕。"费费悄声说。

"嘘！"

此刻我也有些沮丧，或许帕特里克是对的，这么做没有用。但我们并没有打破圆环，我们依旧站在那里，手牵着手，我不断地重复着祷文。"请迈出阴影，走向光明，显出原形吧。"就在这时，突然之间，我们感到了一阵凉意，我能感觉到身旁的塔希在颤抖。房间里变得越来越冷。房门砰的一声打开，又关上。桌上的烛火也熄灭了，我们身处黑暗之中。

"我不喜欢这样，"费费说，"让它停下来。"

"不要破坏圆环。"我说。

我足足等了一分钟，才又念起超度埃尔菲克小姐亡灵的咒语。

  埃拉，你已脱离凡尘。感谢你曾来过。现在请离开这里，前往亡灵国度吧。

几乎是一瞬间，房间开始变得暖和了一些。黑暗中，我听到了我们的呼吸声,赫伯特在厨房里小声地呜咽着。我等心跳平复了几秒,然后松开了手,将蜡烛重新点燃。

我们看着彼此,所有人的脸上都是同样的复杂表情,既带着震撼,又笑中带泪。

"哇哦,"塔希说,"刚才真是……刺激。"

帕特里克大声地笑了起来。

"我觉得她现在已经离开了,我是说埃拉。"

"我也这么觉得,"我说,我将客厅的灯重新打开,又把赫伯特放了出来。它进来之后直接来到咖啡桌前,想要吃那些干叶子。我将它抱起来,搂在了怀里,是温暖又鲜活的生命啊。

费内蒂安还在发抖。"刚才那是什么,是她的鬼魂吗?"

"当然是,"帕特里克说,"你没看到蜡烛都灭了吗?"

"都没事了,宝贝。"塔希伸出手环住费费。那一刻我有一些嫉妒,每次她们两个变得亲近的时候,我都会有这种感觉。"我们超度了她的灵魂,她现在已经安息了。事情结束了。再没什么好烦恼的了。"

帕特里克的目光越过桌子,直直地看向我。

"现在呢,我们该做点什么,乔吉?"

我拿起了埃拉的照片,将它折好,然后放进了口袋。"打开电视吧,"我说,"看点什么放松一下,《老友记》之类的。我来点个比萨外卖。"

吃完比萨之后,帕特里克就早早地离开了。他要骑车回家,天气正变得越来越冷。十点半的时候,塔希的妈妈开车过来,把她们两个都接走了。

"你自己一个人在家没关系吗?"塔希悄声问我,但实话说,我一直都在等待这个独处的机会。等他们全部离开之后,我关掉了客厅的灯，爬上了楼。赫伯特还在门厅，它在等妈妈回家。我洗了脸，刷了牙，换上了睡衣，然后爬上了床。我拿出笔记本电脑，开始在"我的秘密日记"网站写日记：

今天晚上，我们召唤了一个亡灵。这样说的话，显得整件事似乎没有任何离奇之处了。只是做了计划要做的事情而已。做作业，倒垃圾，召唤亡灵。但其实，这是我经历过的最离奇的事情。史诗级别的震撼体验，足以改变我的人生。我做了万全的准备。打扫了房间，点燃了蜡烛，撒了草药。然后我们围成一个圈，手牵着手，念起祷文。一开始什么都没发生，我以为没有作用，但后来，我感受到了一种超自然的寒冷充斥着整个房间。房门开了又关。烛火摇晃间，一念天堂，一念地狱。阴间的大门敞开了，天使与魔鬼都在这里，和我们在一起，如果我放任自己，我将被这光怪陆离的世界吞没。我镇定下来，念起了超度的祷文，如同它突如其来的到访一样，亡灵又突然消散了。众神归位，万鬼归巢，一切尘埃落定之后，房间里又只剩下我们四个青少年，手牵着手站成一个圈。但我知道，至少对我来说，一切都不一样了。

我读了一下刚刚写下的这段。我觉得很不错。我喜欢那段把该做的事情的并列对比，还有"阴间大门"那段。或许有些夸张，但发生的事情确实很有戏剧性。毕竟，我们真的打开了通往另一个世界的入口。我按下了"发布"键。

没过多久，我听到了妈妈进门的声音，随后她又带赫伯特出去了，这是它今天最后一次遛弯了。我关上了电脑，拿起了一本《哈利·波特》，我的床边总会有一本《哈利·波特》。我刚刚读了不到一章，便听到了妈妈的敲门声。我问她今晚玩得是否开心。她说她们聊了很多埃拉的事情。我很想告诉她埃拉现在已经安息了，但我知道，这样一来我又要解释一系列的事情。于是我只是说了些安慰她的话，她吻了我，说了晚安。

我一直等到门厅的灯熄灭了才再次打开电脑。

35

  我们真的以为，做了那个超度的仪式之后，一切都会好起来。我们将埃拉送去了该去的地方，所以不会再有死亡了。妈妈看起来还是有些神经紧绷。在召唤亡灵的第二天，她一整个上午都不见人影，等她回来时，举止十分古怪。我和泰给她做了周日午餐，但她看起来并不是很高兴。那之后她表现得更加奇怪了，说着什么杀害埃拉的凶手也许对她"也感兴趣"，所以我们要格外小心。我想告诉她，除了恐惧本身，她根本没什么好害怕的，但我只是说一切都会好起来的。她表示同意，但并不是很相信的样子。她看上去依旧心事重重。那天晚上有人放了烟花，所以赫伯特又闹个不停。

  我跟妈妈保证了不会自己一个人回家。所以这周的写作课我没办法参加，不过我让帕特里克把我的短篇故事转交给了休斯小姐。帕特里克陪我来到了图书馆，妈妈在那里等我，我可以看出来，看到我和帕特里克在一起，她不是很开心。这一周我都很难过，有种幽闭恐惧的感觉，所以周末爸爸来接我的时候，我很开心。即便如此，他还是得在周五下午请假，才能开车过来接我。因为妈妈不会冒险，让我再像往常一样坐火车出门了。但坐火车到底有什么危险呢？

  我在爸爸家度过了相当愉快的周末。他对埃尔菲克小姐的死有些不安；我不知道妈妈和他说了什么。他开始向我施压，想让我和他住在一起，但我不确定弗勒尔会不会喜欢这样的安排。即使她对我还是一如既往的友好。周六的时候，我们一起带着孩子们去了游泳池。海洋（徒有虚名）很怕水，但老虎却如鱼得水般的开心。我很爱他。他好可爱，他也很爱我，不管我走到哪儿都喜欢跟着我。弗勒尔在周六的晚上请了保姆，我们三个（我，爸爸还有弗勒尔）一起去唐人街吃了饭。

那顿晚饭很棒。餐馆里有一张大餐桌，所有人都坐在一起。没有刀叉，只有筷子，甚至连菜单都没有，只有源源不断送上来的菜肴，像是魔法一般，香气腾腾，引人垂涎。爸爸很高兴，因为那里有很多中国顾客——他很讲求原汁原味的"正宗"——我觉得弗勒尔也很高兴，毕竟可以不用和孩子们黏在一起。那餐饭我们只喝了茉莉花茶，但对弗勒尔来说，效果像是一杯又一杯的伏特加。

"所以你的爱情生活怎么样了，乔吉？"她吃了一口芝麻虾吐司，随后问道。

"还好，"我小心地回答，"还是和泰在一起。"

"你有照片吗？"我给她看了自己手机里泰的照片。那是在海边拍的，他手里还拿着一块幸运石头，对着阳光，就是那种中间有一个洞的石头，休斯小姐说这种石头都叫幸运石。

"哇哦，他真好看。"弗勒尔说。

"他年纪太大了。"毫不意外，爸爸说道。

"妈妈不这么想。她已经开始喜欢他了。"这么说有点夸张，但妈妈确实说过，比起帕特里克，她更喜欢泰。

"妈妈还好吗？"爸爸问，他刻意加重了语气。我很讨厌他这样称呼妈妈，连一个"你的"也不加。不知道为什么，我觉得这是对妈妈的不尊重。

"很好。"我说,将大虾和米饭都放到碗里,我希望他能看出来我的不专心。

显然不大可能。"她肯定压力很大。"

"她很好。"

"她的好朋友去世了,还有别的事情。而且听她的意思,还有什么人在盯着她。"

根据他的描述,妈妈似乎已经不堪重负,正渐渐崩溃。

"她最近在见什么人吗?"

"你是说精神科医生吗?"

"不,"他听起来有些惊讶,"心理咨询师,心理医师这种。"

"没有。"我说。

后来我才意识到,爸爸是在问妈妈有没有和什么人约会,就是那种"交往"的意思。如果这才是他要问的,那真的是太诡异了。

接下来的周末时光还算安逸。周日的早上弗勒尔带孩子们去了公园,中午的时候,她做了美味的午餐,我下午做了作业,然后差不多四点,爸爸把我送回了家。

我们在门口撞见了妈妈向外走,她看起来很糟糕,爸爸最害怕的情况似乎真的发生了。

"出事了,很糟糕。"她在门口说。

"嗨,妈,"我说,"我周末过得很好,谢谢关心。"

"什么事?"爸爸说,那个不耐烦的"又"字,他并没有说出口。

"里克,他被杀了。"

我呆住了,本来正在和赫伯特打招呼的动作都停了下来。

"刘易斯先生？"

"是的，他被人杀害了，和埃拉一样。"

"天啊，"爸爸说，"学校里现在是什么情况？"

我觉得有些不公平，因为埃拉是在家中被杀害的，而刘易斯先生的尸体是在学校里被发现的，就在R.M.霍兰德的书房。妈妈并不想让我听到这些，当然，他们也没有刻意地避开我。我发现妈妈似乎不想透露，是谁发现了刘易斯先生的尸体。难道是她吗？如果是的话，她周末为什么会在学校？

爸爸在离开的时候抱了抱我，并低声对我说："如果你需要，我就过来接你走，不管什么时候。"妈妈给自己倒了一大杯红酒，然后坐在了沙发上，她有些撑不住了。我跑上楼给大家发消息。虽然妈妈说这是机密，但我知道，消息很快就会传出去的。果不其然，在群聊上，我收到了学校发来的通知，"由于突发情况"，学校明天要停课。

"我的老天爷啊，真不敢相信，刘易斯先生死了。"发消息的人是塔希。

"这肯定是个连'坏'杀手。"这是费内蒂安，她的拼写很差劲。

帕特里克却很安静，我猜他可能是没在家，但是十几条消息之后，他出现了，说"这不是闹着玩的"。

"'吓'一个会是谁？"费内蒂安说，"天啊，跟你妈妈说，让她一定要小心些，乔吉。"

"别犯傻了。"帕特里克回复道。

"我只是觉得凶手杀的都是英语老师。"能看出来，费内蒂安有些生气了。

"我们得告诉休斯小姐，"我编辑着信息，"她会知道接下来该做什么的。"

聊天结束后，我收到了帕特里克的私聊信息。

"我们需要谈谈。"

直到周二那天我们才找到机会谈谈。主要是因为周一那天我们经历了巨大的惊吓，赫伯特失踪了，我和妈妈立刻恐慌起来。那天上午的时候，我带它出去散步，我们到了田里，我松开了狗绳，它就跑开了，到处闻闻嗅嗅，绕着圈撒欢玩耍。这时候我收到了帕特里克的短信，我就停下来，低头查看消息，然后，等我再抬起头时，赫伯特就不见了。我感觉很不妙，便立刻开始叫它的名字，一遍又一遍，但还是没有看到它的影子。我想，或许他先我一步自己回家了。但等我回家之后，发现它并没有回来。我和妈妈一起回到田里，它还是没出来，吹特殊的口哨也没用。现在我们是真的慌了。妈妈将这事告诉了在我家房子外执行看护任务的两位警察，他们两个也下了车，帮着我们一起找。我一直在懊悔，这都是我的错。如果我没有低头看手机，就不会发生这种事。但帕特里克的状态不是很好，他说警察找上他了，他们现在就在他家门外。警察真的找到他家里去了。

赫伯特还是没回来，妈妈最后给那个有些吓人的考尔警长打了电话，令我没想到的是，她居然真的来了。而且她十分聪明。她先是让我们冷静下来，然后理智地分析了当前的状况。接着我们去了花园的棚屋里寻找，考尔警长（现在我们可以叫她的名字哈宾德了）听到了狗叫声。最后判断出，声音是从废弃工厂那边传过来的。我很害怕，不是很想进去，但是哈宾德似乎无所畏惧。她找到了一处入口，最终我们三个人一起钻了进去。

很久之前,我就觉得这里不干净,有一些特别的亡灵在这里徘徊。有传言说,这里曾经淹死过一个女孩,淹死在了水泥里,晚上的时候,你还能听见她的哭声。我不知道这故事是不是真的,但这里肯定有爱装神弄鬼的东西。我在夜里的时候,会看到这里有光亮,听到一些奇怪的声响,而且这个地方确实笼罩着悲伤,和学校老楼里的感觉一样。我们来到了工厂内部,这里弥漫着不祥的氛围,有种乌烟瘴气的感觉。但妈妈和哈宾德并没有注意到。她们在专心地追踪着赫伯特的位置,其他什么都看不到了。说起来有些有趣,这种时候,她们两个其实很像,专注又勇敢。我觉得自己跟在她们身后像个小孩子,但就像休斯小姐说的那样,有时候,你就是要倾听自己内心那个孩子的声音。

终于,我们找到了它,被关在一个小小的房间里,而且这里面显然是有人住过的。哈宾德发现这一点后显得十分兴奋。根据这里的发现,警察或许就可以锁定凶手了。妈妈只觉得万分庆幸,总算是找到赫伯特了。我也一样。因为它的爪子受伤了,我们先是带它去宠物医生那里做了检查,然后回到了家,我们把它安顿在客厅的软垫上,周围摆满它最喜欢的小零食和玩具。

我回到楼上,写了些东西,然后给帕特里克发了一条消息。六点半左右的时候,我听到哈宾德来了,接下来就听到一阵咕嘟咕嘟的声音,那是妈妈在给她们两个人倒酒。考尔警长现在已经算是我们家的朋友了吗?我喜欢她,也很钦佩她,但是不知道为什么,我不想亲近她。她的灵魂磁场是蓝色的,像是那种老式的警灯的颜色。她是那种克服一切也要追寻真相的人。

第二天,学校解除了封锁,我们又回到了学校。老楼那部分却还是封锁的,而且真的有那种警方的封条拦在大门口。对此每个人有些兴奋过度,因为老楼封锁,于是我们所有的人都只能在新楼活动，大家被迫挤在一起，气氛开始有些紧张。走到签到处之前，我和帕特里克只能简单地聊几句。

"现在所有人都觉得我是个杀人凶手。"他看起来比平时还要乖戾，眼睛下面一圈乌青，头发也没洗。我甚至还看到了他脸上青色的胡楂儿。

"没人这么想。"我说。

"大家都在看我。"

"他们或许在好奇，我们两个在说什么悄悄话。可能以为我们两个在约会。"

听到我的话之后他笑了。"我要和罗西分手了。这对她来说很不公平。"

"用不着这么矫情。"

"我是认真的，乔吉，也许我们两个确实应该在一起。泰对你来说太老了。"

"你怎么跟我爸一样。"

"我真这么觉得，他并不懂你，但我懂。我们是一样的，我和你。"

"一会儿见吧，"我说，"我现在得去上课了。"

有些话还是永远不要说出口。

斯威特曼先生又组织了一次特别的集会。他说我们不能一直去想刘易斯先生是怎么死的，而是要记住他是怎么活的。这个提议不大现实。现在每个人对这起谋杀案都十分着迷。还有人问过我，是不是我妈妈干的。

"是，你猜得没错，"我说，"因为她太想当英语部的主管了。"

但其他大多数人，都认定这是一个连环杀手在作案。

"有没有可能是在我们学校读过书的人呢？"佩奇说，"龙尼·贝洛斯之前就特别讨厌刘易斯先生，他绝对是个怪咖。他总穿黑色的衣服，还听重金属。"

"好有道理，"我说，"破案了。那你要不要打电话告诉警察，还是我帮你去？"

接着我突然愣了一下，因为我刚刚想起来，我确实可以直接打给警察，我的手机里存了哈宾德的号码，用于"紧急呼叫"。

午休的时候，我和帕特里克碰面了。我们本来想去墓园那边聊，但现在老师们十分严格，绝对不允许我们到禁区里活动。就像在《哈利·波特》中的情节，人们怀疑有蛇怪潜伏在霍格沃兹，所以每个走廊都有两个老师在巡视，大门口还有很多看门的校警，所有人都在猜测凶手的真面目。最后我们两个去了美术室。帕特里克谎称自己要完成会考要求的艺术课程任务，我说我正在做一个历史课的课题作业。

我们坐在那里，周围环绕着七年级学生们可怕的自画像。房间里充斥着油漆和铅笔屑的气味，奇异得令人心安。帕特里克的课程作业确实很棒。那是一幅海景，一个巨大的身影从海水中升起，天空的颜色灰暗阴沉，还带有一丝淡青。让我想起自己小时候看过的一本书《钢铁侠》。

"这是天气好的时候肖勒姆海滩的样子。"他说。我看了一眼他在画上的署名，"普马"，那是他在科幻小说中的另一个自己。

"我希望我能住在离海更近的地方。"我说。

"我住的地方你不会喜欢的，"他说，"那边大多数的房子都是小木屋或是度假屋。没人真的就居住在那里。因为白天太安静了,晚上又太吵了,雾角声整晚都在响。"

"昨天到底怎么了?"我说,"你说警察去你家了。"

"对,"他说,"他们在埃尔菲克小姐家外面的监控里看到我了。"

"我的天啊,"我说,"他们怀疑是你杀了她?"

"我也不确定。我告诉他们我看见刘易斯先生了,他们好像很感兴趣。埃尔菲克小姐确实有可能是他杀的,但现在他也死了。警察或许以为,他们两个都是我杀的。"

"周六那天晚上,你有不在场证明吗?"

我不敢相信自己居然真的这样问了。我在问我的朋友,他在一起凶杀案里有没有不在场证明。帕特里克的头转向一边,我看不见他的脸。

"有,这也是我周日那天想和你谈一谈的原因。周六那天费费来了。"

"什么?"

"我们之间什么都没有,"他说,但在我看来,听起来这都像是狡辩之词,"那天我一个人,很孤独。罗西的父母不让她出门。你又在伦敦你爸爸家里。我就给费费发了消息,然后她就来了。"

"她待了多久?"

"那天晚上她没走。"

我无话可说。一方面,我很震惊,并且觉得有些不高兴。我一点也不相信帕特里克说的,他和费费之间什么都没有。他们也许没有"在一起",但他们肯定是"睡一起"的。我甚至有些愤怒,费内蒂安居然比我更早就有了性体验,她却什么都没说。而且在"我的秘密日记"网上,他们两个也只字未提。但另一方面,我很高兴,帕特里克是有不在场证明的。

"我该走了,"我说。

帕特里克却握住了我的手。"你不要生气,乔吉。我爱的人是你。"

"别再说这种话了,"我说,"你并不爱我。我们两个就像是兄妹。"

"费费说过,前世她是我的双胞胎妹妹。她说我们有着同一个灵魂。"

"我觉得你以后就会发现,双胞胎其实是有各自的灵魂的。"

帕特里克还抓着我的手不放。"我现在一团糟,乔吉,我不知道该怎么办。"

"那你为什么不去问问你的双胞胎妹妹费内蒂安呢?"

"你不要生气,"他再次说,"费费也说过,如果我告诉你,你一定会生气。"

"我没有生气。"

我已经怒不可遏。

现在我每天还是要和妈妈一起回家。今天的她看起来像是有什么心事,这也可以理解。我们去狗狗日托中心接回了赫伯特,随后一进家门,我就逃到了楼上。正在写日记的时候,我听到楼下传来了狗叫声,有人来了。是考尔警长,哈宾德阿姨,我们新交的好友。

我偷偷地溜了出去,坐在楼梯上,静静地听着。哈宾德在说什么"刑侦科在犯罪现场的发现"。她列出了很多她觉得"重要的物品",这些都是刘易斯先生被杀那晚,在R.M.霍兰德书房发现的东西。她问妈妈,之前有没有见过这里面的任何物品。现在我知道了，的确是妈妈发现的尸体。

"桌子上有三支蜡烛，还有一些百花香里面的叶子和干花。"

"我不记得见过……"妈妈的声音突然消失了。

"犯罪现场调查组的人还发现了这个。这是在现场拍摄的照片。"

天啊，我好想看一看是什么样的照片。幸运的是妈妈问了一句这是什么。

"我查了一下，这是一种叫黑曜石的石头。"

36

我知道接下来要做什么，我一定要去见一次休斯小姐，遗憾的是这并不容易。妈妈现在像个老鹰一样，整天看着我。最终我还得向塔希寻求帮助。我告诉她我想单独见一下休斯小姐，很急。塔希可能以为是关于创意写作的事情。她问她的妈妈，周四放学后，我能不能去她家。两位家长沟通过后，我们得到了准许。这两天的等待让我觉得十分煎熬，简直是度日如年。周三晚上我和泰见了面，一起出去约会，但最后也只是在斯泰宁喝了点东西。那天我们过得很开心，但我忍不住想起帕特里克的话，我应该跟他在一起，而不是和泰。他说的是事实吗？我确实能够感觉到我和帕特里克之间的联结，那是我和泰之间所没有的，但从另一方面来说，和泰在一起会有满满的安全感，和帕特里克在一起的时候则不是这样。十点的时候，泰将我送回了家，妈妈对他很客气，邀请他进来，招待了他一杯热可可，还问了他最近的工作和家里的情况。她热情得有些虚伪，但我能感受到她的善意。

周四放学后，我和塔希一起离开了学校，并在奇切斯特站一起等公交。到站之后，塔希下了车，我则继续留在车上，直到车子开到第六学级学院。西萨塞克斯的第六学级学院看起来和塔尔加斯中学的新校区很像，建筑风格现代而无趣，到处都是玻璃和塑料。妈妈觉得这里好，因为这里的考试成绩一直不错，但我却一点儿也不想走进来。在塔尔加斯，我的标签虽然是"卡西迪小姐的女儿"，但至少我是存在的。而在第六学级学院我想我会泯然众人。学校的简章上写着"像对待成年人那样对待学生"，但在我看来，这显然是唱高调。来这里唯一的好处就是可以成为休斯小姐的学生。

我已经提前和休斯小姐打过招呼，说我要来找她，所以现在她正在某间教室里等着我。这里所有的教室都长得一模一样。她所在的教室门牌是 B2 11-C，鬼知道这个是什么标识。

休斯小姐正在判卷子，但看我走进来后，她马上就站起了身。我真的太高兴了，可以见到休斯小姐。和其他人不同，休斯小姐永远不会变。她的头发还是工整地绾在脑后，她穿了一件带褶边领子的粉色套头衫。妈妈若是看到了，一定会说她"土气"，但在我看来，她这样刚刚好，舒服又减龄。

"乔治娅。"她从来不会叫我的昵称，"你还好吗，亲爱的？"

"我还好。"我在她对面坐下，"其实……不太好。"

"放松，乔治娅。深呼吸。"

闭上了眼睛。这间教室里闻起来和其他教室没什么两样，但休斯小姐的存在让这里变成了一个让人安心的避风港。我试着慢慢呼吸。她的声音又轻又柔。

"怎么了，乔治娅？"

我睁开了眼睛。"是帕特里克。"我说。

"啊，你已经知道他对你的真实情感了。"

"不是。是的。"说实话，那一刻我有些不知所措。我从未想过休斯小姐会关注我们之间这点小心思。而且，除了临上课前那一刻，帕特里克突然说我们应该在一起，还有在美术室里他奇怪的告白,我从来都没想过,帕特里克是喜欢我的。

"是因为刘易斯先生的谋杀案。您听说了吧?"

"是的。昨天还有一个女警察来找过我。"

"考尔警长?"

"很聪明但也很愤怒的一个女人。"

听起来确实就是哈宾德。

"是这样的,"我说,"帕特里克之前告诉了我一些事……"我把帕特里克去找埃尔菲克小姐被拍到的事,以及那晚他看到刘易斯先生的事,都告诉了休斯小姐。还把帕特里克和费费在一起过夜的事,以及犯罪现场发现了黑曜石的事情,全都说了出来。

"是那种您送给我们做保护符的黑曜石,"我说,"一定是。"

她没有说话,只是久久地认真看着我,眼神温柔又可怕。然后她开口道:"你有跟别人提起过这件事吗?"

"没有。"

"你亲耳听到那位警长说,在犯罪现场发现了那块石头?"

"是的。"

"你是在怀疑帕特里克吗?"

我很害怕休斯小姐会问这个问题,但她的语气如此平静,所以我并没有吓得无法回答。

"有一点。他喜欢埃尔菲克小姐,因为转班的事情,他很记恨刘易斯先生。而且帕特里克……他,嗯,他的脾气不是很好。"

"没错,"休斯小姐说,"帕特里克的磁场有时候会变成黑色。他喜欢惹是生非,喜欢寻求刺激。这种特质会让他变得危险。从他的文章里也能看出来。"

"但有时候他又很贴心。"我说,想起了那次,我生日的时候,他给我买了芦笋,那是我最喜欢的蔬菜;还有那次,他还录制了一个关于小狗的视频,说这让他想到了赫伯特。还有那些他发给我的人们救助动物的视频,那些我们一起在班里笑闹的瞬间。

"是的,你是他的良善天使,"休斯小姐说,"你让他看到光,费内蒂安……她对他的影响就没那么好说了。"

"我该怎么做?"我问,"我知道,我应该把这些告诉哈宾德——考尔警长,或是妈妈。但是我不想给他惹麻烦。"

休斯小姐没有说话,就那样沉默着。她是我见过的唯一能一动不动地坐很久的人。

然后,她开口道:"我知道你们召唤了埃拉的亡魂。"

我瞪着她。"您是怎么知道的?"

我还以为她会说是通过某种神秘力量知道的,但她却说:"我在'我的秘密日记'网上读到的。"

我从未想过她也会去那个网站。我们确实在上课的时候聊过这个网站,但我一直以为休斯小姐是那种远离社交媒体,并对其不屑一顾的类型。她甚至都不怎么用邮件。因为我收到过她手写的上百张字条。这时我忽然想到,如果她是网站的会员,那么她肯定要有一个别名。

"你写得也很好,"她说着,对我露出善意的微笑,"多变的句式结构运用得相当出色。"

"谢谢。"我不禁感到开心,"您是怎么知道那是埃拉的呢?我并没有提到她的名字。"

"还能是谁呢?"她说,"我确实能够感受到,一种已解脱的能量。她已经归于自然了。"

"您觉得,我们也应该这样帮助刘易斯先生吗?"

"很可惜,理查德的亡灵现在还在人间,"休斯小姐说,"他的灵魂没有埃拉那么纯粹。"

"那关于石头的事，我应该说出去吗？"我说。

"有些时候，沉默是金，"她说，"冥冥之中，所有事情都有自己的发展轨迹。"

我终于感到轻松了一些，长长地吐了口气。一切都会好起来的。

在一个十字路口，我下了公交。这里离我家只有几步路远。我甚至可以看到废弃工厂的墙壁，还有工厂后面的白垩悬崖，在黑暗中微微闪着光。如果妈妈问起，我就说是塔希妈妈送我回来的，但是她不能把我送到门口，因为她要赶着去接费格斯，那是塔希烦人的弟弟，他踢完了足球要回家。我沿着田野的边缘走着，那里有一块空地，路上一直有汽车经过。现在是六点，还在晚高峰，社畜通勤者们开着宝马或是奥迪飞驰而过。在我小的时候，七点就是我的就寝时间，我总以为，七点之后是大人们的时间。我常常听到爸爸和妈妈在楼下聊天，一边喝着酒，一边看着电视上精彩的电视节目。当然，很快他们就不再聊天了，开始相互低声指责、争吵，随后声音开始变大，变成对彼此的怒吼。在我十岁的时候，家里就只剩下我和妈妈两个人了。但我偶尔还会怀念《英国大学生知识竞赛》的主题曲。

所以此时走在路上的我并不害怕，这并不是一天中最恐怖的时候。

然后，我听到了一阵喘息声。

当时我是戴着耳机的，所以一开始，我以为我听到的是播客里面的声音。但后来我将耳机拿了下来，那个喘息声还在，就在我身后，是从树篱和黑暗的田野传来的。那是一种轻柔的、兽类的声音，但我知道，那不是什么动物。我想起了《猴爪》和里面那个从阴间爬回来的东西，拖着自己的尸体回到丧子的老夫妇家门前。我想起了帕特里克的画和那个海里面涌现的生物。我想起休斯小姐说的,刘易斯先生的鬼魂"还在人间"。我加快步伐,并且越走越快,但那个喘息声依旧跟着我,在离我只有几步远的地方,不紧不慢地跟着。我家的房子就在前面了,窗子里透出的灯光说明妈妈在家,她的车停在了外面。我终于跑了起来,而后那个喘息声也忽然变得急促,好像追踪我的这个"东西"也跑了起来。

我斜着穿过马路,勉强躲过一辆奥迪,然后沿着我家门外的那条小路飞奔过去。喘息声不见了,我站在门廊,回望田野的方向。那里是有一个人影吗?正在树丛里面穿行?但夜色太深,我什么都没看清。

我解除了和艾达的婚约。我不配和任何正常人在一起。我待在自己的房间里，表面上是在赶论文，实际上是在写故事，就是我现在正读给你的这个，我年轻的朋友。是关于"地狱俱乐部"和万圣节前夜发生的事，在那栋废弃老楼里发生的可怕故事。关于伊布拉希米和柯林斯的遭遇，关于一直在阴魂不散地跟着我的宿敌。一遍又一遍地，我写着那句话：

地狱空荡荡。

十月三十一日又要到了，我已经变成一具没有灵魂的行尸走肉。我知道大家都在关心我，我的导师试着要和我谈谈（即使他因为我抛弃艾达而恼怒），副院长甚至也要求和我进行一次谈话，在那次谈话中，他苦口婆心地嘱咐我，按时吃饭，坚持锻炼。只有拥有健全的身体，才能拥有健全的精神。如果他知道我真实的精神状态的话，他就理解了。

万圣节前夜那一整天，我都在等待着。我没有离开自己的房间，因为我知道，我的宿敌会自己找上门来，锁门或是不锁门，都没什么不同。所以我根本不知道，外面发生了什么，直到第二天，万圣节到来，深夜时分，我独自在城里散步。我很喜欢这种消遣，在寂静的街道上徘徊，一个人静静地思考。但是，在圣约翰学院外面，我看见了一个叫埃格雷蒙特的人，他站在门房的阴影里，抽着烟斗。我认出他了，他也是"地狱俱乐部"的成员，但我匆匆走过，并不想和他攀谈。

"你好啊。"他叫住了我，"你是巴斯蒂安的朋友，对吧？"

"认识而已。"我谨慎地说道，虽然我的心脏一阵狂跳。

"你听说了吗？他出事了，太惨了。"

"没有，"我说，"他出了什么事？"

"我也是刚刚从宿管那里听说。巴斯蒂安当时在火车上，那种车厢互通的新型列车。他从一节车厢走到另外一节的时候，车厢突然分离了。他直接被碾死在了铁轨上。可怜啊，死得太惨了。"

我看着埃格雷蒙特，看到他苍白的脸和翻领上的骷髅头徽章。

"这是什么时候的事？"

"就在昨天，"他回答道，"肯定要上明天的《泰晤士报》的。"

一周之后，我再次收到了剪报，上面的字我现在已经很熟悉了。

地狱空荡荡。

第七部分

克莱尔的日记

二〇一七年十一月十六日 星期四

我现在真的受够西蒙了。他有什么资格在我面前装腔作势，摆出一副高高在上的样子？"我的女儿有危险，我不能袖手旁观。"这就是他刚刚在电话里说的话。他的女儿，好像我就会袖手旁观，什么都不做一样。就因为我说了一句，她今天晚上在她的朋友塔希家。"我们不是说好了，放学之后，你就带她和你一起回来吗？""再说，我们对塔希的妈妈又了解多少？"他问。"你应该先跟我说一声的。"

和他说一声！这就是那个抛弃我出去乱搞的男人说出来的话！他才是那个抛弃妻女的人，还娶了个年纪差不多只有他一半的女人，组建了一个新家庭。好吧，他确实是在我们分开之后才认识的弗勒尔，而且严格来说，她只比他小十岁。但事实上，他再婚之后就总端着架子，狂妄自大。这就是律师这一行的人的毛病。因为时薪高得离谱，所以他们就觉得自己金口玉言。

我才是那个身处危险之中的人，西蒙对日记的事情一无所知。他也并不知道有人曾潜伏在老水泥工厂里，不知道是我发现了里克的尸体，是我看到了里克的死状，看到一把刀深深地插在他的胸口。西蒙想要乔吉和他一起生活，但这是不可能的。没错，在那儿过一个周末确实不错，但我觉得弗勒尔把乔吉当成了那种借宿的互惠生，利用她帮忙带孩子去游泳什么的。乔吉很喜欢她这两个同父异母的弟弟和妹妹，我觉得她也确实很喜欢住在伦敦，喜欢去唐人街吃饭之类的消遣。但她不会想要一直住在那里，她想要和我在一起。

我并没有告诉乔吉我和西蒙之间的不愉快。她走进门后，看起来神色慌乱，有些心神不宁，似乎塔希家发生了什么事让她很介意。她说在想作业的问题，但是，当我提出来我可以帮忙的时候，她却立刻就拒绝了。对啊，拒绝得很合理，一个老师，懂什么作业的事呢？现在我在工作上也是一场噩梦。感谢上帝，我们有替补老师苏珊来接替里克的工作，她看起来能力也很强。唐就不怎么样了，不仅帮不上忙，甚至还有些添乱，他根本管不住自己的班级。而我现在要负责所有的课程安排和考试预测任务，还有其他的琐碎小事。我不知道学校是怎么保持运行的，但它必须要撑下去。而且，从另一个角度来说，这也是支撑我走下去的动力。唯一能够熬过去的方法，就是熬过去。最近谁对我说过这句话来着？

我唯一的慰藉就是亨利——当然还有赫伯特。他的脸今天又开始浮现在我的脑海里。我喜欢他在剑桥办公室里的样子，喜欢那时菱形铅条玻璃窗切割的阳光，喜欢他孤僻简朴的生活气息。而且，他并没轻易退缩，虽然在我们第一次约会的时候，就发现了一具尸体，但他还想见我。我必须承认，这种被坚定选择的感觉给了我一些安慰。

再说说西蒙。我永远、永远也不会让他把我的女儿从我身边抢走。我简直无法相信，自己曾经爱过他。有时候我甚至觉得，就是从遇见他的那一刻起，我便迈上了错误的人生道路。

37

生活总会出现坎坷，之后也总会蹒跚前行。赫伯特的伤很快就好了，但每次乔吉用某种特别的语调说"可怜的小家伙啊"或是"英雄的汪汪"时，它还会把那只爪子举到空中。这周末，乔吉并不想去西蒙那里（我说什么来着！），于是我们在家里度过了安逸的周末时光。周六那天，她和泰出去看了电影，但十一点的时候就回来了。第二天我们一起去了德布拉家吃午饭，乔吉很开心地和男孩子们一起踢足球，还与德布拉和里奥聊起了一些书。有时候她表现得十分活泼又聪明。每当这时，我都会觉得，不管西蒙怎么说，我的选择都是正确的，我养育乔吉的方式是正确的。

学校的工作已经充满挑战。要做的事情实在太多了，学生们都有些神经紧张，都在讨论着里克的凶案，动不动就会有人崩溃大哭，还时不时地会发生一些肢体冲突。里克的葬礼会在周四举行，在布莱顿的一所教堂，那是他和黛西举办婚礼的地方。至少不是在学校的教堂里，这让我多少好受了些。我无法忍受再看见另一口棺材被抬进学校了。托尼打算参加葬礼，他觉得我也应该出席。"毕竟，你也……算是知情人。"他是在说，毕竟他的尸体是我发现的。凭良心说，尽管看上去已经十分明显了，但他一句也没有问过我，为什么那天晚上我会出现在学校，他给了我足够的体面。我想，或许我真的应该参加里克的葬礼，但我不知道我能不能面对另一场葬礼。我也可以拒绝，就说现在的工作安排让我没法脱身，这也是实话。即便有两个替补老师帮忙，我们也已经到了极限。但所有人都在坚持，大家都竭尽所能，说来有些可笑，现在的我们比埃拉和里克在世的时候，更像是一个团队。我和安诺舒卡正尽自己最大的努力完成好剧目排练，虽然总是事倍功半，需要不停地排练。皮帕饰演的奥黛丽无可挑剔，但是比尔一直记不住自己的台词，还有那朵食人花，有一半的排练都没参加。

自从上次哈宾德来过之后，就再没见过她了，上次她来的时候，告诉我警方在现场发现了一些东西。那之前，我们一起喝酒聊天，像是朋友一样。但在周三，经历了地狱一般的一天回到家之后，我看到她的车停在我家门外。

"她来干吗？"乔吉问。这一路她都没怎么说话，只是一直埋头摆弄着手机。只有在狗狗日托中心接回赫伯特时，她才露出了笑容。

"幸运的话，她会告诉我们警方已经抓到凶手了，一切都已经好起来了。"我说。

"梦里啥都有，妈。"

外面下着瓢泼大雨。哈宾德走下车，戴着兜帽。她是一个人来的，我不知道这是不是说明，她这次来并不是执行公务。

"进来吧。"我说，同时努力控制雨伞不被掀翻过去。乔吉和哈宾德已经快速地冲进了屋里。在门厅里，哈宾德脱掉了外套。她看起来和我一样，疲惫不堪。她挂着浓浓的黑眼圈，头发随意在脑后绑了一个马尾辫。

"到厨房去吧，"我说，"我们喝点茶。"

我们坐在早餐吧台前,听着雨滴不停地敲打着天窗。

"塔尔加斯现在怎么样了?"哈宾德说着,拿起了一块饼干。

"每个人都开心得很,"我说,"英语部主管被杀了,大家都很受鼓舞。"

"我以为现在你是部门主管了。"

"代理主管,"我说,"这两个称呼还是有区别的。"

我听到乔吉已经回到了楼上,因此觉得是时候问出口了。"有什么进展?"

"我们今天拿到了DNA测试报告,"她说,"所以我才来这儿一趟。"

我感到有些失落,原来她并不仅仅是来和我喝一杯茶的。

哈宾德从包中拿出了一份文件,但没有打开。她用比较专业的语气说道:"我们在工厂发现的寝具上发现了大量的DNA信息。在那个睡袋上还找到了很多体液痕迹。"

"不要跟我说这些细节了。"我说。

"好吧。嗯,那里的DNA和我们在犯罪现场发现的DNA数据是一致的。"

"哪个犯罪现场?"

"R.M.霍兰德的书房。我们在死者的身上和桌子上都发现了鼻腔分泌物。"

"这意味着什么?"

"证明凶手可能在现场打了一个喷嚏,"她面无表情地说道,"重点是,克莱尔,杀害里克·刘易斯的人就是那个睡在废弃工厂的人。"

"我的天啊。"

"我必须告诉你,"哈宾德说,她的手还放在那份没有打开的文件上,"我们建议你现在就转移到一个安全的地方,最好是离开萨塞克斯,越远越好。去你那个苏格兰的奶奶家怎么样?"

我笑了,觉得很荒谬。我不能离开萨塞克斯,现在英语部全靠我一个人撑着。但同时,我好像看到了祖母家远在阿勒浦的房子,海面上映射的灯光,还有远处的山峰。

"我不能丢下手里的工作,"我说,"我们现在真的很缺人。乔吉也不能落下课业,今年对她来说很重要。"

"就几周而已,"哈宾德说,"而且没有谁是无法取代的。"

"我真的觉得,我现在就是无法取代的,"

"老师们总说学生不能落下课业,但这根本就不是真的。比起在学校上几个星期的概率课,也许跟你独处一段时间,乔治娅会收获更多。"

"你们在聊什么?"我在洗手池旁,往热水壶里加水,所以没听到乔吉走进了厨房。她正站在那里,身上还穿着塔尔加斯中学难看的校服,头发披在肩上,显得脸色白皙无比,那一刻她看上去美得不真实。

"我们正在聊你和你妈妈需要离开一段时间,"哈宾德毫不掩饰地说道,"你觉得可以吗?"

"可是我得上学啊。"

"天啊,你已经被洗脑了,"哈宾德说,"我还以为所有人都不想上学。"

乔吉突然笑了起来,让我略感意外地说道:"嗯,我确实很讨厌数学,尤其讨厌概率课。"

"我也是,"哈宾德说,"但很不幸啊,做警察要一直用到概率学。"

"为什么你要劝我们离开?"乔吉说。她在哈宾德的对面坐了下来。我感觉自己被冷落了，变成了西部片里的酒保。"怎么拉着个脸啊，巴克？"

"我们在犯罪现场提取到的DNA信息和在老水泥工厂那间屋子里面提取到的是一致的。"哈宾德说。这可比我准备告诉乔吉的信息多太多了。我试着在乔吉背后对哈宾德表达我的不满。

"你们找到DNA的匹配者了吗？"乔吉说。

哈宾德笑了。"你们现在的年轻人都有这个毛病，比我都清楚警察破案的手法。但是没有，在已备案的所有DNA数据中都没有匹配的，我们交叉检测了这里的所有罪犯，还是没有找到匹配的数据。"

"所以是个陌生人？"

"几乎可以肯定地说，是的。"

不知道为什么，知道凶手并不是累犯之后，我居然会觉得轻松了些。这有些不可理喻，但事实就是如此，我可以看到自己紧握的双手放松了一些。

"你们在犯罪现场还发现了什么？"乔吉问。

"我说得已经够多了，"哈宾德说，"再说下去，我就要被魔法界除名了。"

乔吉笑了，随后离开了厨房。哈宾德又待了一会儿，吃了几块饼干，我们聊起了赫伯特。直到她走后，我还在想，她到底为什么来我家。

38

最终我还是参加了里克的葬礼。因为我知道，无论如何我是躲不掉的。我坐在托尼和副校长利兹·弗朗西斯中间，听着人们对里克的描述，说他是"一个充满上帝仁爱之光的人"。他生前是个阳光快乐的人。我之前并没有意识到。仪式是在社区中心举行的，人们在唱赞美诗时都举起了手。音乐非常好听，领唱女孩的曼妙嗓音很适合唱上帝的福音，余音绕梁，甚至触动了高高悬挂在屋顶上的万圣节气球。牧师的演讲十分精彩。"没有信念，我们就没有复活的希望，我们将不断重复着复活节的那个周六，而见不到安息日的黎明。"我可以看到前排的黛西·刘易斯用力地点了点头。

我并没有宗教信仰。我的父母都是无神论者，虽然我的父亲来自爱尔兰家庭，从小被当作天主教徒抚养长大，但是是以一种奇怪的方式。"这些圣人很伟大是不是？所以四旬斋戒那天我们就别吃甜食了。"关起门来的时候，我们一家人总用一种有些居高临下的语气讨论宗教人士，就像是人类学家描述那些所谓"失落的部落"。我的父母都是大学的讲师，这种谈话对他们来说是家常便饭。对我来说，我只希望他们能闭嘴安静一会儿，不要打扰我看书。那时候我甚至在想，也许天主教也没什么不好。至少人们不会在举办宗教仪式的时候说话，而且周日的时候还能享受几个小时的清静。况且接受一些宗教教育有助于理解T.S.艾略特的作品,更不用说弥尔顿和乔叟了。我的哥哥马丁是个医生,即便圣诞节也是随时待命的工作状态,对宗教更是没有丝毫耐心。他被纯理性的教育理念养大。在他的认知里,没有牙仙,没有圣诞老人,也没有婴儿耶稣,他们就是天生的山达基①教徒。

我和西蒙对待宗教的态度则并非那么绝对,更加自由一些。我们告诉乔吉,有些人相信圣诞老人和婴儿耶稣,这种想法是美好的信念,会激发人们的善念和慷慨。据我所知,乔吉并没有追随过天主教或是其他超自然哲学。但看着眼前的黛西,我开始怀疑这对她来说或许并不是一件坏事。至少对于现在的黛西来说,这世界上还存留着一些什么,把她和绝望的黑暗阻隔开来。

我没有留下来守灵。下午还有课,我必须得回去,另外,对里克的朋友和家人,我又有什么好说的呢?离开的时候我和黛西问了好,并表达了我的慰问之情。然而对于我这毫无新意也绝无冒犯的善意,她只是轻蔑地看了我一眼,眼里那明显的仇恨让我震惊,几乎想要立刻退后逃走。

利兹也上了我的车,我们一起向学校开去(托尼当然要留下来,表达他的遗憾和哀婉之情),布莱顿海岸路上有数不清的信号灯,在我又一次停下来等红灯的时候,我开口问:"你看到黛西·刘易斯刚刚看我的眼神了吗?"

利兹没有立即回答我,而是沉默了片刻,随后说道:"她也不容易,里克就是她生活的全部。"

我喜欢利兹,但我不会允许她这样含糊其词地蒙混过关。

"但这不是她恨我的理由。"

---

① 又名"科学教",教会成立于美国新泽西州。

"她并不恨你，"利兹说，她扭头看向了窗外，看向荒芜的西码头，"她只是嫉妒你。"

"嫉妒我，为什么？"

"显然她是知道的，里克爱上你了。"

"里克并没有爱上我。"绿灯亮起，我并没有立刻催动车子。跟在我身后的大巴车立刻按起了喇叭，不耐烦地催促着。都说布莱顿人悠闲又重视环保，今天算是见识到了。

利兹什么也没说，于是我继续道："和他搞外遇的是埃拉，你知道的。"

"我知道，"利兹说，"但他最先爱上的人是你。我记得我劝过他。可怜的里克啊。我喜欢他这个人，但他太软弱了。"

"这都是男人们惯用的借口，不是吗？"我说，"所有人都会为男人找借口。里克背叛了他妻子，但所有人都只是说'可怜的里克，他就是没有控制住自己，是埃拉诱惑了他'。"

"我不是那个意思。"利兹说。

"我从来没有回应过里克，你知道的。我很明确地告诉他，我们之间永远都不可能。"

"我没说你回应他了，"利兹说，"我只是说黛西显然是在嫉妒你。里克对你无法自拔，而你丝毫没有心动。"

但这听起来依旧像是某种批判。剩下的车程我们再没怎么聊过了。

又是漫长的一天。今天放学之后，我们又排练了歌剧。现在距离演出还有不到两周时间，我不得不启用了扮演植物的替身演员，那孩子矮得要命，似乎还不到一米。乔吉来看排练，多半是因为塔希在合唱团排练。我有些不高兴，因为看到了帕特里克·奥利里，他偷偷地溜了进来，坐在了乔吉的旁边，在《绿色的地方》整整一首歌的时间里，他一直在跟乔吉说着悄悄话。扮演奥黛丽的皮帕时不时地往他们两个所在的方向张望，其间还哭了两次。我由衷地希望她不是另一个傻子，鬼迷心窍地喜欢上了帕特里克。

排练终于结束，乔吉、塔希和帕特里克三个人抱在了一起。皮帕含着眼泪看着他们。

"你还好吗？"我说，"你一定会大放异彩的，你知道的。"这是实话。这部剧里有问题的是其他人。

"我没事，卡西迪小姐。就是每个月的那段时间，您懂得。"

信息量过大了。但我还是露出一个关爱的微笑。"好吧，回家好好休息一下吧。周一会进行整部剧的排练。我希望我的奥黛丽能马力全开。"我提高了声音，"好了，乔吉，该走了。"

"淡定，妈妈。"学生们发出了一阵笑声。

回家的途中，我们遇上了另外一阵海雾，地标建筑会突然从浓雾中出现，诡异的云雾在树间飘过。乔吉正在手机上和朋友们聊得火热。我打开了车载收音机，第四频道里面正在播放广播剧《弓箭手》，还有一个疲惫的男人的声音，谈论着人工授精。

"我的天啊。"乔吉摘下了耳机，"我们一定要听这个吗？"

我关上了收音机。外面的雾气变得更加深重，似乎是在云层里开车一样。那座废弃的工厂完全消失了。我只能依稀辨认出我们家这条路上的三盏橙色的路灯。从车上走下来后，我甚至看不清自己家的前门在哪儿。

而后，令人惊讶的是，雾气中传来了哈宾德的声音。

"克莱尔，出事了。"

39

"什么,"我说,"出什么事了?"

"我们进去再说。"我看到尼尔·温斯顿的身影慢慢在考尔身后出现。所以这次是公务到访。

"怎么了,妈妈?"乔吉握住我的手臂。她怀里还抱着赫伯特,它今天在日托中心待的时间格外长。

"你钥匙拿出来了吗?"哈宾德的声音里没有任何情感,空洞而冷漠。我还没有找到钥匙,于是伸手在包里翻找起来,翻来翻去还是没有找到,我的手指都快僵了,哈宾德不得不拿过了我的包。

一进房门,哈宾德就打开了灯,将我们一起拥进了客厅。尼尔走到厨房准备泡茶。他们不发一言的样子,让我真的开始有些担心了。

"我不想吓唬你们,请你们不要慌。"这是她的第一句话。

"天啊,"我说,"现在我是真的慌了。"

哈宾德看了一眼乔吉,她正坐在沙发上,赫伯特就趴在她的大腿上。

"是你的前夫,西蒙。"

我没想到会是他。

"西蒙怎么了?"

"他被人攻击了。"

乔吉被吓得惊叫了一声。哈宾德立刻补充说:"他现在就在医院,会没事的。"

我坐到乔吉身边,伸手搂住了她。"你刚说他'被攻击',是什么意思?"

"有人在他的办公室外面等着,等他出门之后,用刀捅了他。西蒙一定是大声呼救了,所以有路人听到,过去帮忙,袭击他的人就跑了。"

"用刀捅。"我想起了里克,还有插在他胸口的那把刀。想起了哈宾德告诉我的埃拉的死因。"被害人遭到多次捅刺。"

"这很可能是一次随机犯罪,"哈宾德说,"伦敦的持刀行凶事件十分严重。但我们不能忽略案件中与你的联系。"

"你们认为,袭击爸爸的人与杀害埃尔菲克小姐和刘易斯先生的是同一个人?"乔吉说。

尼尔回到了客厅,手中端着两杯茶,他小心地将马克杯放在我们面前。哈宾德说:"我能和你单独聊一下吗,克莱尔?"

"不能,"乔吉说,语气出乎意料的强硬,"我有权利知道发生了什么。"

哈宾德和尼尔对视了一眼。"克莱尔,"哈宾德说,"我可以看看你的日记吗?"

"我已经都给你们了。"我说。

"但我知道,你一定又写了一本。"

我想到了那本"记者笔记",就在楼上,我卧室的床头柜里。是的,她猜得没错。

"她在说什么,妈?"乔吉说,"什么日记?"

"没什么,不重要。"我说。

"可以请你给我看一下吗？"哈宾德说。

赫伯特也跟着我们一起上了楼，好像我们是去旅行。那本笔记本正摆在床上，在我不常睡的那一侧。那是我和西蒙离婚之前，他常睡的位置。我想不起来，日记是不是被我放在那里的了。

我打开了日记，看到最近的一篇：

> 再说说西蒙。我永远、永远也不会让他把我的女儿从我身边抢走。我简直无法相信，自己曾经爱过他。有时候我甚至觉得，就是从遇见他的那一刻起，我便迈上了错误的人生道路。

在这页的下方，斜体的字迹写道："交给我吧。"

克莱尔的日记

二〇一七年十一月二十四日 星期五

我们坐上了去往因弗内斯的火车，加勒多尼卧铺列车。一切都显得如此不真实。昨天我还在组织排练《恐怖小店》，期待着即将到来的周末。现在，托尼不得不再找一个代课教师，而我和乔吉则坐上了去往阿勒浦的火车。哈宾德安排了一切，将我们安排到有双层床的俱乐部车厢，还有免费的"睡眠包"。这里空间很小，但很舒适，床上铺着清爽的白色床单，还有一张折叠起来就变成水槽的桌子。乔吉正躺在上铺听着播客，我在下铺用手机编辑了这篇日记。赫伯特也和我们一起上路了，它趴在地上，几乎占据了所有的空间，不过它表现得无可挑剔，十分乖巧，好像经常坐这种特快卧铺列车一样，丝毫不慌。英格兰在黑暗之中逐渐向身后退去。等我们再次醒来时，我们将到达苏格兰。

早些时候，我和西蒙聊过了。他依旧躺在医院里，但伤情已经得到控制，没有那么严重。他听起来比任何时候都要恼火（也许愤怒这个词更贴切）。"警察说，这事可能和你的那些谋杀案有关。"我的？警察认为凶手在袭击西蒙的时候被发现了，所以西蒙才没有当场丧命，只是胸前和手臂上有一些伤口。我可以肯定，西蒙丝毫不会有劫后余生的庆幸。他肯定会把一切都怪罪到我的头上。

我已经等不及要见到祖母了。或许在我心里,她代表着安全,这种心安的感觉,是我父母永远给不了的。而且,苏格兰远离学校,远离R.M.霍兰德,远离那个在我日记里留言的人,所以在那里,我们绝对是安全的。

年年有今日，又到那一天了，那些死里逃生的人，如今只剩下我了。这种感觉真的好奇妙啊，亲爱的年轻人。我相信你聪明的大脑肯定早就意识到了，故事发生的规律和这一天的不祥之处。他为什么要给我讲这个故事？你一定在好奇。难道，我是被选中了吗？要来见证故事讲述者的死亡吗？

但不要怕。毕竟，我没打算去乘什么热气球，或是驾着马车穿越沼泽。所以我不会从高空坠落，活活摔死，也不会被劫匪拖下马车，一刀割喉。

我是在火车上，没错，但我也没打算离开这节车厢。

第八部分 哈宾德

40

直到亲眼看见克莱尔和乔治娅上了火车,我才放松下来。她们站在那里,即便克莱尔穿着那件红色的名牌大衣,她们依旧像是逃难的难民,或是无家可归的流浪者。乔治娅穿着一件派克大衣,戴着一顶毛茸茸的帽子,肩上背着一个背包。克莱尔牵着赫伯特,那小家伙也穿上了自己红色的小外套,脖子上戴着项圈。我事先确认过了,这列车是允许带狗的。这将是一次十分舒适且人性化的旅程。列车九点钟从尤思顿发车,她们可以在车上吃晚饭,然后回车厢里睡觉,最后在苏格兰醒来。说实话,我甚至有些羡慕她们。

一大早我就赶去了伦敦,到伦敦警察厅开会。高级调查官史蒂夫·霍林斯督察说,西蒙·牛顿的办公室在霍尔本附近,他出门便遭到了袭击。那里是马厩改造的房子,所以不出所料,那个地方没有安监控。但西蒙在遭到袭击时一定大声呼救了,引起了周围人的注意,所以凶手才捅了他几刀之后就逃跑了。两个要乘地铁通勤的人听到了这边的骚动,立刻赶过来想要帮忙。他们发现西蒙正在办公室的门口挣扎着想要进去。西蒙的伤口血流不止,但意识清醒。两位路人并没有发现袭击者的踪迹。我认为他就是我们要找的凶手。他所用的凶器是同一种,现场发现了他扔下的刀,一把磨尖的厨房用刀,上面并没有发现指纹。除此之外，袭击方式也很相似——都是见机行事，野蛮残忍，事情暴露后立刻逃离。

"你觉得他就是你们要找的凶手？"霍林斯说。

"作案手法很像，而且所有被害人都和一位女性有关。"

"她最好是有完美的不在场证明。"霍林斯说着站起了身，伸了一个懒腰。他不是那种会老老实实待着不动的人。我敢打赌，他戴了运动手环。

"她有。"我说。而且这是事实。西蒙遭到袭击的时候，克莱尔还在塔尔加斯组织排练，那个体育馆兼剧院，我读书的时候大家就习惯了在脚臭味中排练音乐剧。我从来没有参演过，不过加里似乎参与过。

离开霍尔本警局后，我步行来到了大学学院医院去找西蒙问话。他看起来不太好——这也是情理之中的事情，即便如此，我还是看不出克莱尔当年为什么会看上他。西蒙此刻面色苍白，体格瘦弱，头发也日渐稀少，表情甚至还有些狂躁。不过像我刚才说的，可以理解，毕竟他还躺在病床上。

"我是警长哈宾德·考尔，"我说，"现在正在调查埃拉·埃尔菲克和里克·刘易斯的谋杀案。"

"克莱尔跟我说起过你。"西蒙说。他讲话带着北部口音，是我没想到的。

"她也对我说起过你。"我说。

"我猜她也会。"他有些尴尬地在床上调整了一下姿势。他的前胸和一只手臂都绑着绑带，脸上也有瘀青和伤口。他抬起没受伤的那只手挠了挠鼻子。

"你们真的觉得这两件事有关系？"他说，"捅我的那个男人，就是杀了克莱尔学校里那两个老师的凶手？"

"我们还在调查这种可能性，"我谨慎地说道，"袭击你的这个人，你能跟我说说他吗？"

"很难说，"西蒙说，"天太黑了，而且事情发生的特别突然。我刚走出门，还在看手机，他就冲过来了。"

"你确定是个男人吗？"

他思索了片刻，说道："确定。他个头不小，特别壮。差点儿把我撞飞。"

"你觉得他大概有多高？"

"很高，比我高。但比我高的也多得是。"

我们两个都因为他的话愣了一下。西蒙并不矮。但他现在躺在床上，也看不出来具体有多高，依我看来，目测大概一米七五。克莱尔要是穿上高跟鞋的话，应该比他高。

"你看到他的脸了吗？"

"没有。"

"他戴面罩了？"

"我不清楚。我知道听起来好像挺蠢的，是吧？但是我可以确定，我没看见他长什么样子。他不是戴了兜帽就是戴了口罩什么的。"

"想不起来袭击者的脸也很正常。"我说，很正常但很麻烦。"也许过几天你就能想起来了。你注意到他的鞋了吗？"

"他的鞋？"

"对。我总是注意到别人穿的鞋子。"

"我不会，"西蒙说，"我记得他好像是穿了一件黑色的大衣，那种带防水软壳的。"

这一描述和埃拉家里发现的纤维痕迹相符。

"他说话了吗？"我问。

"没有。"西蒙耸了耸肩,"最可怕的地方就在这儿。他就直接冲过来,一句话都没说,像个动物。"

像个动物。像一头饥饿的凶兽。我又问了几个问题,但护士开始在西蒙身边忙碌,而西蒙看起来也有些累了。我站起身打算离开,这时他又开口说道:"克莱尔和乔吉怎么样了?我是说,她们两个现在一定很危险吧?你们有保护她们吗?"

"她们正在去克莱尔祖母家的路上,去苏格兰了,"我说,"我给她们订了今晚的卧铺票。"

"啊,苏格兰的奶奶,"西蒙说着,躺靠在他的枕头上,"克莱尔很喜欢那里。我没想到,你居然能说服她放下工作。"

"确实,说动她很不容易,"我说,"但现在我们不能再冒任何风险了。"

"照顾好她们。"西蒙说着,闭上了眼睛。

"我会的。"

出去的路上,我看到一个女人带着两个孩子走出了电梯。她长着一张混血面孔,外貌十分出众,梳着浓密的爆炸头。我知道这就是西蒙的现任妻子。我想不通,为什么两个如此美丽的女人会爱上西蒙那样一个不起眼的男人?异性恋是个谜。

我回到了霍尔本,去看了那里的案发现场。马厩外面还拉着警戒线,但其实也没什么好看的。袭击者可以埋伏的地方有很多:垃圾箱后面,旁边大楼的阴影里。那两位见义勇为的好心人并没有看到他,因为当时受伤的西蒙已经瘫倒在台阶上,他们的注意力显然都集中在了伤者身上。现在台阶的下方还有血迹。

在那之后我便有些无事可做了,尼尔正开车送克莱尔和乔吉去尤思顿车站,我则需要在晚上八点的时候赶到那里和他们碰头。现在我真的需要找个地方坐下来整理思绪。案件调查到现在，我们发现的证据已经很多了：DNA 信息、手写笔迹、凶器。可为什么我们还是连凶手的影子都摸不着？我顺着霍尔本高街和法院巷，一路走到河岸街。街边的商店橱窗里已经摆满了圣诞节的用品：圣诞老人、驯鹿，还有闪闪发光的各种小玩意儿。离圣诞节只有一个月了。到时候，我爸妈会像所有的基督徒一样，热烈地庆祝圣诞，那时家里会挤满亲朋好友，大家看着电视，喝着酒，肆意地欢聚。我现在只希望在那之前，我们能够抓到凶手，否则这个圣诞节我会过得很糟心。

最后，在各个咖世家①店灌了大量的咖啡之后，我停在了查令十字图书馆。图书馆是十分美好的地方。你可以拿着一本书，不受打扰地在这里坐上好几个小时。此刻的查令十字街挤满了中国学生，还有读报的老人，其中有两个看起来更像是流浪汉。我挑了个角落的位置坐下，随后掏出了笔记本，开始列清单，尼尔曾嘲笑过我这种方式。

嫌犯：

1. 克莱尔·卡西迪

有罪论证：有可能记恨埃拉（原因：工作和里克）。不喜欢里克纠缠她。发现了里克的尸体。案件中唯一与西蒙·牛顿有关的人。

无罪论证：两起谋杀案都有不在场证明（存疑）。西蒙被袭案有不在场证明。日记中有凶手的笔迹（如果不是她自己的）。

2. 帕特里克·奥利里

有罪论证：对埃拉有过强烈的情感，并且不喜欢里克。埃

---

① 即 Costa，是一家总部位于英国的咖啡连锁店。

拉被杀当晚出现在她家外面。里克谋杀案中没有可靠的不在场证明。

无罪论证：与西蒙没有联系，并有西蒙被袭案不在场证明（克莱尔确认，他当时在排练现场），会是他策划了所有案件并在克莱尔日记里留言吗？

3. 托尼·斯威特曼

有罪论证：人渣（可惜了，这点在庭上站不住脚）。

无罪论证：埃拉谋杀案中有不在场证明。里克谋杀案发生时人在国外。与西蒙没有联系。

4. 英语部门其他成员——维拉，艾伦或是安诺舒卡。

有罪论证：可能会讨厌埃拉和里克二人。了解《暴风雨》。

无罪论证：都有不在场证明。警方采集了所有人的手写笔迹，都与现场发现的字条笔迹不符。与西蒙没有联系。

5. 布若妮·休斯

有罪论证：知道埃拉和里克的事情。曾与埃拉发生口角。怪异。

无罪论证：并不了解里克。完全不认识西蒙。没有合理动机，动机不够有力。

6. 陌生人

有罪论证：老水泥工厂里发现了不明DNA信息（但警方未掌握所有嫌犯的DNA数据）。

无罪论证：动机？还有，他到底是怎么在日记里留言的？还有，他到底是谁？

这样一来，基本总结得差不多了。我有些挫败地低吼了一声，其中一个流浪汉立刻关切地走过来，问我是否还好。

* * *

我们目送克莱尔和乔治娅乘上了火车。场面其实有些尴尬。我们的关系还没熟到可以拥抱的程度，但是握手告别又有些过于正式了。最后我只是拍了拍克莱尔的肩膀，然后对乔治娅挥了挥手。只有面对赫伯特的时候，我才是最热情的，我弄乱了它的毛，告诉它别惹麻烦。尼尔当然没有那么多顾虑，他大方地拥抱了她们三个。之后，我们两个开车回到了萨塞克斯。

"至少她们在苏格兰是安全的，"尼尔说，"我查了一下阿勒浦那个地方，前不着村后不着店的。"

"我也查了，"我说，"那地方看起来像吧啦莫芮[①]。"

"那是什么东西？"这就是有侄子和侄女的好处吧。尼尔的女儿莉莉还太小，现在还看不了BBC的经典儿童剧。

星期五的晚上，M23高速上车流涌动。我忍不住好奇，这些人是要去哪儿，不可能都是趁着周末去布莱顿"浪"吧？现在人们还会不会在周末鬼混了？路过老旧的布莱顿入口时，我说道："我今晚要住在克莱尔家。"

"什么？"尼尔开车时，车子向来是以七十五迈的速度匀速前进的，但听我说完这句话后，他忽然踩了一脚油门。

"我今晚要在克莱尔家过夜。守株待兔，要是有人潜进她家，在她日记里留言的话，我就能知道是谁了。"因为今早要去伦敦，所以我已经随身带了睡衣、牙刷、牙膏和换洗的内衣，就在我的公务包里。

"你不能去。"尼尔说。

"克莱尔已经把钥匙给我了，"我说道，没等他再反驳，又说

[①]《吧啦莫芮幼儿园》：英国儿童综合节目。

道,"你把我放在那儿就赶紧离开。我不想让人看见我的车停在外边。"

"哈宾德,"尼尔说,"你不能这么干。太危险了。唐娜不会同意的。"

"所以我才没打算告诉她。"我说。

41

结果毫无悬念，我如愿执行了自己的计划。尼尔将我放在了克莱尔家门外。快十一点了，街上的路灯都已经熄灭。夜色深沉，看不见月亮。老水泥厂和白垩悬崖在黑暗中只剩下模糊的影子。

"明早八点，我会准时过来接你。"尼尔说。

"不用那么麻烦，"我说，"我可以坐公交去警局。"

"我过来接你，"他坚持道，"要是有情况，就给我打电话。我就把手机放在床头。"

我开门走了进去。克莱尔不在，只有我一个人，这种感觉很陌生。黑暗中，我在灰蓝色的客厅里坐了下来，将自己想象成克莱尔，坐在那里，点燃香薰蜡烛，摊开一本经典的十九世纪的小说，在沙发上蜷起长腿，修剪我的指甲，思考着要不要和我的剑桥教授情人共度春宵。我看着手机。上面有妈妈发来的两条信息。"在酒店里吗？"妈妈说，"我喜欢酒店。"她这一辈子或许只在度蜜月的时候住过两次酒店。第一条信息是要我带回"那种小瓶装的洗发水"。第二条信息是叫我不用带了，因为爸爸说，那样做的话，是在偷东西。或许是因为爸爸这一辈子都在看管店铺，所以他对于偷窃这种行为十分敏感。也许这也是我成为警察的原因。我回复了她，告诉她酒店的洗漱用品并没有多好。

我玩了几局熊猫泡泡龙,然后走进厨房。冰箱发出低沉的嗡鸣,天窗映射着深蓝的天空。我不想打开设计高雅的射灯,如果有人在监视这所房子的话,我不想打草惊蛇,我想营造出这空无一人的假象。再说,现在的光线足够用了,我可以给自己泡一杯茶,橘子和佛手柑口味,尝起来有香水的味道。

我摸黑来到了楼上。在克莱尔的卧室里,我打开了床头灯,灯光昏暗,在外面应该看不到。整个房间的布置和我料想的一样:法式四柱床,白色的木质家具,蓝白面料编织的椅子,一幅白色和棕色相间的现代版画,书架上摆满了各式各样的平装书——那些她不想在客厅里展示的书(乔吉特·海尔还有吉利·库珀的),还有一块白色的长毛地毯,看上去跟赫伯特很像。我四处窥探了一番,她的床头柜里有布洛芬和盖胃平,没有避孕药,也许她正经历更年期。也没有安眠药或是抗抑郁药。书柜上面放了一个折叠画框,里面分别是乔吉和赫伯特的照片。衣柜里的衣服摆放得整整齐齐,不是很多,但看得出,克莱尔是个重视品质而非数量的人。衣服大多是黑色、灰色和白色的,偶尔还有几件红色和粉色的外套。叠好的打底衫和内衣收纳在抽屉里,那里面还有几套非常热辣的性感内衣,和几封署名为"爱你的奶奶"的信件,旁边放着一些贝壳和干花。没有她父母的东西。整个房间里都是她的味道,祖·玛珑的英国梨和小苍兰。

楼上共有两个卧室和一个卫生间。我又来到了旁边的房间,那是乔治娅的卧室,这个房间的面积最大,有一扇窗子,可以看到外面的路。我用手机上的手电照明,并没有开灯。床上的羽绒被上印着黑白的哈利·波特主题图案,一面粉色的装饰墙,上面贴满了乔吉和她朋友的照片,房间里还有一个书柜(我敢打赌,这栋房子里的每一个房间里都有一个书柜,包括浴室里),一系列微雕动物,还有指甲油、化妆品、一些蜡烛和百花香。最后这件物品吸引了我的注意,什么样的学龄女孩儿会在自己的房间里放百花香呢?我把干花放在鼻子下面闻了闻,味道已经淡到几乎没有了。这是在R.M.霍兰德书房里发现的那种吗?我坐在了乔治娅的书桌旁,桌上的用品摆放得十分工整,让你一坐下来就会想要专心地做作业:所有的笔都装在一个特别的金属盒里。一盏安格泡台灯,各色荧光笔和各种形状的便笺条。还有一张小钉板,上面贴了学校的课程表和很多明信片、照片和可爱的贵宾犬图片。桌子上还有两本书:一本《暴风雨》的辅导书《约克笔记》,还有一本鬼故事合集。在这本鬼故事合集中,放了一张树叶标本做成的书签。翻开那页后,我看到了R.M.霍兰德写的《陌生人》。

"你要是不介意的话,"陌生人说道,"我想给你讲个故事……"

乔治娅把她的电脑带走了(我亲眼看见她将电脑放进了背包里),但我看了看她用作收文盘的油漆盒子,在那里,我翻出了一些散乱的纸张。有学校复印的练习题("医学发展史""呼吸作用方程式"),还有一些做了重点标记的学习笔记和……这是什么?

……我第一次杀人是最轻松的。十分偶然的一次机会,刀刃划过,像是切割黄油一样,丝滑而流畅,两具尸体在黑暗中倒地。他们死得多快,杀人是多么容易啊。第二次谋杀则需要我谋划一番。随机杀人并不能让我满足了。这一次我想在离家更近一些的地方下手，我会像一头野兽一样，撕碎粗心的猎物。我要耐心等待，静候良机。不会有人知道的，在我天真无辜的外表下掩藏着什么。然后，猎物便自己送上了门。她是一个普通的小姑娘，我的校友，应该也算得上是我的朋友吧。她叫伊娃·史密斯。为什么是伊娃？她有什么不同之处吗？是她的脑门上写了"被害人"这几个字吗？不，她没有任何不同。上数学课的时候，我就坐在她旁边，看到她在练习纸上画着小小的爱心。爱心和花朵，有些时候还会混在一起画。红桃、梅花、方块、黑桃。我很想问问她，一个坐在你旁边的女生，你们整日里友好互动，她会借给你量角器，在你解不出方程式时善意地鼓励你，你可曾想过，有一天，她会一刀插进你的颈动脉，让你命丧黄泉？

我的天啊。这样的草稿有好几张。没有作者署名，但显然，这是从某个网站打印下来的。网页地址就在纸张的最下方，"我的秘密日记网"。我拿出手机，找到了这个网站。必须注册才能访问网页，不过注册过程并不麻烦，几分钟时间就搞定了。我用了自己最常用的假名：詹娜·巴克利，登录密码：Jennbar7。不知道为什么，但我总觉得，这是一个完美的盎格鲁－撒克逊白人名字。詹娜应该是学校里最受欢迎的女孩之一，就是在我上学时，那些不理睬我，却会和库什约会的女孩：长着一头金发，喜欢用毛茸茸的铅笔盒，总是穿着男朋友的橄榄球衫，把袖子拉下来遮住双手。不是额头上有受害者印记的女生，是不会被人找茬儿、不会被人霸凌的女生。现在詹娜登上了秘密日记网站。事实证明，这上面的日记并不是什么秘密。

这就像是捅了青少年内心世界的马蜂窝。鼠标滑过去，到处都是熟悉的气息；不理解我……讨厌镜子里的自己……他的手指让我融化……为什么我这么……为什么我不能……为什么大家都……我忍不住写下了"詹娜"的日记：

我是可爱的金发美人。所有人都爱我。我就是芭比世界里的芭比娃娃。我如此完美，从来没有自我怀疑过。我为什么要自我怀疑，我美得像杂志封面女郎。嘿～嘿～嘿～。不要当真，我没指望自己写的东西得布克奖。看起来，我可以选择这篇日记是私密发表还是公开发表。我在所有的日记中搜索了关键字"黄油"，然后在搜索结果里寻找起来，在浏览了大量关于厌食症的自我反省之后，我发现了这么一行字：十分偶然的一次机会，刀刃划过，像是切割黄油一样……那是一个名叫"玛丽安娜"的用户发表的长篇小故事，或者说应该叫短篇小说。玛丽安娜就是乔治娅吗？如果是的话，她是怎么写出这么可怕的故事的，幻想着杀掉自己数学课上的某个同学？但我忽然想起来，乔治娅曾说过，她不喜欢数学，不喜欢概率学。一个正常的、心智健康的女孩儿，怎么会写出这样的故事？还有关于用刀切开颈动脉的细节描写，埃拉就是死于颈部的刀伤。数学课上的那个女孩儿叫伊娃，这和埃拉这个名字也相去不远。还有她提到的"饥饿的凶兽"，那本据说不为人知、并未出版的R.M.霍兰德的小说。难道乔治娅也知道这本书吗？

我翻了翻乔治娅书桌下的抽屉，里面都是些练习题，还有几封她忘记交给克莱尔的学校旅行的通知。在这些东西的下面，我又找到了几张故事草稿，不管这是小说还是随笔，或是别的什么东西。我将稿件整理好，放在了乔治娅一个彩色塑料文件袋里。而就在这些东西的最下面，我发现了别的东西。那是一张埃拉·埃尔菲克的照片。我认出来了，这应该是从埃拉脸书主页上打印下来的，是埃拉账号的头像。但重点并不是这张照片，而在于，这张照片上沾有血迹。

现在这个时候打电话给尼尔也没什么用。明天早上我会把照片带回去化验。我想起我告诉她们警方在工厂里发现了DNA信息之后，乔治娅问我："你们找到DNA的匹配者了吗？"我们并没有乔治娅的DNA数据，但是有她的指纹。我可以将其和里克凶案现场发现的指纹对比，和那块黑色石头和蜡烛上的指纹对比。我走下楼，拿出了一个保鲜袋，将沾血的照片放在一个袋子里，随后将一些百花香放在了另一个袋子。

我真的是在怀疑乔治娅吗？杀害埃拉和里克的可能是她吗？我不知道，但这样做至少可以排除所有的可能性。她在这两起凶案中都有不在场证明。埃拉被杀那晚，她和克莱尔待在家里，尼克被杀时，她在伦敦。而且，就算我真的相信她会在黑暗中袭击自己的父亲，但西蒙遇袭的时候，她可在学校里看音乐剧排练呢。

但她完全有可能在克莱尔的日记里留言。她可以引用《白衣女人》的内容，那本书她肯定在家里见到过。我回想起这个女孩儿，身材高挑，模样俊俏。我还记得她那天在塔尔加斯小教堂里的样子，那是在埃拉的葬礼上她看起来很冷静，很从容，和其他情绪崩溃、歇斯底里的学生完全不一样。我想起几天前我们去老水泥厂找赫伯特的时候，她并不想进去。为什么不想？还有，她为什么要写这么血腥的故事？关于杀人、捅刺、像切割黄油一样割断别人的脖子……

我回到了克莱尔的房间，将两个保鲜袋放进了公文包里。我并不想脱下衣服睡觉。只是刷了牙,然后穿戴整齐地躺在了床上。我给手机充上电,放在了枕头底下,虽然妈妈总说,这样做会害我得脑瘤。我没有拉窗帘,尽管外面一片漆黑,我还是能看到远处的工厂,它巨大的身躯在黑暗中投下了更为漆黑的影子。这让我想起多年前的那个晚上,我和加里看见的白衣女人,还有那声在霍兰德邸里回荡的恐怖尖叫。我原以为我会做噩梦,在熟悉的可怕尖叫声中惊醒,然而房子里什么声音都没有,不多时,我便沉沉地坠入了无梦的睡眠。

42

尼尔来接我的时候，我已经在门口等着了。我提前给局里的化验室打了电话，要他们交叉对比在霍兰德书房中发现的指纹和档案里乔治娅的指纹。

在车上，我和尼尔说起了最新的发现。他很贴心地给我带了咖啡和可颂面包，但我明白，他特别在意车内的整洁，所以我吃得很小心。

"我不信，"他说，"乔治娅还是个孩子。"

"她十五岁了，"我说，"而且她头脑特别聪明。"她可是克莱尔的女儿，我在心里补充了一句。

"但你真的觉得她会杀人吗？"尼尔的语调有些扬起，几乎同时，微微地提高了车速，几乎达到了奇切斯特路的限速值。

"她写了一篇东西，是关于谋杀的，里面有很生动的杀人描写。"我说，"一个捅杀场景。她还有一张埃拉的照片，上面有血迹。她和帕特里克·奥利里是朋友，我在埃拉的葬礼上看到过他们俩在一起，也有可能是什么青少年黑魔法之类的东西。"

"黑魔法？"车速慢慢攀升到了五十五迈。

"她房间里就有蜡烛和干花什么的，"我说，"埃拉的客厅里也有蜡烛，但我当时以为她就是那种女人。克莱尔的家里到处都是这些东西，看着跟天主教教堂一样。"

"你也说了,她们这种女士就喜欢香薰蜡烛,凯丽也一样。什么茶烛,还有那种一小碗又一小碗的香薰的东西。"

"听起来真让人心驰神往。"

"女人们的玩意儿。"

"我就没有到处都摆蜡烛。"

"是没有,但你不一样。"他并没有说更多。我住在爸妈家里,我是个印度人,我还是个女同性恋。三重枷锁一上,我就不一样了。

"我觉得,我们得再去找一趟布若妮·休斯,"我说,"她了解乔治娅和帕特里克。他们两个都在她那儿上创意写作课。而且乔治娅写的故事里也有一个叫'布若妮'的角色。很明显,在她的故事里,布若妮是个'有智慧的女人',再有,克莱尔也说过,布若妮是个行善女巫。"

"行善女巫?别告诉我,这种鬼话你也信。"

"我不信,"我耐心地说,"问题是,其他人信不信。"

唐娜也并不相信这一推论,但她同意我们再去找布若妮了解情况。我将埃拉的照片和百花香留给了实验室,然后,我们两个开车来到了第六学级学院。今天是星期六,学校并没有上课,但我事先打听过了,休斯小姐在学校里。实际上,学校里的人并不少,今天这里有足球比赛,一楼的某处还传来了不熟练的演奏声,看来还有人在这里排练。休斯小姐在英语部的办公室接待了我们。她说她一直在批改作业,而她的桌子上,这会儿又多了一摞论文。她是一位十分勤勉的老师,而且很显然,她对自己的学生产生了很大的影响。有没有可能,她的影响力会强大到让孩子们误入歧途，持刀行凶呢？

她十分温和有礼地接待了我们。

"考尔警长，很高兴能再次见到你。这位是……"

"警长尼尔·温斯顿。"尼尔差点儿站起来自我介绍。布若妮·休斯这样的女人会让他紧张。

"我们想跟您了解一下乔治娅·牛顿，"我说，"她是您创意写作小组的一员，对吧？那个精选的写作小组。除了她以外，还有……"我翻开自己的笔记，"帕特里克·奥利里、娜塔莎·怀特，还有费内蒂安·舍伯恩。他们都是塔尔加斯中学的学生吗？"

"我记得费内蒂安在圣信仰读书。"

"您知不知道有一个网站，叫作'我的秘密日记'？"

"知道的，那是一个创意写作论坛。"

"您之前有读到过这篇故事吗？"我将那几张打印出来的故事推到了她面前的桌子上。布若妮一边读，一边露出了一丝微笑。而墙上莎士比亚的引言则对着我们大吼。他们说会有血，血债血偿。一无所有只能换来一无所有。地狱空荡荡。

布若妮放下了书稿，随后整整齐齐地码好，开口回答我们的问题："没错，"她说，"这是乔治娅的文章。有些地方很优秀。"

"很优秀？"我说，"她写了如何杀人。"

"《麦克白》也写了，"她说，"但我敢肯定，你不能否认《麦克白》是部优秀的作品，警探。"

"是'警长'，"我说，"我正在调查一起双重谋杀案。所以如果那个女学生认识两位被害人，还写了暴力死亡事件，那我肯定会感兴趣的。我很意外，您居然想不到这一点。您知道伊娃·史密斯这个名字吗？"

"知道。"布若妮·休斯说。

"然后呢?"

"她是普里斯特利的作品《罪恶之家》中的人物。但是严格来说,伊娃在整个故事里都没出现过。这是乔治娅会考必修课的文章之一。"

"所以,您确定这是乔治娅写的?"

"是的。这篇文章里有很多她的写作特点。还有这里面的医学相关细节。我要是没记错的话,乔治娅是《实习医生格蕾》的剧迷,那是一部美国电视剧。"她看着我们的脸,好心解释道。

还写作特点。天啊,饶了我吧。

"你们最近一次的创意写作课是在什么时候?"尼尔问。

"星期一,乔治娅没来。我猜现在这个时候,她妈妈应该把她看管得很严吧。"

显然还不够严,我心里想着。而且她在说"她妈妈"的时候,语气里有着明显的敌意。这也让我想起来,克莱尔和布若妮从来都不是什么亲密好友。

"那您最后一次见到乔治娅是什么时候?"我问。

布若妮有些犹豫,她理了理头发,然后才回答我。我能看出来,这是在犹豫要不要坦白。

"上周四,"她说,"那天放学之后,她来找了我。"

"她为什么要来找您?"

"她想给我看一些她正在写的短篇故事。她对待写作很用心。"

"我能看看吗?"

"我放在家里了。"我不知道她是不是在说谎。

"帕特里克呢,您最后一次见到他是什么时候?"

371

"周一，创意写作课上。"

"他的文章也写得很好吗？"

"非常有潜力，"布若妮说，"他写的都是发自内心的东西。"

我不是很确定这话是什么意思，但也不想问她，不想满足她好为人师的表现欲。

"帕特里克在'我的秘密日记'上发表过东西吗？"我问。

"发过。我记得他的笔名是普马。"

我的手机响了，但我并没打算接。几分钟后，尼尔站起身，离开了房间去接电话。

布若妮·休斯对我微笑道："你还记得你之前在这里读书的时候来见过我吗，哈宾德？"

"记得，"我说，"您读了我写的一篇故事，然后给了我一张字条，说觉得我写得很好。"

天知道，我那时候为什么要给校刊写短篇小说。我之前从来没做过这种事。我以为大家都不记得这件事了，但显然休斯小姐读过了。她寄了一张卡片给我，那是一张放在她桌子上穆丽尔·斯帕克的照片。当然了，休斯小姐大概就想做琼布罗迪小姐[①]那样的老师吧。

"我还记得，那是关于霍兰德邸鬼魂的故事，"她说，"我特别喜欢鬼故事。"

没等我说些什么，尼尔就回到了房间。"哈宾德。我们得走了。"

我给了布若妮一张我的名片，并说会和她联系。她说她很期待。在下楼的途中，尼尔说起了他刚刚接到的电话。

[①] 穆丽尔·斯帕克的作品《春风不化雨》（*The Prime of Miss Jean Brodie*）中的角色。

"是奥利维亚。一位名叫舍伯恩的女士去了警局,说费内蒂安和帕特里克失踪了。"

"费内蒂安是个好孩子,"艾丽西亚·舍伯恩说,"她绝对不会像这样离家出走的。"

艾丽西亚留着灰金色的头发,穿着套头羊毛衫和紧身牛仔裤,脚上是一双平底鞋——典型的上流社会母亲们的装扮。我记得费内蒂安在圣信仰读书,一所私立学校,社会地位要比塔尔加斯高好几个等级。

"您最近一次见到费内蒂安是什么时候?"尼尔问。

"星期五的早上,她上学走的时候。"艾丽西亚说着,拿出了一方小巧的蕾丝手帕,"她说她晚上会在她的朋友娜塔莎家过夜。然后,今天上午九点她应该上单簧管课的,但她的老师打电话给我,说她还没去。然后我就给娜塔莎家里打了电话,可她妈妈说,费内蒂安根本就没去过她家。"

"后来您又做了什么?"我问。现在已经快十一点了,显然她并没有立刻报警。

"我又给她的朋友们打了电话,但是他们都说没见到她,乔吉不在家,正在去苏格兰的路上。然后我又打给了奥利里家。"

"帕特里克是费内蒂安的男朋友吗?"我说。

"当然不是!"她的语气变得有些激动,"费内蒂安没有交男朋友。她不是那种女孩儿。"

我并没有看尼尔,开口道:"那您为什么要给奥利里家里打电话?"

她沉默了,手帕被揉成一团。"费内蒂安因为娜塔莎还有一些别的塔尔加斯的女生，认识了帕特里克。"

她的语气里充满厌恶。但让我觉得有些骄傲，自己也是塔尔加斯的女生。

"帕特里克也不见了？"尼尔问。

"对。他昨天晚上没有回家。但是他妈妈倒是看不出来有什么担心的。'他可能是和朋友在一起吧。'"她活灵活现地模仿了帕特里克妈妈的爱尔兰口音。

"您也试着联络过费内蒂安了，对吧？"

"当然，她的手机关机了。她从来都不关机的。"艾丽西亚开始焦急地哭了出来。面对这种情况我总是有些无措，于是我找来了奥利维亚。唐娜还在接待室外面等着。

"实验室的结果出来了。"她说。

"倒是够快的。"

"结果相符，"她说，"那块石头上有乔治娅的指纹。就是那块在霍兰德书房发现的黑曜石。"

第九部分 乔治娅

43

坐在火车上的感觉太奇妙了。好像我们正坐在一个小小的太空舱里，在宇宙中飞驰。我们的车厢很小，妈妈在我的下铺，赫伯特在地板上，全世界好像只剩下我们三个了。我们在餐车里吃了晚饭，那里居然还有哈吉斯①，妈妈吃了一点，看起来味道很棒，但我正在接受素食训练，所以没有吃。乘务员讲话时有很浓重的苏格兰口音，我甚至有些听不懂他在说什么。但他用了"皮包骨"这个词来形容我，这句我还是听懂了。我就当作是在夸我吧，即便对方的发音非常粗重，就像是一个胖子发出的。

此刻我们都回到了自己的铺位上。火车在黑夜里轰隆隆地前进着。我的手机一直没有信号，车上的无线网也总是掉线。不过我有提前下载好的播客节目可以听，所以一切还好。

后来有那么几分钟的时间，火车应该是经过了移动电话信号塔，因为我的手机突然收到了信息。泰发来了一条，还有两条是费费发来的。泰的短信说："希望你一切都好，亲亲。"费内蒂安的短信说着："你在哪儿？"还有一条写着："需要谈谈。"

"在火车上，"我回复费费，"去苏格兰的路上。"希望短信能成功发送过去。

---

① 羊杂碎肚，苏格兰"国菜"。

费费的信息几乎是立即就回了过来。"打给我。需要谈谈。"

但没等我回复短信,手机信号又消失了。

"乔吉?"下铺传来妈妈的声音,"你的手机有信号吗?"

"没有了,"我说,"就那么一会儿,然后就没有了。"

"我的也是。我刚想给弗勒尔打电话,问问西蒙怎么样了。"

不知道为什么,我有些怀疑她说的是不是真话。我刚刚看过她的手机,那上面显示了两条亨利·汉密尔顿发来的信息。

"爸爸已经脱离危险了,"我说,"弗勒尔之前告诉我的。"

"对,"她立刻应和说,"他确实已经没什么危险了。"

"你觉得袭击他的会是谁?"似乎是因为看不见她的脸,所以这个问题才更容易问出口。

"我不知道,"她说,"也可能就是抢劫。"

"你觉得会不会是同一个人,就是杀害埃尔菲克小姐和刘易斯先生的凶手?"

"我不知道,"她再次说道,"我只希望警察能快点抓到他。"

"哈宾德说他们会的,"我说,"她说他们就快查出来了。"

"是啊。"她说。但我能听出来,她不相信。赫伯特在地板上低声地哼唧着。

"它开始无聊了,"妈妈说,"我应该带它在走廊里遛一遛。"

"我去吧。"我说。

在那一刻,我只想逃离这个狭小的车厢,这里拥挤得让我快要窒息了。我跳下床铺,给赫伯特戴上狗绳。"走吧,小畜生。"

"小心点。"妈妈说。

走廊里空无一人。夜色中疾驰的火车像是在黑暗中飞行。它的速度有多快,每小时一百英里吗?两百英里?赫伯特不喜欢火车。我们一节又一节地穿越车厢的时候,它一直在低声呻吟着;

我也不喜欢这样。因为感觉这样做很不对，好像进入了别人的领地，只要踏错一步，就会永远迷失。

我一直向前走着，直到来到了餐车车厢。那里只有一个男人坐在座位上，他在看书。现代社会里，居然有人没有无时无刻地捧着手机，这让我感觉有些奇怪。他抬起了头。

"你好。"

"你好。"我说。他年纪很大，快五十岁了，留着灰白的头发和胡须。

"我喜欢你的狗。"他的嗓音很有老派绅士的感觉，优雅又文质彬彬。

"它叫赫伯特。"

"好名字。"

"谢谢。"我想转身回去，但我没有，强迫自己走到车厢尽头，然后再返回。

我知道，那个男人一直在看着我们。

第十部分 哈宾德

44

"我们得找乔治娅谈谈，"我说，"她们现在应该到了。火车八点半到因弗内斯。"

"然后他们还要换乘下一列火车去阿勒什么玩意儿的地方。"尼尔说。

"阿勒浦。"我试着给克莱尔打电话，但是没有应答。现在已经十一点半了。时间上来看，她应该已经到她祖母家了。

"你觉得失踪的那两个孩子会不会和案子有关？"唐娜问，"费内蒂安和帕特里克，是吧？"

"也不是没这个可能，"我说，"我们知道，帕特里克曾经喜欢过埃拉。他还承认了，埃拉被害的那天，他去了她家。我们还知道，他很讨厌里克。"

我们发布了关于费内蒂安和帕特里克的失踪人口警报。尼尔一直在说，他们两个肯定是一起出走的，但就算他们两个是在谈恋爱，现在的年轻人真的还会像ABBA乐队①的歌里唱的那样，为爱私奔吗？除了势利眼的父母，基本上没什么会阻碍他们两个在一起。毕竟他们两个都已经十六岁了，比乔治娅还要大一点。

"乔治娅和谋杀案之间没有什么联系。"唐娜说。她有些担

---

① ABBA是瑞典流行乐团，成立于1992年，字母缩写源自乐队成员姓名的首字母。

心。我可以看出来,因为她没有像平常那样把甜甜圈当作早午餐的点心。失宠的甜甜圈流下晶莹的果酱,安静地摆在她的办公桌上。

"可她的指纹出现在了凶案现场。"我说。

"但里克被杀的时候她在伦敦。"尼尔说。

"伦敦离这里并不远。"我虽然这样说着,但只不过是在硬撑。

"我们得知道照片上的血迹是怎么回事。希望化验室能快点给出结果,"唐娜说,"如果是埃拉的血迹,那乔治娅需要解释的可就太多了。就算她不是凶手,她也一定去过犯罪现场。"

"她肯定是知道些什么,"我说,"你看了她写的那个故事了吗?"

"看了,"唐娜说,"很嗜血啊。但是青少年都喜欢这种血腥恐怖的东西吧。"

"我就很喜欢詹姆斯·赫伯特的书,"我说,"但我自己从来也没写过这种东西。而且布若妮·休斯这个人和她的创意写作小组,都有些不对劲。"

"去和剩下的那个女孩儿聊聊,"唐娜说,"叫什么来着?娜塔莎·怀特。我们现在只能希望帕特里克和费内蒂安早点出现。我们首要的工作目前还轮不到他们。"

"但费内蒂安的妈妈恐怕不能接受我们这样放着不管。"尼尔说。

"我们不是放着不管,"我说,"我们就快查清楚了,我敢肯定。"

* * *

娜塔莎·怀特住在斯泰宁，那是一栋维多利亚时期的建筑，坐落在村子外围。她也是个很漂亮的女孩儿，脸上有雀斑，留着蓬松的卷发，就是我一直想要的那种。开门的是她的母亲安娜，她们母女长得很像，只是安娜的卷发没有那么蓬松，脸上雀斑也淡了一些。房间内传来钢琴声，似乎有人在弹琴。

"抱歉，"安娜说，"我周末的时候给学生们上私教课。"

人们都是怎么了，所有人都喜欢上音乐课是吗？

"没关系的，"我说，"我们只是想和娜塔莎聊几句。"

"是费内蒂安的事吗？"安娜说，"艾丽西亚告诉我的时候，我也吓了一跳。"

"您知道她有可能去哪儿吗？"我问。安娜将我们迎进门，领我们来到了一个有些杂乱但温馨的厨房。显然客厅现在是她上钢琴课的地方。

"不知道，"安娜说，"但是，她是和帕特里克在一起的，对吧？她们都喜欢帕特里克。"

"妈！"娜塔莎有些恼怒地喊道。

"实话实说，他确实长得很帅。"

"妈……"

我们坐在桌前，安娜将早餐用的杯盘推到了一边。"不好意思，这里一团乱。你们需要我留下来吗？我老公带福格斯出去踢足球了，他才十岁，得有人看着。我的课刚上了一半，丹尼不能一直在这儿弹降B大调。"

"这不是正式的问询，"我说，"您不用陪同。"是我看错了吗？听到这话之后，娜塔莎明显松了一口气。

安娜离开后，我说："你知道费内蒂安和帕特里克会去哪儿吗，娜塔莎？"

"不知道。"她嘴上这么说着,却移开了目光。她穿着休闲的运动裤和卫衣,却涂了睫毛膏,还画了眼线。

"那你妈妈说的是真的吗,她喜欢帕特里克·奥利里?"尼尔问。

"是真的,"娜塔莎说,"但我和乔吉并不喜欢他。对我们两个来说,他更像是一个哥哥。再说,乔吉已经有泰了。"

那娜塔莎又有谁呢?我有些好奇。毕竟就连我在十五岁的时候都交了男朋友。

"你上次见到费内蒂安是什么时候?"

"星期一,我们上创意写作课的时候。"

"你知不知道她曾说过,她昨天晚上要在你家过夜?"

一阵沉默。

"告诉我们,没关系,"尼尔说着,心不在焉地扫着桌子上的面包屑,"我们不会给你惹麻烦的。"

"是的,我知道,"娜塔莎说,"但是我以为她只是想和帕特里克待在一起。几周前她也这么做过,就是刘易斯先生被杀的那天。"

我和尼尔彼此对视了一眼。娜塔莎不清楚她刚刚提供了多么重要的消息。关于里克的案子,要么娜塔莎和帕特里克可以为对方提供不在场证明,要么他们两个就都和案子有关。

"你最近一次和他们两个联系是什么时候?"

"昨天晚上,帕特里克给我发了一条消息。"

"他发了什么?"

娜塔莎画了眼线的眼睛漆黑深邃,她看着我们,说道:"他说,'地狱空荡荡'。"

* * *

"我要去一趟克莱尔家。"

"为什么？"尼尔正开车载我们回警局，周末车流拥挤，他皱着眉，专心地变道。现在事情的性质已经发生了变化。我们接到唐娜的电话，帕特里克的父母终于意识到情况不对，开始着急了，他们在帕特里克的电脑上发现了一条搜索记录，那是一条搜索去往苏格兰的航班信息。

"我刚刚想起来，我在乔吉的房间里看到过一些东西。"

尼尔没再反对，而是变道驶向了通往老水泥厂和排屋的田间小路。克莱尔家的钥匙还在我身上，所以我自己开门走了进去，尼尔则待在车里等着。我来到乔治娅的房间，直接走到那块钉板前。我找到了我要找的东西，那是一张明信片，上面画着两只小兔子举着一颗粉色的心形气球。我翻过卡片。背面写着：

只是想让你知道，我爱你。

笔记和那两张写着"地狱空荡荡"的字条上的一模一样，与克莱尔日记中的留言笔迹完全相同。

第十一部分 乔治娅

45

醒来时,我们已经到苏格兰了。我从床铺上探出身子,将百叶窗拉开,车窗外是美得令我无法相信的美景,那是童话故事里才会有的景色:高山、森林、偶尔闪现的亮晶晶的海面,悬崖上高高立起的城堡,山脚下静谧的村庄。有那么两次,我甚至看到了在紫色的石南丛中吃草的小鹿,火车经过一个海湾时,亮闪闪的黑色岩石上还有海豹,在懒洋洋地晒着太阳。远处的山上积雪皑皑,但天空却是最为纯粹的湛蓝。

昨晚在我睡着以后,手机一定又收到了信号,因为我的手机上显示了十来条信息,是费内蒂安、泰还有帕特里克发来的。费内蒂安一直在问我:"你在哪里?我们需要谈谈。"泰的信息只说了:"晚安亲亲。"帕特里克的只有一条:"地狱空荡荡。"我试着给他回电话,但是又没有信号了。

"乔吉,"妈妈的声音从下铺传来,"你醒了吗?"赫伯特正坐在妈妈的床铺上,开始叫了起来。

"嘘,"妈妈对它说,"我们到苏格兰了吗?"

"是的,"我重新将百叶窗拉上,"外面好美。为什么我一点都不记得这里这么漂亮?"

"我们之前一直都是坐飞机来的,"妈妈说,"你看不见这些。你的手机有信号了吗?"

"没有。"

"我的也没有。"

"你要给谁发信息,妈妈?"

我敢肯定是亨利,但她只是笑了,说道:"我们去吃早饭吧。"

我们依旧是在餐车里吃的早饭:炒蛋、培根和茄汁焗豆。妈妈喝了咖啡,我喝了两盒果汁。我看着四周,寻找着昨天晚上看到的那个男人,但并没有找到。莫非一切都是我的幻觉吗?他是火车上的"陌生人"吗?是R.M.霍兰德的鬼魂吗?我止住自己不切实际的念头。休斯小姐曾经说过,培养自己的想象力固然重要,但被自己的想象力吞噬则是十分可怕的。我依旧记得那天傍晚,我在空旷田野上听到的呼吸声和那种可怕的被追踪的感觉。是我发疯了吗?如果不是的话,那么也许真的有人在那里,在我看不见的地方,追寻着我们的每一步。《老水手之歌》里是不是有这么一段?"好比一个人,胆怯心虚,踏上了一条荒径……因为他知道有一名恶鬼,在背后牢牢跟定。"

火车在阿维莫尔站经停的时候,好心的乘务员让妈妈下了车,这样一来赫伯特才能下车撒尿。在他们下车后,我感受到了前所未有的忧惧。要是他们来不及上车,火车就开走了怎么办?如果那个男人,带着嗜血的微笑再次出现怎么办?"我喜欢你的狗。"他说,那样子好像要活吞了赫伯特一样。但最终,妈妈还是抱着赫伯特回来了,那小家伙正兴奋地微微打战。乘务员砰的一下关上车门,我们再次出发了。不到九点的时候,我们到了因弗内斯,但我们没空逗留,必须快速下车,换乘前往加夫的火车,那是离阿勒浦最近的一站。我开始稍稍放松下来。苏格兰的美景在窗外闪过,列车的一边是荒野,一边是大海。就连赫伯特也看着眼前的美景入了迷。但当我们抵达加夫站时，这看起来根本不像是我们要下车的地方。这里根本不像是一个车站，不像是维多利亚站或是奇切斯特站，这个站只有一栋黄色的房子，还有一座人行桥，周围荒无人烟。但是妈妈催促着我，叫我下车，还把赫伯特递给了我。然后她转身从行李架上拿下了我们的旅行箱。她看起来精力充沛，行动也特别迅速，完全不像她平时内敛冷淡的样子。也许是空气的问题吧，这里冷得要命。

在停车场里，我看到了一辆老旧的路虎，还有一个女人。我第一眼并没有认出，她就是我的外曾祖母。上次我见到她时，还是在伦敦的外祖母家里，那时候她看起来特别老迈——我觉得她应该有差不多九十岁了——但现在，她穿着牛仔裤和巴伯尔外套，给了我一个热烈的拥抱。

"乔吉！啊，看看你怎么这么瘦啊，跟你妈妈一样。"

"您好。"我说，不知道为什么，忽然觉得有些难为情。但是妈妈，那个几乎从不会与人闲聊的人，这会儿正叽叽喳喳地说个不停，所以即便我有些害羞地不说话也没关系。我和赫伯特一起上了黑色的车子。妈妈正跟外曾祖母聊到当前的状况。

"我们不得不躲出来。"

"放心吧，在这儿你们两个就安全了。"外曾祖母一边说着，一边转动方向盘，避开路上的高地牛。

我试着将脑子里的想法抛到一边。"埃拉……日记……西蒙……学校……里克……跟踪……恐惧……"我看着刚刚映入眼帘的阿勒浦，它矗立在海边，有一群白色的房子，面朝大海，背靠群山，像是我小时候在一部电视剧里看到的场景。我开始哼起电视的主题曲。

"《吧啦莫芮幼儿园》，"妈妈说，"你喜欢到这儿来吗？乔吉?"

"喜欢。"我说。昨晚的火车之旅是如此的怪异和不真实:费费的短信,那个带着诡异微笑的男人,帕特里克说的"地狱空荡荡"。现在一切都重新活了过来。阳光洒在海面上,波光粼粼,就连那些高地牛看上去都慈眉善目的,它们在红褐色的长刘海下面露出微笑。外曾祖母正说起最近下的雪,最高的那几座山峰已经变成了一片雪白。

"今天天气很暖和,"她说,"像巴哈马群岛似的。"

车里的温度检测装置显示外面是零下一摄氏度。

外曾祖母家的房子我还记得很清楚。离其他住户的房子有些距离,在两边邻水的一块狭地上。我不记得曾祖父的样子了,只记得他有一艘船,每天早上都会划船去海港取报纸。赫伯特非常兴奋,开始对着窗外的海鸥呼唤。远处,一艘渡船正慢慢驶向大海。

外曾祖母带我去了我的房间,就在阁楼上。床上有一床拼接缝制的被子,白色的墙壁上映射着外面的水光。房间里有一张桌子,一个书柜,甚至还有一把小摇椅。我想一辈子待在房间里,但是楼下的午饭已经准备好了,有面包和汤,还有一块奶酪,有趣的是它是用布包着的。如果这里下了大雪,那我们或许就会与世隔绝了,也许还会留下来过圣诞。

妈妈和外曾祖母又开始了一段漫长的对话。我再次感到惊讶,和外曾祖母在一起的她是如此活泼善言的?她面对姥姥的时候总是很冷淡,很矜持。但现在她正说起亨利,那个剑桥的男人。这倒有趣——原来刘易斯先生被害的那个晚上,她和亨利在一起。但没过多久,我的眼皮就开始重得有些抬不起来了。

"哎呀,这孩子累坏了。"外曾祖母说,"去上楼睡一会儿吧,乔吉?"

  一听说能回到我阁楼的小房间,我太高兴了。赫伯特也跟我一起来到了阁楼,我给我们两个盖好拼花的被子。然后我便陷入了梦乡。我梦见了火车,那种《陌生人》里出现的老式火车。我想要逃离,跑过歪歪斜斜的车厢,在厢壁间跌跌撞撞地跑着,跳过车间噩梦般的鸿沟。但他一直就在那里——我看不见他,可我知道他就在那里,不远不近地跟着,阴魂不散。明明是陌生的恐惧,但同时又熟悉得可怕。

  我醒来时,外面的天已经黑了。赫伯特正坐在那里,竖着耳朵。

  楼下有人说话。似乎是有人在敲门。

  "啊,是你,"妈妈说,"你怎么会到这儿来?"

  赫伯特开始发出一种低吼声,我从来都不知道它会发出这种声音,低吼声来自它的喉咙深处,让它听起来像是一条大狗。它龇着牙,有那么一瞬间,我真是有些怕它。我走向房门,就在这时,楼下传来了妈妈的喊叫声。"乔吉!"接着是关门声,然后是爬楼的脚步声,沉重又坚定的脚步。我退到了离房门最远的角落。我想把赫伯特一起叫过来,但它还是站在门口。忽然它不再低吼,似乎是在等待着。

  门猛地一下被推开。我看到一个黑色的人影和一把高高举起的刀,然后,赫伯特,那只小小的白色毛球,飞一般地冲了上去。

  接着它便摔了下来,地板血迹斑斑,而那把刀正向我逼近。

第十二部分 哈宾德

46

我们立刻离开了克莱尔家,下午一点四十分的时候,我已经坐上了去往因弗内斯的飞机。我们给当地警方打了电话,请他们马上去阿勒浦查看克莱尔和乔治娅的情况。但我想亲自去看看,唐娜也同意了。我从来没坐过国内航班。实际上,迄今为止,我一共只坐过两次飞机,一次是去印度,另一次是去巴塞罗那——一次说走就走的浪漫之旅。我有些意外,原来一切可以这么简单。我没带行李,向安检人员出示了自己的警官证,然后快速通过了安检。

但坐飞机就是纯粹的受刑。我恨不得能马上就赶到那里。而且飞行中还不能用手机,这简直是噩梦。我想不起来自己在哪里读到过,说坐飞机的时候禁止使用手机完全是扯淡,话虽如此,但我也不敢冒险。如果手机真的干扰到了雷达之类的呢?于是我将手机调成飞行模式,放在了腿上。我拿起一本杂志,看着上面关于"世界十佳海滩"的文章。令人啼笑皆非的是,阿勒浦赫然在榜。坐在我旁边的商务人士表情严肃地在笔记本电脑上敲着什么,似乎他一分钟也不能停下,否则世界就要毁灭。

飞机在三点二十分落地,我一路拨开人群向前挤,三点半的时候,便来到了出租车乘坐点,一辆警车正在那里等着我。

"考尔警长?"他的口音很重。

"是我。"

"我是警探吉姆·哈里斯。"他长得很高,大概三十岁,一头深红色头发,表情像是一头狼,有些野性。我很高兴。这人一看就是那种开快车并且不会废话的人。

"到阿勒浦要多久?"一出机场,我便问道。

"差不多一小时四十分钟,"吉姆说,"我们要走的大概是全世界最漂亮的一条路了。"

他或许并没有夸张。我们一路路过了绿地、高山和湖泊。但我脑子里只想着快点赶到克莱尔和乔治娅的身边。虽说当地的警方已经巡视过了卡西迪夫人的房子,没什么异常,但我的心底依旧涌起了不祥的寒意。我试着给她们打电话,但是她们两个都没接。"哎哟喂[①],这里信号不好。"吉姆说。他还真的说了"哎哟喂"。

我们到达阿勒浦的时候,天已经黑了,海港的灯已经亮起。平心而论,这一路上吉姆一句废话都没说,快速地开车穿过了狭窄的街道,驶上了一块两边都是水的狭长陆地。卡西迪家的房子在狭地的尽头。屋顶处的某个房间里正亮着灯,这让我想起了《陌生人》中那座废弃的房子里亮起的烛火,想起了我在老水泥厂里看到过的烛火,想起了迷惑人心的鬼火,还有那些死去孩子的鬼魂从海面上传来的呼唤。

没等车子停稳我就跳了下来。房子外面停了两辆车,一辆破旧的路虎,还有一辆红色的丰田。房子的前门是开着的——苏格兰的冬夜,谁家会让房门大开?!糟了!我一边沿着小路向房子狂奔,一边大声喊着:

[①]原文为"Och",是表达生气、遗憾、吃惊的语气词,主要用于苏格兰和爱尔兰地区。

"克莱尔！乔吉！"

楼下传来了叫喊声，一把沉重的椅子被推倒在地，挡住了客厅的门，有人被关在里面。但我知道，我得先上楼。爬上两层楼之后，我来到了阁楼卧室的门口，一个高大的年轻男人正站在乔治娅的身边，她已经吓坏了，赫伯特则浑身是血地躺倒在她的脚边。男人手中的刀已经高高举起。

我纵身扑向那人，但他体格太大，我只是把他撞得晃了一下。我抓住了他拿刀的手臂，但他抬起手臂向后一甩，力量极大，我被他狠狠地甩在地板上。我爬起来，再次扑向他。楼下又传来了尖叫声，随后，谢天谢地，警察们沉重的脚步声在楼梯上响起，越来越近。吉姆像个橄榄球运动员一样，一个漂亮的擒抱，将男人放倒在地，我一只膝盖压在他的肩膀上，开始给他念起了他的权利。

"泰·格里诺尔，我现在以谋杀埃拉·埃尔菲克和里克·刘易斯，以及谋杀西蒙·牛顿未遂的罪名将你逮捕。"

第十三部分 哈宾德和克莱尔

47

哈宾德

是娜塔莎的话提醒了我,她说乔吉已经有泰了,他还给乔吉送过画着可爱小兔子和爱心的明信片,当我看到那个手写的笔迹时,我便知道了。我们直接开车去了泰上班的酒吧,被告知他请了几天的假,现在不在。"你有他的住址吗?"我问。"没有,"酒吧的经理有些不安地说,"他是个很可靠的伙计。上班从来没迟到过。"那是因为泰就住在这条路的尽头,在那座废弃工厂里。我在加夫警察局审问他的时候,他也承认了。

"我就住在老工厂里,"他说,"在那儿看着克莱尔。晚上的时候,我会点上一支蜡烛,看着她。我爱她。"

"从什么时候开始的?"我问。我不想细致地问下去,想等到泰被带回萨塞克斯之后再审——我知道尼尔和唐娜应该在场——但有些事情我需要先确认一下。

"我之前在海斯做过酒保,"他说,"克莱尔去了那个酒店,参加培训。第一眼看见她我就爱上她了。我用备用钥匙进了她的房间,读了她的日记。那时候我就决定,我要保护她。我跟着她来到了萨塞克斯,在一个酒吧里找到一份工作。后来我在城里遇到了乔吉。她喝醉了——她太野,不是我喜欢的类型,但这样的女儿一定会让克莱尔担心。所以我觉得，我要做她的男朋友，照顾她。况且这样一来，我就能接近克莱尔了。"他微笑着说道，似乎觉得这样做十分合理，甚至还有些得意。他长得十分高大，吉姆·哈里斯将他制服的时候弄破了他的脸，但这丝毫不影响他的俊美。当我看向他的眼睛，我便知道，辩护律师会以精神错乱为由为他辩护。

"你为什么要杀掉埃拉？"我问。

"她让克莱尔生气，"泰毫不犹豫地回答道，"不光和已婚男人睡在一起，还把她的工作都推给克莱尔。埃拉就是个婊子。里克也没比她强多少。克莱尔在日记里写过，她恨他。所以我把他也杀了。我给他打电话，跟他说，我知道埃拉的事情。他吓得要死，以为我要把他俩的破事告诉他老婆。我让他在椅子上坐好，然后绕到他身后，用电线勒死了他。我想给他像《陌生人》里那样的死法。我在乔吉的卧室里看到过那本书，我知道那是克莱尔最喜欢的书，当然还有《白衣女人》。"

他再次露出了那个微笑。

"西蒙·牛顿呢，为什么要杀他？还有乔治娅？你不会以为，克莱尔会想要杀掉自己的女儿吧。克莱尔那么疼乔吉。"

"克莱尔说过，在遇到西蒙之前，没生下乔治娅之前，她过得更开心。"泰说，"西蒙总是惹她生气，说她不是个好母亲，炫耀自己的二婚老婆和孩子们。总之，我必须把他们都除掉，不然我和克莱尔就没办法重新开始。"

现在我更担心了，以他这种说辞，他肯定会在精神病院服刑，不大可能会被关到最高安全级别的监狱，他不会得到应有的惩罚。但是和肯特郡的警方交涉后，我掌握了一些新的信息，他之前一直和祖父母一起住，而且有过前科。早在他读书的时候，他就跟踪过一个女人——他的英语老师，并因此受到过警方的警告。所以，即使我们在法庭上无法使用这一事例作为证据，但这依旧可以证明，泰·格里诺尔是有预谋的杀手，他会事先观察，等待时机，然后突袭杀人。

我将泰交给高地警方看管，然后回到了酒店，我提前在那里预订了房间。克莱尔说我可以在她祖母家休息，但我觉得卡西迪一家今天已经经历了太多，我还是不要去添乱了。再有，我实在是太累了，再没力气社交。这家酒店十分现代，平平无奇，毫无特色可言，很好，我很喜欢这样。在回来的路上我买了薯片，就着一罐苏格兰国民汽水吃了下去，这饮料和吉姆说的一样，尝起来有种铁屑味儿。在苏格兰蓟花酒店里，我洗了澡，换上有些粗糙的浴袍，然后躺在床上，给尼尔打了电话。

"我一直都觉得是附近的熟人作案。"他说。

"是啊，没错。你从头到尾怀疑的都是帕特里克·奥利里。"

"你听说帕特里克和费内蒂安的消息了吗？"尼尔说。

"没有。"

"他们两个私奔要去结婚，想要去格雷特纳格林①。苏格兰警方在爱丁堡的一家旅行酒店找到了他们。"

"格雷特纳格林不是在邓弗里斯郡吗？"

"是啊。这两个没脑子的根本不知道怎么去那儿。找到他们俩都没费什么事，因为他们俩一直在脸书上打卡自己的位置。"

"蠢货。"我说。

"嗯，怎么说呢，"尼尔说，"年轻人恋爱脑，都这样。"

刚刚我还困得睁不开眼睛，现在觉得清醒了一些。于是我又

---

① 苏格兰小镇，又称"逃婚小镇"。

给妈妈打了电话,告诉她我在哪儿。她随即问我,有没有见到尼斯湖水怪。我说它度假去了,不在家。

克莱尔

哈宾德和我一起走在海湾白色的沙滩上。这是个美丽的清晨,海面银光闪闪,远处是深色的山峰,像是明信片上的风景画。

"我感觉很内疚,"我说,"我完全忘记在海斯那次培训的时候就见过泰,我根本没认出他来。但和埃拉拌嘴的时候,她确实说过什么酒保总跟我眉来眼去的。"

"不要难为自己,"哈宾德说,"你也不能未卜先知。"

"我早就不喜欢乔吉和泰在一起了,"我说,"但当时只觉得泰年纪太大。我居然还以为乔吉和他在一起很安全,天啊。"

"说点更要紧的,"哈宾德说,"赫伯特怎么样了,会没事吧?"

"兽医说它会好起来的。很庆幸那一刀没有伤到重要的器官。它像猫一样,有九条命。"

"多勇敢啊,就那样朝泰扑上去。"

"是啊,它很爱乔吉。会豁出命保护她,还有我。"我忍不住擦起了眼泪。

"泰的胳膊被它咬了好几口,伤口都挺深的,我们抓住他的时候看到的。"哈宾德说。

"那就好。"我说。

"乔吉现在对泰怎么看?"哈宾德问。

"她被吓坏了。"我说,但是今天早上,乔吉忽然说要原谅他。我现在还做不到这一点。乔吉昨晚被送到了医院,庆幸的是她身上并没有任何伤口,所以几个小时之后,医院便让她出院回家了。今天早上,她说起了有关原谅和救赎的话题。"不然他就赢了,你明白吗?"昨晚和我一起被关在客厅的祖母,此时也和乔吉一样,一脸平静,现在正给我们准备着丰盛过头的早餐。"你们得补充能量。"祖母和乔吉居然这么相像,这让我觉得很有趣。我之前从来没有发现这一点。

"当然了,"我说,"赫伯特那次爪子受伤,也是泰在照顾它,是吧?"

"是的,"哈宾德说,"记住,归根结底,泰觉得自己所做的一切都是为了你。他知道你有多爱赫伯特,你从来没在日记里吐槽过它吧。"

"是的,没有过,"我说,"我写的都是自己有多爱它,它对我来说有多重要。天啊,这感觉太糟糕了。我的日记就像是我写给他的死亡名单。"

"不,你不应该这么想,"哈宾德说,"你从来没有要求泰为你杀人。你写日记也从来不是为了给谁看。"

"那《陌生人》又该怎么说?"我说,"泰肯定是读过这本书。他引用的就是书里的内容,而且……还按照那里面的描写杀了埃拉和里克。"哈宾德昨晚告诉了我里克是如何被杀掉的。

"他是在乔吉那里看到书的。乔吉对这个故事很着迷,显然泰在她的房间里看到了一本。我们在老水泥厂里发现了很多本书,其中就有《白衣女人》,乔吉的那本《暴风雨》,还有好几本不同版本的《陌生人》。读太多书有时候也不见得是好事。"

我不知道她是在开玩笑还是真的这么想。

"我们推测泰是从乔吉和她朋友那里学来的,蜡烛和香草那一套。他还把乔吉的黑曜石拿走了。我们不知道他为什么这么做。这些石头都是布若妮·休斯的,她给创意写作班的同学每人都分了一块。说是守护石,保护他们的。我找她问话的那次,在她的桌子上也看到了一块。"

昨天晚上乔吉终于跟我说起了布若妮·休斯,喋喋不休地说着她是个行善女巫,说她如何教乔吉驱魔辟邪……我心里想着,一定要深入了解一下,有没有什么办法不让她再去参加第六学级学院的集会。但同时我又觉得有些伤心,原来这么久以来,她一直都在读书,还在尝试写小说,而我却毫不知情。

"石头上有乔吉的指纹,"哈宾德小心地说道,"所以,我们曾怀疑过她。"

"我的天啊,你们怀疑她?"

"也不算是。但我在她的房间里发现了一张埃拉的照片,上面有血迹,不过最后化验出来是动物的血迹,今天上午刚出的结果。我觉得,这张照片可能一直装在乔吉的口袋里,在我们发现赫伯特那天,赫伯特伤口上的血沾到了上面。"

我想起来那天在诊所的时候,乔吉一直把赫伯特抱在怀里,我们的英雄汪汪。

"有一段时间,我还怀疑过你,"哈宾德说,"你看起来很像是那一挂的。"

"承蒙你看得起。"

"但后来我们觉得帕特里克·奥利里也有嫌疑,他喜欢过埃拉,还有理由讨厌迈克。我们还查到,在埃拉被害的那天晚上,他就在她家附近。然后他就消失了,一般来说,这就像是畏罪潜逃。他还给娜塔莎发过短信,说什么'地狱空荡荡。'现在看来,他就是在搞恶作剧。"

"他也给乔吉发了一样的短信,"我说,"你们找到帕特里克和费内蒂安了吗?"

哈宾德翻了个白眼。"找到了。他们两个在爱丁堡的一家旅行酒店里,正计划着怎么去邓弗里斯郡和加洛韦行政区。今天他们的家长就去接他们回来。他们两个幻想着去格雷特纳格林结婚。现在的孩子是怎么回事,脑子都坏了吗?"

"乔吉说过,费内蒂安是乔吉特·海耶尔的狂热粉,"我说,"她书里的主角一般都喜欢私奔和私订终身这一套。"

"但其实,乔吉特·海耶尔本人对于婚姻还是很实际的。"哈宾德说,她居然知道这些,令我有些惊讶,但这也不是第一次了。"她在书里也一直强调钱有多重要。我总觉得她有点像一位印度母亲。"

"想不到你居然会喜欢言情小说。"

"我更喜欢恐怖小说,"哈宾德说着,抬起脚将一块石头踢进浅浅的海浪里,"但我也有过那么一段时间少女情怀嘛。"

"泰认罪了吗?"我问。我由衷希望他认罪了,这样我和乔吉就不用出庭了。

"根本就是不打自招,"哈宾德说,"实际上,我担心的是他对苏格兰警方说得太多了。我想等他回到萨塞克斯,当着我和尼尔的面好好交代。我今晚就坐飞机带他回去。想想就觉得兴奋啊,带着个杀人犯,还得给他戴上手铐,不过也可能很麻烦,要是被人看见了,就是一场闹剧。"

"等我回到萨塞克斯后,能去见你吗?"我说。我不想这么快就离开阿勒浦,但是这个学期还剩下三周的课。我周一就得回去了。

"不用担心,你还甩不掉我,"哈宾德说,"这样的案子,真要处理完,麻烦得很。"

"生活似乎再也不能像之前那么平静了,"我说,"但还是会照常过吧。"

"要我说,'平静'这个词被高估了,"哈宾德说,"没错,生活还会继续,向来如此。"

我们走到了海滩的尽头,回头看着整个海湾。浪潮要起来了。我们印在海滩上的深深的脚印很快就会被潮水洗去,不留一丝痕迹。

世界上没有永远的秘密。

后记 ———

事不过三

我们都没说话,沉默地爬上了旋转楼梯。正值圣诞假期,学校里停课了,但仔细听的话,可以听到楼下时钟的滴答声,还有木质地板伸展呼吸的声音。

"没有死人的话,这里看起来很不一样。"哈宾德说。她总是这样,一句话就破坏气氛。

托尼果真另攀了高枝,去东北部地区的某个连锁学院高就了。利兹·弗朗斯西是新任的校长,她想让我接替她,出任副校长。利兹想把这个房间改掉,变成计算机房。也许她是对的,但若没了R.M.霍兰德的鬼魂在这里游荡,这儿也就不再是塔尔加斯了。

乔吉走进房间,直接来到书桌前,她站在那里没动,看着桌子上那些镶了相框的照片,然后她做了一件我觉得我永远也不敢做的事情:她坐在了R.M.霍兰德的椅子上。

"乔吉,"我说,"不要坐在那儿。"我还是无法忘记,我之前两次来这里遭遇的事情。前两次坐在这里的还是那个假人(拜你所赐,帕特里克·奥利里),还有里克的尸体。

"为什么不能坐?"乔治娅,"这地方多好。有很棒的能量。我能感觉到,坐在这里的话,我能写下很有力量的文章。"

过去这几周,我陆续受到了无数的冲击,其中一个就来自我的女儿，她居然是个作家。她给我看了一些她写过的东西，即便写作的主题令我有些不安，但毫无疑问，乔吉有作家的天赋。我意识到，也许我应该感谢布若妮·休斯，谢谢她慧眼识珠，对乔吉尽心的培养，但我还是希望乔吉不要再参加她的课后写作班了。

"也许我也应该上去坐坐，"我说，"我有时候会觉得，自己永远也写不完霍兰德的书了。"

"亨利·汉密尔顿觉得你可以呢。"乔吉有些狡黠地笑道。

我上周见到了亨利，他对我写书的事情依旧充满信心。令我惊讶的是，他对我的热情也未减分毫。

我开口，希望自己并没有脸红："亨利说，他认为圣朱德学院里或许还有更多的信件。要是我能解开霍兰德妻女的秘密，我觉得是有故事可写的。"

"追踪解谜从来都不容易，"哈宾德说道，"问问警察就知道了。"

"你不是已经解开了一个吗？"乔吉说。她依旧坐在那张椅子上，双手平放在拘捕记录上。身后冬日的阳光将她的黑发照亮，形成一道光圈。她看起来好美，像是拉斐尔早期画作中的美人，而且好像一下子她就长大了，变得成熟。我想，用不了几年，她就会展开翅膀，离开家了。

"嗯，是泰自己按捺不住，想要杀了你，才给了我机会。"哈宾德说完，开始去看那面红色墙上的照片。

泰的案子春天的时候就会开审。他完全没打算遮掩，直接认罪，并且全盘招认了，哈宾德认为我和乔吉应该用不着出庭作证了。乔吉依旧说着她原谅泰的所作所为，但我无法和她一样。我无法忘记埃拉和她的父母，还有黛西·刘易斯和西蒙，到现在西蒙还会不断被那次袭击的闪回记忆困扰。只有赫伯特，谢天谢地，已经走出阴影，活蹦乱跳了。它又变成了老样子。圣诞节时，乔吉还给它买了套圣诞驯鹿的衣服。

"霍兰德妻女有什么秘密？"哈宾德说，"也许我能帮上忙呢。"她自信满满地说道，毕竟她刚刚申请了督察考试。

"霍兰德的妻子艾丽斯很有可能是自杀的，"我说，"关于他的女儿，我们几乎一无所知。他在信中提到过一个叫玛丽安娜的人，还有一首诗叫《献给安息的玛丽安娜》，但现在没有任何关于这个女孩儿的出生或者死亡记录，也没有找到过她的坟墓。亨利曾发现过一些信，其中一封信上，霍兰德提到了玛丽安娜，说她或许继承了'她母亲的污点'。很可能是指抑郁，或是其他我们不知道的精神疾病。"

"我见过一次艾丽斯的鬼魂，"哈宾德说，"我跟你们讲过吗？"

我和乔吉都瞪大了眼睛看着她。"没有，"我说，"你没跟我们讲过。"

"是在我十五岁的时候，冬季学期，"哈宾德说，"我正和当时的男朋友加里·卡特在一间教室里亲热。对，卡特先生，你们的地理老师。"她好心地给乔吉解释了一下。

"哦，天啊，"乔吉遮住了眼睛，"恶心。"

"我们正在那里接吻，突然房间变冷了。我们走到外面的走廊，看到一个白色的影子从我们身边冲过。它从栏杆上跳了过去，发出可怕的尖叫。"

"你们看到那个鬼魂之后，死人了吗？"我说，很讽刺的是，我居然在这时候想起了这个校园传说。

"哦，是的，"哈宾德说，"确实有人死了。"

"是她,"乔吉说道,一脸的兴致盎然,"是艾丽斯·霍兰德。我们应该试试招魂。她在这儿过得不快乐,她想解脱。"

"不行!"我说,声音大得连我都有些意外。到现在我才知道他们做的,所谓埃拉的超度亡魂仪式。四个年轻人,本应该吃着比萨看《老友记》。这都要怪布若妮·休斯,我又一次忍不住腹诽。

"好吧,"乔吉说,"淡定些,妈。反正要写她的是你。但你写了之后也不能让她解脱,是不是?"

"那不一样,"我说,"如果我能解开玛丽安娜的谜团,或许她也能了却遗憾吧。"

"啊,这个嘛,"乔治娅说,"我已经解开了。"

她站起来,走向那一面挂满相框的墙壁。她指了指墙壁中间一张小小的黑白照片。哈宾德看了我一眼,我们走了过去。

"'和玛丽安娜一起'。"乔治娅读出了照片下方的说明文字。

"但是照片里没有别人了。"哈宾德说。

"再仔细看看,王牌警长。"

我们凑近照片,仔细看着,哈宾德先我一步发现了它。

"那只狗。"她说。

就在那里,照片中央的草地上,有一个白色的毛球,几乎隐身在暗淡的草地上。但能看出来那绝对是一条狗,只是不知道是什么品种,它的一只耳朵竖起来,另外一只耷拉着,尾巴弯弯地卷在背上。

"她母亲的污点,"乔治娅说,"我猜他说的是这卷曲的尾巴吧。"

"养狗的人有时候管这个叫摇摇尾。"我说。

"有意思,我喜欢,"哈宾德说,"要是做成配饰的话,肯定会很快火起来。"

"玛丽安娜,"我说,"霍兰德在信里写过,说她是长久以来的慰藉,是个天使,天性温柔又善良。"

"听起来像是在说赫伯特。"乔治娅说,模仿了她心中的赫伯特的声音。

"他还说过,玛丽安娜很喜欢他的小说《饥饿的凶兽》。"

"我懂他的感受,"乔治娅说,"我总把自己写的东西读给赫伯特听。它觉得我是个天才。"

"但是拍照的人是谁呢?"哈宾德说。

可惜我们永远也不会知道了。我们再次看向照片,男人和他的狗坐在草坪上,有人按下了快门,将那一瞬间永恒地留存了下来,会是谁呢?那只看不见的、幽灵般的手。

陌生人

R.M. 霍兰德

"你要是不介意的话,"陌生人说道,"我想给你讲个故事。毕竟此行路途遥远,看这天色,还得好一阵才能下车。所以,听个故事解解闷,何乐而不为?而且十月末的晚上,听故事再好不过了。"

你待得还舒服吗?不用在意赫伯特。它不会对你怎样的。它是因为这天气,所以有点紧张。嗯,我刚刚说到哪儿了?你要不要来点儿白兰地,暖暖身子?不嫌弃随身小酒壶吧?

其实吧,这是个真实发生过的故事。这种故事才是最好的,你不觉得吗?更妙的是,这事就发生在我身上,那时候我还年轻,和你现在差不多大。

那时我在剑桥读书。读什么专业?当然是神学了。在我看来,除了神学没别的选择,文学勉强可以吧。人生如梦啊,我在剑桥待了差不多一个学期。去剑桥读书,对我来说就是穷小子进城,我当时很内向,现在想来,应该也很孤独。我跟那群趾高气扬的家伙不一样,他们在校园里四处招摇,衣冠楚楚,神色傲慢,似乎个个都是"天之骄子"。和他们比,我向来是本本分分,该听课听课,该写作业写作业,和同年级另一个领奖学金的男同学成了朋友,他叫格杰恩,性格怯懦。每周我都会给家里写信,还会去教堂。对,那时候我还是个信徒,甚至可以说是非常虔诚的那种。所以当时的我很诧异,居然能受邀加入"地狱俱乐部",对于这种待遇,我着实是有些受宠若惊的。我当然听说过这个组织的大名。听说过他们半夜狂欢的故事,还听说有清洁工去打扫宿舍卫生,被宿舍里面的东西吓得当场晕死过去。听说他们咏唱《亡灵书》里面晦涩的圣歌。听说他们还会挖坟掘尸。但"地狱俱乐部"可不光有耸人听闻的传说。这个俱乐部里出过很多成功人士,像是政治家——甚至还出过一两个内阁成员——作家、律师、科学家、商业巨头。这些人并不难认,因为他们总是佩戴着俱乐部的标识,就在他们的左侧翻领上,别着一个低调的骷髅头徽章。

所以我当时很高兴,能受邀参加俱乐部的入会仪式。仪式是在十月三十一日举办的。选在万圣节前夜,毫无意外。万圣节前夜。对,没错。今天也是万圣节。要是喜欢怪力乱神之说的人,恐怕会觉得这是什么诡异的因缘,多半还会觉得晦气。

继续说我的故事。入会仪式很简单,就在半夜举行。这也很正常。仪式要求三个新成员要通过一场测试,去学校外边的一个废弃房子里逛一圈。其间,我们得蒙上眼睛,带上一支蜡烛。我们必须要走进房子,爬上楼梯,来到二楼,然后在二楼的窗边点上蜡烛。还要大喊:"地狱空荡荡!"只有三人都完成测试之后,我们才能取下眼罩,回到同伴身边,接着便是好酒好肉的狂欢盛宴。格杰恩……我有说过格杰恩也是三人中的一个吗?格杰恩有些担心,说自己不戴眼镜的话跟瞎了没两样。不过,我也告诉他了,这都不重要了,反正我们都是要蒙上眼睛的。"没有双眼,一个人依旧能看到这世界的样子。"①

你冷吗？起风了，是不是？看看这雪，多大啊，噼里啪啦地砸在窗子上。啊，火车又停了。我很怀疑这车今晚上还能不能走了。

来点白兰地吗？从我的酒壶里喝吧。我每次出门的时候，都会做好准备，就怕有什么最坏的情况发生。最好的人生格言，永远做最坏的打算，有备无患嘛。

啊，我说到哪儿来着？啊对，所以我和格杰恩，还有一个人，我们就叫他威尔伯福斯吧。我们三个要一起去那个废弃房子里。三个"地狱俱乐部"的创始成员给我们几个戴上了眼罩。当然了，我们根本不知道他们谁是谁，因为他们都戴了面具。但通过讲话的声音，还是能辨认出来他们大概是谁的。其中一个是巴斯蒂安勋爵，还有一个是他的亲信，柯林斯，另外一个人操着一口异国口音，可能是阿拉伯口音。

威尔伯福斯是我们中第一个戴好眼罩的。他出发了，手里拿着蜡烛和一盒火柴，像个盲人一样，磕磕绊绊地走向废弃的房子。我们只能在原地等着，等啊等啊。冬天的风可真冷啊，呼啸着把我们吹了个透心凉，就像今天晚上这风一样。对，一样。我们就这么等着，好像过了一辈子那么长的时间，我们看到窗台上亮起来颤巍巍的烛火。夜色里那么小的一团小火苗，不仔细看都看不见。"地狱空荡荡！"

我们在这边欢呼雀跃，声音打破沉默，穿透石头。巴斯蒂安将一支蜡烛递给了格杰恩，还给了他一盒火柴。格杰恩缓缓摘下自己的眼镜，将眼罩戴了上去。

---

① 出自莎士比亚《李尔王》。

"祝你好运。"我说。

他只是微微笑了一下。现在想起来我觉得很有趣。他当时微笑后，还用双手做了一个奇怪的举动，双臂展开，像是某个店员在向客人展示自己商品一样。巴斯蒂安勋爵推了他一把，随后格杰恩也摇摇晃晃地顺着结了霜的草地向前走去。和上次一样，我们等啊等啊等啊。我听到了夜莺的叫声，还有咳嗽声，憋笑的声音。我不知道为什么，一直在一旁喘着粗气。

我等了好久，终于，一点烛火在对面窗子里亮起。"地狱空荡荡！"我们大声回应，声音响亮。

现在轮到我了。我接过蜡烛和火柴，然后戴上眼罩。几乎是在戴上眼罩的一瞬间，我觉得周围的一切不光更黑了，也更冷、更危险了。我可以自己开始走这一趟，不需要巴斯蒂安来推我。我已经感到有些焦躁，想要快点结束。然而，一旦失去视觉信息，你根本无法判断自己已经走了多久，还要走多久。慢慢地，我开始确信自己走错方向了，我可能错过那破房子了，但接着我听到背后传来了巴斯蒂安的声音："往前直走啊，蠢货！"我将双手伸向前方，继续向前摸索前进。

我的手碰到了石头。我走到房子前了。一只手扶着墙壁，我终于碰到了空荡荡的缺口，那里就是正门。走进去的时候我被门槛绊了一跤，毫无防备的我狠狠地摔倒在石板上，但至少我终于走到楼里了。这里的风虽然小了很多，但似乎更冷了。还有死一般的寂静，沉默的回响回荡不绝，潮水般向我压来。我感受到无法言喻的压力，我的腰几乎都直不起来了，像一个乞丐，为了活下去而折腰祈求他人的善意。我听到了自己的呼吸声，刺耳而急促。只有我和自己的呼吸声存在，除此以外，这里似乎是一片虚空，一无所有。我急促地喘息着，一点一点地挪向楼梯处。

423

有多少级台阶来着？他们告诉我说是有二十级，但我只数到了十五，在那之后我就记混了。直到我踩空了一级之后，我才意识到，我已经到了二楼了。我原本以为格杰恩或是威尔伯福斯会悄悄地跟我打个招呼，但是什么都没有，我没有听到他们发出的任何声响。等了片刻之后，我开始向前摸索着走过去。我要找到窗户，早点结束这场闹剧。我伸出的手碰到了墙面，就在我面前，然后……就是这个！我摸到了木制的窗棂。我将眼罩拿下来，然后用冻僵的手指翻出火柴，点亮手中的蜡烛。然后我滴了两滴蜡油在窗台上，再将蜡烛固定在上面。

"地狱空荡荡！"我的声音在我听来很微弱，像是被寒风吹散了一样。我这般想着，转过身，便看到了脚下的尸体。

我听到了一声尖叫，响彻废弃的楼道。随后我意识到，那是我自己的声音。我的朋友，格杰恩，就躺在我的脚下。在离他几步远的地方，威尔伯福斯也躺在地上。我在他们两个的脖子上寻找脉搏，尽管我心里很清楚，他们已经死了，全完了。有什么人，或是什么东西，从地狱里钻出来，像野兽一样，残忍地杀了他们。格杰恩的胸膛被血染红，可以看出，他被一把刀反复捅刺了无数次。他的双手张开，我能看到他血肉模糊的手掌——太可怕了——那上面被划出一道道伤口，像是受难的耶稣。一开始，我以为威尔伯福斯也是被人捅死的，但借着跳动的烛光，我看到他的脖子上紧紧缠着一条白布。他是被勒死的，巨大的力量让威尔伯福斯的脸变得狰狞可怖，他的脸凝固在了生命消逝的那一瞬间。然而凶手的刀并没有就此放过他，而是深深地插进了他的胸膛，只剩刀把露在外面。

我忍不住一直发抖，手里的烛火跟着抖动，我映在墙上的影子也跟着诡异地晃动起来。有那么几分钟，我被恐惧摄在原地，无法动弹。我知道，杀了我朋友的那个恶鬼很可能就在我身边。他手里拿着刀子，还滴着血……他要冲上来了吗？

但什么都没发生。除了楼上老鼠爬来爬去的声音外，什么都没有。然后，我听到外面传来了喊叫声。"出什么事了？"接着是柯林斯和巴斯蒂安，还有另外一个男人，他们三个一起跑了上来。我手里还拿着那支蜡烛，他们一上来最先看到的，一定是烛光下我灰白的脸，然而他们不知道的是，更为恐怖的景象正潜伏在我的脚边。

接下来的事我就不细说了。我想立刻上报学校，但巴斯蒂安勋爵说，一旦上报，我们都会被卷进来，惹上麻烦，甚至被开除。不光如此，他还说，如果让"地狱俱乐部"的其他成员知道这事，肯定会引发他们强烈的不满。此话一出，另外两个俱乐部成员显然就动摇了，你要清楚，他们早不是什么青瓜蛋子了，都已经是混得有些名堂的高年级学长。所以，长话短说吧，他们最后都劝我，此事最好的处理方式就是立刻离开这里，回到学校，假装什么都没发生。尸体最后肯定会被发现的，警察会问话，但我们都要一口咬定，对这事毫不知情。而且今夜过后，谁都不能再提这件事，我们要瞒到死。

"我们要发誓。"在我惊骇的目光中，巴斯蒂安跪下了身，空旷的废弃楼宇回荡着他的话音。他像多疑的托马斯检查耶稣的伤痕一样[1]，伸出手指戳向格杰恩手掌的伤口。

"发誓，"他说，"以他的血发誓。"

你能想象到那个场景吗？黑暗的废屋，烛火摇曳，外面的风越发狂躁，巴斯蒂安起身站定，他的手上沾染了死去的格杰恩的

---

[1] 根据约翰福音中对托马斯的描述，使徒托马斯拒绝相信耶稣的复活，直到他仔细察看了耶稣被钉在十字架上的伤痕。

鲜血。那种情境下，没人能保持理智，也许我们都中了邪，不然我没法解释，为什么我们会同意那么做。巴斯蒂安将手上的血蹭到我们额头上。像是神父在给信徒抹圣灰。"记住，兄弟们，你本是尘土，终将归于尘土。"

"我发誓，"我们说，一个接一个，"我发誓。"

后来？啊，亲爱的年轻人，没必要这么害怕。日子一天天过去，没有任何不同。尸体被发现了，警察开始调查，但他们一直都没找到凶手。没人问过我那天晚上的事。只有系主任找我谈了心，毕竟我的好朋友惨遭杀害，我对他说，我确实伤心欲绝，这真不是装的。他表示同情，还引用了一句荷马的诗句，无疑是想让我振作起来，但却令我有些心惊——"要坚强，我的心说，我是一名士兵；我见过比这更糟糕的景象。"而且已经结束了，都结束了。

又或者说，我以为一切都已经结束了。

听，外面的风吼声。这么大风，车厢都被它掀动了，是吧？不过我们这里挺安全的。毕竟车厢之间没有门，没人进得来，也没人出得去。再来点白兰地吧？

后来怎样了？接下来发生的事情也没什么好说的。格杰恩的父母来了，把他的遗体带走了，葬在了他的老家，格洛斯特郡。我没有参加葬礼。也不知道威尔伯福斯身上到底发生了什么。我之前也说过，警察一直没找到杀害他们的凶手。一年之后，那栋废楼就被移平了。我接着在学校上课，没有任何事情发生。但我感觉得到，自己变得孤僻、怪异。走过校园或是在餐厅吃饭时，总会感受到其他人异样的眼光。"就是他，"有一次，我听到别人低声谈论，"死里逃生的那个。"也许对于彼得学院的大部分人来说，我都是特殊的"死里逃生的那个"，甚至我自己也这样觉得。

那之后我也没怎么见过巴斯蒂安或是柯林斯。现在我已经是"地狱俱乐部"的一员了，但我并没去参加他们的例会，也没去他们每年都举办的臭名昭著的"血腥舞会"。大部分时间我都泡在图书馆里。唯一将我与其他同学联系在一起的只剩射击俱乐部。我和俱乐部的成员们保持了最基本的同伴情谊。

我以第一等的成绩毕业，这一点让人弥足安慰。听说巴斯蒂安勋爵被留了级，柯林斯分数没修满。不过他们和我不在一个学院，我们之间也早就殊途陌路。我继续求学，开始攻读博士学位，依旧像本科时期那样，过着独来独往的生活。

然后，在研究生求学期间，我收到了一封十分诡异的信件。那是十一月，天气已经很冷了，我记得去取信的路上，白霜在脚下破碎时发出的咔嚓声。写给我的信件并不多。妈妈有时会给我写信，我也订阅了一些神学期刊。但今天的信不一样，有一封盖着外国邮戳的信，上面写着一些斜体字，很不常见的字体。我有些好奇地拆开了信封，里面是一块裁剪下来的波斯语报纸，我当然是看不懂波斯语的，但报纸下面附上了翻译，是同样细长的斜体字迹。翻译过来的内容是，一个叫阿米尔·伊布拉希米的男子在乘坐热气球时发生事故，意外丧生。热气球在上升过程中一直非常顺利，但在飞行途中的某个时刻，伊布拉希米从热气球下方的篮子里掉了下来，直接从高空坠亡。我翻来覆去地看着这条新闻，想不明白这是谁寄来的，为什么要寄给我，难道对方以为，我会对这种新闻感兴趣吗？但就在这时，我看到了写在背面的一行字："地狱空荡荡"。我突然想起，伊布拉希米就是第三个人的名字，那个和巴斯蒂安，以及柯林斯走上楼的人。

死里逃生的那个。

伊布拉希米的死无疑对我造成了沉重的打击。我记得自己站在那里，手中拿着那张剪报。然后回到自己房间，我躺在床上，不断地发抖。是谁给我送来这宿命般的消息？是谁用细长的笔尖写了瘦长的字体？是谁在报纸后面写了这句"地狱空荡荡"？是巴斯蒂安吗？还是柯林斯？都不大可能，但除了他们两个，还有谁知道"地狱俱乐部"和那个可怕的夜晚呢？

接下来的几天，我不断地思考着这些问题。的确，这件事让我心神不宁，但最终，我还是将恐惧抛诸脑后，继续自己的生活。毕竟，我还能做些什么呢？我还年轻，有健康的体魄，傲人的力量。你也懂的，对吗，我年轻的朋友？是的，我看得出来，你是明白的。青春是骄傲的，也本该骄傲。我为伊布拉希米的死感到难过——我真诚地为我的朋友格杰恩哀悼——但我做什么都没有用了，他们不会复生了。所以我继续自己的学习生活，并开始和一位年轻的姑娘交往。她是我导师的女儿。那个春天，生活变得甜蜜起来。尤其是想到，我已经从死亡的阴影中逃离出来，春天就显得更加甜蜜了。至少在那一刻，我以为我已经逃出来了。

冷风呼啸啊。

"然后发生了什么？"啊，这是个永远得不到答案的问题。但这不就是叙事的本质吗？"求求你了，再读一页吧。"孩子们在睡前都会这样请求。希望精彩的故事能抵挡黑夜的恐惧。而现在，你刚刚长大，我亲爱的年轻的朋友啊。永远想知道下一章内容的本能还在你的身体里。

就这样，又一年过去了。我和导师的女儿艾达订了婚。我开始准备论文，是关于阿比尔异端的。我也会给本科生上上课，但其实我是个很无趣的讲师。我有时还会听到他们悄声地议论我，

"地狱俱乐部"和"谋杀"这两个词总会出现。但那一年我想要活在光里。我不再是一个人了。对,就是你之前在车厢里看到的那个小东西。赫伯特真的是个忠实的朋友啊,炼狱般的生活,都是它陪我度过的。它比任何人都真实、忠诚。

秋去冬来,转眼又到了万圣节前夜。我承认,那一整天我都提心吊胆地等待着,直到结束都没有任何意外发生,我才终于松了一口气。然而,事情还没完,几周之后,我听到宿舍的宿管在楼道里聊天,他们提到了"柯林斯"和"被杀"这两个词。

我立刻冲出房间,我激动的样子显然吓到他们了,但我已经顾不得了,只是急切地问道:"你们刚才在说什么?"

"柯林斯先生,国王学院的那个,先生,"那人回答道,"我们在说他的死很不正常。"

"怎么说?"我问,随之而来的熟悉的寒冷爬满全身。柯林斯,巴斯蒂安的跟班,是国王学院的学生。

"他被人杀了,先生。他当时坐着一辆马车穿过一片沼泽。据说他当时是自己驾车,从伊利市出发,要去剑桥,出发的时候天就在下雨。没人知道是怎么回事,但是一天之后人们发现了他的马在乱跑,车还套在马身上。警方派出巡查队,后来在一条水沟里发现了柯林斯先生的尸体。他被割了喉,先生。"

"这是什么时候的事?"

年纪稍长一些的那个宿管回答了我。"就在万圣节前夜,先生。我记得很清楚,因为波特,就是搜查队的人,他说那匹马疯了一样地跑,看着让人汗毛倒竖,好像有地狱猎犬在马车后面追它一样。"

在那之后又过了一周,一篇剪报再次送到了我的手里。《剑桥学生遭割喉,沼泽深处现尸身》。在标题的上方,又是那句熟悉的话："地狱空荡荡。"

我解除了和艾达的婚约。我不配和任何正常人在一起。我待在自己的房间里，表面上是在赶论文，实际上是在写故事，就是我现在正读给你的这个，我年轻的朋友。是关于"地狱俱乐部"和万圣节前夜发生的事，在那栋废弃老楼里发生的可怕故事。关于伊布拉希米和科林斯的遭遇，关于一直在阴魂不散地跟着我的宿敌。一遍又一遍地，我写着那句话：

地狱空荡荡。

十月三十一日又要到了，我已经变成一具没有灵魂的行尸走肉。我知道大家都在关心我，我的导师试着要和我谈谈（即使他因为我抛弃艾达而恼怒），副院长甚至也要求和我进行一次谈话，在那次谈话中，他苦口婆心地嘱咐我，按时吃饭，坚持锻炼。只有拥有健全的身体，才能拥有健全的精神。如果他知道我真实的精神状态的话，他就理解了。

万圣节前夜那一整天，我都在等待着。我没有离开自己的房间，因为我知道，我的宿敌会自己找上门来，锁门或是不锁门，都没什么不同。所以我根本不知道，外面发生了什么，直到第二天，万圣节到来，深夜时分，我独自在城里散步。我很喜欢这种消遣，在寂静的街道上徘徊，一个人静静地思考。但是，在圣约翰学院外面，我看见了一个叫埃格雷蒙特的人，他站在门房的阴影里，抽着烟斗。我认出他了，他也是"地狱俱乐部"的成员，但我匆匆走过，并不想和他攀谈。

"你好啊。"他叫住了我，"你是巴斯蒂安的朋友，对吧？"

"认识而已。"我谨慎地说道，虽然我的心脏一阵狂跳。

"你听说了吗？他出事了，太惨了。"

"没有，"我说，"他出了什么事？"

"我也是刚刚从宿管那里听说。巴斯蒂安当时在火车上,那种车厢互通的新型列车。他从一节车厢走到另外一节的时候,车厢突然分离了。他直接被碾死在了铁轨上。可怜啊,死得太惨了。"

我看着埃格雷蒙特,看到他苍白的脸和翻领上的骷髅头徽章。"这是什么时候的事?"

"就在昨天,"他回答道,"肯定要上明天的《泰晤士报》的。"

一周之后,我再次收到了剪报,上面的字我现在已经很熟悉了。

地狱空荡荡。

年年有今日,又到那一天了,那些死里逃生的人,如今只剩下我了。这种感觉真的好奇妙啊,亲爱的年轻人。我相信你聪明的大脑肯定早就意识到了,故事发生的规律和这一天的不祥之处。他为什么要给我讲这个故事?你一定在好奇。难道,我是被选中了吗?要来见证故事讲述者的死亡吗?

但不要怕。毕竟,我没打算去乘什么热气球,或是驾着马车穿越沼泽。所以我不会从高空坠落,活活摔死,也不会被劫匪拖下马车,一刀割喉。

我是在火车上,没错,但我也没打算离开这节车厢。

啊,亲爱的年轻人。你现在多安静啊。你喝的当然是白兰地,我没骗你。只是还有一些颠茄,也叫致命的龙葵。它会让你看到奇怪的幻象,恐怕还会让你视力受损。我敢确定,现在就连近在你眼前的我,你也看不清了吧,我肯定变成了什么奇形怪状的东西,模糊不清。也许你根本已经看不见我了。但幻觉与现实,又有谁说得清呢?就像我刚刚引用过的那句:"没有双眼，一个人依旧能看到这世界的样子"。啊，你的眼睛，睁得多大啊，这样看着我，可惜你的瞳孔，全部散开了，变得一片漆黑了。很抱歉，你还是不能动弹。你知道的，我也不想这样。但一直追着我的那个嗜血恶魔，它杀了格杰恩、威尔伯福斯，还有伊布拉希米、柯林斯和巴斯蒂安，啊，它杀了那么多人，嗜血恐怖的恶魔，今晚如果没有灵魂被它收割，它是不会善罢甘休的。当然了，它最想要的是我的命。就在今天，万圣节前夜，这是我命中注定的死期。我的审判日。地狱空荡荡，魔鬼在人间。索命的阴魂，食尸的恶鬼，都在等待着，我能听见外面狂风的怒吼。但我想，只要带走了你，一个无辜的灵魂，它就会满足的。

不要害怕。死亡从来都不是痛苦的。谁又知道，在死亡的另一边等待我们的是什么呢？或许我只是在你奔向极乐世界的路上助你一臂之力罢了。希望如此。真的。

永别了，我亲爱的旅伴。

致谢

R.M.霍兰德和霍兰德邸均属虚构。不过这栋建筑确实属于西迪恩学院,我在那里开设了创意写作课程。相信不用我明说,大家也能明白,关于书中所有的住户或任何人,活人或死人,均是虚构的。在通向斯泰宁的路上也确实有一座废弃的水泥厂,但我修改了周遭的建筑,以符合故事情节。

我由衷地感谢阿迪卡·霍姆斯特罗姆,感谢她对作品的评论和反馈,尤其是关于哈宾德该人物的设定和相关背景信息。还要感谢莱斯利·汤姆森,感谢她长久以来的支持,并准许我使用她爱犬的名字,我知道她十分想念那只小贵宾犬。赫伯特活在这本书里,也活在它的继任者,艾尔弗雷德身上。

这本书对我来说是一次全新的冒险,我万分感谢Quercus出版集团的支持和鼓励。尤其要感谢我的编辑简·伍德,我想起了在布莱顿的午餐,当天空变成金黄色,我第一次产生要写《陌生人的日记》的想法。另外,我由衷地感谢特蕾瑟·基廷、汉娜·罗宾逊、奥利维娅·米德、劳拉·麦克雷尔、凯蒂·萨德勒、戴维·墨菲,还有整个团队。同时,还要感谢我的经纪人蕾韦卡·卡特,她如此出色,并一直是我坚强的后盾。以及詹克罗和贝斯比特的所有人。

我的美国出版商同仁也由始至终一直在默默地支持着我。万分感谢娜奥米·吉布斯和霍顿·米夫林出版公司的全体员工，以及我的美国经纪人柯比·金。

一如既往地感谢我深爱的丈夫安德鲁，还有我们的孩子们，亚里克斯和朱丽叶。我将这本书献给亚里克斯和朱丽叶，还有我的猫，格斯，一直以来它都陪伴在我身边，是激励我笔耕不辍的缪斯。

艾莉·格里菲斯，二〇一八年

The Stranger Diaries
Copyright © 2018 by Elly Griffiths
This edition is arranged with Janklow & Nesbit (UK) Ltd. through Bardon-Chinese Media Agency.
Simplified Chinese edition copyright © 2023 New Star Press Co., Ltd.
All rights reserved.

图书在版编目（CIP）数据

陌生人的日记 /（英）艾莉·格里菲斯著；王冉译. —— 北京：新星出版社, 2023.11
ISBN 978-7-5133-5299-4

Ⅰ. ①陌⋯ Ⅱ. ①艾⋯ ②王⋯ Ⅲ. ①长篇小说－英国－现代 Ⅳ. ① I561.45

中国国家版本馆 CIP 数据核字 (2023) 第 155642 号

午夜文库
谢刚 主持

陌生人的日记

[英] 艾莉·格里菲斯 著；王冉 译

责任编辑　刘　琦
责任校对　刘　义
责任印制　李珊珊
装帧设计　汐和 at compus studio

出 版 人　马汝军
出版发行　新星出版社
　　　　　（北京市西城区车公庄大街丙 3 号楼 8001　100044）
网　　址　www.newstarpress.com
法律顾问　北京市岳成律师事务所
印　　刷　北京天恒嘉业印刷有限公司
开　　本　910mm×1230mm　1/32
印　　张　14
字　　数　211 千字
版　　次　2023 年 11 月第 1 版　2023 年 11 月第 1 次印刷
书　　号　ISBN 978-7-5133-5299-4
定　　价　62.00 元

版权专有，侵权必究。如有印装错误，请与出版社联系。
总机：010-88310888　　传真：010-65270449　　销售中心：010-88310811